二十世纪中国文学主流·学术新探书系

魏建 主编

二十世纪九十年代
历史小说叙事思潮

房伟 著

人民出版社

新发现　新探索

　　"二十世纪中国文学主流"是山东师范大学中国现当代文学学科申请并完成的特色国家重点学科重大科研项目，其学术参照首先是来自丹麦文学批评家、文学史家格奥尔格·勃兰兑斯所著《十九世纪文学主流》一书。

一

　　一百多年来，勃兰兑斯的《十九世纪文学主流》一直是中国文学研究界公认的文学史经典之作。中国学人为什么推崇这部著作？为什么能推崇一个多世纪？究竟是书中的什么东西构成为中国学人的集体性认同呢？

　　就中国现当代文学研究界来说，给大家留下深刻印象的是，1907年鲁迅先生写《摩罗诗力说》的时候就向中国人介绍这位"丹麦评骘家"[1]。此后鲁迅多次提及勃兰兑斯和他的《十九世纪文学主潮》。[2]鲁迅先生不仅是伟大的文学家、思想家，还是一位优秀的文学史家。他对文学史有很高的鉴赏水平，但很少向人推荐文学史著作。勃兰兑斯的这部书却是鲁迅向人推荐的为数极少的文学史著作之一。《十九世纪文学主流》的学术生命力主要

---

① 《鲁迅全集》第一卷，人民文学出版社 2005 年版，第 91 页。

② 这是当时的译名。现在通译为《十九世纪文学主流》。

来自它作为文学史叙述方式的独标一格。直至今日，第一次阅读这套书的中国学人依然大为惊叹：文学史原来也可以这样写！这种惊叹包括很多内容：文学史原来也可以这样抒情！文学史原来也可以写那么多的故事！文学史的行文原来可以这样自由地表达！文学史的结构原来可以这样地随意组合……当然，惊叹之余，读者大都少不了对这种文学史写法的将信将疑。"将信"是因为被书中的观点和引人入胜的文字打动，"将疑"是因为书中有太多名不副实的东西，如：该书取名为十九世纪文学主流，实为十九世纪初至二三十年代的文学现象，最晚的才到1848年；书名没有地域范围，说是十九世纪世界文学主流，而实际上只是欧洲，又仅仅限于英、法、德三国；名为"主流"，有些分册论述的倒像是"支流"，如"流亡文学"、"青年德意志"等。

虽然中国学界不断有人对此书提出一些异议和保留，但《十九世纪文学主流》作为文学史著作的经典地位始终没有动摇。究其原因，很大程度上是因为，但凡是经典著作都有可供不断阐释的丰富内涵。起初中国学者首先看重此书的，大约是认同其革命主题（如"把文学运动看作一场进步与反动的斗争"①）和适合中国人的文学价值观（为人生、为社会、为时代），还有对欧洲文学浪漫主义和现实主义（当时多称之为"自然主义"）文学潮流的描述。二十世纪八十年代是《十九世纪文学主流》在中国最走红的时期，书中"文学史，就其最深刻的意义来说，是一种心理学，研究人的灵魂，是灵魂的历史"②的论述成为中国大陆文学史研究界引用最多的名言之一；其贯穿始终的"处处把文学归结为生活"③的"思想原则"亦成为当时

---

① ［丹麦］勃兰兑斯：《十九世纪文学主流》第一分册，张道真译，人民文学出版社1980年版，出版前言第1页。

② ［丹麦］勃兰兑斯：《十九世纪文学主流》第一分册，张道真译，人民文学出版社1980年版，引言第1页。

③ ［丹麦］勃兰兑斯：《十九世纪文学主流》第二分册，刘半九译，人民文学出版社1981年版，第1页。

中国文学研究者人所共知的文学理念。后来，书中标榜的精神追求（"无拘无束、淋漓尽致的表现""独立而卓越的人类灵魂"①）和比较文学的研究视角及方法更为中国的学术新生代所接受。近年来，中国学界对《十九世纪文学主流》的关注热情虽然有所减弱，但对它的解读却更为多元，少了一些盲目的崇拜，多了一些客观的认知。正是在这种相对客观的解读和对话中，《十九世纪文学主流》给我们的启示逐渐增多。

综上，勃兰兑斯的《十九世纪文学主流》总是能够不断地进入不同时期中国学者的期待视野。也正是因此，这部著作内涵的丰富性完全是由阅读建构起来的，换句话说，这是一部读出来的文学史巨著。本课题组编写"二十世纪中国文学主流"的学术起点是以对勃兰兑斯《十九世纪文学主流》一书的高度认同为基础的，其学术目标意在撰写一部像《十九世纪文学主流》那样的文学史著作。

二

当然，《十九世纪文学主流》也不是尽善尽美的。中国人对这部巨著的认识还有很多误读，所得观点有很多属于望文生义的想当然，还有很多重要的东西被忽略。例如，对其中独具特色的文学史研究方法就缺乏足够的重视，有鉴于此，我们"二十世纪中国文学主流"课题组在文学史研究方法上就从《十九世纪文学主流》中获得了诸多启示。

首先，我们在文学史研究方法上所获得的第一个启示是思辨与实证的结合。《十九世纪文学主流》是将抽象思辨与具体实证结合在一起的一部著作，并且结合得比较成功。可是，迄今为止中国学人论及《十九世纪文

---

① ［丹麦］勃兰兑斯：《十九世纪文学主流》第五分册，李宗杰译，人民文学出版社 1982 年版，第36 页。

学主流》，更多地看取了其思辨的一面，而忽视了其实证的一面：过于渲染《十九世纪文学主流》如何"哲学化"地"进行分馏"①，如何高屋建瓴般将文学"主流"提炼出来，却大都忽视了这是一部实证主义倾向非常显明的文学史著作。

读过《十九世纪文学主流》的人一定不会忘记，在第二分册的目录之前，整整一页只印着这样几个字：

敬 献

伊波利特·泰纳先生

作者

除了伊波利特·泰纳，没有第二个人在书中获此殊荣。而伊波利特·泰纳是主张用纯客观的观点和实证的方法解说文学艺术问题的最有影响的美学家、文艺理论家之一。勃兰兑斯在相当长的时间里师法伊波利特·泰纳"科学的实证"的批评方法。在《十九世纪文学主流》中，他将思辨与实证相结合，所以才能把高远的学术目标落实到脚踏实地的具体研究工作中，才能做到既有理，又有据。这是勃兰兑斯的做法，也是前人成功经验的总结，尤其在当下中国学术界依然充斥"假、大、空"学风的浮躁氛围里，思辨与实证的结合更应成为我们在研究方法上的首选。

其次，我们在文学史的叙述方法上所获得的启示是宏观概括要渗透到微观描述中。这方面，《十九世纪文学主流》在宏观历史叙述与微观历史叙述结合上开创了成功的先例，做得相当成功。然而，多年来中国学者更多地看取其宏观历史叙述一面，而忽视了它微观历史叙述的另一面。对此，勃兰兑斯在书中讲得很清楚，"有许多作品需要评论，有许多人物需要描述，

---

① ［丹麦］勃兰兑斯：《十九世纪文学主流》第二分册，刘半九译，人民文学出版社 1981 年版，扉页 1。

面面俱到是不可能的。只从一个方面来照明整体，使主要特征突现出来，引人注目，乃是我的原则"①。在《十九世纪文学主流》中，勃兰兑斯的宏观历史叙述就是概括"主要特征"，其微观历史叙述就是凸显历史细节，包括许许多多的逸闻趣事。这二者如何结合呢？勃兰兑斯的做法是："始终将原则体现在趣闻轶事之中。"②的确，《十九世纪文学主流》中的大多数章节都是从小处入手的，流露出对"趣闻轶事"的浓厚兴趣。然而，无论勃兰兑斯叙述的笔调怎样细致，其叙述的眼光可不是就事论事，而是从时代、民族、宗教、政治、地理等大处着眼。让读者从这些琐细的事件中洞见到人物的心灵，再从人物的心灵中折射出一个社会、一个时代、一个种族，乃至整个人类的某些东西。这就是《十九世纪文学主流》中一个个小事件里所蕴含的大气度。

再者，在文学史的结构方法上，我们所获得的启示是以个案透视整体。从著作结构上来看，《十九世纪文学主流》好像没有任何外在的叙述线索，全书呈现给读者的是把英、法、德三个国家的六个文学思潮划分为六个分册。每一分册之间没有任何明显的逻辑关系。对此，勃兰兑斯做过两个形象的比喻解说他的各分册与全书之间的关系。第一个比喻是："我准备描绘的是一个带有戏剧的形式与特征的历史运动。我打算分作六个不同的文学集团来讲，可以把它们看作是构成一部大戏的六个场景。"③第二个比喻是："在本世纪诞生之初，我们发现一种美学运动的萌芽，这种美学运动后来从一个国家蔓延到另一个国家，在长达五十年之久的一段时期内……如果以植物学家的方式来解剖这种萌芽，我们就能了解这种植物符合自然规律的

① [丹麦]勃兰兑斯：《十九世纪文学主流》第二分册，刘半九译，人民文学出版社1981年版，第1页。
② [丹麦]勃兰兑斯：《十九世纪文学主流》第二分册，刘半九译，人民文学出版社1981年版，第1页。
③ [丹麦]勃兰兑斯：《十九世纪文学主流》第一分册，张道真译，人民文学出版社1980年版，引言第3页。

全部发育史。"①第一个比喻是强调这六个分册之间独立、平等、连续的并联关系；第二个比喻揭示了这六个分册之间发育、蔓延、生成的串联关系。这两个形象的比喻从不同的侧面说明，《十九世纪文学主流》的各分册与全书存在着深层的有机关联，看似孤立的每一个个案都具有透视整体文学运动的效用。

三

开诚布公、实事求是而言，我们课题组编写的"二十世纪中国文学主流"，显然受到了《十九世纪文学主流》的种种启发，但启发不能只是简单的模仿。如果"二十世纪中国文学主流"变成对《十九世纪文学主流》的照搬或套用，那就只能陷入东施效颦式的尴尬。"二十世纪中国文学主流"之于《十九世纪文学主流》有继承，也有创造。

"创造"之一，是通过"地标性建筑"来展现二十世纪中国文学地图。

我们的"二十世纪中国文学主流"不仅效仿和追求《十九世纪文学主流》那种在实证的基础上思辨、在微观叙述中显现宏观、通过个案透视发育的整体的研究思路方法，还从"实证基础"、"微观叙述"和"个案透视"找到了一些合适的"载体"。这些"载体"好比是二十世纪中国文学地图中的一个个"地标性建筑"。将这些"地标性建筑"作为历史叙述的基本单元，我们对二十世纪中国文学发展的重新阐释，才能落实到操作层面。这些构成"二十世纪中国文学主流"基本叙述单元的"地标性建筑"，就是二十世纪中国文学发展史上那些重要的文学板块，如：言情文学、白话文学、青春文学、乡土文学、左翼文学、京派文学、海派文学、武侠小说、话剧文学、延安文学、红色经典、散文小品、港台文学、新诗潮、女性文学、少数民

① [丹麦] 勃兰兑斯：《十九世纪文学主流》第四分册，徐世谷等译，人民文学出版社1984年版，第71页。

族文学、历史叙事、文学史著述、影视文学、网络小说等。这些不同的文学板块分别构成了我们这套《二十世纪中国文学主流》丛书的不同分册的学术研究问题。各分册与整个丛书的关系是分中有合、似断实连。所谓"分"与"断"，是要做好对每一个"地标性建筑"（文学板块）的研究。这样，通过个案的透视，既能使实证研究获得具体的依傍，又能把微观描述落到实处；所谓"合"与"连"，是要在对一个个"地标性建筑"（文学板块）聚焦中借以观测整个二十世纪中国文学的历史嬗变。

"创造"之二，是通过"历史档案"和"学术新探"两套书系深化二十世纪中国文学史的研究。

勃兰兑斯的《十九世纪文学主流》的确给予我们许多有价值的东西，但这只能说明我们从中获得了西方学术的有效营养。然而，西方的学术资源无论具有多少普适性，对于解读中国的文学艺术、中国人的心灵，毕竟是有限度的。在超越株守传统观念的保守主义而走向全面开放的今天，在超越盲目崇洋的虚无主义、畅想民族复兴的今天，中国本土的学术资源更应得到应有的重视并加以现代转化。

"我注六经"与"六经注我"一直是中国人文学术的两大传统。我们的"二十世纪中国文学主流"力求"我注六经"与"六经注我"的结合。这既是本课题学术目标和学术规范的要求，也是其特色所在，更是其学术质量的保证。由于目前学界相对忽视"我注六经"的研究，因此本课题提倡在做好"我注六经"的基础上，做好"六经注我"。为此，本课题成果分为两套书系："二十世纪中国文学主流·历史档案书系"和"二十世纪中国文学主流·学术新探书系"（以下分别简称"历史档案书系"、"学术新探书系"）。"历史档案书系"可称为"二十世纪中国文学主流"的"一期工程"，"学术新探书系"可称为"二期工程"，出版这两套书系将有助于深化二十世纪中国文学史的研究。

首先，出版"历史档案书系"无疑体现了对文学史文献史料的高度重视。这种重视既强化了文献史料对于文学史研究的基础作用，又传达出一种重要的文学史理念——文献史料是文学史"本体"的重要组成部分。通过对每一个文学板块的文献史料进行多方面、多形式的搜集和整理，展现这一文学"地标性建筑"的原始风貌，直接、形象、立体地保存了这一文学板块的历史记忆。这岂能不是文学史的"本体"呢？如傅斯年宣扬过"史学便是史料学"①。再如，勃兰兑斯《十九世纪文学主流》中的文献史料大都不是以论据的形式出现，而常常构成叙述对象本身。当今天的读者同时看到"二十世纪中国文学主流"这两套书系平分秋色的时候，这种理念应是一望便知。

其次，"二十世纪中国文学主流"的每一个文学板块都有"历史档案"和"学术新探"两部著作。二者的学术生长关系将会推动这一板块的研究甚至整个二十世纪中国文学史研究的深化。两套书系中的所有文学板块完全相同，即每一个文学板块是同一个子课题，如朱德发教授负责"五四白话文学"子课题。他既要为"历史档案书系"编著"五四白话文学"卷的文献史料辑，还要在"五四白话文学文献史料辑"的基础上撰写"学术新探书系"中刷新"五四白话文学"问题的学术专著。显然，这样的两部著作之间具有学术生长关系。前者既重建了这一文学板块活生生的历史现场，又为后者的学术创新做好了独立的文献史料准备；后者的"学术新探"由于是建立在"历史档案"的基础上，不仅能避免轻率使用二手材料所造成的史实错误和观点错误，而且以往不为人所知的文献史料会帮助研究者不断走进未知世界，不断获得全新的学术发现。所以，"历史档案"会成为"学术新探"不竭的推动力。

四

"二十世纪中国文学主流"还有几个需要说明的具体问题：

---

① 傅斯年：《史学方法导论》第四讲《史学论略》，湖南教育出版社 2003 年版，第 309 页。

1. 关于"主流"

本课题组将"二十世纪中国文学主流"中的"主流"界定为："以常态形式随着社会变化而变化的文学。"也就是说，所谓文学"主流"，不是先锋文学，而是常态的文学。常态文学的发展，总是与读者紧紧结合在一起的。例如，五四时期的启蒙文学是属于少数读者的文学，也就是"先锋"文学，所以不是当时的"主流"文学；而这一时期的白话文学适应了多数读者的要求，成为晚清以来不断转化成的常态文学。

2. 关于"历史档案书系"

如前所说，"历史档案书系"主要是对二十世纪中国文学史上一些重要文学板块的原始文献和基本史料进行专业化的搜集和整理，重建各个重要文学板块的历史档案，利用来自历史现场的文献、史料或调研成果，尽可能直接、形象、立体地保存各文学板块的历史记忆，进而展现现代中国文学史的原生态风貌。因此，"历史档案书系"追求文献和史料的"原始"性，其各卷的主要内容以"原始史料"和"经典文献"为主，以"回忆与自述"和"历史图片"为辅。所有文献和史料凡是能找到初版本的，我们尽量选用初版本；有些实在找不到初版本的，会选尽可能早的版本。

3. 关于"学术新探书系"

"学术新探书系"是在"历史档案书系"所提供的来自历史现场的文献、史料及其直接、形象、立体地保存的原生态风貌的基础上，对这些二十世纪中国文学史上的"地标性建筑"，逐一进行全新的学术开掘。因此，"学术新探书系"追求学理性和创新性。其各卷的主要内容，从各卷实际出发，不求体例的划一，只求比前人的研究至少提供一些新的学术发现。

4. 总课题与子课题

"二十世纪中国文学主流"是山东师范大学中国现当代文学学科承担的

集体项目。总课题的选题及其初步编写方案由主编设计，在课题组成员认真讨论的基础上形成实施方案。子课题的作者均为山东师范大学中国现当代文学学科的团队成员，亦大都是不同分卷所研究的某一文学板块的研究专家。主编和课题组成员充分尊重各子课题作者的学术个性，以保证各卷作者学术优长的发挥和各子课题学术质量的提升。各卷作者拥有独立的著作权，文责自负。

"二十世纪中国文学主流"这两套书系是一种全新的文学史实践，难免存在尝试之作的稚嫩和偏差。我们渴望得到专家们的批评和帮助。我们最忐忑的是，不知学界的同行们能否认同——文学史的这样一种做法。

魏建

2015 年 8 月

目录

绪论

历史转向与九十年代中国小说

历史观问题，是认识二十世纪九十年代中国小说样貌的关键性质素，也是联系性地认知中国当代文学的重要切入点。一般而言，学界认为，九十年代存在一个巨大的文学化的历史观转向，而这种转向的过程，其实在八十年代就已经开始了，即所谓"新历史主义思潮"。然而，姑且不论新时期以来的这些表现了类似历史观的作品是否可以整齐划一地归为同一思潮，仅这类作品，是否与欧美的新历史主义思潮等同，无法回避的一个问题就是，即便是在九十年代，所谓"新历史主义"也并非是"主导性"历史话语结构，新主旋律式的历史小说创作，依然具有非常强的资源合法性，并在九十年代产生了巨大影响。这一点虽然很多文学史家视而不见，却是现实存在的。有的作家的通俗历史小说写作，表现出了历史理性与历史传奇的双重悖论，如二月河与唐浩明的历史创作；有的作家的历史小说创作，甚至溢出了新历史审美规定性，表现出了极强的自由主义建构气质，如王小波的杂文化历史小说。而在九十年代历史小说的批评和研究中，对这些作品和作家的认识是不足的，特别是其成因、内在美学质素、表现形态与文学史价值。对于具有强烈的"纯文学建构想象"特质的"新历史主义"思潮，也存在着简化历史、虚假反抗、去历史化的虚无主义倾向等诸多问题，而对于九十年代历史小说格局的描述、定义和价值判断，以及审美得失的考量，对我们重新认识九十年代文学有着重要的启示意义。

一

重返文学现场，对中国九十年代小说与历史问题再审视，便成了一个重要任务。近些年来，"重返"时代的意识，成为新一轮文学史再认知的热潮，如从海外学界兴起，由唐小兵、蔡翔等为代表的"十七年文学再解读"，而程光炜、李扬等学者的"重返八十年代"研究，也领一时之风骚。查建英的《八十年代访谈录》、甘阳的新版《八十年代的文化意识》都成为这类热潮的先导，罗岗、王尧、贺桂梅、杨庆祥、黄平等许多学者的加入，似乎让这种重返更加热闹。认真阅读这些文章，发现研究者的出发点似乎有很大差别。有的学者是追怀八十年代的启蒙主义和理想主义；有的学者则站在新"左"派立场上，对八十年代以来形成的纯文学体制的内在规定性发起挑战和质疑；有的学者是抱着建构态度，试图通过重返八十年代，形成文学考古学的文献建构和再经典化研究，以此形成中国当代文学的经典化权威。但是，在重返过程中，无论史料重新钩沉，还是新的观点和方法（如文化研究和意识形态研究），都逐步展现出了文学史内部的复杂性与可能性，及重新认识文学史现象的必要性与合法性。

由此出发，既然八十年代需要重新认识，那么，我们对九十年代的重新历史化过程，也就十分迫切了，而要重新认识九十年代文学，一个不可忽视的学术思维点就是九十年代以来历史观念的转向。而这种历史观的转向，背后则是认识论的转变。而这个问题背后，其实是对现实政治和语境的复杂心态。九十年代有几个无可回避的历史境遇：一是政治上的后冷战时代的开启，终结论的影响很深；二是经济全球一体化的冲击，及中国市场经济的开启，中国要融入世界，也要找寻自己在世界中的位置；三是文化上，原有的文学体制，相比八十年代而言，有着复杂变化，或者说，更具杂糅性。原有理想主义气质消退，日常叙事兴起，解构论盛行，而文学体制自身在其内部也进行着新的调整。

我们对九十年代中国小说历史转向的追问，首先应该解决一个问题，即这种文学史的格局想象，这种文学思潮的定义，是如何发生的？在这种发生学意义的建构中，哪些文学史的成例遭到了质疑、遮蔽和忽略？哪些文学史因素因此被抬高与定性？而历史其实是现实的价值判断，在九十年代的历史小说中，革命史和中国近代史，是受到最多质疑和颠覆的。而围绕九十年代历史小说所产生的问题，首先是如何重新评价"新历史主义"小说的问题。只有理解新历史小说以及文学史定位的内在逻辑，才能有效地理解九十年代历史问题的全貌。

对新历史主义小说的解读很多，评论家张清华的《十年新历史主义思潮回顾》是一篇重要文献，有利于我们理解新历史主义在中国的生成，及批评家如何对此定义的。这种定义在当时其实也遭到了质疑。如石恢的《新历史主义与新历史考辩》[①]。又如张进的《新历史主义思潮的内涵与基本特征》认为，存在着一种与欧美新历史主义思潮无关联的新历史创作，而另一种则是与新历史主义保持了同声相求的亲缘性与方法论上的彼此彰显的通约性。[②] 张清华将新时期以来的历史主义分为启蒙历史主义、新历史主义与游戏历史主义三个阶段，启蒙历史主义阶段大致是指 1986 年之前，其最早的源头甚至可以追溯到八十年代初与七十年代末，它的背景来源于七八十年代之交人们对当代社会现实的深思与批判，而深入历史，则是这一当代目的的借助形式和自然延伸。因此，对历史的探寻和思考的实际目的并非是审美的需要，而是一种自觉的文化理性。就这一观念的表现形式"寻根文学"来看，其核心的两个方面——文化认知和文化批判，与鲁迅等前辈作家的努力是相似的。寻根文学创作表现了改良文化和变革现实的强烈功利目的，他们试图通过对历史文化的重新梳理与构建，重振民族精神和性格。这从韩少功、李杭育、阿城等人的宣言和论述中可以看出。但是，这个诱人的乌托邦并没有随着他们的创作实践得到兑现。他们自己也发现，

---

① 石恢：《新历史主义与新历史考辩》，《社会科学》1999 年第 11 期。

② 张进：《新历史主义思潮的内涵与基本特征》，《文史哲》2001 年第 5 期。

表现和赞美种种文化遗存中的原始、落后、愚昧，同改造民族文化、重铸民族精神是格格不入，甚至是背道而驰的。在这样一种自我的悖论中，一批继起的作家，便不得不放弃了不堪重负的启蒙任务以及个人历史的种种价值判断和理性意识，将这场运动带入了第二个阶段——"审美历史主义"或"新历史主义"时期。这也是先锋小说应运而生的契机。新历史主义的大致时间段为八十年代中后期到九十年代中前期。莫言、苏童等作家，放弃了寻根作家和八十年代初启蒙思想家的文化理想和社会责任，使历史转化为古老的人性悲歌和永恒的生存寓言，成为与当代人不断交流和对话的鲜活影像，成为当代人的"心中的历史"。

在张清华看来，新历史主义发端于莫言的《红高粱家族》而成熟于莫言的《丰乳肥臀》，最为代表性地体现了新历史主义的小说观念。这部问世之初就以其"艳名"惊世骇俗的巨制同他的红高粱系列一样，是以历史和人类学的复调展开叙述的。但与以往不同的是，有关性、潜意识情结、生殖繁衍、种族性质等人类学内容在这部小说中只是感性的表层部分，而莫言所要探究和回答的却是"历史上到底发生了什么"这样一个问题。他将一部近现代史还原或缩微到一个家庭诸成员的经历或命运之中，把历史还原民间，以纯粹民间的观点，写民间的人生，写他们在近世诸多重大历史事件中的命运，莫言所自称的"献给母亲和大地"正是这一观念的模糊表述。从叙事结构和风格上看，它也典范地体现了西方新历史主义理论家们所总结和推广的某些方法。如朱迪丝·劳德·牛顿（Judi Lauder Newton silk）所描述的那种"交叉文化蒙太奇"式的方法，即把不同意义的文化符码故意并置和拼贴在一起，以利于隐喻历史的本然状态和丰富复杂的情境。同时，在叙述的过程中，作家将民间的与官方的、东方的与西方的、古老的与现代的种种不同的文化情境与符码有意拼接在一起，打破单线条的历时性叙述本身的局限，而产生出极为丰富的历史意蕴与鲜活生动的感性情景，从而生动地实现了中国近现代历史烟云动荡、沧桑变迁和五光十色的斑斓景象的隐喻性叙述。这种表面看来有点荒诞和戏剧化的叙事同以往线性的主流历史叙事，以及近年来具有过重的"寓言"化倾向的虚拟和个人体验化的历史叙事相比，不但更为新鲜逼真，而且更加大气磅礴、富有表现力。从一定意义上来说，《丰乳肥臀》是一个具有总括和典范意义的新历史主义小说文本。① 在九十年代的语境中，对于张清华的判断和论述，莫言认为是无意而为之，却达到了客观的效果："不相信正史，不相信御用文人的话，宁可相信野史，宁肯相信伟人的仆人的话，这是'新历史主义文学思潮'的一个重要牲，对此我不能否认它的正确性，但如果说在创作之初就非常明确地认识到这个问题那也是自己拔高自己。"②

不可否认，新历史主义小说，在它的诞生之初，对当代中国文坛形成了巨大的冲击波。无论小说技法，还是小说精神上，新历史主义都曾表现出强大的活力。从某种角度而言，它是对陈旧的历史意识和书写方法的反叛，也暗含着对革命叙事等现实文化资源的反省。例如，新历史主义就对过去简单的以历史比照文学的写法进行了重构，强化了文学性对历史的参与能动性："尽管我们此处并非论证这种'历史即哲学'的观念，但这种观念却与我们近期的历史小说存在着暗合。近期这些历史小说就是尤重理性判断，以作家主体的理解力来推设历史原相，让表现对象摆脱人们的先在观念，折射出作家对人类历史的自我认知，结束了那种实证主义的孤立性特点，表现出一种新型的审美品格。"③

二

然而，放在今天的视角来观察这个问题，就会发现评论家将新历史主义思潮经典化的过程，存在着概念化的简约问题。当然，任何思潮的命名，都存在着标签化的过程，这样才能很好地定位思潮的价值与意义，并给出

---

① 参见张清华：《十年新历史主义思潮回顾》，《钟山》1998 年第 4 期。
② 莫言：《我与新历史主义文学思潮》，莫言 1998 年 10 月 18 日在台北图书馆的演讲。
③ 洪治纲：《历史的认同与超越——新时期作家主体动向》，《当代作家评论》1991 年第 5 期。

相应的文学史的位置与解释。但在今天看来，这种定义一是囊括面太广，几乎将新时期以来活跃的作家一网打尽，具体作家创作不同，新历史主义小说家内部，由于地域、代际等因素，也存在巨大差异性，如乔良的小说、朱苏进的军旅历史小说，和苏童、余华的创作差别就甚大，而莫言的地域性特征明显，李洱等六十年代作家和五十年代作家的差异性较大。即使在60后作家群里，毕飞宇、艾伟与李洱、李冯等的差距也很大。二是理论讨论时，存在一些"模糊点"，比如，如果从资料角度讲，欧美新历史主义思潮与中国新历史小说创作，到底呈现出何种关系状态？是如张进所说的遥相呼应，还是有确切清晰的理论指引？如果说有的有，有的没有，那么哪些作家具备了不同质素？原因是什么？三是对三个分期的划分，存在明显的价值倾斜。在很多批评家看来，新历史主义居于价值核心，而启蒙与游戏的历史主义，则有明显的失败感。显然，张清华是将新历史主义定义为更有价值的写作形态的。"游戏历史主义"定义本身也有问题，而就其形态而言，王小波的杂文化历史小说，就较好地解决了历史理性反思与历史想象力的问题。四是对新历史主义本身，缺乏必要反思。站在今天的纬度上看，新历史主义写作的成绩不容抹杀，但问题也不少。有的评论家认为，新历史主义存在"叙事立场民间化，叙事视角个人化，历史进程偶然化，解读历史欲望化，理想追求隐寓化的特征"[①]。然而，一方面，新历史主义对政治层面的历史书写，依然充满了禁忌和紧张关系，依然无法做到从容放松；另一方面，新历史通过对性爱、审丑等方面的夸张和极限化处理，造成对宏大历史的亵渎，进而追求所谓对抗性存在。然而，这种纯文学二元对立模式，缺乏"内部自省"机制，单纯的对抗性，是一种文学自足的幻觉，不仅无法消除或者说化解意识形态，反而从某种角度上强化了意识形态暗示。因为权力是一种生成性机制，它渗透在所有思想和抽象的思维方式中。这也

---

① 李阳春、伍施乐：《颠覆与消解的历史言说——新历史主义小说创作特征论》，《中国文学研究》2007年第2期。

是新历史主义最大问题所在，就是简化了历史，将历史变成人性恶的历史、政党的丑恶史、政治的丑恶史、无目的的历史、充满了偶然性且无因果的历史、纯粹的个人化民间历史，从而丧失了历史理性，丧失了历史抽象反思的可能性，也丧失了历史与当代的"间距"。吴秀明认为，历史小说虚构限度在于：第一，主要历史事件，特别是发生过重大影响的历史事件应该有基本的历史依据；第二，主要的历史人物的基本思想特征必须合乎历史真实而不能虚构；第三，当时的典型环境，包括时代氛围、生活风尚、历史人物的相互关系等必须真实；第四，根据故事情节的需要而虚构的人和事，也应当是当时历史环境中产生的。① 而新历史小说的一大问题就在于，过于夸大了虚构的能力，而这种虚构形成了对历史认知，甚至是历史基本史识的扭曲，无法在艺术虚构与文化现实、历史理性意识、历史史实之间，取得一种恰当的平衡。正如霍华德（Jean Howard）所说："我们不应该指望得到一种'独此一家'、'别无分店'的历史，而必须承认存在着由各种主体产生的多种历史，这些主体在现存社会构成中的处境各不相同，他们对于现时需要和现时问题的感受也各不相同，这些需要和问题都有待于通过对于过去的研究加以澄清或重新定位。"② 克罗齐（Bendetto Croce）曾认为"一切历史都是当代史"，鼓吹历史的当代阐释的合法性，而伽达默尔（Hans-Georg Gadamer）也推崇"效果历史"："真正的历史对象根本就不是对象，而是自己和他者的统一体，或一种关系，在这种关系中同时存在着历史的实在和历史理解的实在。一种名副其实的诠释学必须在理解本身中显示历史的实在性，因此我就把所需的这样一种东西称为效果的历史。"③ 然而，一方面，我们看到，对历史内部关系性和复杂性的发现，对历史非连续性的再认知，都是有一定限度的，即内在的理性尺度，对历史的怀疑和重构很重要，但

---

① 参见吴秀明：《在历史和小说之间》，吉林人民出版社 1987 年版，第 243 页。

② ［美］吉恩·霍华德：《文艺复兴研究中的新历史主义》，盛宁译，中国社会科学院外文所主编：《文艺学和新历史主义》，社会科学文献出版社 1993 年版，第 98 页。

③ ［德］伽达默尔：《真理与方法》（上卷），洪汉鼎译，上海译文出版社 2004 年版，第 384—385 页。

并不是说"颠覆"是唯一的途径；另一方面，无论"效果历史"，还是"历史的当代化"，或海登·怀特（Hayden White）对历史的文学化的赞扬，西方的新历史理论，和中国九十年代新历史主义的创作文本相比，还有着很大差异性。就其性质而言，很多新历史主义小说，所展现的恰恰是对历史的建构意识，如莫言的小说。而还有一些所谓新历史主义小说，则呈现为消费主义的肆意狂欢。很多情况下，新历史主义也是作家们发泄时代转型后的虚无感和绝望感的通道。在"新历史"的演绎中，作家们并未找到历史新的强悍主体性，有的是内心复杂的情感失落与迷茫，以及对历史本身的虚无感。例如，李锐就在《旧址》的"序言"中这样总结中国一百年的近现代史："中国文人曾经在'西方'还是'中国'，'现代'还是'传统'之间旋转了一个多世纪。我们说这个文化不好，那个文化好。为此，我们锲而不舍，举出种种言之凿凿的论据，在对'好'文化的一百多年的追逐中，我们终于发现自己奔波在一条环形跑道上。"①

因此，不可能有"唯一"的历史并不是说，只能有一种颠覆性的历史写作模式。例如，九十年代的批评界其实也对宏大叙事是否真正遭到颠覆，中国是否进入后现代保持着清醒的怀疑，例如，李洱、李敬泽等作家、批评家在关于历史宏大叙事的讨论中就指出："个人写作与宏大叙事的关系非常复杂，而且在中国，我们的写作面临着更多维的矛盾和困难。比如，每一个有良知的知识分子，他在目前的写作实际上都无法拒绝历史进步观念，我们在座的人都是现代化的鼓吹者。现代化、现代性就包含着历史进步观念，就是一种宏大叙事；但同时我们这些人又是操持个人写作的，中国的问题非常非常复杂。现在许多人都在谈阿来的那部小说，他的《尘埃落定》写一个部族的历史，这是基本框架，看上去是宏大叙事，但这又是'傻瓜'讲出来的历史，于是历史进步观念、史诗性这些东西都受到质疑。它不属于标准的宏大叙事，而是一种非常暧昧的调和物，个人叙事与所谓的宏大

---

① 李锐:《〈旧址〉序言》，作家出版社 1992 年版，第 1 页。

叙事的调和。但阿来这种写作又毕竟不是标准的汉语写作，他面对的历史在很大程度上是一个化石性的东西，汉人的问题比这复杂得多，对我们来说，尘埃并未落定。"[1] 另外，对于新历史主义与当时消费社会意识兴起之间的关系，也有的批评家进行了质疑。如肖鹰指出，苏童、叶兆言等作家对历史的景观化叙述，用重写历史的先锋姿态，把历史转换成可以随意塑造，因而具有无限消费价值的原料场。[2] 但是，很可惜的是，在九十年代的时代氛围之下，这种清醒的反思声音，是比较微弱的。文学界对历史小说的价值判断，还是延续了惯有的思路，很难形成新的突破。

同时，新历史主义小说的文学史认定，还有一个重要问题，在于牵扯到如何看待那些"非新历史主义小说"文本的创作成就。某种程度而言，文学史家对新历史主义小说的过分弘扬，实际忽视了其他历史书写形式的可能性。比如，主旋律式的历史书写、通俗历史书写、宏大历史书写等的价值。忽视其存在，无疑影响了这些批评家对九十年代历史叙事的整体判断，进而影响到了他们对九十年代历史叙事小说的成就、功能和潜在生长点的判断。而更为重要的是，这种忽视和对立是一种美学意义上的对抗，而在现实的传媒权力和物质影响力上，这些主流的历史书写，却占据着巨大的资源，这无疑加重了九十年代批评家的整体悲观虚无感，这种虚无感则与作家们历史的废墟意识紧密相连——文学家的头脑尽管已经废墟遍地，但现实世界仍是文艺主旋律依然坚挺，现代化的物质热情与意识形态整合度依然非常高。而新历史意识，无疑也渗入了这些形态的历史创作，并与之形成了有效的互动，这种复杂的局面，在世界文学的形态中，都是非常独特的。

---

[1] 李洱等：《历史叙述与宏大叙事》，《作家》1999 年第 3 期。

[2] 参见肖鹰：《九十年代中国文学：全球化与自我认同》，《文学评论》2000 年第 2 期。

三

著名的年鉴派历史学家布罗代尔（Fernand Braudel）曾提出"长时间段"的历史叙事概念。他认为，文明的时间可分为地理时间、社会时间和个人时间。而大部分的历史，都是以重大事件为中心的政治史，历史研究的对象和内容都是短时间。[①] 而在对长时间段的阐释中，布罗代尔则试图打通史学、社会学、经济学，甚至是文学等各个学科的壁垒，以整体的全方位观照来再现一个社会比较长的时间段所发生的历史过程。而这个长时间段的历史过程，同时也是一种"世界时间"，应该具有一种全球化的整体考察特定地域文化的眼光和视野。这样就可以有效地避免对特定地域文化的妄自尊大或自卑焦虑，从而具有了一种广阔而理性的历史态度。布罗代尔的这种历史观和态度，对我们理解九十年代的历史小说大有裨益。从九十年代这短暂的十年来看，以新历史主义为主导的叙事，在当代文学史的描述中似乎占有重要位置，但如果从新时期以来的文学史，乃至整个中国现代文学史的纬度来看，九十年代的历史小说，又是中国文学整体性变革的一个部分；而在世界历史文学整体的通俗文学勃兴、纯文学意识探索衰落的情况下，九十年代的中国历史文学又有着驳杂的话语构成，这种话语构成有着历史的传承，如革命话语的影响，又有着现实语境的改变所带来的经验更新。总体而言，除了新历史主义之外，在平行的空间纬度层面，九十年代又存在着纯文学史诗性创作、主旋律创作与通俗历史文学创作三个话语结构层面，四者并行发展，有着相互的影响和渗透，甚至是某种"层叠式"的杂糅感。

例如，在九十年代，也存在很多正史意味的小说。这些小说以公正的历史态度介入历史重大事件，试图客观地反映历史的沧桑变迁，如姚雪垠、

---

① 参见[法]费尔南·布罗代尔：《资本主义论丛》，顾良、张慧君译，中央编译出版社1997年版，第177页。

杨沫、凌力、黎汝清、刘斯奋、王火、王旭烽等作家的创作。这些历史小说创作，从某种角度而言，实际上延续了八十年代的历史文学观念，即以文为史立言的史诗性创作观念。而在内在叙事规范中，这些小说虽然人物和主题塑造都更加复杂化，小说叙事形式也有所改进，但整体而言，依然延续了"历史与现代化"的宏大美学。而姚雪垠的《李自成》后三部的出版，杨沫的《芳菲之歌》等史诗续篇的书写，实际上还牵扯到十七年话语方式，新时期话语与九十年代文化语境的复杂互动。在所谓公正的历史观之下，虽然这些小说通过大量文化信息的打捞，竭力恢复历史原貌，但其鼓吹民族进步意识、推崇英雄主体人物、树立历史宏大悲剧美学的思维方式非常明显。而这些小说大多坚持了以现实主义创作为主要艺术手法。在正统的史学观看来，历史叙述有其不可突破的规定性："一，因果关系不能颠倒；二，时间先后不能错乱；三，历史是向前发展的，不能用后来的发展附会当时。"[1] 但正如海登·怀特所指出的："历史叙事向我们展示了一个公认完成了的，已经处理过的，结束了的，但没有分解，没有崩溃的世界。在这个世界中，实在戴上了意义的面具，对其完整性和全面性我们只能想象，绝难体验。历史故事能够被完成、可能被赋予叙事结尾，可以被显示一直有一个情节，就这些方面而言，它们使实在具有理想的味道。这就是为什么历史叙事的情节总是一种尴尬，它不得不再现得像是在事件中发现的，而不是通过叙事技巧置入的。"[2] 这些历史小说创作，应该在文学史中被予以准确的认定和精细的阐释，并在更广阔的历史纬度和人性纬度上，被指认出其内在问题和局限性。而不能一方面在文学史中因为现实政治的需要，给予其重要的地位；另一方面又忽视其美学价值和内在构造。

同时，在九十年代还有着一类小说，表面是解构性、对抗性的、纯文

---

① 郑天挺：《漫谈治史》，《文史知识》编辑部：《学史入门》，中华书局 1988 年版，第 1 页。

② ［美］海登·怀特：《形式的内容：叙事话语与历史再现》，董立河译，文津出版社 2005 年版，第 27 页。

学的、新历史化的文本，但实际上却是追求史诗性的新宏大叙事文本。这些小说常常以民族秘史和地域神话的形式出现，在九十年代影响很大，但人们往往将之归类于新历史小说，而忽视了它们身上的正史意味，以及宏大史诗美学表现形态的创新性。这类作品有陈忠实的《白鹿原》、阿来的《尘埃落定》、王安忆的《长恨歌》、莫言的《丰乳肥臀》等。对地域性，进而推及中国相交于世界的地域性的独特特质，与作为普适性价值的人性观之间产生了巨大的审美间距。这些历史小说所消减的，往往也是那些非全球化、非一体化之下的地域特殊性的强调，而呈现出语言学、美学、人性观念的回归（这种回归，在新世纪转变成了大规模地向传统观念的撤退，如莫言的《檀香刑》）。正如李洁非对《红高粱》的分析指出，抗日战争不过是莫言借以观察战争行为之下人类的表现状态的一个瞭望孔而已，战争意味着什么的问题，比这场战争在历史上是什么样子重要得多。[①] 如果说这种特征在八十年代还有着民族野性精神的宏大的、现代化进步的影子的话，莫言在九十年代的历史小说《丰乳肥臀》则更具颠覆宏大历史的雄心。他试图在小说中树立"民间精神"，以对抗正统的革命叙事对历史的权威解读。这一点，在阿来身上则表现为民族秘史与地域秘史的结合，以少数民族史诗的重新书写，构建新的多民族统一的国家复兴的宏大叙事；在王安忆的小说创作中，则表现为都市神话、女性神话与现代性历史的结合，在对宏大革命历史对抗的日常化书写中，隐含着作者宏大的小说雄心。可以说，在这类小说中，宏大美学的建构理想与解构的冲动激情并存，有时甚至相互冲突，也在另一个方面消解了这类小说的美学表现力度和思想的高度。

同样不可忽视的，还有主旋律意义中的历史小说创作，尤其以军事题材的历史小说最为显著。徐贵祥的《历史的天空》、都梁的《亮剑》、邓一光的《我是太阳》和《父亲是个兵》、石钟山的《父亲进城》，大多集中发表和出版在九十年代中后期，有的则正式出版在 2000 年左右，却以截然不

---

① 参见李洁非：《旧作重评：红高粱》，《当代作家评论》1995 年第 6 期。

同的战争历史的书写模式，形成了一股影响至今的军事历史小说的新热潮。这些军事历史小说，并不同于十七年期间以"开国叙事"为特征的红色革命军事小说，如《红日》《林海雪原》等，而是呈现出了历史人物另类化、思想情感多样化、民族国家意识主旋律化等特征。阶级革命不再是这些小说的核心叙事理念，建立在个人尊严和价值基础上的民族国家意识，成为其主要遵循的叙事规范。而在中国九十年代急切的现代化进程中，现代民族国家意识成为了能最好地统摄人们的精神，最具合法性的叙事形态。由此，这些小说的人物也发生了改变，特别是主人公。有缺点的英雄，如李云龙、姜大牙、关山林，甚至成了一种流行的模式。他们有勇有谋、忠诚勇敢；另一个方面，他们又爱说脏话，不服从纪律，甚至喜欢犯上，有着强烈的个人化情感。这些情况，都反映了历史小说在主旋律的叙事规训之下的巧妙变形。

在九十年代的历史小说中，还有大量传统历史演义的类型小说，甚至占据了绝大多数，但也有很多具有广泛影响力的新通俗历史小说，如唐浩明和二月河的创作。这些历史小说作家，大多史学功底深厚，但又能深入浅出，写出优秀的通俗历史小说。例如，二月河的系列小说，就是非常典型的个案文本。二月河笔下的雍正、乾隆，既不像正统的历史小说那样，寻找很多现代意义的"微言大义"，如赞同所谓的历史进步性；也不像纯粹的通俗小说那样，过分注重历史传奇性和故事的惊悚性，而是在纯文学的探索和通俗性之间，寻找某种内在平衡。二月河发掘皇帝和大臣身上幽深的人性复杂面，也打捞那些历史惊人的细节。在传神的历史现场的复原中，不但发现了历史的复杂，也怪异地传达出了"忠君"等前现代的思想，甚至是传统社会权谋算计心术的"魅力"。这不能不说是中国历史小说的独有特色。凌力的小说中，帝王将相的故事，就具有很强的历史隐喻性。比如，《少年天子》中，帝王的故事实际暗含着英雄叙事，顺治其实被当作历史的推动力，而与现实中的改革、现代化进程形成对照性隐喻。而在二月河的创作中，无论是正面，还是负面，对皇帝形象的塑造，其实也暗含着对个人主义、英雄主义元素的推崇——只不过，这种推崇有着更强的权力形象的塑造，更少理想主义气质罢了。例如，有的批评家就指出："把帝王作为历史的个体和推动历史前进的动力引入小说创作，是历史观念的演化对历史小说创作产生的深刻影响。它虽需要极大的政治勇气，需要从哲学的高度来认识并把握史实，但只要作家有了这种观念的变革，并能站在今天时代的高度重新评价历史，作家在重构历史时就会更具历史的合理性……这种'动力'在《康熙大帝》、《雍正皇帝》中进一步得到生动体现。清王朝创建前后一百年，勇武睿智者联袂而出，康熙、雍正、乾隆共同际会了清王朝社会发展的一个高潮——'康乾盛世'。"[1] 这一切，无疑都说明帝王也是推动生产力的发展、推动历史前进的动力。作家用这样一种历史观念统率历史小说创作，证明历史文学的观念也发生了重大的变化。这一变化的趋势突破了过去历史文学观念上那种狭隘的单一化模式，走向多角度、多层次思考历史生活，注意发掘历史事物内涵的多重意蕴，从而构成历史小说创作意义深远的转折。

但是，同样是在这些通俗历史小说中，对人物和历史的重新评价，其实也暗含着新历史主义创作的诸多原则，如对雍正皇帝的形象刻画，既看到其刻薄寡恩、心思狠毒的帝王心态，也看到了他雄才大略、惨淡经营的气魄。对历史人物的多元化认知，同样也适用于对曾国藩的认知。在这些历史人物的重新评价背后，实际上是对中国历史的重新认识，显示了新史学对中国大陆史学界和文学界的影响。但是，我们同样不能忽视的是，这些小说中对帝王将相的"美化"。这种美化，往往不是一种直接的称颂，而是通过现代人认可的方式，比如以悲剧感的塑造来打造历史人物的"历史魅力"。但在生杀予夺的权力快感的描述中，作家们的价值判断，其实又是暧昧的。而对于"忠君"、"权谋"等思想的提倡，既有着九十年代整体稳定的价值观无处安放的多元化历史背景，也有着前现代历史思维借助传统、

---

[1] 胡良桂：《当代历史小说的现代性与创造性》，《中国文学研究》1997 年第 3 期。

历史的复活的影响，甚至与九十年代商业文化对利益最大化的现实诉求有关。而这种诉求，从某种角度讲，是政治性的，也是经济性的。因为它们将历史政治进行了逼真的权谋性呈现，却缺乏历史理想的引导，从而通过历史窥秘的方式，刺激了历史叙事的经济利益增长点。这些小说中的政治斗争策略，不仅成为某种意义的官场指南，而且成为商场指南。在这些驳杂的色彩背后，还有着现实政治追求大国形象、民族复兴宏大叙事若隐若现的影子。这无疑反映了九十年代历史价值被空心化的时代特征，也显示了现实政治层面对历史话语形式的新的改编策略。对此，我们不能一味否定，或一味肯定，而是要"历史化"地看待问题，既要看到它们的运行轨迹和内在构成方式，警惕它的意识形态渗入性，也要看到当时这些新通俗历史小说的进步性，以及对历史小说的贡献。

四

小说与历史叙事的关系非常复杂。从中国古典文学的角度来看，小说一度被看作是史学的一个分支。如刘知几在《史通·杂述》中说："是知偏记小说，自成一家，而能与正史参行，其所由来尚矣。爰及近古，斯道渐烦，史氏流别，殊途并骛，权而为论，其流有十焉：一曰偏记，二曰小录，三曰逸事，四曰琐言，五曰郡书，六曰家史，七曰别传，八曰杂记，九曰地理书，十曰都邑簿。"[①]很多学者都认为，历史与小说具有密切的联系：一是历史和小说都是不同于客观事物本体的一种虚拟，且都具有叙事特性；二是历史和小说都深切关注人类的生活和经验，皆可称为人学；三是历史和小说相通，二者相互渗透。

对于小说和历史关系最为紧密的叙事形态则是"史诗"。史诗在于反映现实生活的深度、广度，以及对历史规律的体现。保罗·麦线特（Paul

---

[①]　王春云：《小说历史意识研究》，中国社会科学出版社 2013 年版，第 3 页。

wheat line）在《史诗》中认为，现代小说是史诗的一种间接形式，二者之间的继承性在于史诗"超越现实的时空界限"和"包含历史"两个因素。[①]他指出了史诗与史诗性小说的两个共性，即展示"广阔的文化时空范围"，并在叙述中体现"历史的某些必然的规律性"。黑格尔（Georg Wilhelm Friedrich Hegel）认为，史诗之所以成为崇高而伟大的文体，在于其形式与内容，是个人与世界、个人与民族、意志与情感处于融合、充满创造的阶段。而黑格尔对史诗与现代小说的联系，抱矛盾态度。一方面，他认为现代小说是史诗的继承和发展："关于现代民族生活和社会生活，在史诗领域有最广阔的天地的要算是长短不同的各种小说。"[②]另一方面，他又从"心灵"与"世界"统一的角度，声称现代的"分裂社会"，不可能产生史诗："如果今天还有人根据传说事迹去创作一部有民族意义的作品或经典，那简直是一种最荒谬的幻想了。"[③]对现代小说与史诗的复杂关系，除以上看法外，巴赫金（Бах тинг，Мих аил Мих аЙлович）与卢卡奇（Szegedi Lukács György Bernát）则是非常重要的两个关键点。巴赫金认为，现代小说，恰在于对史诗传统的叛逆，是世俗反讽和解构经典的文学形式。他指出，史诗有三个鲜明特点：一是史诗的对象是民族的值得传颂的往事，用歌德（Johann Wolfgang von Goethe）和席勒（Johann Christoph Friedrich von Schiller）的术语就是"绝对的过去"；二是史诗的源泉是民族的传说（不是个人的经验以及以此作为基础产生的自由虚构）；三是史诗的世界与当代，隔着一段绝对的史诗距离。在这里，巴赫金突出了史诗中的"时间距离"。而长篇小说的基本特征：一是长篇小说在风格上同它现实的多语意识相联系的三维性；二是长篇小说中文学形象的时间坐标的根本变化；三是长篇小说中的文学形象构成上的区域，恰恰是一种通过其未完成性表现出的，与

---

① 参见［法］保罗·麦线特：《史诗》，王星译，昆仑出版社 1993 年版，第 94 页。

② ［德］黑格尔：《美学》第三卷（下），朱光潜译，商务印书馆 1981 年版，第 187 页。

③ ［德］黑格尔：《美学》第三卷（下），朱光潜译，商务印书馆 1981 年版，第 124 页。

当前（现代生活）的最大限度的接触。① 也就是说，长篇小说的功能和任务，恰在于书写"当下的故事"，改变史诗"时间距离"，产生反映世俗生活的反讽书写。

卢卡奇的态度则更复杂，其早期著作如《小说立论》《心灵与形式》，他一方面同意现代小说是史诗叛逆者的说法，另一方面则发展了黑格尔对现代史诗的渴望，将现代小说称为"罪恶时代史诗"，强调小说对现代分裂社会的对抗性。卢卡奇认为："史诗和小说是伟大史诗的两种客体化形式，它们的差异并不是由其作者创作信念的差异，而是由作者创作时所面临的历史哲学的现实所决定的。小说是这样一个时代的史诗，在这个时代里，生活的外延总体性不再直接的既存，生活的内在性已变成了一个问题，但这个时代依然拥有总体性信念。"② 那么，这种总体性信念如何获得呢？当史诗时代的整体性、有机性不复存在，小说时代的原则便成了"个人史诗"，即个人通过心灵自我建构，为自我立法，利用"赋形"的方式，重寻"主观的"总体性与有机性。而这种"赋形方式"，在结构而言，则是"反讽"原则，即"小说的反讽，是世界脆弱性的自我修复"③。通过反讽的否定性超越，"心灵的主观"得以克服客体世界的分裂。④ 小说不仅能反映广阔的社会时空现实，表现历史的真实规律，更在于能以"心灵史诗"形式，在"第二自然"的异化统治人类的社会，通过心灵的"反讽"，重新为"主客统一"的主体法则寻找总体性的力量。而《历史与阶级意识》《叙事与描写》等著作，卢卡奇则发展并修正《小说理论》中某些认识，将国家民族意识、阶级意识赋予现代小说形式，从而将现代小说"宏大叙事"性推到"现代史诗"极致高度。他受到马克思主义影响，认为人的"物化"，是世界处于分裂的

---

① 参见［苏］巴赫金：《史诗与长篇小说》，爱略特等编著：《小说的艺术》，社会科学文献出版社1999年版，第118页。

② ［匈］卢卡奇：《卢卡奇早期文选》，张亮译，南京大学出版社2004年版，第32页。

③ ［匈］卢卡奇：《卢卡奇早期文选》，张亮译，南京大学出版社2004年版，第75页。

④ 参见李茂增：《现代性与小说形式》，东方出版中心2008年版，第72页。

主要根源。而现代小说，就是表现历史总体性的"叙事小说"。卢卡奇所推崇的"个人原则"，则让位于历史总体性的"无产阶级主体性"。小说通过对"历史连续性"的揭示，去把握个人如何体现普遍持久事物不可分割的联系环节。这些环节中，处于这些关联中的人不仅可以认识由他所创造的世界，而且可以把世界作为他自身的事物来体验。① 由以上分析和介绍，我们可以得知，在诸多学者的认识中，既有共识性，也有差异性。而对于现代小说的"史诗形式"，则主要指现代小说在主题上表现国家民族叙事的特色性，在叙事上注重扩大的时间和空间纬度，以及小说的历史总体性、客观性。在小说形式上，则讲究小说的故事完整性、现实深刻性，以及人物的典型性。而在中国当代文学中，一部历史小说的最高褒奖就在于评定一部小说为"史诗"。如洪子诚所指出："'史诗性'在当代的长篇小说中，主要表现为揭示'历史本质'的目标，在结构上的宏阔时空跨度与规模，重大历史事实对艺术虚构的加入，以及英雄形象的创作与英雄主义的基调。"②

要理解新历史主义的兴起和失败，理解九十年代历史小说的不同风貌，离不开现代性纬度，离不开民族国家、意识形态和文本特质，也离不开对九十年代历史小说的史诗意识和形态的挖掘与审视。在对九十年代历史小说的考察中，我们会发现，很多小说，都是对八十年代以来流行的史诗意识，即历史悲剧意识、忧患意识和主体意识的重新阐释。悲剧意识即时间产生的恐惧感和无常、虚无感，内化为一种超越的情绪，也是一种崇高的美；忧患意识，和悲剧意识相联系，对历史和现实产生一种联系性的想象，从而总是对肤浅的乐观不满，对现实产生历史性的反思观照，也是主体建构自我的方式；主体意识，即身在历史中的人由历史而产生的主体幻觉。这三者是构建历史宏大叙事的叙述价值观基础，也是其美学基础。它们的风格都是沉重的，厚重的，或者说深沉的。它们将历史和个人的生存，民族

---

① 参见［匈］卢卡奇：《审美特性》第一卷，徐恒醇译，中国社会科学出版社1986年版，第459页。
② 洪子诚：《中国当代文学史》，北京大学出版社1999年版，第108页。

国家的命运，现实的批判相联系，创造出了一种宏大的言说风格。而这种风格还联系着小说审美内部的要素，如时空的阔大，小说体量的庞大，小说人物和故事的繁复，小说主题的深刻宏大等。这样的历史是不允许解构的，而这种不能解构，首先表现在不能亵渎历史的尊严，因为亵渎了历史，也就意味着现在的不确定性，特别是价值判断的不确定性，从而对宏大叙事形成威胁。而有意味的是，在很多作家看来，小叙事也可以追求史诗的风格，如《伪满洲国》这样的作品。这样就形成了九十年代历史写作的某种"自我否定和悖论性"。这也体现了时代逻辑和文学逻辑的冲突，时代呼唤建构和解构并存，而文学的激进，则更多需要解构。因此，解构与建构的并存，既是相矛盾的存在，也是统一的存在。不仅表现在不同文类之间的价值观冲突，不同风格的文本的冲突，也表现为同一文本的冲突，如通俗历史、主旋律历史与新历史主义，也如李锐作品这类有着解构外表的小说。而在很多通俗文本中，其实还有着积极的现代性建构。

我们应抱有严谨的学术态度，才能拨开话语的迷雾，看到历史和文学的真相，从而对新时期以来的整体文学史进行重新评估。而这种"新的眼光和态度"，不仅要求我们不轻信文学史上已有的定见和说法，而且要将曾经发生的文学史上的"事实"，包括九十年代历史小说相关的文本、作家，都视为一个"历史化"的过程和"历史化"的存在，既要看到有利于定见的证据，也要看到文学史内在构成的复杂性，以及被遮蔽的可能性。在本书中，作者采取了个案研究与思潮研究结合方式，而这种历史化地对待历史小说的态度，也正是对新时期以来过度的阐释学所导致的新历史弊病的反思，正如历史学家柴尔德（Childe Vere Gordon）所说："没有一个研究史前史的学者会满足于将他所研究的文化描述成已死亡或静止的机体。它一定是运转的，而且还是变化的，这些被观察到的变化应当被予以描述和解释。在描述和解释这些变化时，将它们归咎于外因，归咎于来自不同文化甚至是外来移民的影响太容易了——只有在有力的具体证据面前，才求助于外来因素——应当尽可能运用内部发展来解释变化，包括从非人为自然

环境变化而产生的适应性调节。"① 柴尔德给我们的启示正在于，必须通过具体的和内部的因素，来讨论历史变化的"主流"，而不是简单将之归结为外部因素——正如我们对中国九十年代历史小说思潮的演变，将之归于西方的新历史思潮一样。

---

① ［英］柴尔德：《历史的重建：考古材料的阐释》，方辉、方堃杨译，上海三联书店 2012 年版，第 232 页。

第一章

"新历史"与"新历史小说"

第一节 神秘历史的先锋书写：
苏童的新历史小说

新历史小说肇始于二十世纪八十年代中期，它试图"瓦解由大事和伟人拼合成的宏伟叙事，消除人们对历史起源及合法性的迷信，重现它们被人为掩饰的冷酷面貌"，对历史"到底发生了什么"这一问题做出新的回答。新历史小说打破了传统历史小说的写作范式，它并不以真实的历史事实和历史人物框架来构筑历史故事，而是一个作家根据历史流传性想象、虚构的世界，是作家对历史的私人性认识与体验，其表现的仍是现代人的人生态度和思想感情。1986年，莫言发表的《红高粱》被指认为新历史小说的奠基之作。其后，苏童的《1934年的逃亡》《妻妾成群》、刘恒的《伏羲伏羲》、格非的《敌人》、余华的《呼喊与细雨》《活着》、叶兆言的《追月楼》、王安忆的《叔叔的故事》等在1989年前后联翩而至，共同为新历史小说的本土化奠定了基础。其产生的根本原因是"因为寻根小说、先锋小说、新写实小说在现实生活和文化历史生活中寻求新的精神资源、价值支点受阻或对之不信任从而转向对历史的重新认识以试图从中解脱现实的存在危机"。新历史小说的叙述特征是虚构，是作家现实人生体悟的"历史化"，"历史"经由作家带有强烈个人色彩的"误读"，转化为一种有意味的文学方式。

苏童是新历史小说作家群的中坚力量，他创作的《1934年的逃亡》《罂粟之家》《红粉》《妻妾成群》《米》《我的帝王生涯》等，也相继成为新历史小说的经典作品。对于历史，苏童曾表达过这样的观点："（过去和历史）对于我是一堆纸质的碎片，因为碎了，我可以按我的方式拾起它，缝补缀合，重建我的世界，我可以关照现实，也可以不关照，我可以以历史还原现实，也可以不还原，因为我给自己留下了时间和空间的距离，我的写作便获得了一个宽广的世界，而我的写作乐趣常常也在于此。"从苏童的表述中，我们可以清晰地认识到虚构与想象是其历史小说创作的主要表征，他利用"历史化"制造了一种反思和评介的审美距离，从而平衡了追求与介入的热情，使小说由现实时空进入心灵"历史时空"时，历史与现实、记忆与当下相互渗透，富有更丰厚的主题深度和思想深刻性。本节深入苏童新历史小说文本的内核，以创作时间为脉络，以主题呈现为主体，探讨苏童新历史小说的内涵和特质。

一、"枫杨树"系列：寻根冲动与生命悲剧的悖论

从 1985 年《石码头》发表开始，随着《祖母的季节》《青石与河流》《飞越我的枫杨树故乡》《1934 年的逃亡》《丧失的桂花树之歌》《故乡：外乡人父子》《蓝白染坊》《罂粟之家》等小说的相继问世，苏童的小说精心构建了一个"枫杨树"系列。这些小说浸透着苏童全部的灵性和情感，既表现了对于故乡枫杨树执着热烈的追求，也表达了作家追求失落后的迷惘。正如作家所说："枫杨树乡村是我长期所虚构的一个所谓故乡的名字，它也是一个精神故乡和一个文学故乡。在它身上寄予着我的怀乡和还乡的情结。"①作家在寻根热潮的推动下，把笔触伸向苏中他的故乡腹地，本意想从祖先身上找寻、挖掘可激活后人生命灵性的精神元素，但他更多感受到的却是野蛮和愚昧。这种"寻找父亲"的冲动，使得苏童的小说呈现出神话价值。

蔡斯（Richard Chase）评价麦尔维尔（Herman Melville）神话时说："神话也是一种象征性的寻找父亲的努力，这个父亲不是宗教中的上帝，而是一种文化理想。这个神话有两个中心主题：堕落与探索，所要探寻的恰恰是在堕落中失去的东西，堕落是麦尔维尔从象征的命运和自己的命运中获得

---

① 周新民、苏童：《打开人性的褶皱——苏童访谈录》，《小说评论》2004 年第 2 期。

的一个本能的意象。"①苏童的探寻正是陷入了麦尔维尔同样的困境。他追踪历史的踪迹，追寻祖先的光荣，但追求的目标最终却是祖先的丑陋与罪恶。

第一，对祖先的诅咒与审视。在苏童的笔下，祖先的神圣光环被无情的剥落，他们呈现出一种赤裸裸的丑恶和堕落。无论是只通狗性不谙世事的幺叔，还是吃喝嫖赌、抛妇弃子的陈宝年；无论是阴险毒辣、饮人精血的陈文治，还是如狼似虎、残害弱者的石匠；无论是恶贯满盈、满手鲜血的刘老侠，还是天然狼种、充满野性的八爷……这些人物群体作为"祖先"的代表，留下的只有粗暴与丑恶、堕落与腐败。苏童小说中寻找"英雄祖先"的隐秘企图，注定是失望和迷惘。对祖先的悲悼与诅咒不可避免地成为苏童小说的必然表现，在苏童的笔下，他们愚昧、麻木、昏聩、荒淫，丧失了独立的自我人格，盲目顺从于命运与本能，顺从于某种统一的意志，却毫不知觉。《1934年的逃亡》中蒋氏受尽磨难最终依然归顺曾经抗拒过的地主陈文治；《青石与河流》中老五面对着自己女人的被掠夺只能辛酸地随水漂走；《飞越我的枫杨树故乡》中的幺叔无时无刻不在背叛着乡村的生活准则，混迹于野狗群，与疯女人野合；《逃》中的陈三麦一生中唯一的事情就是逃，逃没有给他带来自由的生命空间，反而使他的命运更加无法把握；《罂粟之家》中刘素素整日抱着猫昏睡，白痴演义则天天陷入饥饿，唯一的癖好就是吃馒头……祖先的主体意识的丧失导致他们人性的物态化，显示出鲜明的非人化倾向。由此，死亡、罪恶、瘟疫、灾难、毁灭等末日景象，成为苏童小说中祖先生命躁动、生命扭曲和生命萎缩的外部诱因，也最终带领着他们走向死亡。精通水性的幺叔最终溺水而亡，追奔父亲到城市的狗崽伤寒而殁，蒋氏的五个孩子全部被填入死人塘，陈宝年意外而死，春麦逃离了世代生存的枫杨树故乡，最终在宿命指引下走向死亡……此外，桂花的父亲夜去不归，外乡人的父亲奇异失踪，环子抢了"我父亲"后消失在故乡尽头的城市，浪荡子童震沦落异乡，复仇的"父亲"也永不回

---

① 叶舒宪：《神话原型批评》，陕西师范大学出版社1987年版，第21页。

头……失踪和死亡合而为一，成为祖先的终极命运。

第二，欲望病态与颓废的呈现。苏童在《飞越我的枫杨树故乡》中，曾满含深情的以浓重之笔描写枫杨树故乡的场景："直到五十年代初，我的老家枫杨树一带还铺满了南方少见的罂粟花地，春天的时候，河两岸的原野被猩红色大肆侵入，层层叠叠，气韵非凡，如一片茫茫苍苍的红波浪鼓荡着偏僻的乡村，鼓荡着我的乡亲们生生死死呼出的血腥气息。"罂粟是艳丽、华美、奢靡与腐朽相混合的景象，苏童用罂粟来象征枫杨树这一乡村中国最后的绮丽和颓废，并付之以咒语式的书写。土地上的罂粟之花迎风招展，这是死亡之花，是死亡的欲望之花。它肯定死亡，又嘲笑死亡，以它的无限美丽，嘲笑对死亡的迷恋与恐惧。苏童对伴随着死亡气息的末世颓废欲望的呈现，在罂粟颓靡的气息中展开。它不再是单纯的身体性欲的满足，它是历史中的纵欲，在历史中的性乱，它是历史的颓败。[①]

《1934 年的逃亡》中，陈宝年不顾灾荒年乡间妻儿的死活，在城里吃喝嫖赌，为所欲为，他与环儿的夜夜偷情，都在儿子狗崽的窥视下。少年狗崽原本强硬的生命力在对环儿的意淫和手淫过度中渐渐损耗，临死前他的唯一意愿竟是与环儿做爱。《罂粟之家》里，地主刘老侠把父亲的姨太太翠花花弄到手，而翠花花原来是城里的妓女，是刘老侠的弟弟刘老信送给父亲的生日贺礼。刘老信这个浪荡子，在城里挥霍完所有的钱，带着妓女回到家乡，顺手就把女人送给父亲。这些与性有关的行为都陷入人伦道德败坏的严重状况，这种性的错乱与腐败，是祖先们的真正末日了。这种情欲的发泄过程中又伴随种种变态和畸形。因而，他们的子孙是病态或孱弱的，呈现了一种生命力异化的萎缩状态。《妻妾成群》中的陈佐千尽管三妻四妾，却雄风不振，儿子飞浦也是个同性恋。《1934 年的逃亡》中地主陈文治也同样在生殖欲望上出了问题，陈宝年的妻子蒋氏虽善于生养，八个子女却只存活了一个。《罂粟之家》的地主刘老侠血气极旺而乱，血乱没有好子孙。他与翠花花交合生

---

① 参见陈晓明：《论〈罂粟之家〉——苏童创作中的历史感与美学意味》，《文艺争鸣》2007 年第 6 期。

下的演义是一个白痴，其他被生下的孩子都有着鱼样的尾巴，只能扔到河里顺水漂走。关于生殖欲望的病态和腐朽，正暗示了作家的一种失望心态，也在更高层次上对祖先生命模式的追求途程做了回顾与反思。

苏童对欲望的集中呈现和历史蜕变的描写集中体现在《罂粟之家》这一"枫树林"系列的终篇之作中。《罂粟之家》是一部描写欲望的小说，这里的每个人几乎都陷入欲望的困境不能自拔。刘老侠对土地充满强烈的占有欲，他抢夺的最后一块土地是弟弟刘老信的一亩坟茔。而他的土地注定是无法传承的，他血旺且乱，后代都是畸形儿，唯一存活的演义却是白痴；刘老信这个浪荡子来到陌生的城市，妄想踩出土地之外的发财之路，结果一事无成，染上满身的梅毒大疮；沉草作为地主太太翠花花与长工陈茂通奸的产物，所有的悲剧都是注定的；姜龙为了报私愤抢劫刘宅，本来要把沉草劫持上山当土匪，却轻易地以刘老侠之女刘素素的身体泄欲来满足置换；陈茂当上农会主席，革命的权力被他简单地等同于性权力，他对刘家的仇恨最后倾注在对刘素素的强暴上，陈茂的革命欲望就是身体暴力形式的实现。

沉草是欲望的轴心，是起源，也是结果。小说始于他的出生，终于他的死亡。翠花花与陈茂苟合产生的沉草这一地主阶级最后的传人，从出生就注定在阶级身份和血缘上陷入双重的疑难，承受着历史和身体的双重压迫与耻辱。陈茂使沉草的地主阶级后裔身份变得不纯粹，沉草一生都生活在陈茂的阴影中，那是一种弑父的焦虑所折射的阴影。沉草听见陈茂的声音就浑身奇痒，刘老侠从小就教育沉草把陈茂看成一条狗。他让沉草骑到陈茂的背上，让陈茂爬行，让他装狗叫。沉草看见拉驴的陈茂就像看到一条黑狗的虚影，"太阳升起来了，石磨微微发红，他发现陈茂困顿的表情也仿佛太阳地里的狗"。最终，沉草举起枪射杀了生父陈茂，这是一个绝望的行为，注定将无济于事。历史的宿命，注定这个家族的破败，这是一种历史的破败，一个阶级的覆灭。沉草的失败感是一种历史化的失败感，他从棒杀哥哥演义那里第一次体验到暴力和死亡，从姜龙那里感受到乡村中弥漫的阶级仇恨，从陈茂那里感受到挥之不去的血液里的阴影，从庐方那里体验到自己无法参与革命、只能被革命的那种没落命运。沉草个人的性格悲剧与阶级的命运，都陷入了历史的颓败之中，刘老侠、刘老信、刘素素、陈茂、姜龙，这些人都逃不脱历史终结的命运，都消失于历史的虚无和宿命之中。

二、"红粉"系列：女性宿命与文化意识的交融

从 1989 年起，苏童陆续创作了《妻妾成群》《妇女生活》和《红粉》等一批以女性为主角、关注女性生存的小说。他自述道："从 1989 年开始，我尝试以老式方法叙述一些老式的故事，《妻妾成群》和《红粉》最为典型，也是相对比较满意的篇什。我抛弃了一些语言习惯和形式圈套，拾起传统的旧衣裳，将其披盖在人物身上，或者说是试图让一个传统的故事、一个似曾相识的人物获得再生。我喜欢这样的工作并从中得到了一份快乐……"[1] 在《妻妾成群》等小说中，作家叙述了一群旧时代普通女性爱恨情仇、悲欢离合的故事，其背景分别是民初、1938 年至八十年代以及新中国成立初期。苏童关注着女性整体的生存样态及精神困境，他笔下的女性常常是阴暗、扭曲的，不断重复着人性与命运的悲剧。就像林舟所指出的："读《妻妾成群》《妇女生活》和《红粉》，我们仿佛面对一扇扇'烛光照着的关闭的窗'（厨川白村语）。它们不像敞开的窗那样一览无余，却又因烛光的映照而若明若暗，散发着诗意的雾霭，诱发你去想象和猜度里面隐藏着的全部秘密……"[2]

几千年来，男性中心的思想意识形态表现在两性关系上，是男尊女卑，女性供男性享乐和成为生育的工具。"一个人之为女人，与其说是'天生'的，不如说是'形成'的。没有任何生理上、心理上或经济上的定命，能

① 苏童：《怎么回事》，《〈红粉〉代跋》，长江文艺出版社 1992 年版，第 307 页。
② 林舟：《女性生存的悲歌：苏童的三篇女性视角小说解读》，《当代文坛》1993 年第 4 期。

决断女人在社会中的地位，而是人类文化之整体。"① 身处这一文化中的女性，为了适应生存，压抑天性，认同文化派定的角色，她们无意识中扮演了某种文化角色而不自知，很少具有自省的能力，像颂莲在激愤之间说的"女人到底是什么东西，女人到底算什么东西"，也只是停留于激愤而已，并没有将她引向对自身、对女人的反省。苏童的这些关于女性的故事引领我们审视的正是这种一定文化下的女性生存意识和生存状态，这就是说，作者关注的焦点不是男性中的文化及其相应的社会结构、伦理道德等如何为女性设计了种种深渊绝境，而是这些女性身陷深渊绝境之中而不自觉的意识状态和行为方式。② 对男性的依附，成为这些女性共同的生存方式。

《妻妾成群》中男性形象被淡化为一种背景，然而陈佐千所代表的封建男权文化却一直笼罩在陈家大院里，成为造成女性人性扭曲和命运悲剧的罪魁祸首。小说的主人公颂莲是一个接受过新式教育的知识女性，家道中落、父亲自杀使她变得早熟而世故，她选择嫁给有钱人做妾，几乎是自觉成为旧式婚姻的牺牲品。这个"新女性"从走进一个旧家庭的那一刻起，她的干练坚决成为她走向绝望之路的原动力。颂莲的教育背景没有呈现为女性的独立和反抗意识，反而成为她争宠的一种手段。她谙熟女人之间的争风吃醋和钩心斗角，甚至以"床上的机敏和热情"博取陈佐千的欢心。她流连于那口深井旁边，感受着陈家腐朽、阴沉和堕落的力量，却从未想过反抗或逃离。她每次到废井边上总是摆脱不掉梦魇般的幻感。她听见井水在很深的地层翻腾，送上来一些亡灵的语言，她真的听见了，而且感觉到井里泛出冰冷的瘴气，湮没了她的灵魂和肌肤。

失去自我和独立意识的女性，在男权社会中注定被绞杀和吞噬。在虚情假意、阳奉阴违的陈家大院里，在愈演愈烈的钩心斗角、阴谋背叛中，颂莲性格里单纯、善良和率性的一面也变得越发稀薄，从不动声色的与三

① ［法］西蒙·波伏瓦：《第二性》，桑竹影、南珊译，湖南文艺出版社 1986 年版，第 23 页。
② 参见林舟：《女性生存的悲歌——苏童的三篇女性视角小说解读》，《当代文坛》1993 年第 4 期。

太太梅珊的相互偷窥，到气急败坏地殴打雁儿，从有心无意地剪破二太太卓云的耳朵，到阴沉冷毒地与大太太毓如的争吵……颂莲不断分裂爆炸出她性格的阴暗面：争强好胜、敏感多疑、虚弱孤独、乖戾诡诈。她算计着别人也被别人算计，她改变着别人也被别人改变，最终，她无可挽回地走向疯狂。

《妇女生活》描述了一家三代女性娴、芝、萧颇为相似的悲剧命运。娴因着追逐虚无缥缈的明星梦，遭遇孟老板的玩弄与抛弃，她将自己的命运悲剧归结为拒绝堕胎的偶然性，终日沉浸在自怨自艾的追悔和明星梦的追思中；芝的出生注定就是一个悲剧，母爱缺失导致的童年阴影，母亲娴对她与丈夫私生活的窥视，以及不能生育的缘故，疑心过重而导致家庭变故和精神失常；养父对萧掺杂着性的父爱，终究成为萧一生的心结，也成为丈夫外遇的借口和幌子，孕后的萧遭遇了丈夫的负心和抛弃。以男性为生活的重心，对男性的依附和渴存幻想，导致了她们一代代的悲剧。

《红粉》讲述的是新中国成立之初，那些拒绝改造和改造不成功的妓女的故事。《红粉》中的妓女不但没有自我解放意识，还对改造充满了抵触和疑惧，秋仪为了逃避劳动改造在途中跳车而逃，奔向深爱已久的老浦身边，最终因为老浦母亲的坚决反对，被迫进入玩月庵做了尼姑。与此同时，正在改造的小萼却因为缝不完30条麻袋想上吊寻死。女干部给小萼做思想工作，想引导她提升觉悟：

> 你们不怕吃苦，可我怕吃苦。小萼的目光变得无限哀伤，她突然捂着脸呜咽起来，她说，你们是良家妇女，可我天生是个贱货。我没有办法，谁让我天生就是个贱货。

政治话语在她面前显得苍白无力。改造后的小萼一如既往的好逸恶劳，命运无常，她阴差阳错地嫁给了秋仪心爱的男人老浦，老浦为了满足小萼奢侈虚荣的恶习而贪污巨额公款，最终付出了生命的代价。守寡期间，小葶因付不起房租水电费而与房东私通。一年后，小葶将儿子交给秋仪收养，又随另一个男人去了北方。小葶自始至终依靠男人生活，将肉体的出卖等同于男人理所当然的供养，且从不质疑这种做法的合理性。小说中，唯有秋仪清醒地意识到："女人一旦没有钱就只能依赖男人，但是男人却不是可靠的。"失去爱情，随即又遭到尼姑庵驱逐的秋仪，回家后面对亲人的鄙夷，她狠下心来随便地嫁给了一个鸡胸驼背的小男人冯老五。在不被社会与家庭亲人所容的困境逼迫下，秋仪成为了一个自食其力的女人。不想再依靠男人的她，踏入了正常的生活轨道。秋仪也成为苏童新历史小说中为数不多的摆脱对男性的依靠，从而摆脱男性的控制与束缚的女性，展示出女性独立自主的生命状态。

她们作为女人的心灵都带着强烈的人身依附意识，在男性中心文化为她们布置的狭窄通道上艰难地蠕动着，进行她们那可悲的人生搏斗。在这种搏斗中，妻妾之间、母女之间、朋友之间互相仇视、充满敌意、耍尽手腕，不自觉地摧折着自身本来拥有的亲情、同情、友情，代之以虚荣、妒嫉、窥伺、刻毒等异己的力量的主宰，造成自身人格的裂变，呈现出疯狂、病态、畸形、寡弱的心理面貌。[①]《妻妾成群》中，妻妾间的争宠残杀已令人触目惊心，不寒而栗。在二太太卓云身上，显现出女性人性中最卑劣的一面。卓云深陷奴性而不自知，她把自己的失意与痛苦报复在同样不幸的女性身上，参与对梅珊和颂莲等年轻生命的扼杀。《妇女生活》中娴与母亲间的情人争夺最终导致了母亲的死亡，而与女儿芝之间的母女人伦之情也毁灭于相互的尖刻怨恨之中；芝对萧的冷漠，甚至因为女性身份的疑惧而带来的仇视，最终在精神崩溃中终结。《红粉》中，小葶对秋仪无情无义的背叛和秋仪对小葶冷酷犀利的逼视，在她们的姐妹情谊中抹上了浓重的阴影。

这三篇小说虽然情节繁复程度不等，线索单复状态不一，但总体上都呈现出一种回环的特征。《妻妾成群》中梅珊被坠入废井，呼应着在井中死

---

① 参见林舟：《女性生存的悲歌——苏童的三篇女性视角小说解读》，《当代文坛》1993 年第 4 期。

去的上辈姨太太的命运；五太太文竹的到来，照应着发疯的颂莲初入陈家的情景。《妇女生活》中，娴、芝、萧母女三代在生存意识和精神状态的根本点上完全一致，因袭传承。《红粉》中秋仪和小萼一起离开翠云坊，由分而合，结尾处再次挥手分别，这时的小萼仍回首想望见翠云坊的牌楼，虽没看见，却表现出她对其精神寄生地的回归。一切都在循环之中，始终周而复始的是同一种悲剧。这种回环的结构暗示了这些女性在一种超稳态的文化心理结构下的生存悲哀永无止境、无可救赎，这使作品整体带上了颇浓的宿命色彩。

三、《我的帝王生涯》《米》：生存方式与生命困境的探索

1991 年发表的《米》是苏童的第一部长篇小说。小说通过刻画五龙逃离乡村，流浪于城市的精神和生命历程，将作家所"设想的人类的种种困境"，以及"人带着自身的弱点和缺陷"，负载于五龙的身上，将他"与整个世界、整个社会种种问题发生关系，陷入困境"这一"既属于过去也属于现在"[1]的情景展现出来，从而思索人在生存际遇的困厄中面临的生存方式和生命困境问题。正如苏童在谈及《米》时所说："这是我第一次在作品中思考和面对人及人在命运中黑暗的一面。这是一个关于欲望、痛苦、生存和毁灭的故事，我写了一个人具有轮回意义的一生……我想我在这部小说中醉心营造了某种历史、某种宿命、某种结论。"[2]

小说中的五龙是一个乡村的流浪者，一场水灾迫使他带着对故乡的依恋和对城市的幻想踏上了逃亡的路途。进入城市的五龙经受了"食"、"性"和权力的重重考验与磨难，最终成为了城市的统治者。在"食"的挤压下，五龙与城市的关系是以一种奇异的、侮辱的方式开始的，他无意中闯入了

---

① 林舟：《永远的寻找——苏童访谈录》，《花城》1996 年第 1 期。

② 苏童：《急就的讲稿》，《寻找灯绳》，江苏文艺出版社 1995 年版，第 153 页。

城市的毒瘤——码头兄弟会，在饥饿的疯狂压榨下，五龙被阿保逼迫着叫了每个人"爹"，来换取食物。一个无父的乡村孤儿，竟在城市的毒瘤之地认了"父亲"，这无疑给初入城市的五龙戴上了沉重的精神枷锁，也暗示着五龙将以报复的姿态与这个丑恶的城市相对抗。在这里，五龙也体认到城市是流氓、强盗、无赖的世界，是一个侮辱和诋毁弱者生命尊严的世界。米香引导着五龙走向米店，他以愚朴和勤恳赢得了冯老板的信任，做了米店的伙计，解决了"食"的危机。寄人篱下的五龙开始遭遇米店老板的女儿织云"性"的攻击和诱惑。"织云半掩半露的乳房向五龙展现了城市和瓦匠街的淫荡。这是另一种压迫和欺凌。五龙对此耿耿于怀。入夜他在地铺上辗转反侧，情欲像一根绳索勒进他的整个身体，他的脸潮热而痛苦。"对于五龙这样的城市底层来说，性只能被压抑，他却时时受到织云的挑逗和引诱，这种来自身体内部的压迫，演化成另一种对城市的仇恨。五龙不得不隐藏这些仇恨，待机而动。"五龙害怕别人从他的目光中察觉出阴谋和妄想，他的心里匿藏着阴暗的火，它在他的眼睛里秘密地燃烧。"这"阴暗的火"最终指向的是城市的地头蛇吕六爷，从吕六爷对织云轻而易举地占有、玩弄和抛弃中，五龙窥探了权势的威力。六爷既统治着别人，又统治着家族和城市。只有完成"权力"占有，才能最大限度地满足"食"与"性"的需求。

城市以它的罪恶和腐败向五龙展开了攻势，五龙随时承受着对都市的失望以及都市对他的侮辱这双重的精神负荷。城市侮辱了他，但也磨练了他。正是在城市的欺凌和打击下，他的生存意志得到强化，而仇恨的烈火也熊熊燃烧起来。[①] 五龙巧妙地借助六爷之手杀死了阿保，可谓一箭三雕，既报了胯下之辱的仇恨，又杀死了潜在的情敌，还导致了织云的被遗弃。一封告密信集中体现了五龙的阴险、歹毒和计谋，也开始了他"以恶抗恶"报复城市的计划。他迫使冯老板将织云嫁给了他，合法地拥有了城市的"身

---

① 参见吴义勤：《长篇小说与艺术问题》，人民文学出版社 2005 年版，第 70 页。

份证"。冯老板对他的暗算失败后，他以毒攻毒，气死冯老板，赶跑了织云和抱玉，最终强占了绮云，成为米店的主人。并且以自己的残暴和机警炸了吕公馆，赶走了六爷，成了码头兄弟会的头领，新一代城市的地头蛇。尽管他"心灵始终仇视着城市以及城市生活，但他的肉体却在向他们靠拢、接近，千百种诱惑难以抵挡"，在占领城市的过程中，五龙逐渐被城市同化了，牙齿与黄金的交换是他的乡村人格向都市退让的重要标志，流连于城市的妓女间，更是他人格堕落的进一步表征与显现。五龙对城市的统治是专断而残暴的，城市也以受虐的方式通过"性"完成了对五龙的施虐，梅毒使五龙的城市生命出现了逆转，使其迅速枯萎衰竭。

小说执着地刻画和追究了人性中的恶性，这也集中体现在五龙的城市人格上。正如苏童所言："我怀着一种破坏欲和颠覆欲，以异常鲁莽冷酷的推进方式将一个家庭的故事描绘成一个近乎地狱的故事，我要破坏和颠覆的东西太多，被认定的人性、道德、伦理框架，能打碎的统统打碎。"[1]在所有这些被撕裂、打碎的人性道德因素中，五龙被改造被异化的人格裂变中，唯一的支撑——"米"是永恒的。"他来城市带着的一把米其实是他潜意识中对自己乡村人格的偏执维护，米实际上是他以后生命旅程中的精神支柱和人格象征，是他逃避和回归的避难所，是他心中的故乡的唯一安慰。"[2]五龙在占有城市的同时，心中也盛满了城市的罪恶和血腥，饱尝城市的人格异变带来的孤独感和挫败感，只有置身米中，他的身心才能得到彻底的释放，"倚靠着米就像倚靠着一只巨形摇篮，他觉得唯有米是世界上最具有催眠作用的东西，它比女人的肉体更加可靠，更加接近真实"。对米的依恋，让五龙最终对城市彻悟，他买了三千亩地，两车大米，"衣锦还乡"。然而，他饱受城市蹂躏的身体，没有给予他实现这一夙愿的机会，死在归乡的途中，五龙在城市的拼杀，如同满口黄金的牙齿被儿子撬起掠走一般，充满

---

① 苏童：《关于写作姿态的感想》，《时代文学》2003 年第 1 期。

② 吴义勤：《长篇小说与艺术问题》，人民文学出版社 2005 年版，第 78 页。

着虚无的意义和讽刺的意味。

苏童 1992 年发表的长篇小说《我的帝王生涯》和《米》在故事层面上有着几乎相同的情节构架，都是叙述了人在成长过程中的生命际遇和生存心态。只不过帝王端白和乡民五龙的存在角色和文化身份大相径庭，他们生命挣扎的途程也截然不同。但不管怎样，在他们生命的此在中，沦落与救赎、突围与萎顿、逃离与回归等存在境界和存在意象则是相同的，他们都是绝望存在中的存在者，都曾经体验和感受过绝望降临的黑暗和恐惧。不过，在端白荣辱沉浮的特殊生存际遇中蕴含着更为丰富深刻的文化意味，唯我独尊的帝王端白，本应有着众人难以企及的生存自由和生命境界，但作者揭示的却是他的绝望心态和生存困境，这也使得苏童对生存方式和生命困境的探寻更具有普遍性和概括性。

在《我的帝王生涯》中，苏童虚构了燮国，作为一个古老帝国的国王端白的生存环境，"它不同于历史上任何一个已经有过的王朝，却又在一些根本方面似曾相识"，譬如朝政暴虐、君主荒淫、宫廷争斗、酷吏横行、阉臣得宠、贤良被逐、后宫干政等，跟中国历代封建王朝没有区别，然而这终归是部小说，讲述的是"人生的一夜惊梦"。正如苏童所说："我把帝王的一生分成两半，一半在宫廷里，极尽奢华荣耀的假帝王，后半生是从高峰到谷底的一个平民生活，而且是一个杂耍人——走索人，都不真实，都有点夸张，悲喜交加，两种人生，而且是变化幅度最大的两种人生，是对比，也是溶合的，让一个人去品尝。"[①] 苏童借助燮国这一"历史"与"文化"，给人的存在提供一种"可能的场所"，一种生存境遇，借此着力刻画人在其中左冲右突的生存挣扎，一种痛苦的人生体验。在某种意义上，"我的帝王生涯"是对自我个体存在和文化存在的一种象征隐喻，是对"沦落与救赎"寓言原型的现代诠释。

父王的突然驾崩和自己的意外登基，对十四岁的端白来说纯属偶然，

---

① 周新民、苏童：《打开人性的褶皱——苏童访谈录》，《小说评论》2004 年第 2 期。

恰如师父觉空所说，"少年为王，既是你的造化，又是你的不幸"。戴上皇冠的刹那，少年的自由心性注定让渡于帝王的文化规范。帝王身份如一把利剑，将端白的灵魂和肉体彻底劈开了。作为肉体的那部分逐渐演变为一个文化代码，一个没有血肉人性只有帝王共性的文化符号；作为灵魂的那个自我则无疑开始了精神沦亡的痛苦历程。声色犬马、纸醉金迷的帝王生活侵入"我"的骨髓，猜疑、荒淫、暴虐、无信、宠臣这些帝王的文化基因如影随形，"我"变得乖戾无常、冷酷专断，"我有权毁灭我厌恶的一切，包括来自梧桐树下的夜半哭声"，"我想杀死谁谁就得死，否则我就不喜欢当燮王了"……"我"充分体会并享受着肉体的高度"自由"，不惜以残害他人的生命赢得虚假的"自由"。与此同时，"我"的精神愈加孤独和痛苦，变得愈发焦灼自卑和刁怪顽劣，品尝着人性沦丧的耻辱和恶果。老疯子孙信的不幸预言笼罩在帝王上空，"我"与端文的猜忌斗争，后妃之间的互相倾轧，与农人李义芝的暴动、外敌入侵下燮国的岌岌可危遥相呼应，共同构成了恐怖和疑惧的"非人"生存图景，这些强迫着"我"指认迫在眉睫的自我危机。端白之不能拯救蕙妃，正是"非人"的生存危机的具体体现，九五至尊的帝王竟然连自己心爱的女人都保护不了，这是一种讽刺，更是文化真实与生存真实。

叙述端白人性异化时，苏童把他作为一个存在的人表现，揭示他的人性与堕落帝王文化的对峙与搏斗，在这一背景上展现端白人性的消沉与沦落。他爱上蕙妃就是因为看上了她学鸟飞翔、学鸟叫的意象，"她是宫中另一个爱鸟成癖的人，她天真稚拙的灵魂与我的孤独遥相呼应"。为了她，他甚至更愿意做"在潦倒失意中情念红粉佳人的文人墨客"。他想念走索艺人是因他"野性奔放的笑容和自由轻盈的身姿"，因此，他断言，"我倒觉得走索比当燮王威武多了，那才是英雄"。这是端白生存孤独的心灵慰藉，是"世界之夜"的人性曙光。

政变的灾难使得端白从帝王的桎梏中挣脱而出，一夜之间，帝王变庶民，庶民端白开始了漫长艰辛的救赎之途，踏上了"一条灼热的白茫茫的逃亡之路"。他开始"与'世俗生活'不断地摩肩接踵",开始走入了另一种生存境况,体味新的人生遭际和痛苦。土匪剪径,毁灭了渴望衣锦还乡的燕郎的意志。钱财的丧失,使他们奔赴采石县的前途一片灰暗。寄人篱下的端白尴尬不堪,尤其是面对燕郎"妇人式的寻死觅活",他发出了"我到底是个什么东西"的生存疑问。作为一个个体的人的自我真正觉醒,开始了真正意义上的救赎。舍弃燕郎,独自远行,是端白自我救赎的第一步,也是他投入生存炼狱的必经之途。与早已沦落风尘成为卖笑女子的蕙妃的重逢,是对他"最严厉的嘲弄和惩罚",对蕙妃的失望,也是一种残酷的自我否定。端白义无反顾地离开蕙妃,去追寻像"真正的自由和飞鸟"的走索艺人。然而品州的瘟疫,使他丧失了目的地,他终于彻悟:"虔诚的香火救不了我,能救我的只有我自己了。"人生的失落激起的是他存在的勇气,端白开始苦练走索,在磨难中完成自己的精神救赎。潜能的挖掘和人性的复苏,使他终于成为"一只会飞的鸟",一个绝世艺人——走索王。端白彻底地拯救了自己,"在充满纵欲和铜臭的香县街头,我把我的一切彻底分割成两部分,作为帝王的那个部分已化为落叶在大燮宫宫街下悄然泯灭,而作为走索王,在九尺悬索上横空出世"。进京献艺,端白原打算"抵赴一场仪式的终极之地","他本想与沦落中的文化存在作一次公开的对峙,以自我自由活泼的生命宣判自己曾经耽于其中的文化的死亡"[1]。然而,彭国军队的屠杀,燮国的毁灭,让一切归于尘土。端白最终选择了在苦竹寺里度残生——白天走索,夜晚读书,《论语》和棕绳能否实现平静如水的彻悟,则不得而知。

在《我的帝王生涯》中,意识形态紧张感消失了,取而代之的,却是一种对宏大叙事进而与主流意识形态和解的态度。在这部小说里,苏童发展了《妻妾成群》《红粉》《妇女生活》中对历史的日常经验化书写,进而将之指向了"虚构历史"(而非历史虚构)。那些在《1934年的逃亡》《罂粟

---

① 吴义勤:《沦落与救赎——苏童〈我的帝王生涯〉读解》,《当代作家评论》1996年第2期。

之家》《祖先》等小说中对"宏大叙事"的刻意解构与语言学抽象逃避不见
了，转而成为一种更为激进的虚构历史中"人性真实"的寓言化表述，而
苏童在二十一世纪创作的历史小说《碧奴》等，甚至是现在流行的网络架
空历史小说（如《新宋》《边戎》等），我们都可以看到这种思路。《我的帝
王生涯》中，苏童以小说人物燮王端白的眼光与口吻，塑造了一个第一人
称回顾性视角。在叙事学意义上，可将该小说视之为苏童转型的标志，而
非《米》或《妻妾成群》，就在于这篇完全虚构历史的小说中，其叙事视角
运用，蕴涵着"别样"的味道。它并不强调"经验自我"的自述传真实性，
或"叙事自我"的解构性，而是突出"经验自我"的"仿真性"，即突出
"虚构历史"与"自我真实"之间的悖论。我们比较苏童早期先锋历史小说
《1934 年的逃亡》与《我的帝王生涯》的不同开头：

> 父王驾崩的那天早晨，霜露浓重，太阳犹如破碎的蛋黄悬浮
> 于铜尺山的峰峦后面。我在近山堂前晨读，看见一群白色的鹭鸟
> 从乌桕树林中低低掠过，它们围绕近山堂的朱廊黑瓦盘旋片刻，
> 留下数声哀婉的啼啭和几片羽毛，我看见我的手腕上、石案上还
> 有书册上溅满了鹭鸟的灰白稀松的粪便。是鸟粪，公子。书童用
> 丝绢替我擦拭着手腕，他说，秋深了，公子该回宫里读书了。[1]（《我
> 的帝王生涯》）

> 我的父亲也许是个哑巴胎。他的沉默寡言使我家笼罩着一层
> 灰蒙蒙的雾障足有半个世纪，这半个世纪里我出世成长蓬勃衰老。
> 父亲的枫杨树人的精血之气在我身上延续，我也许是个哑巴胎。
> 我也沉默寡言。我属虎，十九岁那年我离家来到都市，回想昔日
> 少年时光，我多么像一只虎崽伏在父亲的屋檐下，通体幽亮发蓝，

---

① 苏童:《我的帝王生涯》,《钟山》1992 年第 2 期。

窥视家中随日月飘浮越飘越浓的雾障，雾障下生活的是我们家族残存的八位亲人。(《1934 年的逃亡》)

明显的区别在于，"叙述自我"向纯虚构性"经验自我"的飘移。在《1934 年的逃亡》中，叙述自我具有很大的自由度，可以任意穿梭在过去与现在的时空，以一种外聚焦的方式，表现"抽象自我"对集体性宏大历史的个人化对抗；而在《我的帝王生涯》中，直接自由引语的出现，则突出了"经验自我"的虚构性。余华的《在细雨中呼喊》、虹影的《饥饿的女儿》等小说中，采取第一人称回顾性叙事，强调"经验自我"表述的真实性和私密感，以凸显个体化感受在历史中的反抗。但在《我的帝王生涯》中，苏童抽空了小说的历史背景，将之沦为寓言化的因素，而"经验自我"的重要性，并不在于表述个体真实，而在于表述个体虚构历史的隐秘快感。苏童有效避免了，或者说"回避了"先锋小说自我主体性与经验现实的割裂问题，而把历史小说引向了一个普遍性、抽象化的寓言世界。隐含作者的价值判断则更为中立。既然历史本身就是"虚构"的，那么，"自我"存在也就不再与之对立，而是以限制性的"经验自我"所传达的叙述真实感，来追求一种寓言化、客观性的表达。而故事时间与叙述时间之间的冲突，也变得缓和，甚至有互相靠拢的迹象。无疑，这里包含一种悖论，即历史虚构的主观性与经验自我的客观性之间的悖论。既然燮国的历史纯粹是虚构的，那么，它与"经验自我"的有距离的客观性，必然形成"颠倒"的历史寓言性结构，燮国的宫廷政治、腐烂的帝王生涯、灭国的悲剧、个体性的生命卑微，成了中国历史宿命的某种"影射"。但吊诡之处在于，这种叙事方式隐含着一种危险，即按照叙事学理论，第一人称限制性视角的"经验自我"，并不等于第三人称限制性视角，因为在此处，隐含作者的价值判断不仅是退隐，而且有消失的危险。它所传达的并不是客观性，而恰是一种"非理性"的虚构想象，即在文本中不断引发故事性悬念，引导读者关注其故事趣味与语言美感，而非内在深度。"经验自我"的限制性，决定了它无法在寓言性文本中，真正担当起历史批判主体功能，很多第一人称回顾性小说，常常是将之与"叙述自我"混合使用。陈晓明曾说，先锋历史小说，是在历史的"遗忘"中，将历史与现实相缝合的。[①]然而，1934年的宏大历史，变成了枫杨树故乡狗崽的个人化历史，而燮王端白的历史，则更一步抽空了历史能指的所指性（燮国是假的，时间性表述也是假的），拉开了历史与个人的距离。先锋小说中集体性与个体性的"真实与虚构"关系，被更加后撤，不仅集体化历史是虚假的，且个人化历史也是虚假的。而虚构的"经验自我"，就变成了虚假历史的"虚假"客观，不仅宏大历史的进步性与个体化主体性无法成立，且人生的不确定性，也不能成立。于是，在虚假主体性叙事中，最终取得胜利的，不是集体历史的宏大叙事性，也不是个体化历史反思的宏大性，更不是抽象的个人性，而是价值的消极虚无性。而这种虚无性，在诗化而写意的小说语言中，更导致了"故事"对于"叙事"的胜利——从这个意义而言，我们可以将《我的帝王生涯》看作一个类似于"从前有座山，山里有座庙，庙里有个和尚……"的"高级叙事版"的通俗历史故事。

第二节　现代性纬度下的民间狂欢：
关于莫言的新历史世界

　　莫言被很多批评家指认为"新历史主义小说"的发轫者与集大成者，其代表作就是以《红高粱》为主的一系列重写近代史的小说。二十世纪九十年代，其小说《丰乳肥臀》更是以现代性纬度下的民间野性狂欢精神，消解了整个中国近现代历史的革命话语，试图创作一种新的民间话语谱系。

---

① 参见陈晓明：《无边的挑战》，时代文艺出版社1993年版，第254页。

该小说在当时引发了轰动，引起了文学界和知识分子界的热烈争论，后来一度遭禁，也导致莫言离开军队系统，开始了新的生活。以下将主要以莫言在九十年代的新历史小说为例，探索现代性纬度与民间性是如何塑造莫言的新历史世界的，以及这个民间历史世界的成就和限度在哪里。

一、现代性：作为小说方法的知识资源

虽然中国尚未进入美国式的"后现代超空间"，但现代性制度对本土文化体验的抽离现象，在二十世纪九十年代的中国现实中无疑或多或少地存在着。莫言小说对民族文化立场尤其是民间文化立场的坚实确立和对民间艺术形式的广泛借鉴，他对民族文化传统和民间文艺传统所持有的崇高敬意，则可以视为本土文化体验对现代性制度抽离机制的反馈和回应。莫言小说试图以回归传统、回归本土文化的方式来安置饱经历史沧桑的心灵痛楚，安抚在剧烈的现代化意识冲击下躁动不安的心情、意绪。在二十世纪八十年代至今的中国，现代化的影响已深深地浸透到创作主体的自我反思性投射中，恰如安东尼·吉登斯（Anthony Giddens）所说："今天的自我认同是一种反思性的成就。在一种当地性的以及全球化的范围内，自我认同的叙述在与迅速变化着的社会生活场景的关系中被形塑、修正和被反思性地保持下来。个体必须要以一种合理而又连贯的方式把对未来的设想与过去的经验联结起来，以便能够促使把被传递的经验的差异性中所产生的信息与当地性的生活整合起来。"[①] 这种现代性的渗透和影响或轻或重地内在于莫言小说的叙述结构、叙述纹理、叙述语调和叙述语言之中。它从"过去"、"历史"与"民间"中寻找思想和艺术资源的举措，在一个更高、更深的层面上显示了传统与现代对立结构的存在，以及对地缘政治学意义上"中国"在"世界"中边缘地位的焦虑。

---

① ［英］安东尼·吉登斯：《现代性与自我认同》，赵旭东等译，三联书店 1998 年版，第 253 页。

日裔美籍学者酒井直树（Naoki Sakai）敏锐地看到了现代性话语的"主要组织装置（organizing apparatus）"："前现代—现代—后现代这一系列似乎给人一个纪年性顺序的印象。然而，必须记住这个顺序从来都不是与世界的地缘政治的格局截然分开的"，"从历史的角度看，'现代性'基本上是与它的历史先行者对立而言的；从地缘政治的角度看，它与非现代，或者更具体地说，与非西方相对照……它排除了前现代西方与现代的西方同时共存之可能性"。[①] 莫言小说对本土传统文化、尤其是对边缘文化的热衷，恰好与中国在世界地缘政治格局中的位置构成奇妙的对应。莫言小说这种明确的"对象化"写作特点使其带有明显的先验性，并显示出强烈的象征化、寓言化色彩。黑孩（《透明的红萝卜》）、余占鳌和戴凤莲（《红高粱家族》）、眉娘（《檀香刑》）不受约束的生命本性的迸发，并非早就存在于创作主体的视线之外或者所谓的客观世界里，等待着作家的发现和表述，而是只有当作家有了关于特定对象的现代性"理念"，对象才能在他们的意识和直观中"出现"，作家才"看见"了自己的表述对象。

"传统"这个概念与现代性的观念和经验密不可分，传统是现代性的对立面，是文化连续性和历史建构的现代隐喻，因此，对传统这个概念以及视传统为社会过程的讨论，必须与现代性和现代主义的社会构成性话语联系起来，并且在这种话语中被语境化。传统本质上是一个现代的概念，它试图描述和意指的也是现代的东西，所以被当作非现代的东西通过现代的概念挪用到现代知识之中。没有现代的中介，现代性就不能表述非现代性。因此，现代的中介使非现代性的表述变得现代了。换言之，被表述为非现代性的东西在有关非现代性的现代话语中获得了意义，既然非现代性只能作为现代性的它性才能加以讨论，所以，有关非现代性的现代话语同时也是关于现代性的话语。这意味着，无论莫言小说描述的是多么"传统"的

[①] ［美］酒井直树：《现代性与其批判：普遍主义和特殊主义的问题》，白培德译，刘成沛校，载张京媛主编：《后殖民理论与文化批评》，北京大学出版社 1999 年版，第 383—384 页。

或"非现代"的东西，这些东西都是通过作家的现代性知识透镜才能够"看见"、构成和"发现"的，恰如有论者所言："在中国，无论是反传统的趋新或是恢复传统的怀旧，都脱不了'现代性'的框架，都是一种现代性的努力。"①

因此，莫言小说的表现对象是在理性/非理性、传统/现代、文明/野蛮、城市/乡村、中心/边缘等一系列二元对立的前提下出现的，它的基本出发点是站在现代理性的立场上来表现被划归为非理性的对象，或者说，是用理性的思维手段来认识那些在现代性语境中无法理喻、难以言说的对象，像考古学家一样，把过去/历史从现在的遗留物发掘出来，用经过还原的或新的理性之光烛照它们，使现代人能够理解它们，并由此明了自己的起源。

从"新时期"小说思潮的表层变迁来看，作家对于文化的重视中所隐含的明确的"民间"意识确实是此前小说创作中所未曾有过的。但正如日本学者柄谷行人（からたに こうじん）在研究日本文学起源时所启示我们的："人们说卢梭（Jean-Jacques Rousseau）最早发现了儿童，不过这决非因为他梦见了浪漫派式的'童心'，而是由于他最早尝试运用了所谓关于儿童的科学观察方法。但是，他所说的孩子——自然人——并非历史的经验性的东西。卢梭为了批判至今积累下来的作为幻想的'意识'，或者为了批判作为历史形成物的制度之不证自明性，在方法上假设了'自然人'的存在。他认为：这是'为了排除遮蔽了我们的眼睛使之无法看到有关人类社会现实基础的知识这一困难，我们所能利用的唯一手段'。就是说，所谓孩子不是实体性的存在，而是一种方法论上的概念。但是，反过来也可以说，正是在这种方法论的眼光之下，孩子成了可观察的对象。或者说，作为观察对象的孩子是从传统的生活世界（Lebenswelt）隔离开来被抽象化了的存在。"② 我们一般认为，儒、道家文化，农耕、游牧文明，都是"现实"中存

① 陈晓明：《现代性与中国当代文学转型》，云南人民出版社 2003 年版，第 223 页。
② ［日］柄谷行人：《日本现代文学的起源》，赵京华译，三联书店 2003 年版，第 124—125 页。

在着的东西，汪曾祺、林斤澜、冯骥才也好，王安忆、韩少功、阿城、莫言也好，只不过是在"新时期"率先发现了它们，或者把它们提到了一定的高度或地位上来加以认识，或者是重新认识到了它们的价值而已。同样，莫言小说对"民间"的"发现"之所以以"民俗"、"神话"、"民间传说"等的"发现"为发端，并不是因为作家有朝一日忽然灵机一动，从所谓的"现实"中"找出"了这些东西，而是因为他们有了"科学观察的方法"和"知识"的透镜才能使这些对象呈现出来。只有在这个意义上，我们才能讨论莫言小说表现的对象，无论这些对象是"民俗"、"神话"、"传说"、"巫术"抑或他物。

因此，在莫言小说的背后潜藏着作家的"西方"、"现代化"眼光。他所关注的是以文化—民族的身份参与到和"世界文学"的竞争中去。现代性的产生以"过去"/"传统"的死亡为前提和代价。因此，现代性与"过去"/"传统"就构成了一种悖论关系：一方面，现代性必须努力挣脱过去、传统或非现代性的东西才能不断追新求变，以求现代；另一方面，它又需要以过去、传统或非现代性的东西确立自己的来源和出处，并且在这个"他者"的镜像中通过比较来认识自己。莫言小说对于地域文化、民间文化和边缘文化的重视告诉我们，"民间"正是作为现代性的"他者话语"而产生的，是现代性的无意识。莫言小说是现代性宏大叙事的一部分，它是启蒙理性的产物，同时也是反启蒙的，或者说，它具有浪漫主义倾向，它所表现的对象是现代性既爱又恨的对象。莫言小说就是要用理性来理解、驯服和定义被界定为"非理性"的传统。在一定意义上，莫言小说中民间倾向的出现是现代性给作家的心理和精神带来的一个后果，是现代性"断裂"中的续结，而小说对"民间"的寻找、诊断又是现代性自我拯救、自我诊治的一种手段。正如研究者所指出的："莫言作为一个民间的现代之子，他在乡土民间藏污纳垢的现实文化空间中，把生命精神充分地张扬起来，而这种生命精神又具有民间文化精神的精华，它与中国的民间现实和民间文化心理密不可分，从而创造了一个独特的、本土的又是现代的审美艺术世界。"①

　　莫言小说通过讲述民族历史/文化，来把握过去，把握对自己的界定；通过"创造"已经流逝的形象，获得进入时间的通道，来解释作家现在所看到的东西，来理解自己所处的时代的混乱状况。"过去"暗示了一种隐蔽的、被遗忘的和落后的文化的轮廓。这种文化以两种方式隐藏起来：在遥远的时间深处，或空间上的远离喧嚣的文明中心的乡下山间的农民村落。这种"过去"的文化，或者被认为是落后的、迷信的、原始的，或者充满古荒、苍凉或野性、雄蛮的气息，如《红高粱家族》《秋水》《红蝗》《复仇记》《马驹横穿沼泽》等作品所昭示的那样。因此，莫言所"发现"和"看到"的过去，并非所谓天然、纯正的过去，并非自然而然、原封不动地被保留在童年记忆或过去/历史之中的那些东西，而是站在"现在"才能"发现"和"看到"的过去，也即只有戴上现代性的知识透镜才能"构造"出来的过去，是一种被重新阐释和构造出来的过去。"过去"被莫言小说赋予了特殊意义，由此成为莫言的对象。在这种情况下，对"过去"这一时间的表现是以空间化的形式进行的。空间表现成为莫言小说的一个重要表现特征，那就是萦绕着高粱精魂的高密东北乡王国……莫言小说对脚下的土地具有强烈的拥抱感，土地从这里生发出强烈而敏感的民族意义。

　　相对于以往的写作，莫言小说着意表达的是人物、环境的非时代性、非具体时间性，它们对某些古老文化现象、文化生态的纯粹性、完整性的追求赋予了表现对象某种绝对、永恒的性质。"这不是一个历史主义眼中的某个特定时期的乡间，而是一块永恒的土地。它的文化与它的苦难一样恒久、古远。时间滤去了历史阶段附着在乡村生活表面的短暂性的特征，而将生活还原为基本的形态：吃、喝、生育、性爱、暴力、死亡……"② 从这个意义上看，莫言笔下的人物不再是"社会主义现实主义"小说中革命的

---

① 王光东：《现代·浪漫·民间》，上海人民出版社 2001 年版，第 268 页。
② 陈娟：《记忆和幻想：新时期小说主潮》，上海文艺出版社 2000 年版，第 296 页。

主力军、教育和改造的对象或迈向共产主义光辉未来的建设者和历史的主体，也不是"伤痕"、"反思"中极"左"政治的受难者和正义的代言者，"改革"中体验到"改革开放"物质利益和精神解放的生产力代表，而是蕴涵着小说家更多的文化期待和文化愿望的"寓言"人物，是作家更新民族气质、构造文化理想的表达。他们不是朱老忠、梁生宝式的阶级代表，关于他们的叙述也难以在政治—阶级层面上运行，而在"文化—民族"的路径上成为了文化人类学意义上的原型意象。这样，莫言小说从对历史的文化反思，转向了对本土文化的结构性的考察与展示。但这种对"本土"、"原初"、"本然"的生命、文化存在状态的展示①，固然挣脱了"阶级论"和"社会学"框架，但在从事文学创作时却不能规避自己的眼光、视点和态度，也深受别的理论、思潮和对现实依据理解的影响。这是作家的宿命。正是在现代性眼光中，"传统"对人的强烈束缚感得到了集中的展示。《红高粱家族》中对"我奶奶"大办丧事时红火热闹场景的极尽铺张挥霍的叙述，对"我父亲"的类似于视觉、嗅觉的"超敏的感觉"的一再强调，还说到高密东北乡人心灵深处有某种"昏睡着的神秘感情"，而每当"我"返回故乡，就能受到这种"神秘力量的启示"。作为新历史主义小说的典范，《红高粱》通过对"高密东北乡"的批判性审视，较好地体现了作者的创作题旨。由上述原因，这篇作品在艺术上就不是一般意义上的现实主义小说，而是带有整体象征意味的具有现代主义倾向的作品。作品中所有关于人物、情节和环境的描写，都不是具体的所指，而是被作者抽象化了的一种象征的符号，整个作品就是通过这个符号系统所构造的一个巨大的艺术意象，来表达整体的象征意味的。

---

① 莫言在《红高粱》中借助"我"说："我害怕自己的嘴巴也重复着别人从别人的书本上抄讨来的语言。"

二、民间：历史的"他者"创造新历史世界

莫言小说讲述的古老故事大都具有上述寓言性，小说人物和叙述氛围则具有超越于个体叙述和故事背景的象征性。家庭或家族之间的恩怨情仇，两个人的感情纠葛或一个人遭际的背后都隐含着一个民族的群体经历和情感呼吁。作为一种带有明显意识形态性的话语方式，象征并不完全限定于指涉一个人、一个事件，它从原初的话语情景中独立出来，追求意义大于形象或自足自律的结构本身，创造一种意在言外的叙述效果。象征往往以意义膨胀、分散甚至破裂的形式，而与更加广阔的现实、政治与权力发生密切关系。莫言小说的象征性诗学不仅表述政治，而且它本身就是政治。在这一点上，它偏离了现实主义塑造宏大、丰富、圆融、多面的"人"/"性格"的写作理念，出现了大批像黑孩、张扣（《天堂蒜薹之歌》）、上官金童（《丰乳肥臀》）等这样残损、瘦弱的形象符号。它的这一特点无疑也是其现代主义强烈冲动的结果。同时，它反对中国式现代派的"洋化"、"西化"，反对前者流露出的无聊感、荒谬感、生存焦虑和边缘人心态，自觉地把自我融会于族群，坚守"新时期"启蒙知识分子的民族振兴的现代性理想。

因而，从"民间"这一概念在莫言小说文本中的构造和阐释来看，它是一个极具伸缩性的概念。它容纳了现代性的对立面，是现代性的另一面。"民间"从本质上是一个时间概念，是"现代化"/"西方"思维的一个范畴而不仅是它的一个对象。"西方"不仅需要空间来完成资本主义和帝国主义的扩张，也需要时间来调节其单线历史模式：进步、发展、现代性（其反面的镜像是停滞、发展不足、传统）。总之，地缘政治在时间政治中有其意识形态基础。莫言话语首先是作为一种文学话语的内在指涉。"民间"的概念，在莫言文本中一直处于一种不断地阐释和界定中，是现代性的"本土的他者"，无论它指的是原始文化、儒家文化、道家文化，还是农业文明、游猎文明，也无论它的文化承载者是野蛮人、农民、儿童、乡下人，还是秉承了文化遗产的所谓整个民族，其中的主导和关键是一种时间距离或时

间差异。但在同时，莫言小说试图通过寻找自我的历史—文化根基，克服认同危机而展开的历史叙述，又内在地缺少了一种"历史意识的觉醒"——当它把自己定位于对"历史／传统的断裂"所进行的"补救"和"接续"时就埋下了这颗终将萌芽的种子（这也是导致莫言小说价值判断含混暧昧的原因之一）。记忆不是对历史的简单复现或摹写，它不仅是一个认知和识别过程，更是一个充满价值感和意义感的构造性、创造性过程。记忆，超出了单纯的个体或群体心理功能，成为接续被断裂、被误读的传统，寻求自我存在意义的"文化政治"行为。莫言小说由集体／民族记忆构设出的"历史"源起于这个书写群体的共同思想焦点——通过对历史的回溯和重构建立自我的历史感、稳定感，重新确立一个知识分子作家在"现代化"冲击下主体何去何从的方向和位置感。小说作为一种象征化了的记忆行为，承担了非传统历史叙事、非传统怀乡所能想象的使命。

莫言小说从根本上说是一种集体回望的精神姿态下产生的一种现代性话语，它必然以"过去"为自己的主要表现对象：神话、传说、巫术、民歌、说唱艺术、风俗活动、生存环境、氛围以及人物的服饰、语言、思维特征等都被设定在"过去"的时间维度中。在那里，他们发现了大量被"启蒙"所排斥和遮蔽的非理性现象，童话、神话、梦境、无意识、疯癫以及被实用理性、革命话语和启蒙理性所掩盖和篡改的以感性、直观和幻想为内核的浓厚的文学精神。莫言小说借此完成了对现代性的工具理性的批判。

尽管现代性启蒙话语把传统和民俗变成了纯粹的过去，使他们转换为历史知识，但是，现代性并没有摆脱传统和民俗（常被视为所谓的"非现代性"）宿命般的纠缠，毋宁说二者构成了一种相生相克的孪生关系。现代性的出现使传统、本土和民俗成为一个问题，成为现代性自我表述的一种话语形式。传统、民间、民俗话语从一开始就作为现代性话语的一部分而产生，所以它一直未能摆脱附属地位，而且要随现代性话语的沉浮而沉浮。换言之，"民间"（边缘、非典籍、非正统）的话语一直没有作为一种独立自主的"中心"（"正统"）的话语形式存在，它不仅从现代性中获得了话语形式，而且从中获得了意义界定，并且"遗传"了其内在矛盾性。奥克塔维奥·帕（Octavio Paz）在把现代性定义为"一种反对其自身的传统"时说："现代时代是一种脱离……现代时代是同基督教社会的分道扬镳。它忠实于其起源，是一种持续的脱离，一种永无止境的分裂……我们在他性中寻求自己，在那里找到自己，而一旦我们与这个我们所发明的、作为我们的反映的他者合而为一，我们又使自己同这种幻影存在脱离，又一次寻求自己，追逐我们自己的阴影。"① 当莫言感受到"新时期"以来文明的进步尤其是城市现代文明的发达时，到"农村"、"乡村"去"旅游"的兴趣和吸引力大增。他显然比以前的作家走得更远，尤其是原始而荒僻的地方。他的"乡村之旅"或"蛮荒之旅"是对现代生活引起的紧张情绪的一种松弛、治疗。通过一次次精神返乡，现代生活造成的精神病苦得以缓解，以"乡村"为映像的"传统"、"民俗"成了现代性既爱又恨并用来寄托和表达自己的矛盾情感的"影子"。在全球化时代的历史语境中，"人们在发展、社会范畴和文化态度上的变化，带来了当代地域意识的发展"②，不同民族的人们必然会"感到保存或再现他们民族和地区遗产的需要"③。进入现代性情境之后，传统的社会秩序、政治制度、伦理结构和文化心理模式因受到剧烈的冲击而分化、变形乃至瓦解，使人失去了对自我社会角色进行有效理解和评判的相对稳定的客观基础，同时，从对传统秩序的反叛中走出的新的自我意识和观念，与其实存其间的社会环境，也处于一定程度的脱节状态。生活于这种"中间"或"过渡"状态的人既无法在传统社会制度、伦理结构、道德评价体系等所提供的视界中确立自我的某种内在本质以及在社会网结中

---

① ［美］马泰·卡林内斯库：《现代性的五副面孔》，顾爱彬、李瑞华译，商务印书馆 2002 年版，第 75 页。

② ［美］阿里夫·德里克：《跨国资本时代的后殖民批评》，王宁译，北京大学出版社 2004 年版，第 107 页。

③ 白乐冲：《全球化时代的民族与文学》，载弗雷德里克·杰姆逊、三好将夫编：《全球化的文化》，马丁译，南京大学出版社 2002 年版，第 162 页。

的位置，又因对现实社会状态的某种不适应，而难以实现对周围事物和自我的完整、稳定的认知，为此就需要重建认识自我的框架，寻求新的自我认同，故而人对自身的存在以及存在的意义和价值就格外关注。自我的全部经验就是他所处其中的历史所给予他的个人经验，他的个人经验和个人体验无法超脱和剥离于他的历史经验。我们对现在的感受和体验在很大程度上取决于我们所拥有的有关过去的知识，凭借这种知识，故我才能实现与今我的联结。

莫言在《我的故乡和童年》中写道：

> 这样的童年也许是我成为作家的一个重要原因吧。这样的童年必然地建立了一种与故乡血肉相连的关系，故乡的山川河流、动物植物都被童年的感情浸淫过，都带上了浓厚的感情色彩，许多后来的朋友都忘记了，但故乡的一切都忘不了……总之，截止到目前为止，我的作品里都充溢着我童年时的感觉。
>
> 一个作家难以逃脱自己的经历，而最难逃脱的是故乡的经历。

可以说，童年的苦难既折磨了莫言又成全了莫言，既给他留下了伤痛又给他带来了心灵和精神的丰厚。他把自己童年的许多特殊瞬间作为情绪记忆储藏在了心灵的深处，这些童年的生命体验是他许多小说的创作基点。

深沉的故乡记忆中褪不掉的则是那民间文化的斑斓色彩。高密民间活灵活现的泥塑、栩栩如生的剪纸，尤其是婉转悠扬、低回跌宕的高密小戏——茂腔，带给莫言深刻的记忆和莫大的启发。"过了几十年以后，这里面给我的启发是非常之大，一个艺术家有自信，他要有这种想象力，这是来自民间的滋养。""一旦我听了茂腔的戏，我就想到我的少年、童年，我流失的人生岁月。现在民间的故乡的声音、故乡的艺术，老百姓的口头传说，这一块东西我想对我的创作产生的影响才是最大的，也是决定此作家跟另外一个作家不同风格最重要的资源。"①

莫言在《红高粱》中以夫子自道的口吻写出了主体回首故乡时，内心涌动的各种难以兼容的矛盾："我曾经对高密东北乡极端热爱，曾经对高密东北乡极端仇恨，长大后努力学习马克思主义，我终于悟到：高密东北乡无疑是地球上最美丽最丑陋、最超脱最世俗、最圣洁最龌龊、最英雄好汉最王八蛋、最能喝酒最能爱的地方。"在这篇小说中，既有个体和民族的生命力、凝聚力在礼俗重压和敌寇入侵下的爆发和凸显，有关于个体和民族在以非人性买卖婚姻形式出现的"传统"和以侵略者面目出现的"现代"所构成的夹缝中倡扬主体人格精神以图生存的宏大命题，又有关于戏弄新娘的颠轿、不成功的抢劫、轰轰烈烈的野合、尿制高粱佳酿、乱七八糟的农民抗日等传奇性、戏谑性情节和场景。前者糅合了启蒙话语和革命话语，色彩浓烈，画面感极强，对于生命主题的演绎蕴含在沉重、艰难的种族／民族寓言中；而后者又同时以强烈的娱乐性和消费性将前者的庄重感、厚实感和批判—反思意向化解于无形。一个五四文学式的反抗包办婚姻、争取个人解放的故事，一个团结民众反抗外敌入侵的"革命文学"故事所应引起的沉重、痛苦在一定程度上被对奇观的窥探和欣赏所冲淡。

作为一种现代性装置的透视物，莫言小说中的民间意识对"全球化"浪潮的抵抗和对主流文化的批判对于避免全球范围内及本土空间中的文化一体化、同质化倾向，接续我们民族的根，重新建构我们的传统，确立不可泯灭的文化个性，从而保持文化的多元、弹性与活力，促进全球化和主流文化的自我批判与自我反思，具有相当重要的意义。正视本土的当下经验，这不仅包含了传统文化的再现，而且清晰地意识到传统文化与现代性以及全球化之间的紧张。我们来自传统，这是一个不可更改的命题；传统是我们的负重抑或是我们的资源？这取决于创造性转化的成效。此刻，文学

---

① 《著名作家莫言作客新浪访谈实录》，2003 年 8 月 6 日，见 http://book.sina.com.cn/41pao/2003-08-06/3/13818.shtml。

无疑扮演一个积极的角色。对于本土的未来，小说不仅提供形象，而且提供智慧。①

细读之下我们会发现，莫言小说中呈现出来的生命智慧与精神，是生命在苦难境遇中被无情禁锢和反复践踏之后所爆发出来的一种力量，一种生命尊严的力量。我们看到莫言的小说，无论是写抗日，还是写土匪；无论是写人的历史生存，还是写当下的现实生活，莫言总是以一种彻底的民间化叙事，在彻底的民间化精神状态中，以一种鲜明的民间意识和民间视点，书写来自民间的生存状态和生命状态，展示那些卑微而又执着的生命潜在的精神向度及其人格魅力，在这些生命力之外，莫言又进行了反思，使他的小说在实现了内容的广度的同时，又有一种追求深度模式的印记。

比如《红高粱家族》在描写奶奶缠脚时，这样写道：

奶奶不到六岁就开始缠脚，日日加紧。一根裹脚布长一丈余，曾外祖母用它，勒断了奶奶的脚骨，把八个脚趾，折断在脚底，真惨！我每次看到她的脚，就心中难过，就恨不得高呼：打倒封建主义！人脚自由万岁！

在敢爱敢恨的奶奶被日本鬼子的子弹击中之后，小说写道：

奶奶被子弹洞穿过的乳房挺拔傲岸，蔑视着人间的道德和堂皇的说教，表现着人的力量和人的自由，生的伟大爱的光荣，奶奶永垂不朽。

这些叙述都充分展示了作家对民间社会中蓬勃生长的民间精神的认同和对自由洒脱的生命精神的礼赞和讴歌。

---

① 参见南帆：《传统与本土经验》，《文艺报》2006年9月19日。

莫言对中国的现代性达成方式表达了他的怀疑和担忧。

《丰乳肥臀》是莫言费了巨大心力的一部奇书，也是最能表现他的所谓新历史主义世界的复杂性的作品。首先，这部小说可以看作一部关于"民间"生命形态的巨大隐喻："丰乳"和"肥臀"正是生命得以生成、呵护和滋养的母亲的象征。小说以超长的篇幅和超大的容量阐发了莫言对于民间生生不息的生命力——母性的崇拜和赞美。小说一开始，莫言便采用了一种相当宏大的视角，将农村中司空见惯的生殖与外敌入侵双线并置。上官鲁氏和家里的骡子一起生产，然而她得到的待遇并不比骡子好多少，因为骡子是头产，而上官氏已经生了一连串的孩子。同时，在这个忙忙碌碌的小家庭之外，凶残的侵略者带着明晃晃的刺刀已经逼近了村子。在这里，无论是上官鲁氏还是骡子，或者侵略者，都具有一种"生产者"的身份，上官鲁氏产下的"金童"，母骡产下的小骡，而侵略者所生产的是"历史"。《丰乳肥臀》中，上官鲁氏无疑是具有某种神性的人物，为了表现她的伟大，作者几乎让她承受了所有反常的苦难。她一生历经战争、疾病、被轮奸、被吊打关押等一系列人生凄苦而惨烈的人生遭遇。但在因无子而受的非人的虐待和接踵而至的坎坷面前，她并没有屈服，没有乞求，有的只是反抗，虽然她的反抗方式是那样疯狂的报复，那样的偏激——弃置身体于她并不喜欢的男人蹂躏，生下一个个非上官家的孩子。在子孙们一个接着一个倒下的劫难面前，她表现出了异常的顽强："这十几年里，上官家的人，像韭菜一样，一茬一茬的死，一茬一茬的发，有生就有死，死容易，活难，越难越要活。越不怕死越要挣扎着活。"平淡的话语透露了历经磨难才有的生命力之顽强。历经漫长的战乱岁月，真正留存下来的只有以上官鲁氏为代表的永恒母性。这种强旺的反抗意识与母性，正是小说以"丰乳""肥臀"所象征的生命原力。莫言把这种普世的价值与具体的民间苦难形式和内容融合起来，暗示着任何灾难和痛苦都无法摧残这一旺盛而执着的生命力。

其次，如果说莫言借助上官鲁氏这个形象表现了民间生命力的顽强，那么，上官金童则是他用来进行历史表现和历史批判的凭借。在这部小说中，莫言对上官金童这个本应是优良人种的上官家族的继承人进行了无情地鞭挞："我爱哭，胆小，懦弱，像一只被阉割过的绵羊。""我"是"抹不上墙的狗屎，扶不上树的死猫"。他遭别人围攻，竟要侄儿侄女来救；遭妻子抛弃，却只会在心里幻想下次一定要如何揍她，还要与其情人握手言欢；终其一生却一事无成，竟想回到母亲那里，仍要母亲养活。上官金童被莫言塑造为可怜的白痴、恋乳狂，一辈子未曾真正走出母亲的子宫。对这一孱弱生命的无情鞭挞更显示了莫言对原始生命强力的张扬，对不被压抑的自由生命的张扬。

同时，对上官金童所隐喻的历史及二十世纪中国文化形态也进行着隐蔽的批判。上官金童是他母亲在中国传统的"重男轻女"的意识支配下，万般无奈地与洋神父苟合所生的孩子。中国女人所遵从的传统的"在家从父，出嫁从夫，夫死从子"，使他在母亲的意识里具有别的姐妹所无法比拟的地位，在传统的家庭伦理的范畴中，他以"男长子"的身份具有天然的优越感。而他是一位中国母亲与洋神父结合所生，这种"中西合璧"似乎应该给他带来优良的基因。所以说，传统的优势尚未失去，自身又几乎先天的带有外来的文明基因，上官金童的生命本应是非同凡响的。但是，事实却正相反，"成长"对他来说成了一件难事，"独立"对他而言是不可能的，因此他需要一遍遍地寻回母亲的乳房以获得滋养，同时顶着一头黄色的头发引人侧目。在《丰乳肥臀》中，上官金童被处理为一个没有攻击性的怪胎，他为我们引发的情感不是厌恶，也不全然是同情，而是表现为一种非常混杂的情感体验——这恰恰是因为，我们正生活在这个怪胎所隐喻的文化与历史形态中。无论是上官金童那残存的传统优势，还是他先天带有的西方基因，都一一映照着二十世纪的中国文化以及历史的阴暗面。上官金童的"非成熟"、"非独立"、自欺欺人的软弱、寻找母体的欲求，不是活生生地在这段历史以及文化形态中存在着吗？因此，上官金童这个形象承载着作者的文化与历史批判，同时，也间接地表达着莫言对于"现代性"的某种焦虑,这种焦虑出于对所谓"中国现代性"的强烈质疑,无论其起源还是其过程,都受到了质疑甚至反讽。值得注意的是,莫言隐蔽地将上官金童所负载的情感价值暧昧化,或者说他将对二十世纪中国的文化历史形态的价值判断模糊化,表达了一种历史的同情,但也隐隐地传达出寻找二十世纪中国刚健主体性的愿望。但是这种愿望的表达非常微弱,或者说莫言对这种价值判断的暧昧性进行了过度的营造,影响了这部小说的思想深度和现实价值。

再次,单从叙事内容上来看《丰乳肥臀》的历史表现,我们会发现它与莫言的其他小说基本具有一致的特点,表现为概括二十世纪中国民间生活的历史过程的努力,在这个层面上,《丰乳肥臀》与《四十一炮》《檀香刑》等都可以视为一部有着惊人长度和厚度的民间生活史。但是,正如上面所说,莫言的叙事目的显然并非仅仅为了强调其创作的历史品格,而是希望在这种相对完整的历史脉络贯穿和观照下,审视普通底层百姓在不同历史境域中的生存状态、生命状态及其内在的精神秉赋。古希腊经典悲剧《俄狄浦斯王》中有句著名台词:"在还没有跨越生命的大限之前,在还没有从痛苦中得到解脱之前,没有一个凡人敢说自己是幸福的。"就存在本身而言,痛苦无处不在,也无时不在,但莫言叙事的重点显然不是为了传达这种形而上意义层面的终极存在之痛,他更多的是要通过那些底层百姓在生存中所遭遇的内心之痛,以及他们在这种疼痛中的反抗与挣扎,来激活并展现他们被忽略的内心世界和诸多非同凡响的生命精神。因为在这种民间生存状态中蕴涵着柔韧的世俗生存精神,蒸腾着无拘无束、放荡不羁的生命活力。莫言小说的创作目的,就是要透过厚重的历史幕墙,穿越人世生存的艰难与痛苦,在荒诞时代人的荒诞生存中寻找那能够显示人类一丝生气的寄存地,寻找人类生生不息的生存密码。从这个意义上说,《丰乳肥臀》并没有把历史作为小说的主体,也没有像先前的《红高粱》一样单纯地讴歌生命力,也并没有把小说降低为《檀香刑》般辞气浮露的文化批判型小说,而是在某种程度上做到了有机的融合。之所以说"某种程度",是因为这个

文本的表层和深层内容，像所有那些伟大的新历史主义作品一样水乳交融，很难截然分开，从原始强悍的生命原力到藏污纳垢的民间文化，再到深沉精微的历史文化审视，《丰乳肥臀》有一种"饱满"的形态，尽管这种"饱满"时有涨破肆流的危险。

三、现代性视野下的"新历史"边界

二十世纪中国文学，受到时代政治文化语境的强烈影响，具有明显的宏大叙事的特征——其中一个重要特征便是政治道德化、道德政治化。从五四新文学、三十年代左翼文学到解放区革命文学，其中一个重要走向，就是文学与政治的关系越来越紧密。特别是四十年代毛泽东在《讲话》中提出的"文学从属于政治"的方针，更是把文学与政治的紧密关系变成一个基本原则。在确立"文学从属于政治"这一方针后，中国作家生产出来的文学作品，大致具备这样两个特点：第一，作家用政治视角认识社会、反映社会；第二，文学作品成为政治的宣传教化工具。但是，当我们在大量的文学作品中寻找和辨别这种政治视角时，我们发现，这种政治视角与道德视角很多时候奇特地重合在一起。当作家把某一个人物判定为政治上的反动派时，他同时必定是一个道德意义上的坏人；同样，当某人被界定为政治上的革命派时，他同时必定是道德意义上的好人。消灭一切政治意义也是道德意义上的"异类"，塑造圣洁的"新人"，这是文学从属于政治的反映和要求。

中国是一个注重道德的国家，从家族制度中产生出来的封建伦理道德，一直是中国文化的核心。正如梁漱溟所认为的那样，中国是一个"伦理本位的社会"[①]，道德在整个中国文化中扮演着极其重要的角色。中国传统文化中占据中心地位的是儒家学说，儒家推崇礼义，主张以礼治国，以礼区

---

① 梁漱溟：《中国文化要义》，学林出版社1987年版，第79页。

分君臣、父子、贵贱、亲疏之别。孔子把他的伦理原则与政治原则结合得很紧密，所以有学者称之为"伦理政治"，这开创了中国文化的一大传统，即泛道德化倾向。孔子所谓的仁，实际上是融道德、人伦、政治于一炉的；其所倡导的治术则以德、礼为主，政、刑为助。[①]所谓"为政以德"的德治，则是指通过在位者的人格感召来教化大众，匡正人心，使百姓相亲相爱，知礼守法。宋明以来的新儒学进一步强化了君子自觉的修身之道。所谓修身、齐家、治国、平天下，就是从个体的道德修养开始，一直延伸到治理国家的政治事务，个体的道德修养成了参与政治事务的先决条件。这一文化传统，使中国人习惯于把道德与政治紧密地联系起来。

对于这个文化传统对作家创作的规约，莫言有一个"悲壮的抵抗"。其所谓的"悲壮的抵抗"有三层含义："一是全球文化一体化是个不可抗拒的潮流，文化人如何来抵抗这种全球一体化？全球3000种语言正以每年消失60种的速度消失，再有50年，就该消失差不多了。每个民族都不愿意自己的语言被消亡。在这个背景下，作家坚持用母语进行写作，为保持民族的完整性和独立性尽一份力的行为，确是悲壮的抵抗。当然，这种抵抗是否有意义，也值得商榷。第二个意义上的悲壮抵抗，是小说这门艺术形式本身正在走向衰落，各种新生艺术门类也正抢夺人们的时间，吸引人们的眼球。在这种情况下作家要挽救小说，必须向外国小说学习，在了解的基础上不断创新。向民间学习，学习老百姓生动的语言，自觉保持底层、平民意识。第三层意义上的悲壮的抵抗，是作家要自觉地与自我挑战，就像唐·吉诃德一次次向风车挑战一样。作家最大的敌人是自己过去的作品。"

在莫言关于"悲壮的抵抗"的三层含义中最关键的是"抵抗全球一体化"姿态。在这背后，是近年来文化界、思想界盛行一时的文化民族主义思潮合乎逻辑的延伸。分析原因：其一，民族主义"是一种不太系统的意

---

① 参见萧公权：《中国政治思想史》（一），辽宁教育出版社1998年版，第57页。

识形态和社会运动，它强调特定民族的具体文化传统，强调民族利益至上，保护和传承其民族的固有文化传统和疆界的完整"①。简单地说，文化民族主义就是指"一种对母语文化的强烈认同"②。作为一个内涵相当丰厚的概念，文化民族主义实际上反映的是世界"各主要文明或文明体系间的紧张"③。它是一种由文明冲突进而导致文化紧张而引起的对于本土文化的保护性反应，其基本价值在于马克斯·韦伯（Max Weber）所说的对于民族文化与民族声望的关怀；其二，如莫言所说，文化民族主义在中国发生的现实语境，是"由于全球文化一体化是个不可抗拒的潮流"。"全球文化一体化"在某种程度上而言就是"全球文化西方化"，这一过程中，民族文化的身份和地位将受到前所未有的质疑和动摇。

德国哲学家尼采（Friedrich Wilhelm Nietzsche）曾说："肯定生命，哪怕是在最异样最艰难的问题上；生命意志在其最高类型的牺牲中，为自身的不可穷竭而欢欣鼓舞，我称这为酒神精神，我把这看作通往悲剧诗人心理的桥梁，不是为了摆脱恐惧和怜悯，不是为了通过猛烈的宣泄而从一种危险的激情中净化自己（亚里士多德如此误解）；而是为了超越恐惧和怜悯，为了成为生命之永恒喜悦本身，这种喜悦在自身中也包含着毁灭的喜悦。"④《红高粱家族》的爷爷、奶奶以及高密东北乡的乡亲们都显示出对于生命本能的热爱和对自由自在的生活方式的追求。正如奶奶在临死之前所说："什么叫贞节？什么叫正道？什么叫善良？什么是邪恶？你一直没有告诉过我。我只有按着我自己的想法去办，我爱幸福，我爱力量，我爱美，我的身体是我的，我为自己做主，我不怕罪，不怕罚，我不怕进你的十八层地狱，

① 刘军宁：《民族主义四面观》，李世涛主编：《知识分子立场：民族主义与转型期中国的命运》，时代文艺出版社2000年版，第12页。

② 阮炜：《政治民族主义与文化民族主义》，李世涛主编：《知识分子立场：民族主义与转型期中国的命运》，时代文艺出版社2000年版，第116页。

③ 阮炜：《政治民族主义与文化民族主义》，李世涛主编：《知识分子立场：民族主义与转型期中国的命运》，时代文艺出版社2000年版，第117页。

④ [德]尼采：《悲剧的诞生》，周国平译，上海人民出版社2009年版，第345页。

我该做的都做了，该干的都干了，我什么都不怕。"莫言笔下的这些不羁的生命、自由的生命，就是强悍的生命，已无法用既定的道德规范、生活原则以及善恶等观念原则去约束，也无法以这些原则去评判他们。个体生命作为自身存在意义的确立成了他们的生活原则。小说所营造的审美世界就是一个充盈着感性生命活力的民间世界，就是一个孕育着现代生命精神的民间世界。而这些都是现代文明社会中所缺乏的，那些"退化"了的文明人可以也应该从那些"野蛮"、"愚蠢"的民间乡土社会中去汲取新鲜的血液和强健的生命力。

可以说在小说人物类型的设置上，莫言总体上表现出对生命强力的礼赞。

第一类是女性形象。《红高粱家族》中的奶奶、二奶奶，《食草家族》中的二姑，《姑妈的宝刀》中的孙家姑妈，《野骡子》中的"坏女人"野骡子，《檀香刑》中的眉娘，等等。她们尽管命运多舛，但都大胆泼辣、敢作敢为，体格健壮、生殖力旺盛。她们是生命的创造者和养育者。《丰乳肥臀》中的母亲忍辱负重，任劳任怨，饱经风霜，无怨无悔。她为了生存下去，为了活得像一个女人，甚至主动去寻求光棍汉高大膘子的糟蹋。她为了活得像一个人，像驴像骡马一样地套上牲畜的笼嘴给麻帮拉磨。为了哺育一个又一个孩子，她受尽饥饿、寒冷、死亡、恐惧、孤独、痛苦等人世间所有灾难的折磨和威胁，默默地忍受这一切，因为她的灵魂深处有做一次真正人的欲望。

第二类是"小男孩"形象。《透明的红萝卜》中的黑孩，《枯河》中的小虎，《红高粱家族》中的豆官，《遇仙》《大风》《猫事荟萃》等作品中的"我"，《酒国》中的少年"金刚钻"、少年余一尺、"小叔叔"、"生鱼鳞皮肤的小子"，以及《丰乳肥臀》中的司马粮，等等。他们大都倔强、粗野、机敏、沉默寡言、生命力旺盛。《透明的红萝卜》中的主人公黑孩是一个倔强顽强、饱受困苦的农村孩子，他对苦难有着令人难以想象的承受能力。他固然是凝聚着作者切身体验的独特艺术形象①，承载着作者对中国历史与现实的反思，但同时他又超出了个性和性格的范畴，而成为一种虽被压抑却仍在运行的蓬勃生命力的象征。正如评论家所指出的那样："黑孩形象中的非现实色彩，使他在一定意义上成为一种抽象和象征。这和《西游记》中孙悟空的形象是一种抽象和象征有些类似。只不过孙悟空是人们在专制压迫和长期压抑下所形成的那种造反情绪和愿望的抽象、象征。而黑孩却是中国农民那种能够在任何严酷的条件下都能生存发展的无限的生命力的抽象和象征。无论黑孩那种超自然的、神秘的承受苦难和忍耐痛苦的能力，无论黑孩那在刚刚能活下去的恶劣条件下仍能保持那么多幻想，仍能顽强地去追求的炽烈感情，我们都不能把它们只看做是人物性格，而是应当做作者对中国农民的反思。"②《铁孩》里，铁孩告诉木头，人的牙齿是最坚硬的东西，人不需要学习就可以以铁为食。拿过一块铁筋，"咸咸的，酸酸的，腥腥的，有点像腌鱼的味道"，"不费劲就咬下一截，咀嚼，越嚼越香"。于是，饱受饥饿之苦的木头，也从容地开始了吃铁的生涯，再看到大肉包子反倒觉得臭不可闻，避之不及。他们用一张嘴，吃掉了铁锅，尝了尝铁轨，甚至还吃坏了追捕者的手枪。

文学表达的是人的生命感觉，它以艺术化的方式传达、阐明人的生命体验，与此同时，它将映射出作者生存其间的外部社会生活文化机制，将后者转换为文学的内在结构并把它凝结为富有精神冲击力或审美魅力的形式之中。也就是说，文学既是生命的表达，又是生命的转喻。生命观念是文学的永恒主题，也是文学的精神风骨所呈现的基质。文学凝结着创作主

---

① 莫言曾说："一个作家一辈子可能写出几十本书，可能塑造出几百个人物，但几十本书只不过是一本书的种种翻版，几百个人物只不过是一个人物的种种化身。这几十本书合成的一本书就是作家的自传，这几百个人物合成的一个人物就是作家的自我。"在另一处他又说："如果硬要我从自己的书里抽出一个这样的人物，那么，这个人物就是我在《透明的红萝卜》里写的那个没有姓名的黑孩子。"

② 李陀：《"妙在似与不似之间"——评中篇小说〈透明的红萝卜〉》，《文艺报》1985 年 7 月 6 日。

体的生命体验,而生命体验就是一种与艺术和审美相关的更为深层、更具活力的生命意义的瞬间领悟和存在状态。它融合着人的情感、想象和激情,与人的血肉、灵魂、禀赋等个体特质相交融,是饱含着意义和领悟的特殊瞬间。①

与许多追求语言雅化的当代作家不同的是,莫言小说倾心运用民间话语,在民间话语中褒贬人物和事件,在民间话语中关注民族生存状况。民间话语是与主流话语相对立的一种话语方式。莫言小说中的人物都不是历史主体,是主流话语中的一些边缘性人物,但却是民间话语下的主体。民间话语和主流话语相对,所以,它不受主流话语统治下的道德、法律的约束或制约,它模糊了美与丑、崇高与卑下、善与恶等的界限,它只再现本真的历史和生活,只张扬、赞美这鲜活的生命力,已无法对其做伦理的、道德的简单价值判断。

莫言认为:"如果一味地歌颂真善美,恰好变成了一个独轮车。"②在小说中他以敏锐的感觉痛快淋漓地描写丑恶,并通过艺术途径化丑为美。在《红蝗》中作者把眼光投向了"自己"那个奇异的食草家族,借助艺术世界来尽情地宣泄自己生命被压抑的情感。小说以原始蛮荒的生活原生状态来表现生活,通过对原始蛮荒的原生状态的描写,展示出祖辈个体生命的勃发雄健。肮脏、邪恶、丑陋充斥在小说中:乱糟糟的城市生活;讲授"一夫一妻"制家庭是最合理最道德的家庭结构的老教授与女大学生的暧昧关系;九老妈被九老爷和"我"从臭水渠的淤泥里"拔"出来后的肮脏场景……在城市生活中,"我"感到种种屈辱和痛苦,"我们美丽的语言被人骂成粗俗、污秽、不堪入目、不堪入耳,我们很委屈。我们歌颂大便,歌颂大便的幸福时,肛门里积满锈垢的人骂我们肮脏下流,我们更委屈"(《红蝗》)。对城市生活厌倦,使"我"对故乡有一种说不出的充实和自豪感,"感到

---

① 参见南帆:《传统与本土经验》,《文艺报》2006 年 9 月 19 日。
② 莫言:《我的"农民意识"观》,《文学评论家》1989 年第 2 期。

像睡在母亲子宫里一样安全"(《红蝗》),将"现代文明"对人的感性的压抑和对生命活力的窒息揭示无遗。这正体现出作者对回归原始蛮荒的率真、质朴、自然、生命力顽强的生活状态的向往和追求。小说中说"人,其实跟畜牲差不多"。小说中对两性关系的描写也超越了俗常的意义而体现出超越社会伦理规范和道德约束的生命本能冲动。小说中最惊心动魄的爱情是四老妈与婚前恋人铜锅匠李大人的爱。当这对旧情人被四老爷阴谋"拿双"之后,四老爷如愿以偿地休了妻子。被四老爷打瞎一只眼睛的铜锅匠提着双枪来抢旧情人,并准备将四老爷、九老爷"格杀勿论";而此时,四老妈正提着破鞋骑在驴背上,严辞怒骂食草家族中虚伪的男性尊长。"我忽然意识到,作为一个严酷无情的子孙,站在审判祖宗的席位上,尽管手下就摆着严斥背着丈夫通奸的信条,这信条甚至如同血液在每个目不识丁的男人女人身上流通,在以兽性为基础的道德和以人性为基础的感情面前,天平发生了倾斜,我无法宣判四老妈的罪行……"(《红蝗》)四老妈与铜锅匠的超越寻常的恋情;四老妈被休后异乎寻常的言行举止;铜锅匠不惜生命对情人的保护、争夺乃至殉情,无不体现出祖辈们敢爱敢恨的生命活力。

在作者看来,这些野性十足的人们身上潜藏着一种强烈的生命本能力量。食草家庭的近亲通婚,导致了家庭的衰败和"种的退化",手脚长蹼膜的孩子不断出生。为了家道中兴,族里制定了严禁同姓通婚的规定。"正像任何一项正确的进步措施都有极不人道的一面一样,这条规定,对于吃青草、拉不臭大便的优异家庭的繁衍昌盛兴旺发达无疑具有革命性的意义,但具体到正在热恋着的一对手足上生着蹼膜的青年男女身上,就显得惨无人道。"(《红蝗》)这一对蔑视法规的健康漂亮、感情充沛、性欲旺盛、已经孕育了生命的小老老祖宗被制定法规的老老祖宗活活烧死了。"已经过去了数百年,但那把火一直没有熄灭,它暗藏在家族的每一个成员的心里,一有机会就熊熊燃烧起来。"(《红蝗》)熊熊燃烧的生命之火显然是无法被顽固的压抑人性的传统力量而扑灭的。

对本能欲望的追求,对自由自在的生命形态的追慕,是人本身原始生命力的体现，民间文化也由此呈现出粗鄙化形态。但值得注意的是这一粗鄙化的民间文化形态并非一无是处、一无足取，它对于人们生命与精神的开放性和涵容性具有一种解蔽和释放功能。它有可能以自身别具一格的立场与方式默默地参与到这个世界的大合唱中来，并且一旦被人赋予这种可能以现实性，它就会呈示出对于历史与现实、宇宙与人生完全不同的阐释空间，而把人们从一元论的思维梦魇中解放出来。

第三节 虚构的热情与悖论的反思：
李锐的历史反思小说

九十年代的历史小说创作中，李锐是一个不能忽视的作家。他的历史小说多呈现出个体化历史理性观，即尊重个体生命价值、尊严，重塑更理性、人道的历史进步观，反思集体启蒙思潮，给个体生命造成的巨大精神伤害。同时，他的这类反思小说，也继承原有启蒙精神的现实批判性和历史纬度，在将历史个体化的同时，拒绝以美学的名义消解历史的本体性存在，拒绝以规避策略掩盖历史与现实的伤疤。这方面的代表性作品，有《旧址》《银城故事》《无风之树》《万里无云》等。与李锐有相类似倾向的作品，还有陈家桥的《别动》、李晓的《相会在 K 市》、王小波的《革命时期的爱情》、李洱的《花腔》、尤凤伟的《中国一九五七》、邓一光的《远离稼穑》、周梅森的《大捷》《事变》等。这里值得注意的，是这种个体化历史理性观与集体性历史进化论之间的区别与联系。

反思革命历史，塑造个体化历史观，是二十世纪九十年代历史反思小说中存在的重要思想倾向。通过相反相成的策略，小说家们努力实现"反思"与"有限个体性"原则。在具体文本实践中，新的史观的形成，却常常受制于前现代与后现代思维。这些作品，一方面表现出虚无消极、向强权认同的前现代因素；另一方面，则出现了后现代消解一切主体中心的语言学狂欢。而这两个过程，常常与小说家建立个人化历史主体的渴求纠缠在一起，从而以杂糅的形态，曲折地再现了二十世纪九十年代启蒙批判小说的愿望和危机。刘震云的《故乡天下黄花》《一腔废话》、李晓的《相会在K市》、李锐的《万里无云》《银城故事》等小说，都表现出这一倾向。刘震云将宏大叙事的世界隐喻，变形为几个历史人物喋喋不休的话语流，从而为"后现代解构"蒙上了一层浓浓的小农意识。李晓将革命化解为一场不知结局的邂逅，而李锐的小说，则深刻地再现了解构革命历史、建构个人化历史的复杂过程中，历史理性的迷失与自我悖反。

李锐早期《厚土》等小说，表现出对阶级革命意识形态的质疑。但他更多是通过对底层民间苦难生活史的描绘，获得朴素的民间道义感和伦理性，借助那些永远贫瘠着的土地、那些质朴而又生生不息的农民，诉说他有关人生的感悟。对于这些小说，当时很多评论者都认为，是一些以愚昧的国民性批判为己任的创作，然而，他们大都忽视了李锐在营造民间氛围中的"良苦用心"①。这些苦难而顽强的底层命运，不再是鲁迅式居高临下的批判，也不等同于九十年代以民间叙事为宗旨的小说，更不是《灵与肉》以人民的野蛮强力面貌出现的知识分子参照物，而是试图在革命话语笼罩一切的年代，从社会边缘中寻找一种朴素却宽容的人性力量。这种农民苦难史的描述，也因这些反现代性书写，具有了另类的现代性意味。这些小说中，有对穷困乡村荒诞的政治民主的反讽（《选贼》），也有为当年抗洪救人而死的女知青玉香修坟的感人场景（《合坟》），当女知青不再被革命历史

---

① 如李锐指出："我们再不应把国民性、劣根性或者任何一种文化形态的描述，当作立意、主旨或是目的，而应当把它们变成素材，把它们变成为血液里的有机成分，去追求一种更高的文学体现。在这个理想中，不应以任何文化模式的描述或者批判的完成当作目的——而还给人们一个真实的人的处境，在对这个处境的刻骨的体察中，人们不再祈灵于什么，人们也才会因此而更为深刻，更真实，也是更丰富地体察到人之所以是人，人之只好是人。"李锐主编：《〈厚土〉后记》，浙江文艺出版社2000年版，第167页。

当作女英雄的时候，她却以淳朴而高尚的行为，永远活在了村民心里。

而从九十年代《无风之树》开始，李锐通过小说技术改进来表达其启蒙思想的深化与反思。①《无风之树》，善于使用第一人称转换性视角与第三人称限制性视角的结合，在语言上以大量对话和口语进入小说，而叙事结构也偏重于围绕着"暖玉事件"而散发开来。②然而，我们注意到，李锐在小说中只有在"苦根儿"的叙述上采用了第三人称有限视角叙述，利用叙述声音和叙述视角的不统一，充分彰显这个被革命异化的人物的神秘性与不可知性。而对暖玉、刘长胜等人物，作家则用第一人称限制性视角，进行不断转移，在隐含叙事者与人物声音的距离感飘移中，既凸显人物主体性，又显示隐含作者的冷峻批判目光。《万里无云》继承了这种手法，不同的是，人物声音之外，作家还添加了第一人称旁观视角（知青"我"）的贯穿性目光，从而对满喜、仲银、荷花等人物的第一人称转移性声音，进行冷静旁观，消解五人坪历史的进化性，用空间化的、淡化人物背景的手法，突出历史的凝滞与残忍。

此外，李锐的小说《黑白》《北京的金山上》，也都是九十年代少有的启蒙反思力作，强有力地质疑了红色革命理想，颠覆了"无悔青春"知青文学模式。小说《黑白》以"黑"与"白"两个名字，来象征革命年代对人的简单化和非人性处理。革命知青黑，出身煤矿家庭，在北京中学做报告，白爱上了他："黑高举一块腿骨说，是长征路上，我在万恶的万人坑里面挑出来做纪念的。"黑正是以一种恐怖而鲜明的身体意象，打动了年轻的白。后来，两人一起扎根陕西农村。然而，随着知青运动失败，大量知青返城。"黑"与"白"的命运陷入尴尬，不仅没有了往日的光荣与政治待遇，且更为可怕的是，那些他们最为纯洁的革命理想，已被证明是一场政治策

---

① 李锐说："我被那个叙述就是一切的境界所诱惑，经过一番迂回之后，我终于用口语倾诉的方式，完成了《无风之树》。"李锐主编：《〈万里无云〉后记》，中国青年出版社1997年版，第211页。

② 参见康志宏：《从〈无风之树〉看李锐小说文体特点》，《太原城市职业技术学院学报》2006年第4期。

略："黑说，骗人，如果我们再走了，后人就会说，我们说的和做的，都是骗人的。"① 为摆脱这种沉重的虚无，黑多次试图自杀，却奇迹般的安然无恙。最后，黑与白只能以无休止的做爱，通过欲望来填满空虚而痛苦的心灵。"黑"与"白"光着身子死在屋中，以最后的纯洁仪式，实现了对革命政治愚弄人性的抗议。而"黑"在故事结束时，才终于成为一个具体的人：赵卫东，一个知青模范，一个曾经的县委委员，被树立起来的政治牺牲品。

小说《银城故事》写于二十世纪九十年代末二十一世纪初，是李锐新启蒙小说创作的一个高峰。如果说九十年代前期，李锐的《北京的金山上》《黑白》《万里无云》等小说，还只是将反思目光对准"文革"，那么，《银城故事》则延续《旧址》的思路，让李锐回到中国革命历史源头——"清末"，来寻找激进启蒙对中国历史所造成的巨大"断裂性"，并试图从这些断裂的岩缝中张望，去感应那些潜在的"历史连续性"，进而为"反思"树立理性思维坐标。小说题记中，李锐写道："在对那些漏洞百出、自相矛盾的历史文献丧失了信心之后，我决定，让大清宣统二年，西元1910年秋天的银溪涨满性感的河水，无动于衷地穿过城市，把心慌意乱的银城留在四面围攻的困境之中。"这里既有对革命进步历史的怀疑，也展示了丰厚的个体性历史化视角。整部小说，以银城革命党起事为核心事件，以另类的视角，书写了那段风云变幻的历史。银城成了某种中国历史宿命的寓言化象征。它既是作家虚构的产物，又寄托着作家对中国历史和文化传统的认知。

总体而言，小说具有比较鲜明的时间性。然而，故事时间与叙事时间在小说中的布局却绝不统一。四个章节，以《凉州词》四句诗为题目，既暗喻了革命起事的失败，又展现出了一种特殊的描述性空间意味。就整部小说的叙事节奏和速度而言，则是一个"两头松中间紧"的形态。小说开头和结尾，大量介绍其所虚构的银城的民俗和风土人情。法国历史年鉴派代表人物布罗代尔，就曾力图用经济、文化、风俗等历史的变迁，来取代

---

① 李锐：《黑白》，《上海文学》1993年第3期。

我们政治、战争、革命等重大的历史事件与历史人物，来描绘历史的"长时间段"。他认为，长时间段的历史变迁，更注重历史的连续性，因而更能反映历史的真实。[①]《银城故事》开头以"牛屎"为引，详细介绍牛屎对银城日常生活的重要作用，作者耐人寻味地以旁观者身份发言："所有关于银城的历史文献，都致命地忽略了牛屎饼的烟火气。所有粗通文字的人，都自以为是地认为，人的历史不是牛的历史。"结尾，作家则不惜笔墨，用大量篇幅描绘虚构中银城祭祀"牛王"的仪式。这既是中国地域经济发展的重要标志，又带有浓重的乡土气息。牛以自己完美的牺牲奉献，成为人类赞扬的图腾，也暗喻古老经济和社会形态的稳定与繁荣。然而，"白发苍苍的刘三公，对着牛王跪拜下来，忽然老泪纵横"。于是，牛王和刘三公，发生某种形象的"叠化"，作家以这种忍辱负重的形象，为我们刻画了历史中一类容易被忽视，却绝对不能小看的人物。刘三公，虽是本地巨富，却心地慈悲，心态开明，积极支持儿子求学，为银城带来现代文明气息。然而，他敏锐察觉到儿子革命的幼稚，以及聂统领的毒辣用心。他委曲求全、费尽苦心，到头来却使两个儿子都走上了绝路。

小说开端，还大量运用虚构数目字：

> 每头牛从三十两到一百两银子不等，以平均价格七十两算，五千头牛又是一笔三十五万两的白银的交易——每五头牛需要一个小帮车，三万头牛就要六千个小帮车——所以，三万头牛，一千二百个牛牌子，六千个小帮车和盐井上的工匠们连成一体，不动声色地把银城拉入残缺不全、真伪难辨的往事中去。

改革小说中也曾大量出现数字，表达的却是"时不我待"的现代性的

---

① 参见［法］费尔南·布罗代尔：《15至18世纪的物质文明、经济和资本主义》，顾良、施康强译，三联书店1993年版，第23页。

时间焦虑。在林斤澜、陆文夫、汪曾祺、何立伟等以风俗美见长的作家笔下，却大都排斥数字的集中出现。因为它们会削弱小说的诗化意蕴。而在李锐的这篇小说中，大量数字，却像一个沧桑的账房师爷，在介绍本地的地域经济特色。数字的连接，并没有带来压迫的时间进步性，而是时间的绵延性，这些松散的数字组合（如牛、牌子、小帮车的数量），不过是银城虚拟日常生活的一部分，它们的存在恰恰淡化了风俗史小说写作的诗化意味，而强化了虚构日常生活的"真实性"。这种真实不是一种历史经验的真实，而是历史"体验性"的真实，是一种对古老乡土中国沧桑历史内涵的理性认识。这无疑也隐含一种主体性渴望：银城不是一个反现代性的田园乌托邦。银城本身的历史，无论是盐的历史，还是牛屎的历史，都不是黑格尔所谓的"前历史"，而是另一种形态历史理性主体——既不同于历史进化的宏大历史，也不是西方人眼中遥远而神秘的东方史。这也反映了作家李锐一贯的"东西方文化平等"思想，以及反意识形态的"普遍文学性"观点。在他看来，不同文明形态，在文学表现领域，都应具有独立价值，而理性与人性观，不是西方文化专利，而是全人类共同的启蒙进步福利。①

　　这些在开端和结局中，大量游离于故事时间的叙述，其实并不是一种简单的风俗描写。它对"银城故事"的历史线性时间表述的迟滞、延异、耗散，都是一种叙事策略。热奈特（Gérard Genette）曾就描写的迟滞叙事速度功能说过："描写与其说是对被凝望物品的描写，不如说是对凝视者的感知活动、印象、一步步的发现、距离与角度的变化、错误与更正、热情与失望等等叙事与分析，这是非常积极的凝望，包含着整整一个故事。"② 热

---

① 李锐曾言道："所有关于欧洲文化中心、中华文化中心、美国文化中心的判断，都是一种历史的局限和幻想，都是一种为了某种权力和权益而制造出来的神话——为什么要把别人世世代代的剥夺与歧视，内化为自己唯一的判断尺度？用人世间压迫、剥夺的尺度，在世界文学的版图上划分优劣和等级，岂不是对文学、对人类最大的讽刺？"李锐主编：《〈银城故事〉前言》，长江文艺出版社 2002 年版，第 5 页。

② [法] 热拉尔·热奈特：《叙事话语·新叙事话语》，王文融译，中国社会科学出版社 1990 年版，第 61 页。

奈特主要是从叙述视角和叙述距离的角度，阐释了描写作为叙事眼光，造成主客体之间的距离变化和情绪波动。然而，微妙的是，李锐在小说开端和结尾出现的描写，除了迟滞叙事速度外，却有些不符合热奈特的经典定义。因为这种描写，并不像格里耶（Alain Robbe-Grillet）的《橡皮》，是一种贯穿始终的抽象叙事眼光，而是一种"伪造的真实感"。李锐虚构了银城的风土人情与历史细节，却刻意以描写模仿"外在视角的描述"，在开端和结尾，以"连绵—断裂—连绵"的寓言化时间结构，造成抽象的历史理性"反思"与"停顿"。在小说中间部分，李锐并不回避激烈的情节冲突，甚至运用了一些侦破小说的悬疑手法来调动读者的阅读兴趣。但是，他又怪异地在小说开端和结尾，安排了大量散文化、空间化描写，以消解革命历史与现代性时间紧张，以及人物的对立关系。于是，这种叙事结构方式，非常明显地表明李锐更为宽容的新宏大历史观。这几乎可以看作是一种具时间性特色象征：不存在严丝合缝、不断进化的"历史因果"。所有意识形态冲突，都必须以历史客观化的目光看待，才能求得真相。一切想象中的重大历史事件（如革命），其实都充斥着偶然性，写满血腥与非理性。这些异峰突起的片段，不过是历史长河中一朵朵高高扬起又很快破碎的浪花，而日常、人性化、理性、文明积累、平缓进步的人类历史，某种程度而言，才是历史潜在真相与历史进步性。

传统革命宏大历史人物形象的重写，也是李锐启蒙反思的着力点之一。小说中，革命者、英雄、农民起义领袖等背负宏大色彩的卡里斯玛型人物，纷纷失去了制约历史时间性的身份魅力，李锐的选择是放弃全知叙事，而专注于限制性叙事，以几个主要人物视角出发（欧阳朗云、秀山芳子、刘兰亭、旺财、聂芹轩、刘振武、岳天义），从不同角度描述同一事件——"银城革命"，而隐含作者的目光，一个理性的第三人称叙述声音，则穿插其中，不时做克制性的点评。欧阳朗云、刘兰亭、刘振武等革命者眼中轰轰烈烈的英雄事业，在千总聂芹轩眼中，则变成一次"虎头蛇尾"的可怜兵变；而芳子眼中，却是流血恐怖对美好诗意人生的毁灭；在农民起义者岳天义看来，则是"轮流做皇上"的破坏欲望；在牛屎客旺财眼中，革命不过是无聊谈资，大人物和有钱人之间的游戏。"旺财不知道，他在不知不觉中拿起了一种被人叫做历史的东西。"岳天义没有被清廷镇压，却死于亲生儿子刘振武带队的革命队伍；而革命者刘振武，没有死在清廷刀下，却死于胞弟的匕首，无不显示出历史偶然性的残忍悖论。刘兰亭身上，则集中体现了启蒙与革命之间既冲突又相连的复杂关系，即启蒙目的不外乎救世，而知识分子自身的弱小和手无寸铁，又使他们很自然地依存和借助于革命暴力。尽管，革命（即暴力的现实）和启蒙（革命的观念）之间常常是互否的。①刘兰亭建立育人学校，深知国民文明启蒙的艰巨性和漫长性，然而，革命的激进召唤，本身是启蒙的产物，却也破坏启蒙。在血流成河的暴动面前，学校被解散，革命者和无辜群众被诛杀，而银城不但没有因此获得物质的丰裕和精神解放，相反却陷入了更大的动荡、贫困与危机。精神上困惑的刘兰亭，既无法面对赴死的革命同志，也无法面对父亲、妻子的期待，最终选择了自杀。

集中表现李锐启蒙反思哲学的，还在于一个焦点桥段："砍头"。王德威在《想象中国的方法》中，将鲁迅和沈从文笔下不同的"砍头"意象做了细致分析。他认为，鲁迅小说中的砍头是以身体断裂来象征"意义断裂"，而沈从文小说中的砍头则体现了一种寓意似的"连绵柔韧的生命憧憬"②。而在《银城故事》中，作家则通过"无辜者被砍头"的情节，拷问暗杀县令袁雪门的革命者的灵魂，展示激进革命的意图伦理与个体生命拯救之间尖锐的矛盾。革命要拯救苍生，而"苍生"却因革命而被砍头。这是对现代激进革命内在悖论的诘问。然而，如果革命可以不择手段，那么革命又与反革命何异？谁又能保证革命成功后，革命者不会在第二天变成利益保守者？为达到这一效果，李锐在小说中，运用了不同人物意识聚焦的方法。

① 参见朱学勤：《道德理想国的覆灭》，三联书店1994年版，第154页。
② 参见王德威：《想象中国的方法》，三联书店1998年版，第138—145页。

秀山次郎冷酷的"纪录中国历史"的西方化窥视视角，欧阳朗云强烈的道德撕裂感，以及兵丁和围观群众兴奋、好奇、愚昧而狡猾的功利算计，共同构成了这场清末砍头仪式的悖论化奇观。李锐笔下的砍头，不存在一个知识分子在上、愚民在下的鲁迅式叙事表意策略，也并非沈从文式的知识分子审美化的"边缘－中心"的叙事思维，相反，他毫不留情地还原"批判砍头仪式"本身的价值虚构性与内在冲突的意义结构，从而批判该仪式所蕴涵的意识形态。西方对中国的记录，无疑是"现代性装置"，它不过满足了西方对前现代、非西方历史的优越感与窥视欲，如秀山次郎多次要求兵丁摆出他要求的动作，甚至抱着被砍掉的人头，从而展现他眼中的"愚昧中国"：那个士兵豪爽地走上去，抓起人头来举到胸前，"砍都砍得，举它一下子怕啥？"一面说着，一面提着人头的辫子高举过肩，竟然学着戏台上的武生的架势来了一个亮相。围观的人群一阵骚动，有人叫起好来。秀山哭笑不得地摆摆手，"不对！你的不真实！"士兵对砍头的戏剧化感受，杀人以显勇武的传统观念，与秀山次郎记录愚昧支那的史观，发生了荒诞碰撞，成了一个双向价值消解的结构。而更为讽刺的是，革命者欧阳朗云，因其鲁莽的刺杀行为，致使无辜群众被杀，当他泪流满面地指责兵丁对死者不尊重，却无法说出汉语："他浑身颤抖地指着那个士兵破口大骂，但他马上又停了下来，他还是听不见自己的声音，他从士兵们惶惑的脸上看出自己喊的是日语。秀山次郎一边把同伴拉向外面，一边勉强地替他翻译：'你们不能这样对待死人，你们要尊重死者。'"荒诞出现了：本国革命者与愚昧国民的沟通，居然无法互相进行，必须借助日本"他者"的翻译！革命理论与革命实践的脱节，革命者与群众的隔阂异常刺眼，而"文化他者"对二者形成控制性影响。整个场景真正占据主体地位的，不是欧阳朗云，也不是兵丁，而是秀山次郎这个"他者"。他对前二者的介入、周旋与改写，像奇观化"幕布"，再次印证了激进启蒙的起源尴尬和命运悲剧。

然而，《银城故事》，其宏大叙事的"建构冲动"，却常以"解构"的悖论方式表达，从而造成宏大叙事性的"无法完成"。很多论者，都曾批评该小说的人物抽象性和故事价值的混乱。[①] 李锐笔下，其实有三种历史：一是牛屎客的日常化历史，这是银城古老政治经济的日常形态；一是所谓历史人物决定的宏大历史，充满了意识形态欲望；另一种是偶然性、突发性的历史，它们杂乱无章，充斥各种可能。李锐试图不断用日常化历史的空间化凝滞感、永恒感，以及偶然性历史的破坏性，来消解宏大历史的因果逻辑，从而树立真正个体化、人道化的批判史观。然而，具体小说实践中，这种目的却陷入手段与结果的悖论。为突出日常史的空间感，作家大量使用概述性风俗描写和旺财的叙述声音与眼光。在强大的隐含作者面前，作家以"肯定"方式，"否定"了牛屎客们被故事叙述、进入宏大历史的可能。在对宏大历史叙述中，李锐则采取第三人称全知视角与限制视角的交叉，从多个人物的叙事角度，突出整个银城革命暴动的惊心动魄，具有极强的故事性。而偶然化历史，则被作家穿插在前两种历史中，成为具有象征意义的功能性情节（如刘振武无意中将亲生父亲岳天义杀死，自己却死于哥哥岳新年之手）。

作家如何保证偶然性对历史的破坏不会导致虚无的历史观？作家又如何通过叙述，来证明日常历史战胜宏大历史，必然具有进步历史性？吊诡的情况出现了：抽象性与经验性、偶然性与必然性之间的内在联系，想当然地被作家切断了。作家对历史宏大的抽象寓言性渴求，却以剔除历史经验性为代价（如银城成为"中国历史"抽象的寓言符号，却被切除了具象批判的可能）。同时，其对历史个体化、人性化的宏大历史性追求，却以偶然性对历史宏大性的颠覆为手段。如王元化说："艺术创作一方面要把生活真实中各个分散现象之间的内在联系这种必然性直接表现出来，呈现于感性观照，另一方面又必须保持生活现象形态的偶然性，使两方面协调一致，这是艺术创作的真正困难所在。在成功的艺术作品中，生活的现象形态保

---

① 参见叶开：《空洞的焦虑——李锐〈银城故事〉基本命题》，《当代作家评论》2003 年第 2 期。

持下来了，但必然性通过偶然性为自己开辟了道路。"①这种对艺术客观规律的总结，对李锐个人化宏大历史的建构野心，是很好的警示。《银城故事》的新历史主义实践，宏大叙事内在价值的冲突，导致了他小说逻辑的缺陷。反思批判个体，如没有更理性的主体给予掌控，便走向价值混乱。人物内在复杂性被抽空而沦为偶然性、日常性与宏大历史斗争的符号，如欧阳朗云的突然叛变。偶然性历史与日常化历史，不但没成为"颠覆"宏大历史的证据，反而成为其存在的反证。

第四节　抗战史的另类书写：
尤凤伟与周梅森的抗日战争小说

历史记载战争，战争丰满了历史。硝烟弥漫，金戈铁马，一场场战役成为人类漫长历史的一次次转折点。从西方到东方，从古代到当下，"战争"题材受到了众多文人墨客的青睐，描绘战争的文学作品亦在文学发展史上留下不可磨灭的印记。一部荷马史诗成就了西方文明的滥觞，《伊利亚特》与《奥德赛》成为千百年来为后人所仰视的经典之作；十九世纪至二十世纪的前半叶，一大批表现农民起义和国内革命战争的小说占领了西方文坛的半壁江山：从普希金（Александр Сергеевич Пушкин）的《上尉的女儿》到雨果（Victor Hugo）的《九二年》，从列夫·托尔斯泰（Лев Николаевич Толстой）的《战争与和平》、瓦西里耶夫（Борис Львович Васильев）的《这里的黎明静悄悄》到肖洛霍夫（Мих аил А Шолох ов）的《静静的顿河》《一个人的遭遇》，从雷马克（Erich Maria Remarque）的《西线无战事》再

① 王元化：《读黑格尔的思想历程》，王元化主编：《九十年代反思录》，上海古籍出版社2000年版，第247页。

到海明威（Ernest Miller Hemingway）的《炮火》《太阳照样升起》《永别了，武器》等作品。回顾中国文学史，亦是如此。中国古代战争文学一直以其独特的风格在中国文学史上占有一席之地，中国战争文学早在其文字诞生之前就已经产生。《左传》《战国策》《史记》等都有表现战争的著名文学作品。元末明初，《三国演义》生动地展现了魏、蜀、吴三家争夺国家政权的历史画面。与罗贯中几乎同时代的施耐庵所创作的《水浒传》，描写的是北宋末年以宋江为首的农民起义军的事迹。明清时期冯梦龙、蔡元放、蔡东藩、李宝忠、程道一、黄小配等人的《东周列国志》《中国历代通俗演义》《永昌演义》《鸦片之战演义》《洪秀全演义》等小说，既让后人了解了当时社会的政治状况，又为后人提供了优秀的战争文学作品。

1840 年的炮火轰开的不仅是中国通商口岸的大门，亦为这个千年古国开眼看世界打开了一扇窗户。自鸦片战争起，中国被迫卷入长达一百多年的炮火与动乱之中，此时战争题材的作品成为文学中的正统，不再拘泥于国内不同地域间的交战，作者所要呈现的是中华民族与外来侵略者的斗智斗勇，因而无形中带有了一份正气与凛然，其地位也提升至前所未有的高度。可以毫不夸张地说，从二十世纪三十年代至今，战争主题的文学创作从未停歇过，在中国文坛拥有着不可撼动的地位。然而，在这表层的恒久的"不变"之中，却又含有微妙的内部调整：对于同一场战争，不同时期的作者站在不同的视角去观望，因而创作出的作品亦带有迥异的风格。五六十年代，出于政治需要，战争题材的文学作品数量节节攀升，重在刻画中华儿女在困境中的坚韧与隐忍，弥漫着浓重的英雄主义气息；"文革"期间则走向极端，沦为当权者的传声筒，故事扁平，内容干涩；直至八九十年代，战争文学挣脱政治枷锁，众多作者在接受西方理念的洗礼之后，对"历史"有了全新认知，开创了战争小说的新纪元。

其实，所谓战争文学只是一个模糊而笼统的概称，我们反复提及的实质是其中的"抗战小说"。至此，我们需要对"抗战小说"这一概念进行一次厘清与说明。所谓的"抗战小说"属于"抗战文学"的范畴，关于"抗战文学"的概念目前学界众说纷纭，学者赵佃强曾做出如下总结与划分："第一，把'抗战文学'界定为中国抗日战争时期的文学，它不一定是以抗日为题材的文学，而是指在抗战时期的所有的文学现象；第二，用'抗日题材文学'概念代替'抗日文学'，由此上溯到1894年的中日甲午战争，试图把日本侵华的历史作为文学研究的起点。把自此之后的时间内所出现的反映中日战争的文学都称为'抗日题材文学'；第三，从1937年'七七'事变之后直到当下这一时段内所创作的以1937—1945年间的抗日战争为描写对象的文学作品称为'抗日文学'；第四，从1931年'九一八'事变之后直到当下这一个时段内所创作的以1931—1945年间的抗日战争为描写对象的文学作品称为'抗日文学'。"我们必须明确的是，并不是只要涉及抗战历史的小说就是抗战小说，要从宏观上进行把握，只有抗战这段历史在整部小说中占有相对较大的比例时才能称之为抗战小说。

抗战小说的发展有其内在规律，在不同时期呈现出不同的风貌。新时期以来，伴随着改革开放和现代化建设的进程，西方的文化理念不断涌入，冲击着国人原有的世界观与价值观，这种改变在文学创作方面则体现为中国历史传统与西方艺术表现手法的融合。抗战小说作为中国新时期文学的重要组成部分，在新时期的文学发展进程中也取得了不可忽视的成绩。如若以作品发表的时间作为线索，我们可以将新时期抗战文学分为以下三个发展阶段。

第一个阶段是二十世纪七十年代末至八十年代中期，代表作家作品有宗璞的《南渡记》《东藏记》，王文计的《魔界》，管桦的《将军河》《晋阳秋》，孙汝春的《弹痕》，马加的《血映关山》，杨沫的《东方欲晓》，冯骥才的《石头说话》，周而复的六卷本长篇《长城万里图》（包括《南京的陷落》《长江还在奔腾》《逆流与暗流》《太平洋的拂晓》《黎明前的夜色》和《雾重庆》），李方重的八卷本长篇《新战争与和平》，王火的三卷本长篇《战争和人》（包括《月落乌啼霜满天》《山在虚无缥缈间》和《枫叶荻花秋瑟瑟》）等："这时期大都是一些亲身经历过战争的作家们所创作的作品，这些老作家们试图以恢弘的气势、壮阔的场面全景式地展现抗日战争的宏大场景，从整体上把握战争中的政治、经济、军事等各个方面，力图客观再现历史的原貌，使读者比较清晰地了解那段历史。"

第二个阶段是从八十年代中期到九十年代初期，这一时期的代表作家作品有周梅森的《国殇》《大捷》《事变》，尤凤伟的《五月乡战》《生命通道》《生存》，李叔德的《生死套》，庄旭清的《炮楼子》，石钟山的《残局》，叶兆言的《日本鬼子来了》，柳溪的《战争启示录》，张华亭的《葬海》，黎汝清的《漠野烟尘》，倪景翔的《龙凤旗》，莫言的《红高粱》《红高粱家族》，陆颖墨的《龙子龙孙加点水》，张廷竹的《落日辉煌》《黑太阳》《酋长营》《支那河》，邓贤的《大国之魂》《日落东方》，叶楠的《花之殇》，高建群的《大顺店》，谈歌的《野民岭》，季宇的《县长朱四与高田事件》，苏策的《寻找包璞丽》等。上述作家并未亲身经历过战争，没有亲眼目睹过日寇的凶残，其创作也不以客观重现历史场景为己任，他们更在意的是阐发自己对战争、对人性的理解。

第三个阶段是指九十年代至今，代表作家作品有都梁的《亮剑》、张宏志的《血色黎明》、徐贵祥的《历史的天空》《八月桂花遍地开》等。这批作家在创作的过程中考虑了更为多元的因素，充分考虑了市场需求，注重作品的戏剧性与通俗性，可读性较强。

进行抗战小说创作的作家无一例外都要面对一个问题：究竟以怎样的姿态面对历史？或者说"历史"究竟代表着什么？从某种程度上讲，他们的作品已经彰显出了他们的"历史观"。

不少作家认为历史是一块不可撼动的基石，是有迹可循的记忆，他们在实际创作之前广搜资料、实地采访，在写作的过程中竭力克制着个人情绪的喷发，多采用理性内敛的语言去描绘，试图毫厘不差的还原曾经的战火纷飞；而另一部分作家则反其道而行之。他们并不否认抗战历史的"真实"，只是对"真实"的定义怀有不同的见解。他们认为所谓的真实并不在于时间、地点的精准，亦不是人物事件的有理有据，而是一种情绪的真实，一种精神上的真实感，重要的是后人在阅读时的那种感同身受。这部分作家以尤凤伟和周梅森为代表。

周梅森曾说："历史不可能是客观的，历史是主观的。"他口中的"主观"指的并非是天马行空的个人臆造，而是基于历史存在的一种带有形而上品质的哲理式的认知："黑格尔在他的《历史哲学》中，把历史分为原始的历史、反思的历史、哲学的历史。哲学的历史超越了历史本身，跨越了时空。我希望达到的就是这样的境界。"尤凤伟追求的也正是这样的境界。与周梅森相同，他在面对历史客体时更多地融入了主观情思，这使得他们的作品更多的承载着一种主观情思与艺术虚构，有学者曾将其命名为"个性历史书写"。

尤凤伟与周梅森注重的不是"大块"的历史，在他们眼中这种宏观的、笼统的历史事件毫无意义，他们将历史分解为一段一段，平均分派到每一个人物的身上，用无数个平淡无奇的人生铸就一段岁月的可歌可泣。马克思（Karl Heinrich Marx）说："整个历史无非是人类本性的不断改变而已。"

在他们二人笔下，文学即人学，历史即人类史，既包括人类创造外在世界的历史，亦涵盖人类灵魂深处的性灵史。出于这种目的，他们都格外注重"人"的刻画，他们还原的不仅仅是战争过程，更是战争中的人，重点表现的是"战争"与"人性"的关系。这里的人指的是普普通通的人，没有阶级、没有种族、没有刻意强调的政治立场。他们意在呈现普适的人性，刻画普通人在战争中的状态，展现属于全人类的绝望与挣扎。有学者曾如此评价他们的抗战小说："这些小说表现了在战争时代的特殊环境里，人的原欲、人的理性、人的道德的冲突与裂变。人的精神世界深层'黑匣子'的解码过程，构成了这些小说审美的基本内在生命动力与外在表现形态。"

尽管尤、周二人都以一种自由的姿态面对历史，尽管他们都主张将宏观的历史分摊到每一个人物身上，但在实际创作过程中，二者又有着不同的审美向度，因而在具体的作品中又呈现出各自的色彩。尤凤伟是一位笔耕不辍的作家，步入文坛至今，他的作品题材跨度极大，从抗日战争到解放战争、从土改到"文革"、从改革开放到当今社会，可以说涉及了新中国成立以后的各个历史时期，贯穿了整个二十世纪。早在七八十年代，尤凤伟曾致力于"伤痕"、"反思"文学的创造，相关作品有《山地》《乌鸦》《秋的旅程》《旷野》等，但这些作品在内容上过于单薄，艺术手法上也不甚成熟，因而并未引起广泛的关注；九十年代之后，尤凤伟将目光转向"历史"，创作出了为读者所认可的土匪系列（《石门夜话》《石门呓语》《石门绝唱》）和抗战系列（《生存》《生命通道》《五月乡战》），自此在文坛崭露头角。

尤凤伟说："曾几何时，作家们怀着崇高的使命感、责任感，力图扮演'医生'、'法官'、'代言人'的角色，而后经过一段漫长的历程，便开始意识到这仅是作家的一厢情愿。生活并没有因有那么多'深刻'小说的干预而改变步履，这很叫作家们困惑、无奈与自卑。"当他处理历史题材的小说时，将这种"谦卑"表达到了一种极致。他主动摒弃了精英意识的功利追求和传统意识形态，将文学从政治话语的桎梏中解放出来。他选取了一种民间立场，以一个胶东半岛的普通百姓的身份去体会战争。有学者对此评价道："就文化形态而言，它有意回避了政治意识形态的思维定势，用民间的眼光来看待生活现实，更多的注意表达下层社会，尤其是农村宗族社会形态下的生活面貌。它拥有来自民间的伦理道德信仰审美等文化传统，虽然与封建文化传统有着千丝万缕的联系，但具有浓厚的自由色彩，而且带有强烈的自在的原始形态。"尤凤伟以此对既有的抗战叙事模式进行颠覆，于传统的、"不近人情"的抗战"英雄史"中添上了一份平民百姓的辛酸与无奈，展现出抗战历史不为人知的一面。"在历史情景的小说里，尤凤伟站在民间的立场上，而不是站在已经被某些意识形态的文本预设的'历史'观的立场上，深入到历史的底层，还原历史的特定语境，还原历史的丰富多彩及其生动性。历史不再是一些被抽象了的机械的文本，也不是毫无生命可言的政治家们你争我夺的'阶级斗争史'，而是具体实在的人的历史，是个体生命的生命演进历史，获得了有关历史的'另一种写法'。"

在传统的抗战小说中，作家总喜欢树立"高大全"的英雄典型，他们足智多谋、视死如归，为了国家的安定从不计较个人的安危。尤凤伟认为这种设定原本是作者的一厢情愿，完全违背了历史的本真状态。他始终坚信，目不识丁的贫苦百姓不懂"小我"、"大我"之分，他们也不会在意所谓的国家意志，他们只是按照乡间一代代传下来的善恶标准去行事。诚然，这些普通人胆小怕死，会有私心杂念，也许他们的"革命动机"不够单纯，但在国难面前，某种民间道义促使这些人放下个人生死，让他们从弱者成长为英雄，这才是最让人动容的。

在尤凤伟的抗战系列小说中，我们看到了普通人在困境中的挣扎与勇敢。

《生命通道》中的苏原是个复杂的存在，既是英雄也是叛徒。被日本人俘虏后，为了保全性命他不得不为日军服务，而另一方面他又向每一个被日军抓获的中国人伸出援手，为他们打通"生命通道"。从国家大义上，后人可以谴责苏原的懦弱与胆怯；但从人性上看，他的行为又无可厚非。他曾成功地挽救了地下工作者的生命，拼死传递出很多有价值的情报，最后将北野部队送上了绝路。故事最后，县志留给他的只有一个汉奸的骂名，令读者唏嘘不已。

《五月乡战》讲述的是乡间抗日的故事，其中闪烁的那份人性光辉是以往农民抗日小说所缺乏的。文本仍旧秉承尤凤伟一贯的风格，始终关注普通百姓在战争面前的生存困境，塑造了一系列血肉丰满的人物形象。乡绅高凤山倾其所有组建抗日队伍，为国家利益放弃个人恩怨；县长李云齐只身入虎穴，说服土匪加入抗日队伍；最能彰显人性复杂的是高金豹这个人物，我们很难用某一色彩鲜明的词汇为他定性，弑父与杀敌这两种行为使得他的性格带有极大的张力，传统抗战小说中我们很难见到"离经叛道"的英雄形象。尤凤伟以高家父子反目为故事线索，串联起亲情、爱情与民族大义，于战争的无情中挖掘人性的温暖。

不少学者认为《生存》是尤凤伟抗战系列小说中最为出彩的一部，最能体现他所追求的那种"厚重而博大"的艺术感。在这部小说中，尤凤伟将人物悬置于一个进退维谷的境地，以"俘虏"问题为切入点，深入探讨了乡土世界中的道义与人性。

　　论及当代抗日战争小说的创作，周梅森是一个不可忽视的存在。自步入文坛以来，他始终执着于历史题材的写作，横跨新旧历史小说创作，久而久之成为了里程碑式的作家。1983年周梅森发表了以民国初年（1911年）民族资本主义的发展为背景的煤矿历史中篇小说《沉沦的土地》，之后便潜心于"煤矿"题材的小说创作，先后发表了《喧嚣的旷野》《崛起的群山》《庄严的毁灭》《黑色的太阳》等小说，形成了为读者所熟知的煤矿系列作品；1986年之后，周梅森开始了新的探索，将目光投向抗日战争这段注定不平凡的历史："在那个夏天，我结束了从《沉沦的土地》到《黑坟》的中国煤矿业的采掘生涯，开始面对战争——昨日的那场战争和在战争中挣扎拼搏的那群人……我在找到《军歌》主旋律时，也找到了一片崭新广阔的题材领域。"他创作了包括《军歌》《冷血》《孤旅》《国殇》《大捷》等在内的抗战系列小说。

　　周梅森的抗日系列小说始终弥漫着一股沉重的悲壮，是独属于铁骨男儿的史诗。他喜欢选取宏大的历史场景作为故事发生的背景，极力营造一种真实感，而在主人公的选取上他又独辟蹊径，总是书写在历史上无从查找的"无名者"的故事，用天马行空的想象力来补全角色的一生。在这种亦真亦幻中他完成了对传统抗战小说的反叛，用自己的作品消解着经典的英雄理念，用混融、繁复的故事结构颠覆过去极度条理化、简单化的历史书写模式。

　　在周梅森笔下，历史从来都有两副面孔：一副属于"正统历史"，是供后人仰视缅怀的；另一副则属于亲历者，有着难以言说的晦暗与悲愤。纵览周梅森的抗战系列小说，不难发现在每一个动人心魄的结局背后，都隐藏着一段鲜血淋漓的生死较量。周梅森曾坦言自己的历史题材小说总是"充满了权术的较量，充满了利欲的争端，充满了嫉恨和叛变、暴力和强权；这里心计覆盖着心计，阴谋套叠着阴谋，死亡连接着死亡……"在一连串的阴谋与暴力之后，周梅森引领着读者越发逼近历史的真相。

　　《国殇》这部小说分为上、中、下三部分，分别以三个不同的人物作为故事重心，从他们的视角见证新二十二师的权力更迭。浴血奋战的杨家军在生死关头决定背水一战，而战争的惨烈与艰难却让军长杨梦征陷入了进退两难的境地。长久的踟蹰之后，为了保全家乡百姓的安危，他迫不得已签署了投降协议，随后在自责中饮弹自尽。紧接着师长白云森夺得了军队的领导权，上位之后他下令拼死血战，杀出一条血路。战役胜利后白云森被杨梦征的卫士周浩所杀，杨皖育摇身一变成为了军队的实际领导者，二十二师又重新变为杨家军。历史在这里呈现出一种诡异的循环状态，周梅森借此表达了自己独到的历史观："历史是个说不清的东西"、"历史只记着结局"、"过程，什么过程？谁会去追究？过程会被遗忘"。

小说《大捷》将历史的两面性展现的淋漓尽致。文本由上、中、下三部分组成，但与《国殇》不同，周梅森并不再以某个人物作为章节的中心，而是以战前、战中、战后作为故事线索，将小说自然的分段。小说讲述的是一场以少胜多的"大捷"，但这看似光鲜的结局背后却暗含着令人哭笑不得的真相——这次"大捷"是"来自我方和敌方的双重压榨"的结果，是"散兵游勇"们在三个月的临阵磨枪后迫于生存压力创造的奇迹！小说中炮营在卸甲甸县城驻扎后由于军纪懈怠酿成了事变，韩培戈命卸甲甸农民组织起一支新的军队用来参战。农民出身的士兵懒惰又散漫，真正使他们成长为战士的不是家国大义而是对死亡的恐惧！"爹不疼、娘不爱的新三团被甩了，被卖了。"当新三团的士兵发现自己被出卖时，他们在绝望中悲愤，在悲愤中勇敢，当"弟兄们知道面临的危险，这会儿与其说是奉命打，不如说是为了生存，为了阻挡死亡自愿参战"时，被抛弃的愤怒与对生命的向往激起了这群"乌合之众"的斗志，他们凝聚成了一支牢不可摧的敢死队，创造了一个令人瞠目的神话！在外界对这次"大捷"称赞不已的时候，亲历者们却选择了沉默，这种充满反讽意味的结局不得不说是周梅森的有意为之。

第五节　日常伦理的解构与建构：
余华的历史观转向

小说家余华的创作，贯穿整个新时期以来的文学话语变迁，具有典型意义。而余华的创作，在九十年代存在着一个重要的转型，即从先锋写作向日常伦理的转型。而这种转型，既是余华自身创作经验从稚嫩走向成熟的标志，也更深刻表征了中国当代社会有关历史"宏大叙事"的深刻危机。在九十年代文学格局中，余华的转型，也就成了一个重大事件：它既标志着先锋作家历史观念的转变，也意味着先锋的终结与"新历史"的复杂姿态的生成，而贯穿始终的，是余华的个体虚无哲学、规避美学的生成与自我解构的悖论。

一、虚伪的作品：对宏大叙事的颠覆

颠覆期，指余华创作的早期阶段，即八十年代中后期《1986 年》《难逃劫数》《现实一种》《十八岁出门远行》等作品（有论者认为，在此之前，还应有一个"川端康成"期，即余华受到川端康成影响，追求唯美的表达，如《星星》《竹女》①）。这一时期的创作，余华试图通过"虚构"的文化哲学观，来颠覆经典现实主义有关"大写的人"、"真实"、"典型"等一系列命题，而从"抽象的"、"精神的"、"欲望化"、"语言"等几个层面，抵达生命与文学本质。他早期一系列小说，实际上要完成几个使命：一是阐释"世界是不真实的"，二是世界是"非理性"的，三是世界是"精神性"存

---

① 参见王世诚：《〈在细雨中呼喊〉对余华创作的意义》，《南京师范大学文学院学报》2007 年第 4 期。

在的。

为完成这几个抽象哲学任务，余华的小说淡化了社会背景因素，将经典现实主义描写中重要的"典型环境"要素，压缩成了抽象而压抑的"氛围"感，如《世事如烟》中神秘的村庄，《十八岁出门远行》那边地荒凉的公路，《在细雨中呼喊》中无时不笼罩在雨水中的南方小镇。同时，为避免过于抽象性对小说内在逻辑的伤害，余华选择了利用对个体欲望与暴力的细节化感性处理，来展现内心的"主观真实"，并强化死亡作为终极叙述归宿的作用。这些欲望与暴力，在某种程度而言，也是作者的精神真实中所看到的世界真相的寓言化象征。这种细节的感性处理，偏重于感觉化、视听刺激化、夸张放大化，借以强化欲望和暴力的真实性力量，如：

> 彩蝶的低声呻吟就是穿破这片嗡嗡声来到森林耳中的，她的呻吟如同猫叫。于是头靠在桌面上浑身颤抖不已的彩蝶进入了他的眼睛。而坐在她身旁的广佛却是大汗淋漓，他的双手入侵了彩蝶。广佛像是揉制咸菜一样揉着彩蝶。一个男孩正在他们身后踮脚看着他们。森林在这个男孩脸上看到了死亡的美丽红晕。（《**难逃劫数**》）

> 她明显地觉得脚趾头是最先死去的，然后是整双脚，接着又伸延到腿上。她感到脚的死去像冰雪一样无声无息。死亡在她腹部逗留了片刻，以后就像潮水一样涌过了腰际，涌过腰际后死亡就肆无忌惮地蔓延开来。这时她感到双手离她远去了，脑袋仿佛正被一条小狗一口一口咬去。最后只剩下心脏了。（《**现实一种**》）

但我们也要看到，在颠覆真实、现实观、历史理性等宏大概念的背后，余华还有一种更大的野心与冲动，就是重新阐释真实、占有现实，直抵真相。而这种思维方式与其说是后现代对"宏大叙事"的解构，不如说是晚期现代主义，或者说存在主义哲学对"世界深度"的重新经典化过程，余华就是要通过他愤怒而紧张的叙述，打破现实的宏大幻觉，告诉我们一个无意义、无真理的非理性世界，一个"颠倒"的内心真实世界。而这样的逻辑观念，恰是利奥塔（Jean-Francois Lyotard）所攻击的"现代性宏大叙事"的一种类型。而与詹姆逊（Fredric Jameson）所说的"平面化"、"削平深度"，哈桑（Ihab Hassan）所言的"不确定性"，维特根斯坦（LudwigWittgenstein）所提倡的"语言游戏"，德里达（Jacques Derrida）的"延宕"等概念，也有很多区别。当然，我们并不否认，这些小说，存在后现代的影响（如《鲜血梅花》中，阮海阔的复仇之路，变成了一个对通俗武侠小说的戏仿，一个无意义的寻找过程）。但是，我们更要直面一个现实，即所谓文学作品的超越性，必须建立在文化语境基础之上，才是有意义的。而中国前现代、现代、后现代三种思维并置的社会现实，既造成了九十年代小说创作的不稳定性，也造成了"中国叙事"空前的复杂性和巨大的社会信息含量。虽然，余华一再声称，他的小说，源自对现实的紧张关系，然而，那种强烈的紧张，不仅是对现实的逃避与疏离，也蕴育着强烈的现实批判性，它以象征与隐喻的方式存在着，并成为余华介入历史的方式，这非常明显体现在他的《一九八六年》《古典爱情》《献给少女杨柳》等小说中。历史，在余华血淋淋的描述中，在一定程度上，被还原出了非理性、残忍、暴力的阴暗面。在小说《一九八六年》中，历史老师对酷刑的重演，不仅是对"文革"非理性历史的控诉，且是对中国历史中酷刑文化非人道、非理性的阴暗气质的控诉。疯癫的历史老师，无疑是一个更为偏激的当代版"狂人"。而《古典爱情》，则颠覆了我们的"书生与小姐"的想象模式，揭示了中国几千年历史的吃人本质。

在余华早期作品中，存在两种叙事思维的冲突：一种带有"个体性叙事"宏大叙事性，是重塑个体灵魂的精神历史，重现被经典现实主义所遮蔽的"主观真实"，余华早期小说的一个重大主题，也就在于，余华将人性中的暴力和欲望，以一种主体性方式，深化了人们对人性复杂性的认识。

另一种则具"反宏大叙事性",带有一定后现代色彩,不但在作品中压缩叙述者声音,且要将隐含作者退出作品,尽可能做到绝对客观真实,如余华所说"事实是从来不会陈旧过时的,而看法却总是会陈旧过时"、"放弃在作品中做结论的企图"。于是,当主观真实与绝对客观真实之间发生碰撞,余华的策略只能是运用主题学进行化解,即"死亡"的终极消解作用。其实,这种主观和客观真实强烈的矛盾冲突,集中于余华一身,还有几层暗示意义,即余华既希望找到一种个体的主体性,又对所有的宏大叙事企图充满了怀疑;既渴望获得自我的完整统一,又对完整本身并不信任;既希望在冒犯经典现实主义小说文体与内在美学逻辑的基础上,追求强烈叛逆性,又回避在现实层面进行具体的批判与质疑,而希望将之引入抽象的哲学层面,以获得另一种"超越"的合法性,以形成对主流意识形态的规避性美学策略。这无疑可以看作先锋小说中的中国现代性宏大叙事"无法完成"的悲剧命运的悖论性寓言。这种既希望批判现实、塑造主体自我,又希望超越西方现代性阶段的悖论性焦虑,都在余华早期作品中得到了体现。

这种叙事立场的冲突,还表现在余华早期小说的叙事视角运用上。我们之所以认为,余华的早期创作具有一定的"存在主义"宏大叙事性,就是因为,在他的这些小说叙述中,有一个无所不在的、理性的"隐含作者"。这个隐含作者,通常与叙事者合一。其实,在现代主义小说中,要讲清楚世界的非理性与无意义,都必须借助于一个理性的隐含作者视角,这样才不会陷入彻底的语义混乱。这一点,在鲁迅的小说中,早已是一种成熟的技法。在余华早期小说中,尽管余华试图让隐含叙事者退场,但他经常运用第三人称限制性视角,将隐含作者的理性目光,退入小说后台,与叙事者的眼光重合,而对人物形成有距离的"理性审视"。如《难逃劫数》开头:"东山在那个绵绵阴雨之晨走入这条小巷时,他没有知道已经走入了那个老中医的视线。因此在此后的一段日子里,他也就无法看到命运所暗示的不幸。"在这个马尔克斯式的小说开头,作家凝聚了多重时空的文化信息,"绵绵阴雨之晨"、"在此后"的时间转换,被放置于"东山"和"老中医"两个人物视角交错中，具有了命运宿命般的永恒空间感。但是，我们也不能忽略其中"隐含作者"的目光。是谁看到东山走入小巷？是谁看到东山走入老中医的视线？又是谁跨越了时间，感受到了那"命运暗示的不幸"？无疑，都是那个理性的隐含作者。

然而，这个"叙事者"与"隐含作者"的双重聚焦存在是理性的，也是拒绝现实的。他依然是一种集体性宏大叙事的"我"的"颠倒版"。余华笔下，依然缺乏活生生的人。余华小说中的人物，依然不能获得与隐含作者、叙述者，以及其他人物之间的对话与交流。正如余华所说："八十年代，我在写作那些'先锋性'作品时，我是一个暴君似的叙述者，那时候我认为小说中的人物不应该有自己的声音，他们是叙述的符号，都是我的奴隶，他们的命运掌握在我的手里。"① 人物在余华笔下，不过是一些抽象的符号与道具，都是非理性、抽象的、欲望的道具，是隐含了作者内心无边的痛苦与恐惧的象征性表象。他们生活在情欲之中，每个人都是人性恶的放纵者。可以说，余华是以集体性的非理性对抗集体性的理性，以抽象的恶对抗抽象的善，以欲望的普遍性对抗精神的普遍性。这样，普遍性与具体性的结合被又一次人为地割裂了——以先锋的名义。

二、世俗化反思：宏大叙事的重建企图

第二个阶段是世俗化反思阶段。该阶段，相比前一个阶段而言，既延续了余华一直存在的某些命题，又在一定程度上解决了其内在的叙事价值冲突，达到了某种内在和谐。这个阶段，开始于九十年代初，截止于九十年代末期。以《在细雨中呼喊》《许三观卖血记》与《活着》而为代表，还有如《在桥上》《女人的胜利》《他们的儿子》《沙子》《一个地主的死》等反映日常伦理生活的短篇小说。首先，余华小说原有的"主观真实"与"客

---

① 叶立文、余华：《叙述的力——余华访谈录》，《小说评论》2002 年第 4 期。

观真实"的矛盾得以缓解。而缓解的关键在于，余华小说中世俗化维度的进入。这种世俗化维度，在反思与个体化的原则下，继承了原有启蒙精神的某些主题，又与先锋文学有内在联系，既避免了小说失去现实经验性，又避免了小说失去主体性；既保证了普遍哲学深度，又具有具体的生活深度。可以说，在世俗化调和下，原有的那些抽象、集体性的、欲望与罪恶的象征符号，开始具有更多个人经验性，对宏大叙事的颠覆，逐渐被否定，而对宏大叙事的肯定则慢慢占据了理性上风。其次，这种世俗性对矛盾的缓解，建立在两个基础上：一是个体性的展示，二是意识形态规避性美学的生成。在反思先锋文学写作后，余华将世俗性作为个体的主体寓托物，力争在世俗性中展示"心灵的真实"。同时，这种"心灵真实"又是比"主观真实"更进一步的意思，因为它既具有一定世俗体验性，又可以巧妙以个体化姿态，在主题学和叙述技法上摆脱宏大叙事的干扰，在童年记忆、死亡体验、生存感受等感性层面切入人性。再次，我们还看到，余华小说的世俗化，还是对世俗生活的抽象化处理，这也与其"小说虚构"的观念一脉相承。只不过，这种抽象的世俗性，不再是对具体性世俗经验的刻意回避，而是将世俗性抽象成一些具象性情节，如通奸、见岳父、结婚、吃饭、卖血、送葬、批斗等，在一种"小说的减法"（张清华语）中，展现出心灵与现实的某种"遇合"。

就叙事而言，配合余华思想上个体性原则的真正觉醒，原有的强大有力的"隐含叙事者"慢慢退隐，而在自我反思中，退居为存在的"聆听者"，人物的声音和主体性则得到彰显。正如余华所说："在这里，作者有时候无所事事，因为他一开始就发现虚构的人物同样有自己的声音，他认为应该尊重这些声音，让他们自己在风中寻找答案，于是，作者不再是一个叙事上的侵略者，而是一位聆听者。"[1]九十年代初的《在细雨中呼喊》，是余华集大成之作。这部长篇小说，余华放弃了第三人称限制性视角，而恢复了

---

[1] 余华：《〈许三观卖血记〉中文版自序》，南海出版公司1998年版，第1页。

《十八岁出门远行》中的第一人称叙事，并将第一人称限制性视角发展为复杂的第一人称回顾性叙事，充分利用叙述自我"主观真实"的视角全知性与经验自我"客观真实"的视角限制性，造成心灵真实与客观真实的契合，较好解决了长期困扰的叙事立场难题。如小说开头：

> 1965 年的时候，一个孩子开始了对黑夜不可名状的恐惧。我回想起了那个细雨飘扬的夜晚，当时我已睡了，我是那么的小巧，就像玩具似的被放在床上。屋檐滴水所显示的，是寂静的存在，我的逐渐入睡，是对雨中水滴的逐渐遗忘。应该是在这时候，在我安全而又平静地进入睡眠时，仿佛呈现了一条幽静的道路，树木和草丛依次闪开……现在我能够意识到当初自己惊恐的原因，那就是我一直没有听到一个出来回答的声音。再也没有比孤独的无依无靠的呼喊声更让人战栗了，在雨中空旷的黑夜里。

当叙事者打破叙事因果律束缚，在回忆引领下，在"现在"、"1965 年"两个叙事点的不断交错激荡中，"经验自我"的内心主体真实感，和"叙述自我"的历史沧桑感与叙事距离产生的历史理性感，交相辉映，形成了真正建立在个体基础上的历史想象。在具有一定自述传性质的讲述中，展示了一个少年忧伤的个体化精神成长史。当然，在其中，历史普遍性与个体的抽象性之间的矛盾，还没有得到彻底的解决，余华无疑还要回答一个问题，《在细雨中呼喊》显然可以作为一个非常优秀的个人化文本，但是，这个文本的存在，到底在多大程度上，反映了中国客观的现代性历史进程？难道说，儿童化的日常体验，就是"文革"记忆的唯一价值形态？

于是，这种个体精神性空间，很快就被余华表征时代、完成宏大叙事的野心所否定，其中的儿童化经验，迅速扩展到了整个历史时空的描绘与想象。然而，与余华早期小说的悖论逻辑相同，余华的个体化视角在实现历史的整体把握时，却又要努力避免"宏大叙事"普遍性逻辑的重演，就只有向"世俗化"逻辑靠拢。在小说《活着》与《许三观卖血记》中，余华试图在"乡土中国"与"城市中国"两个地理范畴上，实现对整个中国近现代历史的重写。《活着》贯穿了清末民初，一直到改革开放之间的历史进程，而《许三观卖血记》则主要关注解放后的历史。但是，就主题和叙事技巧而言，二者却有着很多相似之处。就主题而言，"生存主题"无疑成为了压倒性主题，"活着就是胜利"的生存逻辑，成了余华摆脱现代性宏大叙事赋予个体的启蒙普世性精神的最好武器，而这种生存逻辑，又是以"最低限度"的低调理性姿态出现的，有效地实现了对现实意识形态的规避。

　　就叙事角度而言，在这两部长篇小说中，余华最重要的策略，就是"重复"和"简约"手法。简约手法，来自余华对于小说观念的改变，他剔除了先锋文学阶段的欧化表述方式，强调口语的世俗化表达作用，而简约，则是对生活本身复杂性的一种反向的证明。他常常能在非常简单的词语中，寄托非常复杂的情绪和思想。而"重复"手法，涉及叙述频率问题。在叙述学理论中，根据故事中事件与叙述的重复关系，叙述频率可分为以下四种类型：第一，叙述一次发生一次的事件；第二，叙述几次发生几次的事件；第三，多次叙述发生一次的事件；第四，叙述一次发生多次的事件。前两种类型属于单一性叙述，即叙述的次数和事件发生的次数相等；后两种类型，属于重复叙述。这种重复叙述往往是一种技巧，隐含着特殊的写作意图。①在《活着》中，重复出现的是一个重要情节"死亡"。在先锋叙事阶段，"死亡"，作为抵抗集体性宏大叙事的重要手段，现在却成了生命个体向生存哲学屈服的最主要的前提。这些死亡，或来自疾病，或来自偶然的人祸，或来自不同意识形态权力的压迫。但是，无论是父亲的死，母亲的死，地主龙二的死，春生的死，还是妻子家珍的死，女婿二喜的死，外孙苦根的死，女儿凤霞的死，儿子有庆的死，都成为一种绝对性、不可抗拒的力量。缓

---

① 参见胡亚敏：《叙事学》，转引自董瑞兰：《"有意味"的文学形式——余华〈十八岁出门远行〉叙事时间艺术》，《厦门广播电视大学学报》2008 年第 1 期。

解死亡的恐惧，只有顺应日常生活，随遇而安，才是世俗生活的真谛。同样，在《许三观卖血记》中，这种重复的艺术更加以深化，无论是许三观的十三次卖血，还是许三观本人的话语和行动，都具有了更具强度的重复性。许三观的重复性卖血动作，既成了中国平民苦难人生的写照，也强化了对于个体主体性的认知。

我们看到，余华对世俗生活的处理，依然是抽象的。为获得个体的经验性，并去除宏大历史的普遍性，这两部小说的限制性视角，都运用得十分充分，这也导致了世俗生活只能以抽象面貌出现。《活着》的那些有时显得莫名其妙的死亡，在一次次的重复之中，变成了一次次对终极性体验的嘲讽，而福贵的生，也因此显得更加抽象。在《许三观卖血记》中，重大的历史变迁沦为个体化世俗生活的背景，而"卖血"是永恒的，时代的发展，并没有给人们带来应有的幸福，只有顺利地活着，才是生命本真。这也促使余华的"弱者哲学"与"规避性美学"加以进一步定义。在余华"同情和理解"的态度中，个体性的原则，人性化的原则，得以在一定程度上实现，而所有宏大叙事的普遍性逻辑，都被余华"悬置"为一个不可知、不可理解、不可能对生命起积极作用的"负面因素"。正是这种态度下，余华实现了抽象化的叙事伦理向世俗生活史的拥抱，并以此展开个体化宏观把握历史的努力，即如余华说："写作过程让我明白，人是为活着本身而活着的，而不是为活着之外的任何事物所活着的。我感到自己写下了高尚的作品。"①

这一点，还充分表现在叙事角度和叙事伦理上，出现了"儿童化视角"，及其负载其上的"弱者哲学"。如果说，每个作家都有一个心理原点，余华的创作原点，就来源于对"内心创伤的孩子"的体验。其实，许多中国的当代先锋作家，都或多或少地表现出这样一个心理原型和文化原型，这也可以认为是五六十年代出生的一批人，对新中国成立后不断动荡的社会的一个标志性文学认知模式。这种独特的认知模式，既是艺术自觉的必然

---

① 余华:《〈活着〉自序》，长江文艺出版社 1993 年版，第 1 页。

形式选择，也是中国作家在主流意识形态、艺术创新冲动和作家内心体验的冲突之间的一种必然选择。儿童化，不仅让作家们拥有了魔幻般的幻想，童话般的美丽，也拥有了相对超然的叙事态度和天然的道德优势。这种儿童化倾向，在莫言和余华身上都表现得很明显。但是，这两位作家的侧重点却各有不同。莫言侧重儿童想象力，而余华更为看重儿童的伦理力量。这一点，在余华《十八岁出门远行》《在细雨中呼喊》等作品中都有不同程度体现。余华特别擅长将"孩子气"和民间伦理性结合，不但塑造了许多儿童形象，且在《许三观卖血记》《活着》中创造了"许三观"、"福贵"两个具有"儿童气质"的成年人。他们有孩子的童心、好奇心、非功利性、积极的生命态度，也具有饱经沧桑的成人对世事的洞察与宽容，这也是余华对中国文坛人物画廊的独特贡献。余华在这些作品中，用简练精省的笔触，将内心的道德批判激情和外在的小说美学形式进行了很好地融合。

应该说，这种对儿童视角的伦理性关注，更属于一种"弱者的哲学"。这并非含有贬意。因为这既是余华的局限性，也是时代的局限性；既是作家在中国文化语境中悬置"宏大叙事"的必然艺术选择，也是作家在可允许的思想范围内进行艺术创新的无奈之举；既是作家的心灵体验、文化取向，也是悖论化文化情境对后发现代的中国所造成的一种压抑性。余华通过儿童视角的运用，取得了对宏大叙事规避与躲闪的现实合法性与艺术合法性。我们看到，无论是早期的"暴力叙事"，还是后期的"温情叙事"，余华的作品中从没有出现过瑰丽而明亮的理性人格，雄强勇武的肉身化个体，充满智慧的强大精神反抗个体，勇于抵抗外部世界虚无和内心虚无的"人生过客"。在余华的小说中，有弱者的绝望与虚无，也有弱者的生存智慧与韧性；有弱者的无奈和悲伤，也有弱者的愤怒与反抗。但是，余华缺乏将"柔弱的儿童"变成"洋溢着想象力的顽童"的能力，缺乏将"许三观们"的"自虐与自嘲"变成强者大无畏反抗的"决绝"，更缺乏强者在绝境中"拒绝温情"的勇气。

对此，有的批评家也给予了深切忧虑："假如许三观吃饱了，不用再卖血了，将会怎样？"① 这种弱者的哲学，如果一旦离开极限化的生存困境，缺乏必要的特殊年代的意识形态压迫性，就会显现出精神向度的矮化与拯救能力的匮乏。另一个重要的缺陷，就是这种规避性美学和弱者的哲学，当主观真实变成了心灵真实，当以抽象的个体批判抽象的群体，变成了以个体方式投身于世俗性伦理的集体怀抱，虽可在一定程度上解决其内在矛盾，但无法从根本上解决余华强烈的现代性"历史叙事"冲动与"解构叙事"的超越西方现代性的品格追求之间的冲突。正是在这种情况下，余华在小说思想层面选择了"悬置"态度，即拒绝进入宏大叙事的二元对立圈套，而是从个人化角度出发，进行"有限度的表述"。这是余华的思想智慧所在。无论是先锋小说创作阶段余华浓重的技术迷恋，还是转型后余华对民间伦理的个性化解读，余华都没有选择"直面时代"的态度。

第六节　粗鄙者的墓志铭：
刘震云的故乡系列历史小说

　　刘震云，一个对时下读者而言并不陌生的名字，凭借自己的实力亦足以在当代文学发展史上分得一杯羹。这位今日看来举足轻重的作家于1958年出生在河南省新乡市延津县，这直接决定了他日后的写作姿态与价值立场。1973年，刘震云参军，1978年复员后考入北京大学中文系，初步踏入文学殿堂并开始尝试写作，写出了《瓜地一夜》（1979）、《被水卷走的酒帘》（1982）、《栽花的小楼》（1984）、《乡村变奏》（1985）、《罪人》（1985）等作品，但由于笔法较为生涩，在当时并未产生太大的影响。时至八十年代中后期，刘震云顺应潮流一跃而起，迎来了自己写作生涯的第一个转折

---

① 王晓明主编：《在新意识形态笼罩下》，江苏人民出版社2002年版，第145页。

点：1987年，《塔铺》《新兵连》的发表使文坛开始关注他的存在，紧随着这两部小说，刘震云又推出了《头人》（1988）、《单位》（1988）、《官场》（1989）、《一地鸡毛》（1990）、《官人》（1991）等令人耳目一新的经典之作。在这一阶段，刘震云将目光聚焦于灰色小人物的底层生活，用百无聊赖的口吻描绘着平庸的焦虑与徒劳的挣扎，一时间被称为"新写实"小说的领军人物。九十年代后，刘震云再次投入时代浪潮，将笔锋指向遥远的过去。随之而来的是《故乡天下黄花》（1990）、《故乡相处流传》（1992）、《温故一九四二》（1993）、《故乡面和花朵》（1999）等带有浓重"乡土"气息的作品。在这里，刘震云始终坚定不移地站在故乡视野上反观历史，尝试在浩瀚历史长河中发出自己的吼声。在这一阶段，刘震云是站在"新历史"小说创作者队伍的前列的。

刘震云曾坦言："在我的小说中，大约有三分之一与故乡有关。这个有关不是主要说素材的来源或以它为背景，等等，而主要是说情感的触发点。"综观刘震云的系列小说，我们不难在其中发现故乡乡土世界对他的熏染，正是独特的个人童年记忆与集体地域文化造就了他文本中与众不同的观察视角。在早期的《塔铺》《新兵连》《头人》等作品中，已有了对故乡的直接描写；而到了《故乡天下黄花》《故乡相处流传》与《故乡面和花朵》中，更是直接借"故乡"之名，以他的出生地——河南延津县为地域蓝本，对小说进行架构，形成了后来为读者熟知的"故乡系列小说"。

在当代文学史上，我们很喜欢以地域为标尺对作家群体进行粗略的划分，试图适当地缩小范围以便于总结其写作上的共同之处。不少学者认同这样一种观点，即以刘震云为代表的"豫军"身上带着一种"灾民后裔"的创伤标记。"这种创伤感来自中原由盛转衰的郁结与失语。河南号称'中原'，曾是中国的文化与政治中心，自南宋迁都后，地位开始衰落，近现代以来更是一落千丈。大灾、战争频频光顾这片土地，各路人马'逐鹿中原'，却只把河南当作棋子、战场或临时补给地。河南就像一个中国的弃儿，一个既笼统又深刻的记忆结晶。弃儿意识深深影响着豫军的'乡土'想象及主体建构，譬如，偏爱写灾民和移民，便是'中国弃儿'的一种创造性复现。弃儿式的韧性与智慧、自利与虚无，让豫军自然融入了九十年代以来的市场与个人化书写的潮流。"① 正是这种"灾民后裔"的身份认证使得刘震云在处理故乡体验、阐述人与历史关系时采用了与众不同的视角。在他的骨子里，深深浸染着一种怀疑情绪，本能的不相信任何关于历史的记载与叙述，大胆的质疑所谓的正史与权威，而潜伏在此之下的是重写历史的强烈冲动。对故乡又爱又恨的矛盾情绪框定了刘震云阐释世界的视域：他总是执着地从琐碎、荒诞中去找寻历史的宏大与庄严，从人类最基本的物质、生存需求去审视时代的变迁。当他以这种写作姿态进入创作后，必然会写下令人耳目一新的新历史小说文本。我们亦可以反其道而行之，从故乡系列小说中窥视他独辟蹊径的历史观。

刘震云对历史所持有的态度，可以从以下三个大的方面去解读：

首先，他试图用虚构和调侃重塑历史。长久以来，我们对"历史"一直带有根深蒂固的误解——总是过分尊崇其可靠性与权威性。中国素来有"以史为鉴"的说法，这实质上透露出中国传统的历史观，即认为历史是一系列事件、人物、场景以一种不可变更的顺序的排列组合，其客观与真实不会因个人的意志而发生任何变更和转移。因此，所有承载历史的文献资料都是对历史场景的一种还原，是对历史情节的再现，我们可以通过对遗留下来的文件、资料的整理与解读返回事件现场，毫厘不差的旁观曾经发生的一切。与之相对，传统的历史题材的文学作品也极力维护着这种虚伪的真实感，一直将写实性作为自己的招牌与口号。

然而，随着时代的进步，这种真实反映论已经成为文学创作者自我束缚的桎梏，与此同时也愈来愈难满足不同读者的审美需要。一批新历史主义者与新历史小说家开始对这种狭义的历史观进行反拨：英国的政治学家

---

① 李丹梦：《文学"乡土"的历史书写与地方意志——以"文学豫军"20 世纪 90 年代以来的创作为中心》，《文艺研究》2013 年第 10 期。

卡尔·波普尔（Karl Raimund Popper）在他所著的《开放社会及其敌人》中曾写道："根本不存在任何可以'真正如实表现过去'的历史，只能有各种历史的解释，而且没有一种解释是最后的解释。"海登·怀特也说过："没有任何随意记录下来的历史事件本身可以形成一个故事；对于历史学家来说，历史事件只是故事的因素……通过所有我们一般在小说或戏剧中的情节编织的技巧——才变成了故事。""没有什么理论能够真正的预测出人类未来历史发展的方向和进程，所以也不可能存在对过去能做到真正如实记录的历史，那些所谓历史的意图和目的，都是它的记录者和编纂者自行强加的。所以人们所了解的和看到的历史事实都带有记录者和编纂者的主观意愿。这也就是说历史事件只是文本故事的骨干，哪些历史事件该被贬低或压制，哪些又该被赞扬或称颂，它们又以怎样的情节编排形式出现，又该被怎样的解释，都是由作家的主观意识来决定的，而作家的个人经历体验、价值观念、意识倾向和他所处的时代背景以及阶级地位又左右着作家个人意识的形成，所以并不存在真实客观的历史。"[1]在刘震云的文学世界中，具体的历史事件好似一幅画的边框，真正在画纸上涂抹、描绘的是作者主观世界的虚构与改写，而历史的存在只是为了给想象力划定一个具体的范围，使其不至于越界。

在具体的文本中，刘震云毫不掩饰对历史真实度的质疑。在故乡系列小说，尤其是《故乡相处流传》中，他多次将历史比喻为一个任人打扮的小姑娘，怎样涂抹就呈现出怎样的色彩。小说中各色人物对权力的争夺实质上就是对历史话语权的争夺，而隐藏在文本背后的作者也表现出了强烈的重写历史的欲望。

这种尝试一方面体现了对历史人物的大胆改写。在《故乡相处流传》中，历史上大名鼎鼎、精通文韬武略的枭雄曹操变成了一个脚趾流脓、贪恋美色的平庸之辈，贪生怕死却偏又好大喜功；明朝皇帝朱元璋是一个无视

---

① 王玮琼：《新历史小说的拼贴叙事技巧》，《群文天地》2012 年第 1 期。

百姓生死的阴谋家，连哄带骗、威逼利诱的"迫使"人民完成迁移；慈禧太后的前身是村里丑的嫁不出去的柿饼脸村姑；太平天国的领导者是浑身充满瘴气、只知其母不知其父的"野孩子"……到了《故乡面和花朵》中，一切变得愈加荒诞：曹操、袁绍变成了村里衣衫不整、整日无所事事的无赖，小麻子变成独霸一方、金屋藏娇的当权者。随着故事递进，所有人都变成同性恋，在故乡的土地上肆意涂抹着光怪陆离的色彩。

另一方面则体现在对具体历史事件细节的添加与改写上。在正史之中，曹操与袁绍之战总是在庄严肃穆的气氛中被描绘为英雄间的战争，是赌上了个人荣辱、背负着国家无上荣光的宏大战役。而在刘震云的故乡系列小说中，二者之间翻脸的真正原因是为了争夺一个长有虎牙、颇有几分姿色的沈姓小寡妇；历史上曹操规模宏大的阅兵仪式实际上是人不够、稻草人来凑的"面子工程"；朱元璋用二两豆腐来吸引百姓，用扔钢镚儿来决定去留；在迁徙途中，刘震云又刻意设置了一系列的奇人奇事：六指的天生神力、沈姓小寡妇的莫名怀孕、平地而起的瘟疫与暴风雪；慈禧太后的亲民之举实际上是为了与六指重温当年的旧梦。刘震云用调侃的笔调解构了官方论调的冠冕堂皇，用戏仿手段彻底颠覆了正史的高高在上，让史书上记载的人物走下殿堂，从不食人间烟火的圣人变为同普通人一样有喜怒哀乐的凡夫俗子。

其次，刘震云坚持循环论的历史观。在传统的历史观中，历史的前进、发展是遵循着其内在的客观规律的，历史的进程就是新生事物不断战胜旧有事物的过程，是一个从低级走向高级的、不可逆的过程，历史在无形中被假定为始终处于上升的状态。这种进化论的历史观在国人脑海中可谓是根深蒂固。这一点在具体的文学创作中，则主要体现为作家在进行历史题材创作时，总喜欢在文本中设置一些对立的两元，通过新旧矛盾间的斗争，渲染一种先进必然战胜保守，未来一定越来越美好的乐观主义精神。这种写作手法在某些特定时期确实有其存在的必要性，但随着社会的进步，这种一线式的历史观逐渐显现出其弊端：文本开始呈现出模式化与单一化，文坛呈现出千人　面的格局。

后现代主义的兴起无疑在适当的时刻提出了一种适当的解决方案，其最主要的贡献就是尝试以偶然、断裂、不确定性来打破历史发展的必然性、连续性与规律性，从而消解过去、现在和未来之间的界限。詹姆逊在《后现代主义与文化理论》中写道："那种从过去通向未来的连续性的感觉已经崩溃了，新时间体验只集中在现时上，除了现时之外，什么也没有。"

新历史主义者在这一点上与后现代主义者不谋而合，他们在消解历史整体性与连续性的同时，以主体性的颠覆来拒绝和排斥历史进步论。"在他们看来历史已经不是一个时间的矢量延续，是一个个历史断片，而文本中的历史也应该是非连续的和断裂的。"①

这两种观点在无形中影响着新历史主义小说家的写作立场。学者摩罗曾说："历史无发展，只是奴役与残杀的延续，历史无进步，只是你方唱罢我登场的反复与循环。"刘震云显然是信服这种观点的，在《故乡面和花朵》中，他说："历史真是一个大循环哪！"他认为历史是一种重复，总是呈现出循环与轮回的姿态。这种循环论的历史观在他的"故乡系列小说"中表现得尤为明显。

最为有利的证据是在出场人物的设定上。所谓"故乡系列小说"大致包含三部作品：《故乡天下黄花》《故乡相处流传》《故乡面和花朵》。除《故乡天下黄花》外，其他两部作品（共6本）是一脉相承的，可视为共同完成了一个大故事的构建。《故乡相处流传》与《故乡面和花朵》两部作品时间跨度极大，长达几千年，从汉末一直写到当下甚至未来世界。然而无论朝代如何更替，故事情节如何转折，其主要人物是从不变动的，始终围绕曹操、袁绍、沈姓小寡妇、瞎鹿、小麻子、孬舅、六指、柿饼脸、白蚂蚁、白石头等人展开，故事的叙述者也一直是"我"——小刘儿。《故乡相处流传》一书由"在曹丞相身边"、"大槐树下告别爹娘"、"我杀陈玉成"、"六〇年随姥姥进城"四部分组成，作者在此将绵长的时间切割成四个片段，涵盖

---

① 王玮琼：《新历史小说的拼贴叙事技巧》，《群文天地》2012年第1期。

了三国混战时期、明初朱元璋移民建国时期、清末太平天国起义时期以及新中国成立后 1958 年的大炼钢铁和 1960 年的自然灾害时期。在不同的历史年代，参与者仿佛永远是那固定的一群人。就好似一出戏，导演会安排不同的情节和布景，但最终粉墨登场的演员是从不变动的，大家只是根据剧情需要重新分配主配角而已。为了更明显地突出这种重复性，除曹操和袁绍化名谐音的曹成、袁哨外，其余人物的名字都不曾发生任何变动。在保留称呼以及人物关系的同时，每个人也固守着自己的性格特质，辨识度极高。

另一项证据就是故事发展脉络的惊人相似。除出场人物的反复循环外，综观"故乡系列小说"，其情节上的重大转折点也是如出一辙，始终是围绕着"权力"的争夺展开的。就像鲁迅在《灯下漫笔》中所指出的：历史总是在"一乱一治"中交替发展。

有学者认为刘震云在 1989 年创作的《头人》也应该算是"故乡系列小说"。我们不妨先看一下《头人》的故事发展脉络：作者将"申村"作为故事发生的地点，由申、宋两家的家族斗争穿插起整个申村的历史。从某种程度上讲，我们可以将后来的"故乡系列"视为《头人》的延续或者说扩写。刘震云以《头人》的故事情节为蓝本，在此基础上写作了《故乡天下黄花》，只是此时作者的意图更为宏大：他不仅要表现一个村庄的发展，还要通过两个家族的斗争折射出近代中国政治的风云起伏。小说四章的正标题分别是"村长的谋杀"、"鬼子来了"、"翻身"、"文化"，与其相匹配的副标题则是"民国初年"、"一九四〇年"、"一九四九年"、"一九六六至一九六八年"。故事从孙殿元之死写起，孙、李两家对"村长"一职你死我活的争夺成为整部小说的发展主线，是"人家剁了咱的脑袋，咱就把权交给人家；要是剁不下咱的脑袋，咱还掌权，就把他的脑袋给剁下来"的恶性循环。久而久之，这种仇视与敌对渐渐融入两家后代的血液中，他们开始了无目的的攀比与厮杀。小说虽然刻画了孙殿元、李老喜、许布袋、赵刺猬、赖和尚、卫东、卫彪等各色人物，但他们扮演的是同一类角色：夺权者与失权者的矛盾体，中国近现代的历史正是在这无休止的夺权、失权、再夺权的恶性循环中逐渐形成。

毫无疑问，出版于1992年的《故乡相处流传》也延续了这一写作模式。只不过作者在这里显现了更为宏大的"野心"：他有意将小说的时间进行纵向拉长，让相同的主人公走过三国、明初、清末、二十世纪六十年代等一千七百多年的历史长河，在截然不同的时代背景下演绎着大同小异的悲欢离合与生死轮回。"夺权"在这里从一个时代的主题延长为中国历史自古至今的唯一脉络，如此一来，历史的无限"循环"便显得尤为深刻而突兀。

在四卷本的《故乡面和花朵》系列中，刘震云将这种夸张手法发挥到极致。在这部作品中，作者抹去了历史所有的真实性与合理性，甚至省去了连贯的故事情节。在颠三倒四、光怪陆离的叙述中，我们很难找到一条真实可信的发展主线，所有琐碎的细节展示与大段大段意识流的运用都暗含着一个鲜明的目的——展示各色人物对权力的无限狂热。在这里，刘震云有意识地加快了叙述的步伐，他让权力体系高速地更替着，权力格局便显现出一种"你唱罢来我登场"、"三十年河东三十年河西"的面貌。而此时的刘震云不仅仅满足于对过去历史经验的总结概括，他试图站在更高的层面上去归纳明日"历史"的发展方向。在《故乡面和花朵》中，当众人厌倦了异性时代的寻常与稳定，开始走向同性时代、牲畜时代后，无论身边伴侣、生活背景、现实地位怎样改变，他们仍将权力的争夺视为唯一的目的。这实际上是一种大胆的假设与预言：即使在前路不明的未来社会，人们仍难逃"重复"的宿命。"循环"的阴影不仅笼罩着过去，在将来也必定是唯一确定的情节。历史总是按照"循环论"的原则去行进，这是千古以来颠扑不破的真理。

最后，刘震云总是站在一种民间立场去观望历史。陈思和在《碎片中的世界和碎片中的历史》中曾写道："历史是已经消逝了的存在，了解历史真相有两种途径：一种是借助统治者以最终胜利者的立场选择和编纂的历史材料，如历来的钦定官史等，由此获得的历史的总体看法，我称它为'庙堂的历史意识'。它除了站在统治者的利益上解释历史以外，还表现在强调庙堂权力对历史发展的决定作用，等等。还有一种是通过野史传说、民歌民谣、家族谱系、个人回忆录等形式保留下来的历史信息，民间处于统治者的强权控制下，常常将历史信息深藏在隐晦的文化形式里，以反复出现的隐喻、象征、暗示等，不断唤取人们的集体记忆。由此获得的历史看法，我称为'民间的历史意识'……作家站在庙堂和民间之间，用长篇小说的形式来表达自己的历史意识时，不能不在这两种立场上做出选择。"

在传统的教育体制中，我们接触、学习的都是正史，即陈思和所谓的"庙堂的历史意识"。这些历史记载出于某种目的多半掺杂了人为的虚构与改写，实际上它所呈现出的是当权者眼中历史的"理想状态"。同样，在传统的文学观念中，文学作品往往是达成政治目的的工具，是经过审美包装后的主流意识形态，为的只是以一种看似艺术的手段去宣扬家国观念、民族大义、传统道德。如若带着"怀疑"的眼光去审视所谓的"正史"、"官史"，不难发现历史记载者是带着充分的迎合性去进行书写的，他们最大程度上满足着统治阶级的政治需求。这些"正史"、"官史"总是以官方主流意识形态作为创作的首要标准，只记载对统治阶层有利的重大事件和重要问题。他们笔下的"英雄"孔武有力又足智多谋，不食人间烟火的近乎神明，历史发展总是在这些"关键人物"的"关键言行"中进行转向。

与此相对的则是"野史"，它是民间一代一代口耳相传的记忆。在这种叙述语境中，历史往往会有"戏剧性"甚至是"喜剧性"的转折。底层百姓总是喜欢用最基本的生存与物质标准去解读人与历史间的关系。在他们的故事中，高高在上的民族英雄也并非足赤真金，也像普通人一样有喜怒哀乐，会生老病死。他们并非一出生就与众不同，其精神与肉身都是在走过一条漫长的自我修炼之路后才最终攀上人生的巅峰。而他们同样喜欢用鸡毛蒜皮和偶然事件去解构正统史传的神圣性与必然性。

然而，刘震云显然认为民间的历史是更具真实性的。他似乎更喜欢从民间的视角来审视中国近现代史，从民间文化中去汲取写作素材。诚如作者所说:"民间文化几千年沿习下来的道德、风俗、习惯是线性的力量,而一个时代的主导思想的提倡只是断面的。那种线性力量是一柄锋利的剑,而时代思想的断面则是一张纸,剑能轻易地穿破纸。民间文化是一片海,时代主导思潮是礁石,海能淹没礁石。"

为了突出这种民间立场,一方面他始终关注历史长河中名不见经传的小人物,通过他们的眼去观望历史,通过他们的口去评论历史,通过他们的笔去记载历史,通过一代代无名者的记忆,去揭露出历史截然不同的另一番风貌。

在《故乡相处流传》与《故乡面和花朵》中,叙述者始终是小刘儿,一个在任何时代都处于被支配地位的小人物。这两部作品充斥着众多的中国历史名人,从曹操、袁绍、朱元璋到慈禧、太平天国领袖、联合国主席,刘震云在选择叙述者上可以说是拥有着莫大的自由,而他却匠心独运的选择了一言一行最没有权威的小刘儿。小刘儿实际上是具有双重身份的:一方面,我们可以将小刘儿视为刘震云的化身,是他试图将自己参与进历史重塑全过程的尝试;另一方面,他作为故事中的角色却是最为"凄惨"的一个。在《故乡相处流传》中,无论朝代怎么更替,无论小刘儿怎么谄媚迎合,他永远地被困在平民阶层,最终总是逃不过无辜枉死的结局。在《故乡面和花朵》的前两卷,历史开始进入一种混乱:无论你在历史上是否属于名人,都可以参与权力的争夺。在这乱世之中,当白蚂蚁、白石头之辈都赢得了话语权,当猥琐不堪的小刘儿爹都成为人物头的时候,小刘儿仍是被压迫、被排挤的角色。甚至而言,无论当权者是谁,小刘儿永远是零余者,永远是被统治者。然而,刘震云却让所有曾拥有过"权力"的人都沦为配角,让民间的永恒代言人——小刘儿手握书写历史的大权。这在无言之中表明了他坚定的民间立场,在他眼中,统治者总会被自身利益蒙蔽双眼,无法客观地对过去事实进行还原,只有底层百姓才能在置身事外的状态下对历史进行相对可信的记载。

另一方面,打破正史只记载重大事件的传统,刘震云习惯用几代小人物琐碎的生活经历去串联历史。他似乎对重大事件始终抱着一种刻意回避的态度，对人们历来将它们作为坐标的做法表示一种怀疑："为什么非要用大人物的生死和世上的重大事件来贯穿历史呢？为什么非要从正史而不能从野史？为什么非要从野史而不能从野合的角度来贯穿和抚摸一切呢？"在《故乡面和花朵》第四卷中，他借白石头之口感叹道："原来我以为对我成长形成影响的都是一些大而化之的东西，现在我才明白都是点点滴滴和丝丝入扣的你们啊！"这里的"你们"，指得就是日常生活的点点滴滴。这种倾向在《故乡天下黄花》中凸显得尤为明显。作者将中国近现代风起云涌的政治变化凝练于两家人世世代代的爱恨情仇中，国共两党的争锋简单地缩小在孙屎根与李小武的盲目攀比之中。

实际上，在鲜明的民间立场的背后隐藏的是一种农民文化观。官方历史叙述总是以政治权力为中心，极少将农民作为主要人物，农民的心声常常淹没在历史长河的呼啸之中。他们不会为自己立传，也没有知识分子代他们立言。在故乡系列小说中，刘震云"以普通农民的视点、立场和农民文化的历史精神，向人们展现了一幅全新的，农民文化观烛照下的历史图画"。他正是在彻底还原一个农民眼中的世界的同时，挖掘出正统历史试图隐藏的乡土文化观念。其中最为敏感的莫过于人民群众对革命、对各派政治势力的理解。以八路军的形象为例，长久以来，我们关注的始终是"军民鱼水情"，我们印象中的八路军一直是受百姓拥护、爱戴的"救世主"形象。我们似乎忘记了在那段艰难的岁月，群众在真正接受八路军以前还经历过一段漫长的误解。在《故乡天下黄花》中，许布袋对共产党员孙屎根的母亲孙荆氏说："当初我说什么来着？屎根不懂事，要当兵什么兵不能当，偏要当个八路军，跟一群泥腿子混到一起！八路军是干什么的？整天尽想着吃大户。咱们家就是大户，他当了八路军，这不是跟自己过不去！"这种对话在正统历史中是绝对不会出现的。

借由这种民间立场，读者得以近距离观赏乡土世界中的历史真相。在民间的历史中，英雄人物遭到了彻底解构。比如，我们理想中的共产党员往往都是具有极高觉悟，为了救人民于水火之中不惜牺牲个人利益的英雄式的人物，而小说中的共产党员孙屎根则恰恰相反。出于虚荣心，他一直想加入中央军，为的是穿着笔挺的制服，配备先进的武器，能够耀武扬威地回到村子。而由于李小武先一步参加了中央军，他出于潜意识的敌对心理，"一时冲动"加入了八路军。之后他的觉悟没有任何提高，每日盘算的都是怎么为自己树立权威，怎么从战争中大捞油水。与十七年文学中八路军"高大全"的光辉形象可谓天渊之别。再如，传统观念中的"革命干部"都是鞠躬尽瘁、死而后已的楷模，而在故乡系列小说中，刘震云将马村的"上层人物"都刻画成了寡廉鲜耻、心狠手辣的暴君。以孙殿元、李老喜、许布袋、赵刺猬、赖和尚、卫东、卫彪等人为代表的一批"人物头"，在特殊时期总是利用公职谋求私利，在权力的游戏中草菅人命。他们心胸狭隘，挑拨是非，多次引发流血事件为的只是争夺吃"夜草"的特权。刘震云撕去包裹在"英雄"身上的层层包装，将其内心深处的龌龊暴露在光天化日之下。

在故乡乡亲用"稗官野史"解构英雄人物的同时，刘震云作为冷眼旁观的局外人，显然也意识到了某些革命历史对劳苦大众的"美化"。同样，他也在自己的作品中解构了群众。在传统的文学作品中，尤其是某些革命历史题材的作品中，平民百姓似乎总是带有一种与生俱来的淳朴与善良。特别是农民，总是被作者赋予一种厚德载物的土地般的坚韧与宽厚。但是，在《故乡天下黄花》中，他们则变成了麻木、蠢钝的一群：八路军来收粮，他们积极配合；中央军来收税、拉壮丁，他们从不反抗；甚至是面对日军的剥削与屠杀，他们仍旧选择在沉默中忍耐与接受。在他们的头脑中，根本没有所谓的是非曲直之分，更不用说民族大义的概念。身处乱世，平民百姓从未想过参与甚至改写历史，他们唯一的诉求就是像蝼蚁般的苟活，这正是鲁迅笔下安心做奴隶的那一群人。在《故乡面和花朵》中，刘震云惊讶地发现原来"被吃的"也开始学会"吃人"了。在前三卷中，他彻底改写了故乡亲人的面貌，用犀利的笔锋将"愚民"的恶毒渲染到极致。小说中除了小刘儿的姥娘，可以说没有一个正面人物，或者说，没有一个完整的"人"：所有的乡亲在一己欲望的驱赶下最终退化为"兽"。没有人再去珍视亲情、友情、爱情，道义、信仰、美德在赤裸的名利面前一文不值。曹成、袁哨、瞎鹿、孬舅、小麻子、白石头、女兔唇、沈姓小寡妇……所有曾经可爱可亲、同甘共苦的故人都在一夜之间变得面目全非。故乡的所有人都换上了一副市侩嘴脸，他们斤斤计较、相互算计，为了爬上权力金字塔的顶端不择手段、钩心斗角甚至骨肉相残。

自此，刘震云通过双重解构，最大程度上逼近自己的终极目的——解构千百年来历史的神圣性。在《故乡面和花朵》中，他为"历史"写下了特立独行的注释。"刘震云掀开众多事物的遮羞布，告诉我们种种真相。通过对孬舅屁股的揶揄，刘震云暗示，历史就是被尿不湿和假屁股统治着，你也许不能接受这个说法，但这是事实。尿不湿和假屁股，就是统治者私处的秘密。历史转折的时刻，万众激动，可最后才知道事情的真相是因为'她'的例假；一场轰轰烈烈的群众运动的起因，是买卫生巾和夜壶。刘震云总是把历史与污秽、庸碌的私处物品联系在一起，以此瓦解严肃的历史叙事，历史被拉下神坛。战争的起因是一些令人不齿的私人欲望，官渡之战，仅仅是因为争夺一个小寡妇；轰炸的连天炮火，是为了让小刘儿最后再看一眼故乡；追随同姓关系的众乡亲，不过是为了在运动中分得一杯羹，甚至只是为了吃一顿同姓关系会议的自助餐。揭露私处的丑陋之后，庄严的历史成了笑料，贵族和民间都充满了虚伪，诗意再也无法存在，现实是一块冰冷的铁板。"[1] 历史上所有被赋予崇高意味的东西，所有值得铭记的事件，都遭到了刘震云的无情嘲笑。

许多学者认为，刘震云之所以对史实进行这么大刀阔斧的改写，目的是借历史之酒杯浇自己之块垒，显然他对"历史"一词是有着自己独到的见解的，并且乐于在作品中向读者展示这一点。他的"新历史小说"可以

---

① 朱琳：《论刘震云小说的独创性》，南京大学 2013 年硕士论文，第 24 页。

说是前期先锋文学的延伸，无论在题材的选取还是具体的行文方式上，仍旧可以窥视到先锋文学所崇尚的那种实验性。某种程度上，通过故乡系列小说，刘震云完成了对中国乡土文化的深层解读，也对中国历史进行了一次令人印象深刻的后现代主义的改写。

第七节　新生代小说家的历史戏仿和形式探索

　　戏仿是从西方舶来的术语（Parody）。该术语有"滑稽模仿"、"戏讽"、"戏拟"、"戏仿"等多种翻译名称，而以"戏仿"最为学术界所通用。若追溯其词源学涵义，戏仿最初是以带"模仿之义"进入文学批评视野的。在亚里士多德（Aristotle）的《诗学》中，亚氏称赫革蒙（SirKarl Raimund Popper）为"首创戏拟诗的塔索斯人"，因为他惯于模仿庄严的史诗。而最早带有"滑稽"之义则出现文艺复兴时期，即1516年，斯卡利各尔（J.C.Scaliger）在界定Parody含义时将之指称为"滑稽之义"。此后，这一定义被英国批评家广为运用，"定为嘲弄严肃主题或夸张琐碎小事的滑稽讽刺作品"。虽然中国文艺理论体系中并无"戏仿"这一说法，但自明代以降，中国叙事文学中也出现了许多带有"戏仿"性质的文本。比如，被阿英称之为"拟旧小说"的《新三国》《新西游记》《新石头记》很明显都具有对前文本的模仿和改写倾向；而在中国新文学史上，鲁迅的历史小说和杨晦的《潘金莲》较早开启了带有戏仿叙事性质的文本改写之创作历程。借鉴中外文学传统有关"戏仿"的词源学意义，笔者所谓"戏仿"是指作者有意识地模仿前文本的人物、故事、主题或文体而形成新文本，以达到颠覆某种意识或解构某种审美规范，从而形成新的美学原则和审美风尚的修辞策略。

　　戏仿得到后现代小说家的青睐是一股世界性的潮流，有其深刻的哲学、美学和历史根源。二战后欧美世界的动荡与分裂最终导致了人文社会科学的激烈变迁。随着阐释学、结构主义、女权主义、西方马克思主义等思潮的涌起，人文知识分子作家以更为激进的方式处理自我和历史的关系，他们反叛传统的人文秩序，颠覆传统的价值观念，以此建构新的文化秩序和精神谱系。此后，西方后现代文化思潮兴起后，以亵渎神圣、调侃传统、不追求深度模式为标志的叙事潮流也以时间错位方式东进中国，对二十世纪八十年代以来的小说创作产生了重大影响。戏仿叙事首先在寻根文学和先锋小说创作中成为引人关注的现象。无论莫言的《红高粱家族》中以拉伯雷式的狂欢话语对启蒙话语和革命话语的戏谑，还是余华在《世事如烟》《鲜血梅花》中对历史记忆的颠覆性改写，都以戏仿为修辞策略借以在新一轮的价值重估中脱颖而出。此后，王蒙的话语调侃、刘震云对宏大历史的肆意解构、王小波对历史充满智慧的个性戏耍、苏童对古代传说和历史人物的再次书写、叶兆言的"夜泊秦淮系列"对革命加恋爱小说的彻底颠覆，都将戏仿小说的思想主题和艺术形式提升到了一个全新的高度。

新生代小说家的戏仿叙事首先与二十世纪九十年代后现代文化思潮的发生密切相关。戏仿作为写作策略一方面源于作家对叙事虚构本质的清醒认知，即一切文本都是虚构的产物，虚构方式多种多样，这就给新生代作家拆解前文本叙述规范和主体架构提供了合法性。另一方面源于其遭遇布鲁姆（Benjamin Bloom）所谓"影响的焦虑"使然，即当文学史几乎穷尽了所有新颖形式时，小说家该如何确立自己的审美视野、获取全新的写作资源呢？按照约翰·巴斯（John Barth）在《枯竭的文学》中的阐述，作家完全可以以讽刺的方式采用过去的文学形式，这也给后代作家的戏仿叙事以异域经验上的支持。其次，新生代小说家的戏仿叙事也与新文学的传统有关。鲁迅的《故事新编》"时有油滑"、"有时却不过信口开河"的修辞方式，施蛰存的历史题材小说对人之欲望的淋漓尽致的表现，刘震云"故乡系列"对宏大历史的颠覆性书写，王小波充满知性的调侃的历史叙述，以及格非、余华、苏童、叶兆言等众多先锋作家的新历史小说写作策略，都不可能不对新生代作家的写作产生影响，虽也不免引发"影响的焦虑"，但创作的自由和审美的多样性最终也内在地激发了新生代小说家戏仿叙事的激情。正是源于上述两方面原因，在九十年代末期，李洱、毕飞宇、李冯、徐坤、东西、鲁羊、述平等新生代小说家对已经深入人心的历史典籍、民间故事、历史人物等进行了重新改写，创作出了《武松打虎》（毕飞宇）、《先锋》（徐坤）、《牛郎》（李冯）、《商品》（东西）、《一张白纸可以画最新最美的画》（述平）等一批戏仿小说。

人物戏仿、故事戏仿和文体戏仿构成了新生代小说戏仿叙事的三大叙述类型。中国古代文化典籍和神话传说中有很多性格各异的人物形象，这为小说家的再创作提供了丰富的文学素材和人物原型。小说家一旦完成了对人物原型的再塑造，就有可能生成全新的戏仿文本。比如，李冯的《中国故事》和《孔子》分别是对历史名人利玛窦（Matteo Ricci）和孔子的戏仿；情节是小说的基本要素，情节由故事按照因果逻辑连贯而成，故事与主题的关系、故事与人物的关联、故事中场景与场景的承接，小说家都可依据审美趋向对之进行改写。小说家通过对上述叙述成规的拆解和新规范的付诸实践，从而完成了对故事的戏仿。比如，李冯的《十六世纪卖油郎》就是以冯梦龙的《卖油郎独占花魁》和《杜十娘怒沉百宝箱》为改写文本，通过更改故事进程，修改故事场景，重塑卖油郎形象而达成了戏仿目的的。任何一个小说文本都包含有两种以上的声音，而声音是文体、语气和价值观的综合。小说家可以通过更改或替换话语类型，从而在文体层面上达成全新的戏仿叙事。比如，徐坤在《呓语》中对岳母刺字的调侃，在《梵歌》中对武则天、韩愈等历史人物对白的调侃，都是文体性戏仿的俱佳例子。

当然，上述三种类型在具体修辞实践中并非彼此分开，往往兼具两种或两种以上戏仿类型，从而呈现复合型杂糅模式。新生代小说家常常杂糅各种戏仿类型，综合呈现一种颠覆性的、寓言型的话语图景。我们不妨以徐坤的《鸟粪》做一简单说明。小说通过对"思想者"雕像在现代化都市里的惊险经历、尴尬遭遇的描写，揭示了现实生活中人们信仰的缺失、思想的混乱和精神的浅薄。由此看，这首先属于人物类型的戏仿。原本受人尊敬的"思想者"不但被世人冷遇、随意切割和遭受电击，还受尽侮辱。"鸟粪落佛头"堪称莫大的讽刺。很明显，这是一篇采用表现主义手法、很观念化的、带有主题先行意味的小说，有其不足之处，但它较好地表达了某种寓意，其所反映的现象和传达的思想启人深思。它在呈现这样一道世纪末的风景：在当下高度物质化、实用化的文化语境中，一部分人不择手段追求物质财富，利欲熏心，致使思想、精神和心理都业已"沙化"。这不仅是现实的危机，也是文化的危机。这篇小说思想性盖过艺术性，理性思辨超过感性体验，虽然存在理念先行的弊端，但从整体上看，风格凝重，构思新颖，主题富有哲理深度。这样的小说肯定是作家本人长期思考的艺术结晶，表征了"新生代"小说深度反映现实，锐意开拓艺术世界的能力和魄力。

新生代小说家的戏仿叙事与西方后现代写作有着惊人的相似性。如同后现代小说家以对神话故事、英雄人物和经典名著的戏仿或改写一样，新生代小说家也以对此类文本的颠覆性改写为能事。颠覆神圣性，还原世俗性，构成了新生代小说家人物戏仿的根本逻辑规则。将神仙或侠侣蜕变为肉体凡胎，将英雄人物降格为欲望的个体，将宏大的理想行动消解为一地鸡毛式的琐事，这也恰恰印证了后现代消解深度和复归肉身体验的感官化写作倾向。比如，在《另一种声音》（李冯）中，《西游记》中那个上天入地、勇敢机警的孙悟空被塑造成为一个不折不扣的俗人："那次流芳百世的取经事件，完全不像后来艺人们的那么牛×哄哄。一路上最大的问题是小腿抽筋和肚子饿。"在故事戏仿中，故事不具有传奇性，故事中的人物也不具有高尚性，一切无不彰显着世俗化的烙印。比如，在《牛郎》（李冯）中，牛郎和织女离婚，宁可回到天上做一颗孤独的星，也不愿返回人间尝试人间的婚姻；而织女则嫌贫爱富，最终导致了牛郎的四处漂泊。这就完全修改了民间传说中的织女与牛郎七七相会、恩爱如一的传奇故事。在文体性戏仿中，要么以戏谑、调侃话语解构宏大话语，使其失去原有意义。比如，《轮回》（徐坤）是对《复活》（托尔斯泰）的颠覆性改写，以极度夸张和戏谑的方式完成了对于启蒙话语和救亡话语的彻底解构。要么还原叙事文学虚构本质，拆解虚构神话。比如，《武松打虎》（毕飞宇）采用古典叙事与现代故事交替讲述的方式，最终拆解了"武松打虎"的虚构性。《我作为英雄武松的生活片段》（李冯）让武松在古今之间随意穿行，以与《武松打虎》相似的戏仿方式，揭示了其话语虚构特性。也就是说，"武松打虎"这一事件只存在于施耐庵的《水浒传》和说书人的讲述过程中，离开了这两者，它压根就不存在。通过对上述三类戏仿叙事修辞方式的考察，我们可以清醒地看到新生代小说家戏仿叙事的逻辑规则，即创作主体以逆向思维方式审视前文本，根本性地改变了前文本的表意体系，呈现为一个简单的二律背反的话语模式。因此，这些前文本一经新生代小说家的戏仿后，便是一个具有鲜明当下感的全新文本了，不但其内容和主题也都是当代的，而且其思维逻辑和精神谱系也是当下的。被戏仿的这些前文本不过承担了道具功能，戏仿一旦结束，它们就被作者抛弃，而被抛弃的前文本反而成了读者开始戏剧化阅读的参照物。

新生代小说家的戏仿叙事对古人古事和经典文学的解构，既打开了崭新的写作视界，也破坏了传统文化的精神传统。

首先，以戏拟、反讽的方式审视前文本，必然使得新生成的文本极具可读性。有趣的故事、幽默的反讽和富有智慧的叙述构成了戏仿叙事备受读者喜爱的三大因素。其作品的有智和有趣，自然就形成了一种新型的"写—读"交流模式，诚如王小波所言："从某种文学意义上来说，严肃文学是一种游戏，它必须公平……作者不能太笨，读者也不能太笨，最好双方大都是同一水平。"① 作者和读者都有一个心照不宣的约定俗成的集体意识，双方以此为媒介，不断生成一致或相悖的意义。在此，无论作者的艺术创新力，还是读者的阅读创造力，都可得到最大程度的发挥。这种交流必然是平等的，是现代型的作者与现代型的读者共同营造话语场的阅读模

---

① 王小波：《〈怀疑三部曲〉后记》，《沉默的大多数》，中国青年出版社 2002 年版，第 347—348 页。

式，也体现了话语沟通和文化交流的现代性认知理念。因此，戏仿叙事确实更新了现代小说的叙述形式，其艺术价值及文学史意义当予以肯定。而且，戏仿作为一种修辞话语，将反讽语言、历史语言、日常生活语言综合调制于一体，也生成了全新的话语风格。其中，反讽语言是最深入人心的，由此而生成的反讽文本则是新文学最为珍稀的种类。李洱的《花腔》就是依靠诸多文本而彰显长篇小说叙述语言的驳杂与纷繁。它将"各种规范"、"半规范"和"各种规范的但非艺术性的作者话语"调和在一起，从而形成特色鲜明的反讽语言。比如：

> 有甚说甚，在后沟，不等别人来做思想工作，我就把自己的思想工作给做了。我打心眼里承认自己犯了错误。别的都放一放，就拿拾粪来说吧，当我说"毛驴还会再拉呀"的时候，我其实就已经犯下了不可饶恕的错误。我受党教育多年，早该学会站在毛驴的立场上思考问题：那些毛驴，口料已经一减再减，可是为了革命事业，还是坚持拉磨、拉炭、犁地。肚子本来已经够空了，但为了响应拾粪运动，它们有条件要拉，没有条件创造条件也要拉，不容易啊！可我呢，作为一个知书达理的智（知）识分子，却一点也不体谅毛驴，竟然还要求它们一直拉下去。难道自己的觉悟还不及一头毛驴？

我们知道，古典形态的讽刺文学在晚清达到顶峰（如《儒林外史》），然而，在新文学百年历史进程中，讽刺文学却成了一个稀有品种。一生致力于讽刺文学创作的也无非就是张天翼、沙汀、高晓声、乔典运这么几个屈指可数的作家，其他如鲁迅、钱钟书、陈白尘等都是偶有所作。因此，在讽刺成为冰块，作家缺乏自醒、自嘲的当下，新生代的戏仿叙事在艺术经验的探索和表现方面所取得的成绩是应该被予以肯定的。当然，他们的戏仿也大多"小打小闹"，至今也没有创作出类似品钦（Thomas Pynchon）、巴思（Donald Barthelme）那样的后现代反讽式的巨著，也不能与巴塞尔姆（Donald Barthelme）那样致力于反讽叙事的小说家等量齐观，但是，中国新生代小说家致力于戏仿写作的探索热情和已有成绩也是应予肯定的。

其次，我们肯定其成绩，并不意味要遮蔽其缺陷或不足。由于文学经典中的人物形象、民间传说，以及传奇故事经过千百年来的无意识沉淀后都已成为当代人精神谱系或文化背景中的一部分了，所以，小说家对传统文化和历史的亵渎行为必然对读者的认知情感和公共意识造成了破坏。这使得新生代小说家的戏仿叙事走上了一条颠覆有余而建构不足的老路。当旧体系被推倒而新规范还远未成形，那么，他们依然没有出离文化虚无主义的圈子。戏仿是一把双刃剑，既可生成一个全新的有意义的艺术体系，也可以摧毁一个有价值的精神传统。在摧毁与重建中，戏仿叙事也就成了验证小说家人类良知与伦理底线的标尺。"如果反讽者仅仅是拥有一种解构的、否定的武器，而缺乏一种肯定性的内在价值作为皈依，那么反讽者所做的，就不过是让一个千疮百孔的世界化为更为荒凉的废墟。如果只是试图摧毁一个坏的世界，而不是同时试图重新建立一个更好的世界，或是提醒人们始终对更好的世界保持起码的向往，反讽作为一种话语行动的意义是有限的，甚至可以将之视为一场与所指之物暧昧的游戏或调情。反讽者呢，最终也难免被虚无主义与怀疑主义所裹挟，所湮没。"① 李德南有关反讽修辞的论述也同样适用于新生代小说家的戏仿叙事。戏仿叙事必须以前文本为基础，以读者的反差性阅读为条件，一旦脱离这种基础和条件，其意义和价值也就不存在了。因此，戏仿叙事算不得什么创新，它的存在及意义不可被高估。新生代小说家争相以戏仿策略追求艺术形式创新，反而展现了这一群体想象力衰退和创作疲软的趋向。这也在提醒我们，反讽不仅仅是一种艺术技巧或修辞策略，而更是一种精神本体，其生命力在于经验的不断探索和艺术创新，而非形式的把玩和意气戏耍。

---

① 李德南：《昆德拉：大师的洞见与盲见》，《名作欣赏》2014 年第 11 期。

在消费社会中，一切皆可成为消费的对象。大众不仅在消费有形的商品，也在消费无形的文化。快感原则是支撑消费社会的基本逻辑。怀旧可以成为一种消费方式，身体则是"最美的消费品"。有关身体的写作和文化的再生产往往成为消费社会非常热烈而壮观的大众文化事件。这样，深处消费社会，戏仿叙事也被深深地刻印上了消费文化的印痕，不仅话语深受大众审美趣味的引导，而且也被大众消费心理、资本的运作逻辑所操控。在这种语境下，戏仿叙事尤其要避免滑向简单化、娱乐化的改写误区。在具体实践层面，戏仿叙事至少应该遵循以下两个限度：其一，可以通俗，但不能低俗，甚至恶俗。通俗是文学素有的品性，创作为广大群众所喜闻乐见的文学作品，创造为其所乐于接受的艺术形式，则更是一代代文学家所努力实现的梦想。戏仿作为一种艺术形式，其在文艺的通俗化、大众化实践中，具有无限的可能性。其二，可以审丑，但不能扬丑。可以在审美层面上表现丑，以此从更深刻意义上弘真扬善。恶永远都是人类的天敌，扬恶抑美的作品永远会被人类所抛弃。那些专注于满足大众的"窥视欲"，挑拨"生理欲"，滑向快感游戏的戏仿，那些向权贵献媚、向资本致敬而不关心民间疾苦的戏仿，都是背对人类良知的破坏性写作。我们也不妨以薛荣改写《沙家浜》为例对此加以说明。

作为样板戏之一的《沙家浜》是经过无产阶级革命话语高度提纯了的"洁本"，人物之间的关系被简单地界定为"革命同志"、"敌我矛盾"，压根就不存在与"性"、"爱欲"有关的私人话语。与原作相比，其变化是：以阿庆这个人物为叙述主线，让阿庆这个人物走到前台；重构阿庆嫂与胡传魁、郭建光之间的关系；去英雄化、神圣化，还原人物的世俗性、欲望性。应该说，这样的文本改写也有其必要的合理性，他所创设的文本场域，就是要展现这样一种理念。这如同二十世纪三十年代施蛰存以惊世骇俗之笔重构"石秀"、"鸠摩罗什"形象一样，单从理念上看，薛荣的写作没有什么不妥。而且，他也企图重建"阿庆"在文本世界中的意义——尽管这"意义"多么地经不起文本场域的检验，很多场景甚至自相矛盾——应该是具有开风气之先的。但是，"沙家浜"这一文化符号负载了人们太多的有关革命年代的记忆和革命精神的崇拜，他把这些曾经的英雄拉下神坛，把曾经的敌人胡传魁放进阿庆嫂的被窝，把样板戏中未出场的阿庆塑造得猥琐渺小，把阿庆嫂内心的欲望无限放大，这必然引发一部分读者、学者乃至官员的反感和围攻。至于把阿庆嫂掩护郭建光逃走的根本原因，界定为她一己的私情，那就更让他们无法接受了。从内容上看，这种改写类似于后现代式的颠覆写作，深深地打上了消费主义、小市民主义的烙印，既不能给人以向善趋美的力量，也没有超越"前文本"的高度，而沦为一个与"前文本"平行的、迁就读者低俗品位的一次性商品。尽管我们承认"改写好像是时代精神，会有一天已经过去的全部文化被全部重写，它将在它的改写本后面被全面的遗忘"①，但是，我们也必须认识到，改写也不是推倒一切政治意识形态城堡，重建消费意识形态的大厦。当代中国远非到了"它将在它的改写本后面被全面的遗忘"的地步，相反，新世纪以来的"新左派思潮"、"底层文学"及"打工文学"的兴起，大有意识回潮的趋向。因此，优秀的小说家应当重建与时代、与读者的通约性。

总之，戏仿不是没有底线的，任何戏仿都应围绕人类的良知、正义和个体生命的尊严、价值展开。那种挖空心思快意戏耍，而不顾忌人性、人情的戏仿是要不得的，那种如蝇逐臭、审丑慕恶，极尽捣乱之举的非常规戏仿也是要被予以无情批判和抛弃的。"因为人有灵魂，有能够怜悯、牺牲和耐劳的精神。诗人和作家的职责就在于写出这些东西。他的特殊的光荣就是振奋人心，提醒人们记住勇气、荣誉、希望、自豪、同情、怜悯之心和牺牲精神，这些是人类昔日的荣耀……诗人的声音不仅仅是人的记录，它可以是一个支柱，一根栋梁，使人永垂不朽，流芳百世。"② 福克纳

---

① ［捷克］米兰·昆德拉：《小说的艺术》，董强译，上海译文出版社2011年版，第159页。

② ［美］福克纳：《获奖演说》，刘硕良主编：《诺贝尔文学奖授奖词和获奖演说》，漓江出版社2013年版，第246页。

（William Faulkner）的教诲应该被每一个新生代小说家所悉心记取。

第八节　新历史与新思维：
　　　　王小波的杂文化历史小说

王小波是二十世纪九十年代非常重要的小说家。他主要的创作时间，集中于 1991 年从美国回到北京后，一直到 1997 年去世的这段时期。他的历史小说创作主要分为两类：第一类是以《革命时期的爱情》为代表的"文革"历史小说；第二类是《红拂夜奔》《万寿寺》《寻找无双》为代表的历史传奇系列小说。其实在创作早期，他就模仿过唐传奇，出版了《唐人秘传故事》小说集，其中《夜行记》《立新街甲一号与昆仑奴》都是比较有名的篇目。王小波的历史小说，无论是革命时期的顽童想象，还是游戏化的古人世界，都渗透着他对中国历史的权力压迫的一贯警惕，都试图形成想象的、游戏化的历史世界与现实世界的对立，从而表达作家对树立"自由主义"的文化自觉的不懈努力。

王小波这类通过戏仿历史来达到结构革命和传统意识，达到其自由主义思想的作品，在文学史上师承鲁迅的《故事新编》。许多批评家认为，《故事新编》之后，存在着一个谱系学上的"鲁迅式历史主义"，即从二十世纪三四十年代的郭沫若、茅盾、郑振铎，一直到六十年代的陈翔鹤、黄秋耘，八十年代前期的伯阳、赵玫，中后期的苏童、余华、莫言、刘震云等新历史主义小说家，甚至九十年代的李洱、李冯、潘军等新生代小说家，这些作家的历史主义创作，都和《故事新编》存在着千丝万缕的联系。① 但是，

① 近年来，这种从中国文学史纵向比较的角度研究《故事新编》的论文涌现出来很多，代表作品有姜振昌的《故事新编与新历史小说》（《中国社会科学》2001 年第 3 期），吴秀明、尹凡的《"故事新编"模式历史小说在当下的复活与发展》（《文艺研究》2003 年第 6 期）等。

那些所谓"鲁迅后"的"新历史小说",由于文化场域和个人文化理解力、创新力的差异,一方面丰富了历史小说的生长空间,发展了鲁迅的历史小说文体,开阔了我们的文学视野;另一方面,当我们讨论这些历史小说和《故事新编》的异同,我们又能在多大程度上说,它们真正继承了鲁迅历史小说的精髓,超越了鲁迅历史小说所开创的经典模式?但王小波的历史小说创作,在我看来,真正继承并发展了鲁迅悖论式的观察中国历史和现实问题的方法论,强烈的主体自由精神、科学民主的人文意识和充沛的文化创造力。同时,王小波对鲁迅式历史小说既有内在传承,又有基于个性、思想所带来的差异性。这种关系已经引起国内研究者的注意。①

一、杂文、历史与小说:三种文体的变异杂糅

《故事新编》存在杂文、历史和小说三种文体特点。有的鲁迅研究专家也因此称之为"杂文历史小说"②。这类历史小说有机地将杂文、历史和小说三种不同文体形态融合,创造出一种有着强悍生命力的跨文体写作的"混血儿"。它不但有杂文强烈的现实批判性、历史文学宏大叙事的雄心,也有着小说美学独特的形式创新,而王小波也存在类似的历史小说的美学追求。王小波的现实批判,历史叙事的思维方式,以及民族主义诉求,都变得更加隐蔽和复杂化。二十世纪九十年代的文化语境中,多元的碎片化,以及这种表象之下意识形态控制程度的加深,是不容忽视的特点。③新保守主义和新儒家的兴起,似乎暗合了民族复兴的宏大叙事。然而,王小波对于儒家所代表的中国传统,却持一种激烈否定态度。在这一点上,他类似鲁迅,而不同于温和的胡适派自由主义,这既表现在其《我看国学》等杂文,也

---

① 2005 年 4 月,王小波逝世八周年祭奠活动在鲁迅纪念馆举行,著名鲁迅研究专家孙郁撰文指出了王小波与鲁迅在历史小说思维上的相似之处。

② 姜振昌:《经典作家与中国新文学》,中国戏剧出版社 2003 年版。

③ 参见黄发有:《准个体时代的写作》,三联书店 2002 年版,第 9 页。

表现在他的历史小说中对儒家文化的反抗上。同时，王小波的立场，站立在自由主义和个人主义之上，又有别于汪辉等新"左"派的立论基点。新"左"派对儒家的批判，固然十分有力，但他们不能在创作上回应这一问题。同时，他们的立论又太拘泥于鲁迅的思想范畴，而缺乏时代针对性和创新性。也就是说，一方面，王小波警惕任何以"民族主义"为招牌的"借尸还魂"，警惕传统中压制个体、推崇专制的思想的再度萌生；另一方面，他又不满于当前在"个人主义、多元化"称谓下目光短浅的虚无主义泛滥。王小波将目光放在中华文明最开放恢宏的唐代，延续了女娲补天的故事，使后羿射日、大禹治水的神话有了真正灿烂的续集，使春秋战国铸剑复仇的传奇得以发扬光大，扫除一切以道德名义下对人性的控制和压抑，使大唐活泼智慧的生命拥有了光彩流溢的个人主义风范，使李靖、红拂、无双等唐朝英雄拥有了文艺复兴式巨人身姿，从而将鲁迅关于后发民族国家，如何应对现代性的思考更进了一步，也在当代的文化场域中找到了将民族主义和现代性结合的文本逻辑。

王小波"唐人故事"系列历史小说，在精神内涵上，将鲁迅"悲喜"交织的表现，强化为一种游戏的狂欢精神。二人的不同在于，鲁迅有对"历史深度"的追求，而王小波则表现出对"自由"的向往；鲁迅的"重写"带有现代主义绝望的怀疑，而王小波的"重写"却有更多黑色幽默的后现代色彩。王小波不仅将鲁迅短小精悍的历史故事发展成了长篇规模，而且也将其单一线索变成了复杂的多线索交叉复式结构。他不但注重古今杂糅、以古讽今，而且发展了鲁迅笔下纵横驰骋的想象力，将愤世嫉俗化解成超然的顽童式想象力游戏，形成了一种"极度浪漫"又"极度写实"的文学品格。

在王小波的历史小说中，杂文气质更为明显。这表现在他逻辑实证式的情节设计方式、批判力极强的细节处理上。在《寻找无双》中，王仙客对于寻找无双的三段论式的假设推理，从荒谬的前提出发，无论是哪个角度，王仙客都陷入了逻辑死胡同。而在《红拂夜奔》中，王小波用归谬法证明红拂自杀殉夫的荒诞。在这些小说中，随处可见漫画式夸张的人物言行，文化时空错位式的拼贴和剪辑，如《红拂夜奔》人力长安城和泥水洛阳城，穿着现代妓女服装的红拂，颇具古希腊数学家气质的文化流氓李靖；《万寿寺》中，节度使薛嵩在苗疆的蛮荒之地犹如部落酋长，狂欢式的唐朝雇佣军造反运动则让小说充满趣味；《寻找无双》中，反复出现 S/M 式的情节和意象。同时，这种杂文化笔法还表现在，王小波新奇古怪的杂学旁收笔法。他广泛涉猎物理学、数学、历史、建筑、地理、天文、兵器等多门学科，并将此融入叙述和思想表达。

就历史意识而言，王小波淡化宏大叙事；而从民主和自由角度突出人的个体价值，特别是当个体对群体压制的反抗，进而使这种"反抗史"具有了不容辩驳的现实性和历史合理性。为强化这种目的，王小波甚至将一种两极化文化空间做了最强烈的对立性处理，从而凸显出这些品质在中国文化现实中的稀缺性。如在《红拂夜奔》中，李靖和红拂的飞扬人生，与现实中大学教师王二的灰色人生，形成了互相缠绕的两条线索。《万寿寺》历史研究所失忆研究员王二找回记忆的故事和薛嵩在湘西的历史故事，成为两个对立性的文化时空。历史的、想象的时空中，智慧、勇气和爱情，成为这个虚拟文化空间中根本的游戏法则。[1] 而在现实时空中，个人主义却以尴尬而灰色的失败告终。

同时，王小波强化了历史小说中的文学性表现想象功能。他褒扬的人物具有文艺复兴式的自由解放的强烈个性追求。他们浪漫多情而又机智聪慧，拥有着美丽的梦想和潇洒恢宏的精神气度。浪漫而酷爱自由的非洲昆仑奴偷香酬知己，大英雄虬髯客成了伪君子和性变态。在诙谐夸张的想象中，他不仅将历史和文学虚构相结合，而且凭空创造了一个个美丽新奇的想象的"新世界"。王小波说："唯一有意义的事，就是寻找神奇。"[2] 他的语

---

① 参见房伟：《投向无趣人生的智慧之矛——王小波小说游戏论》，《当代作家评论》2005 年第 1 期。

② 王小波：《万寿寺》，《青铜时代》，花城出版社 1997 年版，第 101 页。

言华美丰饶，较少节制，在自然主义细腻的风格下，叙事视角不断灵活变化，想象性、描绘性语言挣脱意义束缚，在反衬现实丑陋的同时，拥有了一种"自我指涉"和"自我增殖"的转喻色彩。在《万寿寺》中，作家用很大篇幅虚构千年前的长安城。那伟大的城市、美女如云的运河、热带雨林食人树都使我们感到无比神往。"想象力就是储藏室，储存着一切潜在的、假设中事物，它们虽然并不存在，也许也将不存在，但是可能存在过，全部'现象'与'幻象'在一个表面上再现着多姿多彩的世界，而这个表面是永远不变的，却又变幻无穷的，正如沙漠暴风中不断移动的沙丘一样。"①

二、追慕与弘扬：杂文历史小说的动机与合理性

为什么王小波要坚持这样一种杂文历史小说形态？王小波的历史主义创作，存在四个动机：一是如鲁迅对神话的再挖掘，王小波通过对"唐传奇"的重新演绎，发扬唐人神奇而浪漫的想象力和自信心，积极探索民族文化的精神源泉。王小波对盛唐气象的追索，是对一种唐诗般自由潇洒又气度恢宏的人性的向往："破蔽还真，使诗人在充沛的元气中滋养出旺盛的主体创造欲望，对现实有真见，对人生有透视，对历史有深知，对宇宙有参悟，纵笔所之，自有一种使茫茫风雨为之惊动，冥冥鬼神为之哭泣的力度。"②二是试图通过历史小说创作，将鲁迅"以古讽今"的传统加以张扬。他运用杂文方法将历史、现实"杂陈并置"，以展示想象时空超凡拔俗的价值境界。三是将历史作为思考个体和权力关系的切入点，加深对个体悲剧性命运的思考，以颠覆传统对历史的伪装书写，寻找历史中的真实。正如王小波在《红拂夜奔》的序言中说："这本书和他这个人物一样不可信，但是包含了最大的真实性——假如书中有怪诞的地方，则非作者有意而为之，而是历史的本来面

---

① [意]卡尔维诺：《千年文学备忘录》，杨德友译，辽宁教育出版社1997年版，第35页。

② 杨义：《李杜诗学》，北京出版社2001年版，第23页。

貌。"①四是文学形式创新的尝试,王小波在结构上把鲁迅的短小精悍的历史小说发展为长篇巨制,并试图通过想象发扬文学中的"轻逸"等品质,通过百科全书式的历史罗列,布罗代尔式的对历史细节的"年鉴派"发掘,对历史叙述的奇观展示,显现个体重构文学和探索文学发展可能的努力。

那么,王小波对这种历史小说动机的"追认"和"弘扬",又在多大程度上具有现实合理性?首先,我们看到,近代西方入侵是一个具有转折意义的文化事件,它打断了中国自给自足的文化时空链接,从而使二十世纪中国呈现出错位和悖论的文化特点。也就是说,中国"此在"的"果",很大程度上并非中国"传统"的"因",而是对"西方"的想象与吸收。同时,由于中华文明强大的文化维模功能,也导致了文化抵抗和文化转型的复杂与艰巨,以及中国文化中充斥着自相矛盾的悖论式关系。就中国文学自身而言,任何有深度的文学模式,必须建立在对这种悖论特征的深刻认识上。司马云杰在《文化悖论》一书中,将文化悖论定义为:文化、价值上的自我相关的矛盾性和不合理性;价值和功能之间的自我相悖的运动法则;文化世界的人的建构的价值思维方式的悖谬。②在鲁迅的世界,其悖论思维也是由这三个层面组成,但其悖论关系侧重点不同。一是文化、价值上自我相关的矛盾性,即在一场以异质文化为冲击的本土文化变革中,启蒙者如何处理个体面对先于自身的传统文化语境。这是鲁迅要实现以个体拯救群体首先要面对的伦理困境和逻辑困境。由此,产生了鲁迅"自我否定"式的辩证法。二是文化价值和功能之间的自我相悖,比如多种文化在中国并行,"仿佛浓缩了几个世纪",而各种文化并没产生杂交优势,反而"龙种产下了跳蚤"。这就产生了如何从辩证思维出发,悖论地把握各种文化的问题,这也是"拿来主义"的文化出发点。对于文化世界人的建构的悖论,则体现为优秀个体为庸众牺牲,而庸众以众凌独的悲剧。在这三个层面上,前

---

① 王小波:《〈红拂夜奔〉序言》,《青铜时代》,花城出版社1997年版,第321页。

② 参见司马云杰:《文化悖论》,山东人民出版社1990年版,第121页。

两个悖论是最后一个悖论产生的基础，而最后一个悖论是前两个悖论思考的深化，更具个体性和个人感性色彩。鲁迅以"立人"的个体性原则作为标准，并以自我否定的激情，完成了"强者突围"的殉道仪式。鲁迅创建的文学深度模式（反抗绝望），鲁迅的思维方式（自我否定辩证法），已经成为了中国现当代文学无可回避的定式之一。①

其次，二十世纪九十年代后，"启蒙与救亡"退隐，"现代性与全球化"成了新的时代主题，王小波所面临的文化悖论语境也发生了显著改变。一方面，所谓多元、共生、全球化等话语概念在中国的生长，有其深刻原因，不能简单否定；另一方面，中国文化的悖论性处境，即文化冲突中的混乱状态，并没有得到根本改观；首先，个体批判传统时的压抑性焦虑，已更为隐蔽和多样化，对传统的批判已具有了很大程度上的合法性。其次，文化价值和功能的自我相悖，由于消费主义对专制瓦解和妥协的两面性，变得更为破碎化与复杂化。最后，也是最重要一点，王小波对人的建构悖论进一步探讨，即文化的发展是以群体的发展为个体谋福利，而文明发展的结果却常常以群体的名义实行对个体的压制和扼杀，这特别表现在王小波对中国传统文化中的道德意识与权力意识结盟的思考，进而反思激进主义风潮、"文化大革命"和现在时态的思想弊端。就作品而言，这一方面反映在王小波的《黄金时代》《革命时期的爱情》等作品中；另一方面，更集中表现在他对中国历史文化重估和对未来的忧虑而凝结成的《红拂夜奔》《白银时代》等幻想色彩的"历史小说"与"未来小说"中。这也形成了他反群体主义、反专制的文化思路，形成了更为纯粹的个人主义的叙事主体性。

三、从解构到建构：历史理性精神的传承

我们看到，鲁迅之后直到"文革"之前，虽然也有许多作品对鲁迅的

---

① 参见房伟：《从强者的突围到顽童的想象——鲁迅、王小波比较论》，《文艺争鸣》2003 年第 5 期。

《故事新编》进行模仿，但大多政治功利性太强（如郭沫若《豕蹄》），或太拘泥于历史事实（如郑振铎《桂公塘》），或太过拘谨晦涩（如陈翔鹤《陶渊明写挽歌》）。正如茅盾在《玄武门之变》序言中所说："那些所谓相承《故事新编》的作品，终不免进退失据，于'古'既不可信，于'今'也失其攻刺之的。"①新时期文学以来，先锋小说的兴起，使余华、苏童、刘震云、莫言等一大批作家开始了对历史的怀疑和思考，"历史解构"成了新一代作家"成人仪式"的一种标志性的"话语弑父"。然而，想象的"弑父"逃不脱"父亲"的庞大身影。新历史主义小说不过是鲁迅式思维的一种破碎化景观。当我们考察"新历史主义"，能发现他们破坏大于建构的倾向，以及浓重的虚无主义危险。正如张清华所说："同西方的新历史主义理论从怀疑历史（文本）、以'反历史'的策略寻找历史（存在）到最终虚化、粉碎和远离了历史的逻辑悖论一样，当代中国文学的新历史主义运动也由于其渐愈加重的虚构倾向，由于其刻意肢解历史主流的努力而走向了偏执的困境。"②刘震云的新历史主义小说，将鲁迅"冷硬与荒寒"的气质发挥到极致，却失去了鲁迅宏放自由、瑰丽而神奇的创作心态和艺术表现力。而新历史主义之后的李冯等新生代作家，则在历史的个人化道路上越走越远，日益陷入历史的私人化、相对主义的虚无和历史的语言功能化。③

我们这个时代流行的"戏仿历史"小说（如薛荣《沙家浜》），又与王小波历史小说存在什么差异？这些"戏仿"小说，其实质是一种市民主义解构"经典"思潮，其价值哲学以及其内在的与主流意识形态的妥协与献媚，都决定了这种戏仿的市民主义性质。④而王小波的历史小说，有着一个重要的思想背景，那就是自由主义思潮和坚定的世俗理性精神的价值支撑。世俗理性精神建立在资本主义的崛起和对封建主义反叛的基础上，伏尔泰

① 茅盾：《〈玄武门之变〉序》，宋云彬：《玄武门之变》，开明书店 1937 年版。
② 张清华：《新历史主义十年回顾》，《钟山》1998 年第 4 期。
③ 吴秀明等：《"故事新编"模式历史小说在当下的复活与发展》，《文艺研究》2003 年第 6 期。
④ 房伟：《经典的改写和游戏的终结》，《评论》2003 年第 2 期。

和拉伯雷、莎士比亚等人的创作，之所以呈现出"众神狂欢"的颠覆精神、对勇敢的推崇、对奇观化和自由意志的追求，是和欧洲十六世纪后以"市场"为标志的自由贸易发展，继而带动整个文化走向繁荣有很大关系："交易会意味着嘈杂声、音乐声和欢乐声搅成一片，意味着混乱、无秩序乃至骚动。十七世纪的欧洲，冬天的泰晤士河成为在冰封的河面上的市场狂欢，而市场既成为节日的象征，也成为暴动、阴谋和议论政治的地方。"① 王朔的小说是世俗价值形态的初步体现，可他很快就归结为市民主义，而王小波以自由知识分子身份为世俗理性立言，使其内在的价值形态更加成熟。同时，在这基础之上，王小波将"想象"和"趣味"作为价值形态，又吸收卡尔维诺（Italo Calvino）、尤瑟纳尔（Yourcenar，Marguerite）等最新锐的外国小说家的历史创作观念，继承鲁迅"讽刺"与想象相结合的方法，内化为小说反讽式的创作技巧，从而使历史呈现出异样的风貌。

四、《寻找无双》：悖论语境中个体自由精神的追求

以下，笔者仅以王小波《寻找无双》对唐传奇《无双传》的重构作为比较，具体王小波的历史小说在文化逻辑、创作动机以及文本形态的特点。王小波的小说《寻找无双》取材《无双传》。在原著中，王仙客的痴情、志士的慷慨豪侠，都在情节奇异跌宕的故事、文采飞扬的描写中得到了最大程度的张扬。它符合传奇对"故事性"和"人物浪漫性"的双重塑造。如鲁迅《中国小说史略》所言："传奇者流，源盖出于志怪，然施之藻绘，扩其波澜，故所成就乃特异。其间虽亦或托讽喻以纾牢愁，谈祸福以寓惩劝，而大归则究在文采与意想，与昔之传鬼神明因果而外无他意者，甚异其趣矣。"② 鲁迅所看中的，正是唐传奇与其他以道德劝诫为目的的小说的不同

---

① [法]费尔南·布罗代尔：《15 至 18 世纪的物质文明、经济和资本主义》第二卷，顾良、施康强译，三联书店 1993 年版，第 23 页。

② 鲁迅：《嵇康集·中国小说史略》，《鲁迅全集》，人民文学出版社 1973 年版，第 212 页。

之处，即"文采与意想"。"想象"上升为如同"真实"一般的小说价值学和形态学的重要质素，从而从"历史"独有的"虚构空间"展现作家的文学追求和人生理想。想象不再是简单的政治上的含沙射影，虚无主义的绝望反讽，也不再是现代主义隐喻的意象森林，想象就是一种"自我生成"的力量，是对庸俗现实的创作性否定。

在《寻找无双》中，王小波保留了故事的核心叙事情节和叙述动作，也就是小说开头"建元年间，王仙客去长安找无双"，并以此为原点，所有故事情节，都由此"生成"，且存在着"生成"后的"增殖"现象。故事脱离了"爱情与侠义"，而凸显出"寻找"的过程和意义，并进而展现出一种对历史和现实的中国文化深刻的哲学思考。"寻找"这个叙事动作也很快迷失了，因为"宣阳坊的君子"根本就不认识"无双"。宣阳坊的群体记忆中，"无双"是一片空白，王仙客的"寻找"，很快就在封闭、愚昧而健忘的宣阳坊中变成了一种"自我迷失"。王仙客成了一潭死水的宣阳坊的闯入者。很快，"寻找无双"的故事又生成"鱼玄机"的故事。鱼玄机的妖艳传奇，被虐待与杀戮的经历，成了王仙客探询的兴奋点，而"无双"在"寻找"中渐渐被隐去。这期间，想象不仅作为故事情节，而且作为大量转喻性细节出现在小说中，并在杂学旁收的笔法下，展现出丰富的信息，比如王仙客的望远镜和数学才能、滑稽的攻城仪式等，既补充了故事，也造成了故事新的生机。王仙客三去宣阳坊，使"王仙客造成长安城兔子成灾"的故事，由"寻找无双"所衍生想象出来。而"鱼玄机"的故事，又生成"彩萍"的故事，并与"王仙客回忆中无双的故事"发生了某种关联（鱼玄机的侍女和无双的侍女都叫"彩萍"）。于是，鱼玄机、无双、彩萍等人不同的故事，不断在小说中发生扭缠，又生成了"长安兵乱"、"无双被卖"等故事，形成了一个开放的、不断自我生成的故事结构。

但是，我们是否因此可以把《寻找无双》看作新历史主义的一种叙事策略？或一篇卡尔维诺式的后现代作品？我们看到，王小波的这种"叙事迷宫"，和格非《敌人》中的那种"叙事迷宫"有很大区别。在《敌人》中，叙事空间封闭，虽然具有很强的隐喻性，却很少和现实发生直接联系。格非肢解了故事，造成了故事人为的不完整，完全消解了"复仇"的意义，表现出强烈的神秘色彩。王小波虽然将故事变得更为开放，但他并没有完全消解意义，而是在杂文式的历史思维基础上，在一个"万花筒"般不断自我生成的"故事丛"中，展现理性的批判和精神思考。同时，比起卡尔维诺，王小波的这部作品，也似乎有着太多异质因子，比如理性的精神、现实的批判锋芒、强烈的主体性追求，这些都和后现代主义理念中的"自我的无自我意识"、"悬而未决的态度"、"世界的随意和多样性"存在着很大的悖离。我们应该怎样来看待这个问题呢？

首先，正是我们悖论而多元并置的文化语境，使鲁迅"古今杂糅"的艺术手法在王小波处又得到了新的发展。不可否认，这种古今杂糅的荒谬感，仍然是我们这个时代的特点之一。它不仅让时空并置凸显出历史的某种连续性（如中国儒文化的虚伪性），而且让小说叙事在取得高度灵活性和自由度的同时，不必完全依赖功能性的随意生成，而体现出一种强大的、贯穿始终的否定性的理性批判精神。其次，我们也能看到王小波延续了鲁迅关于个体与群体关系的悖论思考，将个体的精神自由与独立，推到了一个很高的位置。《寻找无双》的宣阳坊可以看作中国历史公共空间的一个隐喻性缩影。无论是坊吏王安，还是侯老板、罗老板等居民，安于权力控制的现状，道德虚伪，且善于遗忘与自己利益无关的人和事，并进而遗忘历史。时间消失了，空间的凝滞感异常沉重，而创作主体的旁观叙事，使现实生活也和宣阳坊的唐朝故事在某种程度上相互印证，进一步说明了我们身处的文化空间的精神事实。另一方面，在故事中，群体对个体的压抑，不但被隐喻地表现出来，而且通过逻辑的证伪，用悖论的黑色幽默呈现，并表现出更为睿智、宽容的理性心态。比如，王仙客用逻辑悖论公式，进行了正反两种问题的证伪推理："我是王仙客，我来寻找无双"和"我不是王仙客，也不是寻找无双"的"个体存在"正反两题，分别推出与之相关的"群体存在"的正反两题。"自我"的存在，放置在群体对个体生命"瞒和骗"的文化语境中，展示出巨大的荒谬悖论性，即自我的目的（寻找）和存在意义（我是谁），在群体否定性（瞒和骗）中，失去了自身的合法性与合理性，只能以"疯狂"作为命名："假如第一种理论成立，那就是别人要骗他，假如第二种理论成立，那就是他自己骗自己，而且不管哪一种理论成立，一正一反，都会形成合题，每个合题都是'你是个疯子'。"① 因而，《寻找无双》从故事细部来说是"生成性"的、转喻的，而就整体而言，它依然是"隐喻"的、"批判"的。这也是王小波试图整合鲁迅和西方后现代历史主义所做的一次"创造性否定"。

---

① 王小波：《寻找无双》，《青铜时代》，花城出版社 1997 年版，第 256 页。

第二章

地方性历史的自我再造

第一节　藏族的神话与史诗奇观：
阿来的边地历史小说

　　小说《尘埃落定》开启了二十世纪九十年代至今的"边地小说热"，浪漫的康巴风情，神秘的宗教启示，傻子土司的传奇人生，"四土之地"百年沧桑的历史巨变，都使这部小说备受赞誉，并被称为"藏文化的民族史诗"①。第五届茅盾文学奖在颁给《尘埃落定》的获奖词中说："该小说有丰厚的藏族文化意蕴，轻淡的一层魔幻色彩，增强了艺术表现开合的力度。"②今天看来，该小说不仅是"藏族文化史诗"，更反映了九十年代文化转型的背景下，中国小说的现代民族国家叙事，脱离革命和启蒙的视野，重塑"文化复兴的现代中国"的民族地理空间想象的努力。同时，这个过程也表现了多元化表象之下，九十年代中国文学"再造宏大叙事"的纯文学话语所彰显的内在叙事矛盾。

一、现代民族国家叙事的边地想象传统

　　通常意义上，现代小说的民族国家叙事，通过对民族国家历史的描绘，取得一种象征性，或者说寓言性阐释。这些阐释常需要外在叙事表征，如宏大时空跨度、主体性人物、重大主题等。二十世纪九十年代后，中国小说民族国家叙事的重要表现形式，就是空间大幅度的拓展。那些"边地文化体验"，常以"前现代"面貌复活，并展示民族国家内部不同空间位所的权力关系和等级层次，以此建构"文化复兴现代中国"的整体性想象。这

---

① 陶然：《西藏的史诗——阿来〈尘埃落定〉掠影》，《阅读与写作》2001 年第 3 期。
② 第五届茅盾文学奖评语，《人民日报》（海外版）2000 年 11 月 20 日。

种整体性现代想象，在内部空间权力关系上，不能等同于西方现代性内部的文明 / 野蛮结构，而是由于后发现代的文化境遇，试图通过建构权力关系镜像，形成"对内"与"对外"的双重参照，因此也具有"文化抵抗"和"文化复制"的双重意义和内在悖论。

中国现代文学的"边地小说"，起源于二十世纪初的边地抒情传统。沈从文、艾芜、端木蕻良、骆宾基、萧红等作家，创作了大量优秀的边地小说。这些边地小说是一种"中国想象"，有着作为整体的中华文明弱势地位的"创伤平复"心理。它们或将"边地"改写为美丽而落后，但又有巨大生命力的"国家的一部分"（如艾芜的《南行记》）；或将之变为现代民族国家建国神话的抒情颂歌（如玛拉沁夫的散文）；或将"他者"想象为牧歌化对象（如沈从文的《边城》）。二十世纪八十年代，中国再次出现"边地"文化想象热潮，如扎西达娃的《西藏，系在皮绳扣上的灵魂》，马原的《拉萨河女神》，韩少功、郑万隆为代表的寻根小说等。八十年代的边地小说，一般负载强烈启蒙意义和现代化意识，如文明与野蛮的纠缠，或带有先锋语言实验的神秘色彩。然而，问题的复杂在于，这些边地小说，特别是寻根小说，"与其说真实地呈现了这些边缘族群的文化，不如说它再度凸显了这种关于少数民族文化的书写机制中隐含的权力关系。因此，完全可以将这些关于少数民族文化的呈现，看作主流或中心文化的自我形象的投射。"[1]

二十世纪九十年代，原有革命意识与启蒙叙事，逐渐丧失了控制性宏大叙事地位，而伴随着市场经济发育，"想象边地文化"、"消费边地经验"，不仅成为西方对中国新一轮"他者化"的文化需要，也成为"文化复兴的现代中国"这个"新民族国家宏大叙事"的内在要求。阿来的《尘埃落定》、迟子建的《伪满洲国》、范稳的《水乳大地》、杨志军的《藏獒》、姜戎的《狼图腾》等作品引人注目。"边地"作为民族国家想象的"地理设置"，既符合文化消费市场对"边地传奇"的好奇心理，又以其"国民文学"的内

---

[1] 贺桂梅：《新启蒙知识档案——八十年代中国文化研究》，北京大学出版社 2010 年版，第 193 页。

在追求，积极拓展民族国家叙事的空间领域，并以此形成了"多民族统一的现代国家"的空间秩序想象。这种民族国家宏大叙事的空间拓展，不是借助"中国边地"与"边地中国"的双重弱势地位，构建乌托邦审美想象，也不是以革命叙事、启蒙思潮来重写"边地与中国"合而为一的故事，而是与中国文化传统的"天下观"有关。《周易》中说："关乎人文，以化成天下。"在中国传统的"天下观"中，征服者并不控制边地居民的肉体，或改造边地的社会空间结构与内在规律，而是满足于"象征性"的宗主关系，利用文明的物质优势和道德超越性，形成对边地的松散权力控制和强大的文化凝聚力。现代以来，中国文化的"天下观"被"现代民族国家观"所替代，然而，九十年代边地小说却以对"边地"的"他者化"复活，不知不觉中，使现代性民族国家叙事表述，重建了具传统天下观气质的国家内部空间权力关系。

　　阿来的《尘埃落定》是九十年代边地经验表述的典型代表。然而，很多少数民族作家对该小说的藏族文化的民族属性表示质疑。[1]也有论者认为，该小说通过文本对话性，实现了"与在深邃神秘的藏汉文化背景下的作者原始／宗教艺术思维的契合天成"[2]。而对该小说中汉文化与藏文化、西方文化的冲突性，大多论述都避而不谈。其实，《尘埃落定》的实质，恰是要将此书写给全体中国人。阿来将藏文化"翻译"为一种可与汉族文化"通约"的语言、意象和情绪，以满足民族国家叙事对"边地"的想象。对此，阿来也多次表示，尽管他的写作受藏文化影响，但更是一个有关总体性、普世性的人性写作。在回避小说民族性的暧昧表述中，人性写作的宏大雄心，

---

[1] "对《尘埃落定》这部作品进行冷静地审视和打量，很快就会发现它的劣质的一面。希望人们不要为此感到惊讶！《尘埃落定》这部作品的核心构思所在，从根本上讲就是：虚拟生存状况，消解母语精神，追求异族认同，确立自身位置。亦是说，是鲜明的意识形态思维大于真实的艺术形象思维。'主题先行'的痕迹是无论如何都抹不掉的，它既严重地损伤了小说艺术的本体，也更不符合藏民族对生命的理解和信仰。"见栗原小荻：《我眼中的全球化与中国西部文学——兼评〈尘埃落定〉及其它》，《西南民族学院学报》2002年第5期。

[2] 黄书泉：《论〈尘埃落定〉的诗性特质》，《文学评论》2002年第2期。

更暴露了该小说的现代性民族国家叙事的企图。可以说，在这一点上，《尘埃落定》延续了寻根小说的内在逻辑，有所不同的是，阿来并不是简单地以一种"汉族中心"的态度去将藏文化"他者化"，而是通过塑造一种隐含的"全球化"的民族共同体想象，从而深刻地揭示了当代中国与当代藏文化的"共同"命运，以及"文化复兴"的现代中国的主体渴望。

二、多重他者化：边地想象与民族国家话语权力关系

正如法国当代形象学的代表人物巴柔（D.H.Pageaux）指出："他所有形象都源自一种自我意识，它是对一个与他者相比的我，一个彼此相比的此在的意识——形象是对一种文化现实的描述，通过这一描述，制作了它的个人或群体揭示出和说明了他们置身于其间的文化的和意识形态的空间。"① 中国的民族国家形象，也是通过"他者"塑造的"自我"。然而，《边城》等边地小说，虽渴望展示边地文化的魅力，可内在文化逻辑，却是将"湘西"等同于"中国"，抹杀二者的差异性与权力支配关系，进而造成相对于西方的弱者化的"牧歌乌托邦"②。即如美国学者沙因所说："外来文化的冲击和人为的破坏，使得在'民族主义的核心里留下一个空白'，这就促使文化制作人'转向少数民族文化，把这些文化当作现存的真实性的源泉，这种做法给原始的和传统的东西……增添了浪漫主义色彩'。"③ 而《尘埃落定》的叙事策略，却巧妙地对"边地"进行隐蔽的"多重他者化"，试图在不知不觉中将"中国"在现代意义上建构成历史理性主体。《尘埃落定》的复杂性还在于，该书表达出了对"边地"历史理性批判与牧歌乌托邦的双

---

① ［法］达尼埃尔·亨利·巴柔：《从文化形象到集体想象物》，孟华主编：《比较文学形象学》，北京大学出版社 2001 年版，第 121 页。

② 刘洪涛：《沈从文对苗族文化的多重阐释与消解》，《二十一世纪》（香港）1994 年第 10 期。

③ ［美］路易莎·沙因：《中国的社会性别与内部东方主义》，《社会性别与发展译文集》，康宏锦译，三联书店 1997 年版，第 101 页。

重情绪。这种双重情绪，在文本中不断冲突，进而破坏了整体和谐感，这也表征了九十年代全球化背景下完成民族国家宏大叙事的难度。作家努力通过"多重他者化"，树立民族国家内部以现代性为坐标的权力结构关系。然而，作为被动现代化的中国本身，在全球化秩序中也处于弱势地位，其现代性进程，依然是尚待完成的任务。

首先，从创作主体来说，阿来有回藏混血的族群身份，而在他的文化血缘中，汉文化的影响又很深，汉文化的影响甚至大于藏文化。例如，他认为，由于族别，选择麦其土司这类题材是"一种必然"，同时暗示用汉文写作也是必然，因为"我们的国家"是一个"象形表意的方块字统治的国度"。言外之意便是他身上流着藏族人的血，却身不由己被卷入民族国家一体化进程。[①] 其次，就地缘而言，对于"西藏"，阿坝土司领地是"边地"，而对汉族内地而言，它依然是"边地"。而"双重边地"身份，让该地区同时具有两种文化气质，这也决定了阿来的写作在文化身份认同上，既认同汉人和藏人的传统，又与二者有重大区别。其微妙之处在于，这个具有双重身份的"边地"，又是西方意义上的"边地"，被放置于"百年中国现代化"的宏大历史视野。这样，作家既保留了反现代性的"牧歌乌托邦"，又消解了乌托邦气质，取得了历史批判理性；既避免了因"少数民族主体性形象"而遭遇现实意识形态的麻烦，又将之巧妙纳入"多民族统一国家"的现代宏大叙事想象范畴。

于是，《尘埃落定》一方面表现出对汉文化与藏文化的"双重疑虑"，如汉官黄特派员被认为是穷酸古怪，对土司不怀好意，而对宣传权力归于拉萨的翁波意西，麦其土司同样十分排斥；另一方面，小说又表现出对汉藏文化的双重敬仰，中原被称为"黑衣之邦"，被认为是土司权力的来源，而西藏和印度，则被称为"白衣之邦"，被认为是土司精神信仰的来源。这种矛盾性，还体现在作家对待汉文化和土司文化的态度上，土司文化成了野

---

① 参见阿来：《落不定的尘埃》，《小说选刊增刊》1997 年第 2 期。

蛮而美丽的乌托邦，但却消失在历史进步中；汉文化虽有虚伪和矫饰，鼓吹世俗欲望，没有神的道德约束，但最终成为历史理性代表。然而，土司制并不是自发性统治制度，本身就有强烈的汉文化影响。《明史·土司传》说："然其道在于羁縻，彼大姓相擅，世积威约；而必假我爵禄，宠之名号，乃易为统摄，故奔走惟命。"① 土司制度只是少数民族地区行政制度的一部分，是中国中央王朝统治其他民族的政治制度。这种行政制度最早始于秦汉，经唐、宋一直到元、明、清，是针对其他民族的传统统治体制和羁縻政策。② 这种制度的好处在于，让少数民族保持半开化状态，既保证了统治需要，又避免改变其生活方式，引发矛盾；既保持主体民族文化优势，又巧妙利用"以夷制夷"方式，使少数民族无法真正实现强势崛起。然而，一旦中央王朝统治力削弱，就有可能放松对少数民族统治。现代性思维的民族国家宏大叙事，则企图通过现代性的均质性强力整合，将整个民族纳入共同的文化时空内。

然而，汉文化并不等同于现代化，二者的差别，作家有意模糊了。小说中，汉文化高级而神秘。它对土司有最高决定权，麦其土司与汪波土司的矛盾，需要四川国民军政府最后裁判。黄特派员使土司们拥有了鸦片和现代枪炮。然而，黄特派员又是古怪的，喜欢做诗。他和继任的高团长，其目的都在于加强对土司的控制。土司文化虽野蛮但率真、野性而浪漫。一方面，作者用历史理性嘲讽了土司制度的不人道，如描写土司太太鞭打小奴隶："得到了肯定的答复，土司太太说，把吊着的小杂种放下来，赏给他二十鞭子，一个母亲对另一个母亲道了谢，下楼去了，她嘤嘤的哭声，让人疑心已经到了夏天，一群群蜜蜂在花间盘旋。"③

---

① 杨炳堃：《土司制度在云南的最后消亡》，《贵州民族研究》1994 年第 2 期。
② 参见 [日] 谷口房男：《土司制度论》，杨勇、廖国译，《百色学院学报》2007 年第 3 期。
③ 阿来：《尘埃落定》，人民文学出版社 1998 年版，第 12 页。

另一方面，作者又痴迷于这种"权力秩序"，为之蒙上神秘主义的色彩：

> 在我所受的教育中，大地是世界上最稳固的东西。其次，就是大地上土司国王般的权力。[①]

> 土司下面是头人。头人管百姓。然后才是科巴（信差而不是信使），然后是家奴。这之外，还有一类地位可以随时变化的人。他们是僧侣，手工艺人，巫师，说唱艺人。[②]

又如，文中多次出现对土司文化的"性欲化"处理倾向，这是描绘弱势文化的习惯：麦其土司抢夺央宗，汪波土司和傻子的大哥勾引塔娜，茅贡女土司的性放纵。然而，一切似乎天经地义，并表现为"野蛮的浪漫"。这正反映了作家在树立中国民族国家主体时，对内部空间权力关系的认定。然而，一方面，汉人们带给康巴的是现代欲望放纵、毁灭（由此，作家区分了土司"健康情欲"与现代文明"腐烂情欲"，这也是乌托邦策略）；另一方面，汉人不仅带来强大武力，且有无法抗拒的强大历史力量。这种又爱又恨的心态，无疑复制了"中国—西方"的弱者想象关系，又具有中国朝贡体系特有的敬畏与嫉恨的特殊情绪。

再次，小说还存在另一层"他者化"目光，相对"西方"而言，无论西藏、阿坝高原和大陆内地都是"他者"。诸多由汉人带来的现代文明，其实不过是对西方文明的不完整"复制"。然而，作家要在小说地理版图中表现所谓汉民族主体性，故意淡化西方影响（如英国对藏地的控制）。表述历史批判时，土司的野蛮被凸显；表现乌托邦想象时，土司的神性和浪漫又成了主体；而表现作为整体的中国对外关系时，作家又自觉认同中华民族文化身份，"西方形象"则与"现代性"剥离，被处理为更遥远、且毫无亲切认

---

① 阿来：《尘埃落定》，人民文学出版社 1998 年版，第 61 页。

② 阿来：《尘埃落定》，人民文学出版社 1998 年版，第 14 页。

同感的陌生存在。对西方的印象，主要来自傻子的叔叔和姐姐。姐姐是虚伪和吝啬的代表，她以英国为荣，以出生在西藏为耻，尽力用香水掩盖气味，用便宜的玻璃珠子做礼物欺骗亲属。而周旋在西方、大陆和西藏之间的叔叔，却是典型的大中华主义者，傻子也受到叔叔影响，继续以"边地"身份效忠中央政府。他毫不犹豫地捐献大量钱财，买飞机抗日。然而，这种西方他者与中国"主体性民族国家"的矛盾冲突，又如何表述呢？作者在此则表现出"悬置"的态度。

三、理性反思与诗意反抗："傻子视角"的内在矛盾性

傻子的视角，是该小说在叙事艺术上引人注目的地方，同时也透露了其叙事的意识形态策略。以往的边地小说，作家习惯以第三人称全知叙事，将边地的神秘浪漫和作家的理性思考结合，如《边城》；或以第一人称亲历视角，描写外在观察者体验边地的奇观化过程，充斥着批判和迷恋的双重目光，如艾芜的《南行记》；还有一些则喜欢限制性视角，特别是有生理缺陷的第一人称限制性视角，如君特·格拉斯（Günter Grass）的《铁皮鼓》中，侏儒小奥斯卡对作为德国和波兰双重边地的"但泽市"历史的反思。然而，这类写作也常用隐含作者的理性视角进行调节和控制。不过，阿来的《尘埃落定》，却表现为对这些叙事规则的破坏。叙事者"傻子"，既是历史理性的负载，又是历史无能者；既是神性先知者，又有生理缺陷。这个傻子的"傻"，还同时具有汉藏的双重文化烙印。这种对叙事规则的冒犯，更明显表现为试图在全球化和后殖民语境中"文化复兴现代中国"的内在焦虑。作为土司文化的象征者，他背负了"反思西方现代性"和"验证汉文化民族国家大寓言"的双重使命。作为历史进步的客观观察者，他必须具有理性；而作为历史体验者，他又"不能"拥有理性。于是，他只能在第一人称全知视角与限制性视角之间游走，成为"焦虑而摇摆不定"的主体。

具体而言，《尘埃落定》中，傻子的"傻"人多表现为正面寓意，大致

可以归为三种倾向：一是因智力缺失，而具有了某种神秘的未卜先知的巫术能力，如傻子多次预测地震，预示麦其土司的命运，并让被割舌头的翁波意西说话。这种神性无疑是象征的，不仅是赋予西藏的，也是赋予中国的——以傻子的旁观和介入的双重身份；二是伪装的生存智慧。"傻子"是智者形象。阿来说，傻子这个人物形象，受到西藏传说中智者阿古顿巴故事的影响①，也有汉族文化"以柔克刚"的阴性文化想象："《尘埃落定》就是建构这样人事成功的中国智慧。翁波意西和傻子则象征中国智慧的两种形态：翁波意西是'舍生取义'、'杀身成仁'的智慧，傻子是'以阴抱阳'的智慧，后者是中国智慧的最高境界，也就是无为而无不为——'不是智慧的智慧，中国智慧的寓言'"②；三是对现实功利的"傻"，因而有了某种功利超越性。小说始终在这三种"傻"之间摇摆，以配合民族国家叙事的形象塑造。

　　很多评论家都对这个限制性视角的"真实性"表示怀疑。因为它打破了限制性人物视角的功能制囿，表现出了逻辑混乱："如果叙述者纯粹是白痴或傻子，是不可能提供任何可靠的判断的。那么，怎么办？只有通过作者利用可靠的修辞手法来解决问题。阿来想用含混的办法来解决问题，也就是说，他既想赋予'我'这个叙述者以'不可靠'的心智状况，又想让他成为'可靠'的富有洞察力和预见能力的智者——但除了把问题弄得更复杂，除给人留下别扭和虚假的印象，似乎没有什么积极的修辞效果。"③

　　其实，重要的并不是傻子的"真实性"，而是为什么会出现"伪装"的傻子视角（甚至傻子的智力缺陷也不明显，而更多表现为"他人"的认定。作为叙事者的"傻子"，阿来从不考虑一个"真傻子"在叙事故事时的条理混乱问题）？显然，最大的原因，还是来自历史理性的"批判视角"与"牧

① 参见张智：《〈尘埃落定〉中阿来文学表达的民间资源》，《民族文学研究》2000年第3期。
② 孟湘：《〈尘埃落定〉的文化解读》，《长江大学学报》2004年第3期。
③ 李建军：《像蝴蝶一样飞舞的绣花碎片——评〈尘埃落定〉》，《南方文坛》2003年第2期。

歌形象"之间的冲突。这也是前现代、现代和后现代三种思维方式,共同交集于民族国家叙事的必然结果。"傻"既可以与民族前现代史的"巫"沟通,也可以在后现代的反思意义上提供价值;而假傻的"智",则可以成为传统生存智慧,又可以凭借超常规状态,成为现代理性批判的隐性视角。

小说开头,傻子视角便展示了诗性抒情形象:

> 那是一个下雪的早晨,我躺在床上,听见一群群野画眉在窗子外声声叫唤。母亲正在铜盆中洗手,吁吁地喘气,好像使双手漂亮是一件十分累人的事情,她那个手指扣扣铜盆的边沿,鼓荡起嗡嗡的回音在屋子里飞翔。①

这个早上,由于傻子和卓玛的性关系,傻子被开启了灵智。这可以看作小说时间的真正开始。可以说,小说开头阿来就暗示我们:傻子不傻。而这种"大梦初醒"的叙事原始,却"颠倒地"映衬着土司的神性没落。叙事视角的象征意味更耐人寻味。叙事人从理性"旁观者"、"抒情他者",变成了"抒情自我"。而"边地的傻子",也不再被认为是民族劣根性表征,加以启蒙批判(如韩少功《爸爸爸》的丙崽)。这个抒情主体形象,无疑表明民族国家叙事主体性位移,即从对"他者"的认同,到新中国的建国神话,最终演变为"多民族的文化复兴的现代中国"。小说结尾,土司制度灭亡,牧歌变成了挽歌。傻子作为土司制度最后的见证者,也自愿归于消亡:

> 我看见麦其土司的精灵已经变成一股旋风飞到了天上,剩下的尘埃落了下来,融入大地,我的时候就要到了,我当了一辈子傻子,现在,我知道自己不是傻子,也不是聪明人,不过是在土司制度将要完结的时候到这片奇异的土地上来走一遭。是的,上

---

① 阿来:《尘埃落定》,人民文学出版社 1998 年版,第 1 页。

天叫我看见，叫我听见，叫我置身其中，又叫我超然物外，上天就是为这个目的，才让我看起来像个傻子。[①]

一切"归于尘埃"，傻子置身于现代性，又超越现代性，以洞察文明内部的衰落和光荣，验证现代性的不可阻挡。于是，中国变成有自己特色的现代性——尽管以传统丧失为代价。然而，这也可看作截然不同的寓言：西藏和大中国的历史关系。汉文化是先进的，汉人和康巴始终是中心与边缘关系，然而，"土司的牧歌"趋于消亡，"大中国"作为使"一切坚固的都烟消云散了"的现代理性力量，占领了一切。

同时，虽然该小说以限制性傻子视角，来塑造现代中国的民族国家叙事，但小说却依然有普遍人性的宏大追求与历史批判理性的雄心。这表现为隐含暧昧的意识形态追问。表面上看，傻子是土司制度的亲历者，但实际上，傻子仍是旁观者。不同的是，他既不属于高原土司王国，也不属于汉人，而是类似巫的超验者——以善的灭亡证明历史进步的必然性。阿来没有完全用"牧歌＋挽歌"的模式，来悬置意识形态冲突，而是试图从人性角度看待国共战争，在小说中注入历史理性的批判。然而，如果仔细观察，这种"超越"本身也很可疑，其概念化和策略性很强。尽管傻子对国共斗争抱相对客观态度，如描绘国民党军队的腐败和颓废、共产党军队强烈的意识形态统一性：

> 他们要我们的土地染上他们的颜色，白色汉人想这样，要是红色汉人在战争中得手了，据说，他们想在每一片土地上都染上自己崇拜的颜色。[②]

---

① 阿来：《尘埃落定》，人民文学出版社 1998 年版，第 403 页。
② 阿来：《尘埃落定》，人民文学出版社 1998 年版，第 368 页。

但作家却在需要做出历史理性批判时，巧妙地通过"傻"将之转换为牧歌想象，屏蔽意识形态冲突。小说中土司傻少爷之所以选择与"白色汉人"结盟，不过是因为他们"上厕所的臭气"，而他对"红色汉人"的胜利，也茫然麻木。在潜在层面上，这种超然的"傻子"态度，却将"红色汉人"的成功归于历史进步的必然，回避其间复杂的文化和人性冲突。

四、"不彻底"的史诗：无法化解的主体焦虑

由以上分析，以"三重边地"身份，隐喻乌托邦的确立与崩溃，是民族国家在后现代境遇中历史两难选择的真实写照。作家也因此确立了民族国家的内部秩序与外部文化形象。《边城》后，沈从文曾续写《长河》，表达对"乌托邦"受侵蚀的现实忧虑："表面上看，事事物物自然都有了极大的进步，试仔细注意注意，便见出在变化中的堕落趋势。最明显的事，即农村社会所保有那点正直朴素的人情美，几乎快要消失无余。"① 某种角度上，我们也可把《尘埃落定》看作《长河》的续篇，即"乌托邦"的最后消逝。

然而，《尘埃落定》又不是一部"彻底"的史诗。在乌托邦和意识形态的纠葛中，小说表达出无法化解的"主体焦虑"。这也是一种深刻悖论：树立"有别于"现代西方的主体，必须借助乌托邦牧歌形象，却又必须以"否定乌托邦"为代价和理性基础。现代中国民族国家叙事建立的重要尺度，即在所谓"多民族统一国家"概念上建立内部权力秩序，既符合启蒙人性解放观念，又符合民族国家统一性。学者张海洋曾就"汉民族"与"中华民族"的词源考辨提出看法。他指出"民族国家"的概念产生于西方，起因于新兴资产阶级反对封建君主在婚姻和继承中的土地和属民的"私相授予和分割市场"的做法。然而"汉民族"的提法，以潜在二元对立，将"汉族"与"少数民族"对立，既有"华夷之辨"的民族歧视，又有西方"进

---

① 沈从文：《〈长河〉题记》，开明书店 1948 年第 1 期。

步与野蛮"的理论预设，不符合"中华大一统"的文化格局，也不符合现代社会发展多民族融合的潮流。① 费孝通也指出，中国文化属于"多元一体"多元融合格局，而不是"中心—边缘"的"华夷"格局。② 然而，不能否认的是，民族国家内部的"华夷"权力秩序，如同民族多元融合口号，都成为现代民族国家自我确认的不同想象方式。《尘埃落定》中，我们奇怪地看到，一方面，汉族与少数民族的区别，特别是文化区隔，被特意彰显出来，而汉民族的物质优越与少数民族的精神超越性，都有预设的理论嫌疑；另一方面，"大一统"思维，却又悖论地以"尘埃落定"的方式，以"多元归于一体"宣告少数民族牧歌的逝去与"中国民族国家形象"的确立。

　　这种奇特的想象，既昭示着中国民族国家内部树立权力等级秩序，以模仿西方确立现代民族国家主体，也反映了"有中国特色"的大一统文化的强烈主体性渴望。而这种"大一统"又带有强烈的文化均质化与单一化想象。中国问题的复杂性和微妙之处在于，作为民族整体的现代性过程并未完成，国家统一也没有最后实现，而"边地经验"一方面丰富与支持了民族国家统一性，又间接为我们提供了有关现代性的另类启示（反现代性的意义），从而为我们克服全球化的边缘弱势地位提供了另类文化资源。然而，绕不过的问题是，如何在"鼓吹统一"的现代性民族国家叙事时，保存国家内部的文化多元性？当主体汉族文化的现代性无法完成，又如何看待普遍人性的标准与民族特殊性？国家、民族、现代、传统等诸多民族国家叙事观念，又怎样在现实的现代化进程予以协调，并出现在小说文本？③《尘埃落定》后，《狼图腾》《藏獒》等愈发将"边地"沦为"生态奇观"，

① 参见张海洋：《中国的多元文化与中国人的认同》，民族出版社 2006 年版，第 33—36 页。

② 参见费孝通等：《中华民族的多元一体格局》，中央民族学院出版社 1989 年版。

③ 有论者指出："晚清以来，在西方列强的冲击下，中国逐渐成为一个现代意义上的多民族国家，从而使'国家性'（亦即'外部民族性'、'主权性'）和'民族性'（亦即'内部民族性'、'族群性'）同时演变为此阶段的重要历史特征。然而迄今为止，无论内外，对于认识和表述这一特征，人们似乎仍未找到完整确切的理性共识。"徐新建：《权力、族别、时间：小说虚构中的历史与文化——阿来和他的〈尘埃落定〉》，《西南民族学院学报》1999 年第 4 期。

将那些凄美的故事、壮丽的风景与执着的信仰，改写为"大中国"的反思性内部秩序。

其次，从主题意旨与革命叙事的关系考虑，我们也会更深刻地窥见《尘埃落定》的叙事特点。某种程度而言，《尘埃落定》不是一部边地乌托邦小说，而恰是一部以"边地乌托邦的崩溃"为隐喻的"杂糅性"民族国家叙事。巴赫金认为，"乌托邦的崩溃"是田园诗转型后的家族小说的必然主题："这里描绘了存在着资本主义中心条件下，主人公那种地方理想主义或地方浪漫主义是如何崩溃的，其实绝没有把这些主人公理想化，也没有把资本主义理想化，因为这里恰恰揭露了它的不人道，揭露了一切道德支柱的崩溃——田园诗世界里的正面人物，这时变成了可笑可悲、多余无用的人。"①然而，《尘埃落定》的复杂在于，这里的"历史理性"被表现为"革命逻辑"的胜利，而不简单是汉人的梅毒、先进的枪炮所引发的现代性胜利。"革命"像突然杀出、决定一切的力量，不但战胜了"边地"，且战胜了梅毒等欲望符号，获得了"意识形态统一性"。"边地"不但作为少数民族主体文化的对抗因素，也作为"革命意识形态"的对抗价值。然而，这绝不能表明该小说是启蒙性质的小说，因为恰在"脱域化"想象中，作家再次以对"边地"喻指的破坏，验证边地的"他者性质"。无论"边地"，还是"白色汉人"，都成为了历史尘埃。不但大中华的民族内部秩序得到了权威，且革命逻辑也再次以"理性而强大"的强者姿态，遮蔽了启蒙必要性。这也是该小说以"建国"为结束点的内在逻辑原因。"边地时间"的终结，就是"建国革命神话"的开始。从这点而言，我们甚至可以苛刻地将《尘埃落定》称为"次级主旋律"小说。

然而，吊诡的是，阿来对革命叙事历史理性地位的隐性承认，是以二十世纪九十年代现实语境革命叙事的"退隐"为代价的。那种对革命的承认，如同对启蒙的承认，对边地的承认，在小说价值核心，最终还是一种"美丽

---

① ［苏］巴赫金：《小说理论》，白春仁等译，河北教育出版社 1998 年版，第 435 页。

的诡计"，并也被变成"他者"的乌托邦。由此，"建构乌托邦"的努力与"消解乌托邦"的批判互相杂糅，前现代、现代、后现代的不同意识相并置，最终使"多民族统一国家"、"华夷格局"、"野蛮／文明"、"汉族／少数民族"的权力装置，都变成了"无法完成"的任务。对西方和汉族主体、藏民族来说，"边地"的康巴土司领地，最终不能达成"美丽的和谐"。而土司灭亡的尘埃，却"并未落定"，反而成为更虚无的危机，也更深刻地暴露了中国民族国家叙事的价值冲突及空间塑形的难度。可以说，《尘埃落定》开创了二十世纪九十年代以来新边地小说的先河，由此而衍生的主题，既有生态文学题材，也有新边地想象热潮。然而，我们在此却看到了民族国家想象的"大一统"期待，及新的文化进化论的现代性想象。只是消解宏大的力量，反而奇怪地被转化为宏大叙事的注脚。由此也可洞见二十世纪九十年代中国文学生成的文学史描述的内在冲突。

第二节　齐鲁大地的文化保守主义反思：
张炜、穆陶、赵德发、陈占敏

学者张清华认为山东作家是当代中国最有责任感的一批作家，他们对重大主题、当代历史一直有割舍不下的情结。诚然，山东作家对于历史有一股近乎执着的"迷恋"，他们热衷于用史诗般的笔触去重塑过往的记忆，在恢弘的规模中渲染一种令人肃然起敬的庄严感。二十世纪八十年代后，一大批优秀的山东作家在中国文坛留下了自己的足迹，他们用风格鲜明的作品给文学界带来了全然不同的审美感受。较之其他地域的作家，山东作家在处理历史题材的作品时会将其与文化进行深层联系，从而使文本在维持艺术美感的同时又呈现出深厚的底蕴。不少学者秉承这样一种观点，认为历史在权力书写当中往往是被遮蔽扭曲甚至篡改，只有经过优秀知识分子的处理才能得以流传，从这一点而言，当代作家负有重要的责任。一位出彩的作家书写的历史不是教科书上的知识，而是一个民族的记忆，他的职责就是通过文化符号的形式将先人的记忆生动地还原。其实历史与文化本是同源同根的，它们是一棵大树的两个枝桠，岁月流逝的过程中一个个因果沉淀成历史，而所谓的"文化"亦在这个过程中显露雏形，从某种程度上讲，固定的文化思维模式决定了我们"记载"历史的角度，反之，过往的历史促使我们的文化观不停地发展演变。

我们将山东称为齐鲁大地，亦习惯性地将该地域的文化统称为齐鲁文化。郭墨兰在《齐鲁文化发展论略》里写道："齐鲁文化在中国诸地域文化中占有特殊重要的地位，它是中华文化传统的核心和主脉。"长久以来，山东被称为礼仪之邦，是中华文化的发祥地之一。其实所谓的"齐鲁文化"只是一个笼统而含混的概念，实际上齐文化与鲁文化有着迥异的内涵。

齐、鲁两地因地理因素不同，久而久之形成了与之相应的文化特点：齐地近海，因而齐文化带有海洋性，开放而神秘；鲁地处内陆，鲁文化打上了鲜明的农耕文明的烙印，内敛而略显保守。在中国传统文化中，海洋文化并不占据主导地位，真正为中华文化打下深厚根基的是更能代表农耕文明的鲁文化。"鲁文化深具庙堂精神，秉承理想主义，强调道德、道义和承担精神，而齐人迷信鬼神，多神崇拜，常祀'八神主'（齐八神主：天主、地主、兵主、阴主、阳主、月主、日主、时主）。齐、鲁文化之间形成巨大的张力场，为文学的发展提供了丰富的内涵层次，形成了庙堂与民间、英雄与恶魔、大地与云霄之间的丰富张力。"①

生于斯长于斯的山东作家无疑受其启发，在作品中或多或少都彰显了齐、鲁二地的文化韵味。而在层出不穷的才人中最能体现二者间的张力的，则首推张炜的作品。

二十世纪九十年代，当商业浪潮席卷文坛，不少作家为适应市场需求、

---

① 郭墨兰：《齐鲁文化发展论略》，《文史哲》1995 年第 3 期。

迎合读者审美向度而对自己的创作风格做出调整时，张炜仍坚守他的文化立场，用手中的笔去书写属于洪荒年代的浪漫。笔耕三十余载，他创作了《古船》《九月寓言》《怀念与追记》《我的田园》《柏慧》《家族》《刺猬歌》《秋天的思索》《秋天的愤怒》《融入野地》《你在高原》等令人印象深刻的作品。陈思和在《欲望：时代与人性的另一面》中评价道："张炜是个持二元论的作家，政治为中心的现实层面和自然为中心的民间层面始终交织在他的艺术世界里，常常各不相容。"① 他的作品既带给读者深沉、凝重、朴素的感动，又深具民间传说般的狡黠机智，空灵神圣的同时又不乏乡野的泼辣。不少学者认为，张炜写作的这种"二元论"性质，正是源于齐鲁文化间的张力场。

张炜的小说充盈着一股强烈的社会意识，他的创作是在某种明确信仰的指导下进行的，他始终坚信"信仰是把人类引向前方的灯火，丧失了之后就会陷入昏暗"。而他所持守的"信仰"不是某一种宗教的产物，更贴近于一种文化的浸润，是"为天地立心，为生民立命，为往世继绝学，为万世开太平"的决心。我们很容易从中发现鲁文化的影子，确切地说，是鲁文化的核心——儒家文化。儒家文化是一种基于理想主义的知识分子体系，它凝练着社会精英对理想世界的期待，立于庙堂之高来为民间疾苦发声。张炜曾坦言："艺术家应该是尘世的提醒者，是一个守夜人，他应该大睁双目负起道德上的责任……从道德出发观察事物是艺术家的一个特点，他不是政治家和经济学家，后一类人可以不计道德因素。"在他的一系列作品中，总弥漫着一种济世情怀，面对工业文明带给人类的迷惘与浮躁，他始终坚信传统农耕文明中的隐忍与质朴是唯一的解药。"走得太远就需要返回。历史发展、社会进步和人的进化的观念向来是只承认、只倡导向'前'的，一味地向'前'，甚至顾不上、想不到应该不时回过头来校正一下方向，那么，走得越远就可能偏得越远。"② 这段话足以概括张炜对当下社会的境

---

① 陈思和：《欲望：时代与人性的另一面》，《文学评论》2002 年第 6 期。
② 张新颖：《大地守夜人——张炜论》，《上海文学》1994 年第 2 期。

况的担忧，他认为在人类前进的旅程中，应不时地回望，以传统文化作为辨别方向的标志物。他在作品中塑造了一系列的"大地意向"。"大地是什么？它默默无语，只有走向它、投入它，才能感知。领受它的恩泽和德性，它的柔情与力量。"① 张炜认为："俗世的中心，喧嚣的白昼，社会和现实掩没了自然和土地，功利和欲望遮蔽了隐秘和本质，纷繁多变的表象喧宾夺主，而千万年不曾更移的根基默然退避。只有俗世休息的时候，夜深人静，大地才自由地敞开，永恒才自在地显露。而尘世的角落，正在大地的中央。人通过返回故地而走向大地，而'故地处于大地的中央'，每一个人的'整个世界都是那一小片土地生长延伸出来的'。"大大的隐秘落实到语言作品中，其存在形式如同它在大地上的存在意义，"不是具体的故事、事例，而是沉淀到这一切之中的东西。它们才能构成奥秘，比如时代的、人性的、宿命的、风俗的、禁忌的……是这些说不清的方面"。在《古船》中，作者涉及了文学创作的一系列母题：历史、人性、欲望与赎罪。纵览他笔下的人物，会发现每个角色都背负着一定的文化内涵，他们的性格无形中象征着某种鲜明的品质：赵多多凶残而贪婪、四爷爷赵炳虚伪又冷酷、隋见素充满激情却感情冲动，隋不召疯狂却洒脱……张炜最终选择了像磨坊一样沉默的隋抱朴，赋予他大地一样的品格，痛苦的隐忍着世代的不幸，默默地承受着一辈辈人的绝望与希望，当所有象征"现代文明"的人物落荒而逃时，他却在关键时刻顶起一片天地，这暗示着在作者心中，在历史的重大节点唯有"传统"才是沟通过去与未来的桥梁。

如果说鲁文化造就了张炜小说的本质，齐文化则显然影响了他具体的叙事策略。与"高高在上"的鲁文化不同，齐文化具有民间本位的特质，聚焦于人世的生存图景。齐文化包含着原始宗教观念，放浪自由、飘逸洒脱。张炜的作品弥漫的正是这股神秘气息，游离于柴米油盐的现实之外，无拘无束，虚无缥缈。张炜反复强调他的作品是在"齐文化滋润下"产生的，

---

① 张新颖：《大地守夜人——张炜论》，《上海文学》1994 年第 2 期。

"要理解我全部的作品，就要理解齐文化"。齐文化好语"怪力乱神"，爱讲动物成精、植物显灵、展现人与万物一起狂欢的画面，"这种传统所包含和呈现出来的人与动植物的紧密联系、亲切情感以及对动物、植物的神秘和灵性的感应和敬畏，似乎确实与人类原始的、'野性'的思维方式非常接近"①。在张炜的笔下，人与自然万物、草木生灵处于一种自然和谐的状态，平等而亲密。《九月寓言》开篇写道：

> 　　谁见过这样一片荒野？疯长的茅草葛藤绞扭在灌木棵上，风一吹，落地日头一烤，像燃起腾腾的火。满泊野物吱吱叫唤，青生生的浆果气味刺鼻。兔子、草獾、刺猬、鼹鼠……刷刷刷奔来奔去。她站在蓬蓬乱草间，满眼暮色。一地莛草织成了网，遮去了路，草梗上全是针芒；沼泽蕨和两栖蓼把她引向水洼。酸枣棵上的倒刺紧紧抓住衣襟不放。

"扑面而来的野气悍然、苍茫寥廓的感受，为整部作品定下了一个总基调。这是一幅植物、动物和人类浑然交融不分你我的图景。这样的图景遍布整部小说，散发出无限的魔力。"②《刺猬歌》中，张炜将天马行空的想象力发挥到极致，他热衷于描绘人与万物相亲相爱的故事，用奇人逸事为读者构筑光怪陆离的传说世界。

与张炜相比，作家穆陶对于齐、鲁文化的分野不是十分在意，他试图挖掘齐鲁文化作为一个整体的特性。他认为相较于其他地域文明，齐鲁文化之所以成为正统，源自其对礼义廉耻的恪守、对传统美德的赞扬，穆陶在他的历史题材小说中亦着重刻画、突出前人完美人格。

穆陶原名林培真，从八十年代中期开始文学创作，代表作品有《红颜

① 涂昕：《张炜小说中的结构层次与"大地"意象》，复旦大学2009年硕士论文。
② 涂昕：《张炜小说中的结构层次与"大地"意象》，复旦大学2009年硕士论文。

怨》（又名《陈圆圆》）《孽海情》《林则徐》《落日》《屈原》等，创作累计字数达几百万。较之姚雪垠、任光椿等"豪放派"的写作，穆陶的作品呈现出一种婉约、素雅的风格。"这不仅因为他的作品塑造了众多善良美丽珍情重义的女性、风流倜傥多愁善感的文人，而且还因为他善于营造一种典雅的历史氛围，在黍离之悲、家国之恨的抒写中飘溢着几缕书香剑气，显示着传统文化中怨而不怒的一面。"① 在穆陶的历史小说中，爱国主义与高尚人格是始终不变的主旨，他常将故事背景设定在明末和晚清，通过这山河破碎、风雨飘摇的历史转折期来突出主人公的气节与操守。

穆陶曾在《落日》的后记中写道："历史小说首先是'小说'而不是'历史'。历史人物的形象描述与历史典制的诠释不是小说家的任务。我觉得，'历史科学'与'历史小说'最大的区别在于：后者是以'心'写史，前者是以'史'写史。史识与文才只是小说创作的技术条件。只有作家具有了产生于现实之中的对社会人生的感悟和思想，其笔下才能赋予历史以活的灵魂。我先天才识不足，学殖贫薄，唯有将自己所感所思所视所觉，去寻求历史的解读与注脚，也不知是'我注六经'还是'六经注我'。我把自己所写的小说，统名之曰《古今心史》，其由盖源于此。当代人的作品是写给当代人看的，应是与当代人的感情相联系的，这就是历史小说的'现实性'。把当代人的情感、企冀、反省、理想同历史联系起来，使人们在一个纵深的视觉层面上，来认识社会，体悟人生，追求善美，这是历史小说所应承载的内涵。"② 穆陶的历史小说与其说是重现历史场景，不如说是希望站在历史高度通过比照古今来激发现代人的忧患意识与爱国情操。

在《林则徐》中，作者一面讴歌林则徐面对敌人的淫威，临危不惧、力挽狂澜，为国家大业将个人安危置于度外的爱国主义精神与民族气节；又一面感慨林则徐生不逢时，奸臣当道，其为之奋斗的国家大业必将失败。

---

① 宋遂良：《论穆陶的历史小说》，《文学评论》1996 年第 1 期。

② 穆陶：《落日》，山东文艺出版社 1998 年版，第 336 页。

有学者称："主人公体现的是人民意愿与历史的必然要求；面对的却是使之无法实现的时代环境。作家突出展示的这无法调和的矛盾，使小说充满苍凉的悲剧意蕴。"①

这种悲剧意蕴在《落日》同样延续了下来。作者着力描绘了两个失败：一是鸦片战争中，扬威将军奕经所指挥的抗英战役的失败，另一个则是臧纡青寻找报国之路的失败。"前者为作品之纬，后者为作品之经。整个作品就是由这一经一纬编织而成的作品，可以说都是悲剧。"臧纡青与聂烟是小说《落日》的男女主人公，亦是作者倾力塑造的一对人物。小说开篇，臧纡青便在纷飞战火中失去了家人，这个一身武艺、足智多谋的铁血男儿决心报仇。但他不是朝廷命官，手中无权，空有抱负却无从下手。为了寻求报国之路，他寻到北京、寻到苏州、寻到浙江、寻到鸦片战争前线，却始终得不到朝廷重用。聂烟是传统理念上的完美女子，温柔善良却又不乏坚强果敢，为了复仇她只身打入敌人内部，屡次试探却均以失败告终。她与臧纡青是有情人却终不成眷属，二人在战争中失散，再次相聚时却是敌我双方，故事结尾二人双双服毒身亡，笼罩已久的悲剧氛围亦在此刻达到顶峰。作者在作品中不仅塑造了一系列具有传统美德的完美主人公，亦成功地在整个文本中营造出符合传统审美向度的哀婉之美。

齐鲁文化在赵德发的作品中体现为对传统价值观的秉承，对伦理、政治、哲学的深入探讨。

赵德发历时近十年创作了系列长篇小说"农民三部曲"：《缱绻与决绝》《天理暨人欲》《青烟或白雾》，完成了对中国近百年农民生活、农村现实的广泛观照和深度反思，恢弘的笔触、深厚的历史文化底蕴和令人动容的人文关怀使得这三部作品令人记忆深刻。张懿红评价其为："无疑是世纪之交

---

① 若金：《爱国抗敌御侮　丹心光照日月——穆陶长篇〈林则徐〉论略》，《聊城师范学院学报》1997 年第 1 期。

乡土小说的厚重之作，足以彪炳文学史册。"①

赵德发出生于山东莒南，该地接近儒教发祥地曲阜孔府，在齐鲁文化的熏陶下，赵德发拥有"穷则独善其身，达则兼济天下"的道德情怀，试图在作品中展现传统价值观对在欲望中挣扎的人性的救赎。"农民三部曲"分别选取了土地、道德、权力作为主旨，作者围绕这些主题通过纷繁错杂的故事叙述，最终展现了自己对历史的重构。

《天理暨人欲》是最能体现赵德发文化素养的作品之一，亦是最能体现其价值观的作品。小说以民间谚语"东海有底，人心没底"作为开篇，讲述的是人心欲望与君子理想的斗争。从主人公的命名上，我们不难发现作者的苦心孤诣："其深厚文化底蕴不仅见于儒家经典、理学精义的通达运用，还见于人名安排的细微之处，如许瀚义、许正芝、许景行、许景言、许合心等姓名，既合乎儒家教义，又切合各自品行。"许正芝、许景行代表的是齐鲁文化中传统的君子义利观，同时他们亦代表着作者心中的理想人格。"本书向人们讲述了发生在山东沭河岸边一个村庄里的悲壮故事：老族长欲把全族人都调教成君子，他身体力行，甚至不惜自残，把族内的丑事变成疤痕在脸上张扬，他的嗣子掌权后，欲把全村建成人人都无思无欲的'公字庄'，结果被亲生闺女毁于一旦；时至二十世纪末，百废待兴，物欲横流，个性解放到肆无忌惮、无法无天的程度，村里仍有人在呼唤，寻求道德的重建。"在文本中，许正芝与许景行通过莠草的疯长来窥探人心的疯长，在观察的过程中，岁月从抗战走向"大跃进"，从"文革"走向改革开放，赵德发实际上是通过"人欲"的涨跌起落来对历史进程进行重组。

"说到底，人是一种政治动物"这句话足以概括《青烟或白雾》的主旨。在书的扉页上，有这样一段话："'做官一时，强似为民一世'。在崇尚'官文化'的时代里，'做官情结'一直萦绕在一代代农民心中，哪个家族都希冀能出几个光宗耀祖的官儿。而面对自己头上的层层政权机构，呼唤'清

---

① 张懿红：《"农民三部曲"：作为思想重构的历史叙述》，《小说评论》2009 年第 5 期。

官'，盼望'清官'为他们做主，又是中国农民的基本思维定势。可是，'清官'这种明显带有封建时代色彩的昨夜星辰，能照亮中国民主政治的前途吗？围绕着这个沉重的主题，本书展开了一连串扣人心弦的故事：一个纯真美丽的农村姑娘，怎样痛失真爱，甘心受辱，一步步走向权力的巅峰；她那替人念过 MBA 的私生子，又怎样致力于'大地艺术'，带领农民向腐败和愚昧开展。几百年的权力之梦，几代人的爱恨情仇，青烟袅袅，白雾蒙蒙，构成了这部作品的独特魅力。"主人公吕忠贞一生都为"权力"二字折磨，为了所谓的"政治"失去本我，丧失了爱人与悲哀的能力，当了一辈子的提线木偶；支明禄也无法拒绝"高人一等"的"权力"的诱惑，为了村干部的职位，他与吕忠贞的关系数次发生戏剧性的转折。夺权、掌权、推翻、再夺权……历史在赵德发的笔下沦为了一场游戏，而"权力"二字成为了唯一的主线。"大槐树，槐树槐，槐树底下搭戏台。"这句民间童谣暗示了作者对走马灯似的权力更迭的无奈，亦展现了对争名夺利者的辛辣嘲讽。

除了支撑全文的传统价值观外，我们从小说语言上也会发现赵德发对齐鲁文化的眷恋。

"方言写作的背后是作家对于民间的回归与眷恋。语言问题不仅仅是一个形式问题，它还体现出赵德发对于民间世界的展示以及民间情怀的坚守。赵德发在其文学之路上始终有一个追求，即用自己的语言建构一个属于自己的精神家园，或者说是文学的整体意象，即作家为自己虚构出的'沂蒙山乡'。与这一追求相对应，作家只有用自己最为熟悉的山东方言才能完成这一梦想。"① 赵德发在作品中大量运用富于沂蒙地方色彩的语词，譬如"通腿儿"、"埝"、"孬"、"缠磨"、"拉巴"、"吓煞"和"营生"等，潜藏在语言外壳下的是作家的创作理念和内心情感倾向，无形中展现了赵德发对齐鲁大地的熟稔与偏爱。

陈占敏出生于山东省招远市，二十世纪七十年代开始投身文学创作，

① 宋伟：《赵德发小说艺术论》，山东大学 2008 年硕士论文，第 27 页。

时至今日，发表了《沉钟》《红晕》《淘金岁月》《心香》《死结》《白铁》《日月经天》《走路你要走大路》《白花黑蝴蝶》《水葬》等令人耳熟能详的作品。

在陈占敏的小说中，农村生活是一贯的主题，他的小说被评论界称为"世纪末的乡土启蒙"：《沉钟》以其"在文化上的自足性叙写、天地人三者合一的对小村历史的建构、沉重的人生情感方式、语言的浓缩耐读性、对以往乡村小说意蕴的超越性把握、作品的苦涩韵味、混沌的意义、正经而多趣的风格"①而广受专家赞誉；《红晕》"将笔触探向了温热的土壤，呈现了在历史、'权力'重压下的民间的狂野活力，揭示了在煞有介事的神圣运动之中真实的人性流露与奇特的生存状态"②；《淘金岁月》依然特立游离于商业潮流之外，"将笔触伸向了中国人口的大多数——农民兄弟……给读者留下难以磨灭的印象"，"足见陈占敏始终为一方乡土所魂牵梦萦，始终对乡土人生给以悲沉的关注和批判性的省思"。③

在齐鲁文化的浸染下，他恪守"先天下之忧而忧、后天下之乐而乐"，以体察民间疾苦为己任，在审视农村、关注农民、书写家乡苦难的过程中完成了对"历史"的复述。记录苦难并非易事，其中凝练着作家太多的悲悯与勇气。"关注农民在历史中的艰难生存是诸多有责任心的作家的共同趋向，或许是来自农村，熟悉农村生活中枝蔓繁杂的细枝末节中透露的苦涩，或许是立身城市，在比较中发现在婚姻、买卖甚至吃穿用度中农民曾经那么的捉襟见肘，全不似城里人般洒脱。但无论以怎样的视角切入农村，农村曾经的苦难都会深深触动作家的心灵，而因着这苦难他们写得格外艰涩、沉重，他们的笔端浸染着故土上挥洒的血汗和辛酸。乡民们的坚韧和隐忍，乡民们和大地一样沉着的心胸，乡民们以心灵中的诸多祈愿缓解转化苦难的种种技巧和由此衍生的事端，更在一定程度上震撼着远观的作家。"④从《心香》《沉钟》

---

① 李波、何志钧：《乡民生活的记录与冥想》，《廊坊师范学院学报》（社会科学版）2008年第5期。
② 李波、何志钧：《乡民生活的记录与冥想》，《廊坊师范学院学报》（社会科学版）2008年第5期。
③ 李波、何志钧：《乡民生活的记录与冥想》，《廊坊师范学院学报》（社会科学版）2008年第5期。
④ 李波、何志钧：《乡民生活的记录与冥想》，《廊坊师范学院学报》（社会科学版）2008年第5期。

到《经典纪事》，陈占敏一直在苦难中塑造人物，叙述人生。"他的《沉钟》不是对乡村人生的写实性描摹，更多着意的乃是人性的蜕变与悲哀。他以寓言般的笔法展绘了因村民的滥采滥开最终淹没在愚昧中的老店村几十年风云变幻的村史。由此，一个村庄成为一种文化、一个世代的象征。"①在文本中，他曾写到饥饿，那是一种令人绝望的煎熬。陈占敏曾解释道："写中国的苦难，可以不写饥饿，但不能忘记它。在很大程度上，中国的苦难是与饥饿连在一起的。回忆那些年代，大约应被饥饿感所笼罩。各种各样的饥饿，再加上焦虑、忧愁，人就真正的在苦难之中了。这些篇章，恰是这部书最有力的方面。"②如果说陈占敏通过"苦难"对历史进行重新书写的话，那他则是通过"饥饿"来完善"苦难"的概念，通过"饥饿"来审视人性的。

第三节　江南的茶运与历史变迁：
　　　王旭烽的《茶人三部曲》

历史作为一种巨大文化资源，对于文学而言，蕴含着丰富的书写可能性；而文学作为一种重要文化载体，既为历史的流传提供最具美感的途径，同时也为人们认识历史提供丰富的想象形式和可阐释的自由度。历史首先作为一种真实存在，它的长久记忆有赖于文本的记录，正如詹明信（Fredric Jameson）指出："历史本身在任何意义上都不是一个文本，也不是主导文本或主导叙事，但我们只能了解以文本形式或叙事模式体现出来的历史，换句话说，我们只能通过预先的文本或叙事建构才能接触历史。"③而历史

---

① 李波、何志钧：《乡民生活的记录与冥想》，《廊坊师范学院学报》（社会科学版）2008年第5期。
② 陈占敏：《沉钟》，上海文艺出版社1996年版，第576页。
③ ［美］詹明信：《晚期资本主义的文化逻辑》，张旭东编，陈清侨、严锋译，三联书店1997年版，第148页。

同时也是一种虚构形式（海登·怀特语），它的广泛流传，则相当程度上得益于文学的传播，正如曹文轩在《小说门》中指出："文学的使命当然不应定位在反映历史上。但文学因为留下了具体的情状，从而在客观上起到了使我们'可感'历史的作用。"① 在西方，荷马（Homer）创作的两部长篇史诗《伊利亚特》和《奥德赛》，既是古希腊乃至整个西方文学中最重要的作品，亦成为西方学者研究古希腊公元前十一世纪至公元前九世纪社会历史的重要史料，为后人留下了关于迈锡尼文明的历史想象。而在中国古代，文学与历史本来就是一体，从最早的先秦历史散文如《尚书》《左传》等到封建时期以"史家之绝唱，无韵之离骚"的《史记》为代表的二十四史，无一例外不是历史与文学结合的典范之作。在中国当代文学史上，众多文学作品尤其以小说为突出，尝试从不同视角切入历史，试图还原"历史真相"。"文革"之前的革命斗争历史小说和新时期以来的历史小说与新历史小说，都是对于历史的解读，但它们却呈现出截然不同的形态。五六十年代的革命斗争历史小说，倾注于对于中共建党到中华人民共和国成立这段革命历史的书写，作家们受到红色革命胜利的鼓舞和红色时代氛围的影响，书写革命历史的热情空前高涨，一大批普遍具有"史诗化"倾向的作品被创作出来，例如梁斌的《红旗谱》和杜鹏程的《保卫延安》等。但由于过分追求宏大叙事，造成艺术与生活脱节，出现艺术失真的缺陷。到了八十年代的历史小说，主要分为古代历史演绎小说和现代革命小说两类，除了古代历史演绎小说如姚雪垠的《李自成》、凌力的《少年天子》等之外，现代革命历史题材小说中的宏大叙事成分也有所减弱，逐渐从多种视角进入历史，表现出人性对于文化的观照等，例如宗璞的"野葫芦引"系列。而到了八十年代中后期，新历史小说兴起，作为现代主义文学的一个分支，"大约是从莫言的《红高粱》开始，历史小说有了它新的历史意识"。至九十年代，新历史小说蔚为大观。新历史小说建立在作家对于历史的怀疑和重新

---

① 曹文轩：《小说门》，人民文学出版社 2009 年版，第 38 页。

审视的基础之上，通过作家冷静而独特的思考，普遍将历史的必然性和真实性消解，代之以偶然性和神秘性，启用家族乃至个人的历史叙事来解构以往的国家民族宏大历史叙事，并将小人物推向历史舞台取代以往的英雄叙事，这似乎正符合张爱玲所说："正是这些凡人比英雄更能代表这时代的总量。"① 从而形成一种独特的历史观，引发人们对于历史的重新想象。二十世纪九十年代是新历史小说创作鼎盛的年代，在九十年代新历史小说创作风潮中出现了一部非常独特的小说作品，即王旭烽的《茶人三部曲》。

一、新历史小说与《茶人三部曲》

二十世纪八十年代中后期至今的新历史小说创作，大体上可以分为两种形态：第一种形态是"在虚拟的历史时空与人性之维中演绎传奇式的历史故事，从而揭示出个人关于历史的认识，这些小说中的历史是小说家们某种'历史想象'的产物，他们也在这种'想象历史'的活动中努力表达着自己理解的真实的历史"②。代表作家作品如苏童的《我的帝王生涯》、格非的《青黄》以及叶兆言的"夜泊秦淮"系列等。第二种形态是"将中国近现代乃至当代的革命历史融入家族史之中，以一种崭新的文化思路走进历史，展现历史图景中的不同侧面，用非情感化的历史眼光观照逝去的岁月，流露出更多的文化隐喻色彩和历史象征意味"③。代表作家作品如莫言的《红高粱》《丰乳肥臀》、张炜的《家族》、陈忠实的《白鹿原》等。而在新历史小说创作风潮中产生的《茶人三部曲》，原是一部典型表现"历史"的小说，却与新历史小说若即若离。

《茶人三部曲》的作者王旭烽，1955 年出生于浙江平湖，1982 年浙江大学历史系毕业。历史科班出身，又曾在中国茶叶博物馆工作，再加上长

---

① 张爱玲：《自己的文章》，《张爱玲全集》第一卷，海南出版社 1995 年版，第 283 页。

② 王万森等：《中国当代文学新编》，高等教育出版社 2012 年版，第 205 页。

③ 王万森等：《中国当代文学新编》，高等教育出版社 2012 年版，第 209 页。

期从事茶文化研究，王旭烽对中国茶文化了解精深。1990 年至 1999 年间，王旭烽凭借数年功力，用整整十年时间创作完成三卷本长篇小说《茶人三部曲》。《茶人三部曲》由《南方有嘉木》《不夜之侯》和《筑草为城》三部内容上相互承续的长篇小说组成，总字数 130 万余字，被称为中国现当代文学史上第一部描写中国"茶文化"的系列长篇小说。将《茶人三部曲》概括起来看，是以吴越文化为基点，以江南茶文化为底色，把华茶的文化知识和近现代发展史与杭氏家族人物个人命运遭遇、家族命运遭遇同国家民族的荣辱兴衰融合在一起，同时融汇儒、释、道文化与文人精神和侠客精神，在 130 万余字的篇幅内，从 1863 年太平军撤出杭州城写起，一直写到 1998 年由全世界茶人捐资修建的杭州国际和平馆揭幕为止，时间跨度达一百三十余年，写出了华茶在近代、现代乃至当代中国和世界的坎坷发展，写出了杭州茶人世家杭氏家族六代人命运的离合聚散与恩怨情仇，写出了沧桑中国百年兴衰荣辱更迭的历史沉浮。2000 年，《茶人三部曲》之第一部《南方有嘉木》和第二部《不夜之侯》获第五届茅盾文学奖。茅盾文学奖评奖委员会评语所言："茶的青烟，血的蒸气，心的碰撞，爱的纠缠，在作者清丽柔婉而劲力内敛的笔下交织：世纪风云、杭州史影、茶叶兴衰、茶人情致，相互映带，熔于一炉，显示了作者在当前尤为难得的严谨明达的史实和大规模描写社会现象的腕力。"作为二十世纪九十年代新历史小说风潮盛行时期的产物，《茶人三部曲》在定位上更接近于新历史小说的第二种形态。然而，同样是将近现代乃至当代的革命史融入家族史之中，同样是小人物叙事取代英雄叙事，同样是解构宏大，相比较于莫言的《丰乳肥臀》和陈忠实的《白鹿原》，《茶人三部曲》却很少被贴上新历史小说的标签。在《茶人三部曲》中，历史首先是作为一种时代背景存在，揭示华茶命运与杭氏家族人物命运变化的大环境，同时历史也是主要描写对象之一，历史的变迁与华茶的命运以及杭氏家族人物的命运同时被放置在舞台之上，一同接受读者的直接审视。王旭烽表现历史用的是细化的方式，她故意将各种历史事件毫不避讳且不拘繁琐地充分表现出来，并且基本采用现实主义手法，以增加人物命运和华茶命运变化的真实程度与可信程度，因此王旭烽笔下的历史更加显得庄重和严肃，因而也更加传统；而《丰乳肥臀》与《白鹿原》表现历史则是以粗犷的方式，它们表现的历史往往带有荒诞和神秘的一面，渗透入更多的游戏意识，以肢解历史的沉重，获得历史的解脱，因此《丰乳肥臀》和《白鹿原》表现历史更加具有现代性。此外，《茶人三部曲》中对于杭氏家族各色人物心理的刻画，比起莫言在《丰乳肥臀》中对上官家族人物心理的刻画、陈忠实在《白鹿原》中对白、鹿两大家族人物心理的刻画，更加细腻和精微，更加耐人寻味，反映了一位女作家杰出的心理感受能力。从形式上而言，《茶人三部曲》无疑满足理论界对于新历史小说的界定，而它未被认定为新历史小说作品，或许是归结于《茶人三部曲》在内容上"新的历史意识"表现得不足。

中国是茶的故乡。两千年前，西汉著名辞赋家王褒的《僮约》中就有"烹茶尽具"和"武阳买茶"的说法，为中国茶业和茶文化史留下了最早、最可靠的资料。茶性温和内敛，与中国人性情相符，中国人素来与茶亲近，茶不仅仅成为中国人的日常生活必需品，作为一种文化，还深深影响着中国人的精神世界。千百年来，无论是种茶、做茶、饮茶甚至卖茶都有了深厚的文化韵味。中国之茶，在不同历史时期，也都不间断地向外民族流传着，尤其世界进入近代以后，华茶更是风靡欧洲、风靡全球，然而鸦片战争之后，华茶却意外地迎来了它坎坷的命运。在《茶人三部曲》小说中，杭氏家族六代人既是中国近现代乃至当代历史变迁的见证人，同时也是江南茶运变化的见证人：其中，第一代茶人代表吴茶清、第二代茶人代表杭天醉与第三代茶人代表杭嘉和最具有杭氏家族茶人的典型性，他们同样也是中国茶人的代表。杭氏家族第一代茶人代表吴茶清，是茶、儒、侠结合的茶人，有着大丈夫的豪气；第二代茶人代表杭天醉，是茶、儒、禅结合的茶人，有着小女儿的性情；而第三代茶人代表杭嘉和，则更是纯粹的茶与儒结合的茶人，他的生命是一个大写的"和"字，是把普通茶人做到极致的典范。所谓茶人合一，在近代以来中国历史巨大的沉浮之下，杭氏家族这三代茶

人的命运写照正好分别对应着不同时期华茶的历史发展境况。这三代茶人命运与近代以来华茶命运之间呈现出高度的内在一致性。

二、吴茶清与华茶——命运的巨变，传统的维持与危机

"茶清"是指刚从茶园里采摘下来的新鲜叶子，是加工成品茶的原料，是茶叶的起点。吴茶清人如其名，他是《茶人三部曲》整部小说的起点，是整个故事的源头。正是吴茶清为杭州茶人世家杭氏家族注入了新鲜的血液，改变了杭氏家族的传统历史，同时开启了一部新的杭氏家族史。这位踩着鸦片战争鼓点出生的近代中国人，是太平天国忠王李秀成卫队的亲兵，因在太平天国运动失败的大潮中，某夜为躲避清兵的追捕而误闯进杭氏家族的大院，从此他的命运便与杭氏家族永远地纠缠在一起。徽帮茶人出身的吴茶清，自幼对于茶就很熟悉，后来"在忘忧茶庄，做了数十年掌柜，兼着忘忧楼府的管家"[①]，其人越来越深得茶之三味，逐渐成为了一个标准的中国茶人——彬彬有礼而又内蕴深厚。生于鸦片战争，死于辛亥革命，吴茶清生命的起源与终结，恰是在近代中国两个重要的历史节点上，他完整地经历了近代中国早期的历史沉浮，感受到最初的风云变幻。但总体来看，吴茶清的一生是充满隐忍与克制的。他本是一个充满侠气的茶人，但却只是在辛亥革命的时候任着性子豪侠了一把，除此之外，在忘忧茶庄的岁月里，他活得足够小心翼翼，甘于平凡和寂寞。是什么力量让吴茶清的生命发生彻底的改变，从一个逍遥的儒侠，转变成一个单调乏味的掌柜与管家？乃是同林藕初与杭天醉的感情羁绊。特别是十九世纪七十年代中期出生的杭天醉，这个吴茶清唯一的血脉，他的存在，彻底改变了吴茶清，结束了他漂泊的状态，给了他一个归宿。名义上作为杭氏家族忘忧茶庄的掌柜，帮着老板娘林藕初经营茶庄，实际上吴茶清是一个人在苦苦支撑着整个家

---

① 王旭烽：《茶人三部曲》第一部《南方有嘉木》，人民文学出版社 2004 年版，第 15 页。

族，始终为维持茶庄的正常运转而辛勤劳作，数十年如一日无任何怨言。吴茶清固守他传统的生意经，即使时代风云激荡，中国茶业亦遭遇到波折与挑战，他只是努力维持忘忧茶庄的传统生意，在他的努力之下，忘忧茶庄基本上还能够保持住表面经营上的从容不迫，但在时代的裹挟之下，茶庄生意还是不可抑制地每况愈下，呈现出颓败趋势。

　　人与茶的命运何其相似，就连命运的转折点几乎都挨在一块儿。十九世纪七十年代中期，是杭天醉的出生改变吴茶清命运的时期，同时也是华茶命运发生巨变、由盛转衰的时期。"1835 年以前，世界上真正称得上产茶的国家只有茶业巨头中国及主要供内销的日本"①，华茶在国际市场上处于绝对垄断的地位。而到了十九世纪七十年代中期，华茶的红茶与绿茶的国际市场逐步萎缩，英国作为华茶的第一大进口国，其"红茶市场逐渐被印度茶和锡兰茶超过"②，而作为华茶的第二大进口国的美国，其"绿茶市场则受到日本茶的排挤"③，华茶命运的巨变，它的由盛转衰，"根本性的逆转可以追溯到 19 世纪 70 年代中期"④。鸦片战争之后，中国茶业曾迎来历史上短暂的繁盛时期，世界茶市 90% 以上的茶叶由中国垄断。随着茶叶外销口岸的增多，外国商人纷纷在各通商口岸开设洋行，经营茶叶贸易，在世界市场巨大的需求刺激下，华茶出口数量以前所未有的态势急剧增长，正如《民国建阳县志》载："清季自五口通商，民竞业茶。"⑤但这繁荣的背后实在潜伏着深重的危机。这种危机主要来自外国茶的威胁，特别是印度茶和锡兰茶的威胁。1834 年，英属殖民地"印度始植茶，从中国全面输入茶籽、

---

①　陶德臣：《印度茶业的崛起及对中国茶业的影响与打击——19 世纪末至 20 世纪上半叶》，《中国农史》2007 年第 1 期。

②　马蕾：《1900—1920 年中国社会挽救华茶的努力》，苏州大学硕士学位论文，2010 年，第 10 页。

③　马蕾：《1900—1920 年中国社会挽救华茶的努力》，苏州大学硕士学位论文，2010 年，第 10 页。

④　马蕾：《1900—1920 年中国社会挽救华茶的努力》，苏州大学硕士学位论文，2010 年，第 10 页。

⑤　彭泽益：《近代手工业资料史》第一卷，三联书店 1957 年版，第 480 页。

茶苗、茶工、种植技术，大力发展茶叶"①。此外，英国还在殖民地锡兰植茶。当中国茶叶在国际市场上最为得意的时候，印锡茶业可以说刚刚起步，但以后的日子里，它却在英国资本家的大力扶持下，得到迅猛的发展。英国本是华茶最大进口国，但自英国将茶业重点放在培育印度茶和锡兰茶业后，其国内便大肆宣传印锡茶，排斥华茶，在茶叶入口税上降低印锡茶入口税，却提高华茶入口税，不仅如此，在国际市场上印度茶和锡兰茶也被广泛的宣传，而华茶却始终缺乏有效的宣传。如此一抑一扬，使得几十年之后，尤其十九世纪八十年代后，印度茶羽翼丰满，"对中国茶业产生了巨大的冲击，加之锡兰、爪哇、日本等地茶叶迅速发展，中国垄断世界茶市的局面彻底被打破"②。至吴茶清去世时的 1911 年，中国茶业占据世界茶市的份额已经下落至四分之一左右。中国茶业固守小农经济的发展模式，在面对印锡茶业资本主义种植园发展模式时，感到了强烈的危机和沉重的无力，传统的中国茶业面临前所未有的挑战，它的命运，确也如吴茶清一样，失去了先前的豪侠之气，而不得不变得平凡和寂寞。正如王旭烽所说，"林藕初与吴茶清联手振兴杭氏家业的日子，亦是近代中国茶叶史上最辉煌的时代。高峰过后，便是深渊般的低谷了"③。

三、杭天醉与华茶——眩晕带来困顿，被动中寻求解救

"一怕经济文章，二怕杀人放火"④，迷恋于茶道、书画、鸦片与禅佛，与其父吴茶清茶、儒、侠结合有着大丈夫豪气的茶人气质不同，杭天醉天

---

① 陶德臣：《印度茶业的崛起及对中国茶业的影响与打击——19 世纪末至 20 世纪上半叶》，《中国农史》2007 年第 1 期。

② 陶德臣：《印度茶业的崛起及对中国茶业的影响与打击——19 世纪末至 20 世纪上半叶》，《中国农史》2007 年第 1 期。

③ 王旭烽：《茶人三部曲》第二部《不夜之侯》，人民文学出版社 2004 年版，第 17 页。

④ 王旭烽：《茶人三部曲》第二部《不夜之侯》，人民文学出版社 2004 年版，第 88 页。

性敏感，是茶、儒、禅结合的有着小女人性情的茶人，但他继承了吴茶清的血脉，骨子里又有豪侠的冲动。卡西尔（Ernst Cassirer）在《人论》中指出："一切事实就是性格的事实，因为在历史中——不管是民族的历史还是个人的历史中——我们都绝不会只研究单纯的行为和行动。在这些行为和行动中我们看到的是性格的表现。"① 正因为杭天醉性格如此，他就是这样一个自我矛盾的人物，所以最终的事实是他成为了一个被命运戏弄的可怜之人。1901年杭天醉踌躇满志欲与赵寄客同渡日本却因偶然生病及家人暗阻而未成行，从此结婚生子陷入平庸的家庭漩涡；辛亥革命之后一夜彻悟，满心期待与赵寄客结成伙伴同去攻占南京，却不料在夜晚撞见挚友赵寄客与发妻沈绿爱私会。一阵眩晕，雷鸣般击碎了天醉之梦。杭天醉自此彻底沉醉于鸦片，借助高强度迷幻来使自己忘忧，强制戒烟之后，又沉醉于求禅问佛，"吃茶去"成为了他待人处事的基本态度。杭天醉的一生都是被动的，他是《茶人三部曲》中最孤独之人，他的生命是一阵眩晕，虽一生拥有两个女人，但他的孤独无处安放，哪里都不是他的归宿。他不是一个堕落的人，但却是一个在困顿中无措的人，一生都在试图寻找解救之道，但他所有的努力，都只是小修小补性质的自我安慰，无法得到根本的解救。正如杭嘉和文中所道："他比任何人都能明白父亲那颗心，多年来是怎么被来来去去的日子锯拉得血肉模糊的；嘉和比任何人都明白，父亲把属于他的内在的生活弄得不可收拾，没有人来拯救他的灵魂……"②

　　杭天醉死于1927年，正是大革命失败（第一次国共合作失败）的那一年，自1911年辛亥革命到1927年大革命失败这一期间的中国历史，军阀割据与混战，国共合作又反目，却也正像杭天醉的一生那样，是一阵让人措不及防的眩晕。而此一时期的华茶发展，又何尝不是一阵眩晕，它让中国茶人们因眩晕而感到困顿，从而在被动中努力寻求解救之道。从客观数

———————

① ［德］卡西尔：《人论》，甘阳译，上海译文出版社1985年版，第271页。
② 王旭烽：《茶人三部曲》第二部《不夜之侯》，人民文学出版社2004年版，第537页。

据上来看，中国茶业在此一段时期内，在出口方面，真正是衰败了下去。中国茶业输出量，从 1909 年尚占据世界茶叶市场 26.83% 的份额一路下滑至 1927 年只占据 12.55%，甚至于在 1921 年的市场份额低于 10%，只有 8.79%。[①] 与此同时，印度茶和锡兰茶还对中国进行倾销。"印锡茶不但在国际市场与中国茶进行激烈争夺，其倒灌于中国市场，使业已衰落的中国茶业雪上加霜，更加受到沉重打击。一是向中国本部输出茶叶。二是向通商口岸输出茶末。三是侵入康藏边茶市场。"[②] 面对华茶如此意料不到的悲惨的出口状况以及内销处境，让中国的茶人们和政府官员们，无论如何无法不去寻求中国茶业的解救之道。"华茶的挽救活动在 19 世纪 90 年代以后进入中国人的视野。当时华茶的出口量连年下跌已成事实，华茶衰落问题开始逐渐引起社会的重视。"[③] 无论是清末对于华茶的挽救措施，还是民国初年（1911）对于华茶的挽救活动，都是在意识到华茶衰落之后采取的行动，其被动性可见一斑。这些举措可举一例，比如，民国时期，特别是在 1927 年以前，由于政府的积极倡导和社会各界的努力，各主要产茶省份纷纷派出专员出国考察近代茶业技术，有别于中国传统的植茶、制茶技术，"近代茶业技术，是 19 世纪中期以后在国际上才形成发展起来的，以印度、锡兰茶业技术为代表，特点是大茶园统一管理，使用机器制茶并注意商品的包装和广告宣传，同时设立专门的研究机构不断革新茶业的种植加工技术"[④]。即便是在感到了困顿之后才进行解救，即便是在被动中寻求解救，并且这些解救行动实际上在短时间内并未能根本扭转华茶衰落的局面，但事实证明，那些在国外学习近代茶业技术的派员们，以 1919 年浙江省派去日本的

---

① 陶德臣：《印度茶业的崛起及对中国茶业的影响与打击——19 世纪末至 20 世纪上半叶》，《中国农史》2007 年第 1 期。
② 陶德臣：《印度茶业的崛起及对中国茶业的影响与打击——19 世纪末至 20 世纪上半叶》，《中国农史》2007 年第 1 期。
③ 马蕾：《1900—1920 年中国社会挽救华茶的努力》，苏州大学硕士学位论文，2010 年，第 46 页。
④ 张瑞：《19 世纪末 20 世纪初中国茶业改良》，东北师范大学硕士学位论文，2006 年，第 13 页。

吴觉农为杰出代表，从长远来看，他们归国后对中国茶业近代及现代化的发展确实起到了相当大的积极作用，正是以他们为代表的中国茶人们的努力，使得"中国茶业走向了迈向茶业近代化的第一步"[①]。在1911年至1927年间，从现实情况来看，华茶命运遭际与杭天醉命运遭际达到了高度的一致性。中国茶人们努力寻求中国茶业的近代发展之路，正如同杭天醉努力寻求自我灵魂的解救之道，都是迫于现实的无奈，都是被动进行的选择，与杭天醉找不到根本的解救之道，但可以凭借鸦片与禅佛实现暂时的灵魂拯救一样，华茶经过此一时期的发展，仍然无法挽回在国际市场份额迅速颓败的局势，但在中国本土市场，华茶的销售却较之以前有所增加，能够慢慢稳住华茶的国内市场。茶与人一样，都是要在困顿中艰难地解救自己。

四、杭嘉和与华茶——向死而生，艰难中不屈地抬头

作为整部《茶人三部曲》的主角，杭氏家族第三代茶人代表杭嘉和是将中国普通茶人做到极致的典范。他的生命和中国茶融为一体，和儒家文化融为一体，本身就是一个大写的"和"字。这样一个"下棋也总是和棋"[②]的人，他的一生"所努力的目标就是希望杭家能在风雨飘摇的乱世获得一份宁静，希望杭家人都能在灾难来临时顺利度过"[③]。然而，作为一个一生追求"和"的人，杭嘉和一生所经历的事却都是"不和"的。张爱玲说过："长的是磨难，短的是人生。"[④]而杭嘉和一生漫长，亲身经历了二十世纪初至二十世纪末百年间的中国沧桑变化，同时更是亲眼见证了杭氏家族六代人的生离死别，他所受到的磨难比他本就漫长的人生更加漫长。身为杭家

---

① 张瑞:《19世纪末20世纪初中国茶业改良》，东北师范大学硕士学位论文，2006年，第27页。

② 王旭烽:《茶人三部曲》第二部《不夜之侯》，人民文学出版社2004年版，第151页。

③ 张艳:《茶人茶品——论〈茶人三部曲〉中的茶文化》，《阿坝师范高等专科学校学报》2013年第2期。

④ 张爱玲:《公寓生活记趣》，《张爱玲全集》第一卷，海南出版社1995年版，第156页。

第三代传人，杭嘉和的责任是要撑起一个庞大的杭氏家族，然而其漫长的一生，却见证了太多亲人的死亡，还有太多亲人的离散。母亲小茶之死，父亲天醉之死，让杭嘉和对死亡有了初步的认识，而抗日战争期间，杭家几乎面临灭顶之灾，绿爱妈妈、嘉草妹妹相继悲惨地死去，更让杭嘉和精神发生巨变，在无限绝望几近疯狂和崩溃边缘挣扎过来的杭嘉和，有了对于生死更为痛彻的领悟。生命才是最可宝贵的。家业可以衰败，五进大院可以一把火烧掉，小指头可以毅然切断，但愿死亡不再出现，生命要继续延续下去，家族要继续延续下去。像一株茶树，经风沐雨之后，更加坚韧，更要维护生命。生命如此艰难，但也要在艰难中不屈地抬头。所谓向死而生，谁谓茶苦，其甘如荠，杭嘉和的一生正像一杯茶，喝下去是苦的，却有着深沉的甘的热望。

这种向死而生，不单单是对杭嘉和生命最准确的概括，更是 1927 年以后华茶发展的真实写照。人与茶的命运再度保持了高度的一致。"1900 年印度茶叶输出总量首次超过中国，1917 年锡兰、1918 年爪哇茶叶外销量又分别超过中国，中国屈居世界茶叶输出量第 4 位。至此，世界茶叶中心由中国一国垄断演变成印度、锡兰、爪哇、中国、日本 5 个中心，呈现多元化格局。"[1] 而到了 1927 年以后，与印度茶输出占世界茶市比重逐步趋于稳定并时有提升相反，"1930 年，中国茶输出仅占世界茶市的 10% 左右，1932 年以后均在 9% 以下"[2]。特别是到了抗日战争爆发以后，"由于日本侵华，茶区沦陷，交通阻塞，1939 年中国茶仅出口 4973.1 磅，占世界茶市比重为 5.66%，失去了茶叶大国的资格"[3]。随着战争的持续，到了抗日战争后

---

[1] 陶德臣：《印度茶业的崛起及对中国茶业的影响与打击——19 世纪末至 20 世纪上半叶》，《中国农史》2007 年第 1 期。

[2] 陶德臣：《印度茶业的崛起及对中国茶业的影响与打击——19 世纪末至 20 世纪上半叶》，《中国农史》2007 年第 1 期。

[3] 陶德臣：《印度茶业的崛起及对中国茶业的影响与打击——19 世纪末至 20 世纪上半叶》，《中国农史》2007 年第 1 期。

期，华茶"外销基本断绝，中国茶几乎从世界市场消失"①。拥有几千年文明积淀的华茶，曾经垄断世界茶业的华茶，在此一段时期，它的命运竟遭受到了有史以来最为沉重和致命的打击，中国茶业几乎奄奄一息。然而，向死而生的力量也在华茶的生命中展现了出来。即使是在感受到最为致命的痛苦的时候，中国茶人们痛定思痛，依然对华茶之生命充满信心："茶叶在中国，是具有其最大的前途的，不要说全世界的茶叶，我们是唯一的母国，而我们生产地域之阔、茶叶种类之多，行销各国之广，以及特殊的品质之佳，是各产茶国所望尘莫及的。"② 这是对华茶生命最为坚定的执着，这不是中国茶人们的自我幻想，他们同时还意识到华茶的不足："我们有最大的两个缺点，第一就是缺少科学，第二则是缺少人才。"③ 为此，以吴觉农为代表继承了茶叶"乐生"品质的中国茶人们，"不甘于消沉，种种努力，艰苦卓绝，在漫长跋涉之中，企图恢复昔日祖先之荣光"④。他们对于中国茶叶种植实现科技化，对于中国茶叶营销实现公司制，对于中国茶叶统销统购的努力，对于在高校内专门设立茶学系培养专门人才的努力等，都是让人激动和感动的。不屈的生命意志，在抗日战争这一段最为艰苦的时期，在杭嘉和身上，在华茶身上，同样深深地显露出来。向死而生的力量，对于人、对于茶，都是深沉而坚韧的。在艰难中不屈地抬起头来，华茶与杭嘉和一样，对于生充满着热望，至于新中国成立之后，华茶的命运，则与杭嘉和一样，终于是进入了虽亦有波折，但总体不断变好的时期。

历史与文学向来关系紧密难解难分，文学表现历史的传统自古有之并延续至今不断深化。在二十世纪九十年代新历史小说创作热潮中产生的《茶人三部曲》，既有着与新历史小说形式上的贴合，又有着其内容上的独特性，

---

① 陶德臣：《印度茶业的崛起及对中国茶业的影响与打击——19世纪末至20世纪上半叶》，《中国农史》2007年第1期。
② 王旭烽：《茶人三部曲》第二部《不夜之侯》，人民文学出版社2004年版，第385页。
③ 王旭烽：《茶人三部曲》第二部《不夜之侯》，人民文学出版社2004年版，第386页。
④ 王旭烽：《茶人三部曲》第二部《不夜之侯》，人民文学出版社2004年版，第6页。

可以说与新历史小说若即若离。《茶人三部曲》是一部既反映中国近现代及当代历史变迁，又详细生动而专业地表现了中国茶文化，表现了江南茶运变化的作品。"茶是郁绿的，温和的，平静的，优雅而乐生的"①，茶人亦是"温和的，平静的，优雅而乐生的"，在《茶人三部曲》中，茶与人不但在品性上相似，就连他们各自的命运也保持高度的内在一致性，这是王旭烽《茶人三部曲》一个极为出彩的成就。杭氏家族三代茶人的代表，吴茶清、杭天醉与杭嘉和，亲眼见证了江南的茶运与历史变迁，他们各自的命运，正好分别对应着近代以来不同历史时期华茶的发展境遇。茶与人同呼吸共命运，在《茶人三部曲》中充分的体现出来。

第四节 "海上"乌托邦审美建构：《长恨歌》和《纪实与虚构》的历史观

当代作家"中国身份"的自觉与焦虑在二十世纪八十年代"走向世界"与"文化寻根"热潮中已初现端倪，并在八九十年代的"本土文化论"思潮中形成更为自觉的本土追求与现代性反思。当代作家企图在西方文化母本影响下所形成的新文学传统中，以"中国身份"讲述"中国故事"与"中国经验"，借此建构想象中的"本土中国"，由此介入到全球化进程之中。1983 年的美国之行，在给王安忆带来直接的"文化震惊"的同时，也形成了她以西方文化为参照来反思传统文化，并进行中国本土性建构的自觉。值得注意的是，王安忆以"本土化"作为"非西方文化的复兴"②努力，有其独特之处，即她是选择上海这座"带有都市化倾向，它的地域性、本土

---

① 王旭烽：《茶人三部曲》第一部《南方有嘉木》，人民文学出版社 2004 年版，第 3 页。
② ［美］塞缪尔·亨廷顿：《文明的冲突与世界秩序的重建》，周琪、刘绯、张立平、王圆译，新华山版社 1998 年版，第 88 页。

性不强，比别的城市更符合国际潮流"①的城市来进行本土性建构的。这看似颇为吊诡的选择，却足见王安忆本土性建构的高难度与野心。

一、"空间"中的上海历史

在全球化文化趋同尤其是都市文化日益建立起其霸权地位的情势下，王安忆缓解现代性焦虑的意图，在时间维度上，表现为以追忆的方式来回溯都市的精神文化传统；在空间维度上，则表现为对都市空间中的本土性内质的开掘。其叙事的最终目的则在于，借助历史性的都市空间呈现，与全球化这一宏大叙事对话，以本土身份来介入全球化进程，以弥合传统与现代、民族与世界、本土与全球之间的身份断裂危机。

空间，作为一种有意味的形式，"唯有生发含义，才能进入叙述，或者说，我们必须以叙述赋予空间含义，才能使它变形到可以在时间的方式上存在"②。空间之于王安忆上海历史叙事的意义，不仅在叙事内容上，更在叙述历史的方法上。空间，不仅形诸于城市的地景——这毕竟仅仅是浮表现象，其根本还在于叙事的方法和风格。或者说，空间化构成了王安忆都市历史叙事的重要表达方式。

首先，空间构成了王安忆上海历史叙事的内在逻辑方式。

其一，这种空间化的逻辑思维表现为一种归纳与推理的能力。《纪实与虚构》中的"我"，自有记忆起，便以上海的街道为凭依建构起认识自我、城市及二者之关系的逻辑思维方式。街道划分平面，建筑物规划空间，对于"我"来说，上海的街道将平面划分，使抽象变为有形，并以"给空间命名的特性"③使人认识世界有了现实的凭依。这种上海城市的秩序与节奏，

① 王安忆、斯特亚凡、秦立德：《从现实人生的体验到叙述策略的转型——一份关于王安忆十年小说创作的访谈录》，《当代作家评论》1991年第6期。
② 王安忆：《小说的异质性》，《小说课堂》，商务印书馆2012年版，第142页。
③ 王安忆：《纪实与虚构》，人民文学出版社2012年版，第2页。

以严格的合理性与逻辑性模塑了"我"的空间化的逻辑思维方式与认知方式。在此基础上,"我"将人存在的时间与空间位置归纳为纵与横的关系,并以纵与横的坐标建立起一部巨著的结构,这便是《纪实与虚构》的显性叙事结构。在"纪实"部分,王安忆以空间化的逻辑方式组织起"我"与上海的种种关系。"我"在横向空间中建构"人生性质"的关系时,主要采取归纳法将这些关系划分为"同志"关系、血缘关系、友谊关系、战友关系、爱情关系……各种关系彼此渗透,盘根错节。在此番归纳分类的基础上,又一次次在横向空间中对人生的诸种关系进行细化、分析、诊断。"以坐标的方法归纳成纵和横两个空间,让虚构在此相离又相交的两维之中展开。我以交叉的形式轮番叙述这两个虚构世界。"[①]叙事最终以诸种关系的消解、溃散与孤独的恒常存在而结束。这种空间化的内在逻辑方式,并非仅适用于《纪实与虚构》,它在实质上构成了王安忆小说创作的基本原则,"写长篇需要有一个井然有序的过程,这个过程必须依靠逻辑来推动",这种逻辑的有序,是中国人"以前不大有的",这种思维习惯的建立,需要"几代人来努力"[②]。这种逻辑方式,以及以纪实与虚构作为创造世界的方法在《长恨歌》中得到了延续。

其二,空间并非只是一种客观存在,空间化也并非只是一种抽象的逻辑思维方式。作为一种历史和社会文化的产物,它包含着意识和潜意识的文化内容。王安忆的小说,其叙事起讫与过程也往往以空间为标志与动力。《纪实与虚构》的叙事始于上海的区域划分。徐汇区是"同志"的聚居地,普通话是主流的日常语言;杨浦、普陀是城市边缘地带,以苏北话为主;而在"我"所居住的卢湾区,上海话不但是主流而且是正宗。"我"的身份是"同志"的孩子,是属于新上海的,可"我"却与"同志"十分隔膜,"同志"

---

① 王安忆:《纪实与虚构》,人民文学出版社2012年版,第460页。
② 陈思和、王安忆等:《当前文学创作中的"轻"与"重"——文学对话录》,《当代作家评论》1993年第5期。

并不能给予"我"归属感。又因为"我"是"同志"的孩子，所以与周边的上海空间及上海语言又是十分陌生的，在上海话的正宗面前，"我"感到自卑而孤独。"我"无法认同新上海中的"同志"身份，又无法在旧上海中获得小市民的身份许可，而这新旧上海之间的身份认同悬置正是小说在纵与横两个维度上展开叙事的起因与根源。具体地说，当上海以其"最高尚和最繁华的街道的面目"①征服"我"，使"我"陷入文化身份认同的危机后，"我"便尝试用纵与横的坐标来确立时间与空间的位置，确立自我在城市中的身份。一方面，"我"在横向的"人生关系"中，以种种人与人的关系试验来尝试与都市上海建立深刻的"人—城"关系；另一方面，"我"在纵向的"生命关系"中，企图以家族神话的溯源性建构，寻找与上海的内在关系。于是，小说在纵横铺展中推动并完成历史叙事。

空间不仅构成王安忆历史叙事的起点，也是其叙事的终点。《纪实与虚构》中，关于茹姓母系家族史的叙事起点是上海，终点也是上海。这个圆显示出王安忆家族神话的建构目的，企图以家族神话、血中沉疴来建立"我"和上海历史命运与灵魂上的深刻关系，并以此来缓解由空间的搁置与隔膜所造成的都市孤独。《长恨歌》开篇整整一章都是对弄堂这一本土色彩极强的独特空间的主观化叙事，主人公的人生即从此开始，王琦瑶的人生由弄堂到弄堂，这整个圆是王安忆追寻上海精神的探索过程。这过程表明，上海的精神底色与文化内芯，空间上的具象是弄堂，灵魂上的具象是王琦瑶。由上海到上海、由弄堂而弄堂的圆形空间叙事，总体上是以空间为节点来结构历史，从而突出了上海、弄堂的起点与终点意义。

在叙事的具体铺展和推进过程中，空间也是一种标识和界碑。《纪实与虚构》中的历史叙事是以空间的转换来推动并完成的。"虚构"部分对几经沉浮、波谲云诡的家族神话演绎，之所以能呈现出清晰的脉络，跟小说对空间节点的突出直接相关：上海—杭州—漠北—蒙古—绍兴—茹家

---

① 王安忆：《纪实与虚构》，人民文学出版社 2012 年版，第 2 页。

溇—杭州—上海。这样的家族神话以地点（空间）为线索，化历史为具象，构成一个完整的圆形家族叙事体式。《长恨歌》也是如此。王琦瑶的人生历史，同样借助于空间的变迁与位移得到了简笔勾勒：弄堂—爱丽丝公寓—邬桥—平安里。始于弄堂而讫于弄堂，王琦瑶同样走过了一个完整的圆。两部小说中共同的圆形空间叙事结构，凸显了王安忆探寻与建构过程的认真与艰难，这认真与艰难愈发凸显出作为叙事终点的上海、弄堂的"精髓"与"真理"意义，所谓"终点"也超越了叙事学层面，深入到更深的家族或个体生命的层面，并生发出浓厚的文化和哲理意味。而经过此番探寻与求索后所得出的上海（精神）更具有本土意义上的美学感染力与说服力。

需要特别指出的是，空间之于王安忆历史叙事的起点意义，不仅指文本表层叙事始于空间，更重要的是，上海空间及其空间中人与空间（人与上海）的关系探索成为深层的叙事动因与根源。空间不仅是上海的城市符号与精神气质的具象表征，它更成为王安忆上海书写的内在起因，因此其叙事中空间的"起点意义"同时也蕴含着突出的本土建构意图，这使得王安忆历史叙事本身即成为对"本土上海"的探寻与建构。而作为叙事终点（也是家族、个体生命终点）的上海是经过作家探寻与提纯后的本土上海，它不仅是叙事的最后落脚点，更是对起点上海"人—城"关系的回答与回应。

其次，在王安忆的历史叙事中，空间也是化无形历史为具象生活的叙事方式。以空间来串联与结构历史叙事，不但可以使无形的历史变得有迹可循、可触可摸，而且也可以淡化叙事的时间维度，让历史因为空间的变迁而得到详略合宜的处理，进而在生活化的日常空间中发散着诗意的光晕和探索人性、思考存在的哲理色彩。在《纪实与虚构》、《长恨歌》以及王安忆其他作品中，"上海"有着可触可摸、可知可感的存在质感，这种存在感首先是以富有地域特色与本土意味的上海空间景观来建构与呈现的。

《纪实与虚构》执着于"具体景观"的寻找与建构，越是抽象的虚构，便越是要以纪实性的书写为依托，"以实写虚"，虚以实出。"实"既指正史秘传、辞书字部、碑传诗草等史籍故纸，也指叙事者煞有介事地请教真名实姓的学者，"实"为"虚构"奠定史料和学理上的基础。在这有史有据的具体景观之上，作家在故纸典籍的字里行间进行天马行空式的想象与虚构、择取与筑建、改写与重塑。现实中具体的"人—人"（人—拟人化的物、人—自我）关系及其背后的"人—城"关系，被作家阐释和呈现为人之孤独性存在的现实证明。小说中，诸种关系的建立、崩塌、消解，构成了城市史、心灵史书写的基础，而时空的碎裂与分割，也是叙事者所深有体味的永恒孤独的具象表达。这种兼具科学、哲思的抽象性与生活的现实具体性的叙事方式，显然与"虚构"部分对"具体景观"的执拗铺衍相一致。《长恨歌》开篇对弄堂、流言、闺阁、鸽子、王琦瑶所作的描述，既具有细致入骨的写实性，也具有抒情性与哲理性杂糅的主观性色彩，其根本目的在于对上海的气质与芯子做一种具象化的呈现与建构。此一番精雕细琢、优雅琐屑的细描，皴出了上海的底子，奠定了整部小说的格调和精神底蕴。所谓"气质"或"芯子"是对一种本土化／地域化文化精神的寻绎与建构。街道、电车轨、老城隍庙、大世界、弄堂、闺阁、公寓不仅具有建筑与地域层面上的本土意义，更是上海城市个性的感性呈现，其中，弄堂显然是王安忆上海空间书写的精神内核。与此相关，王安忆的小说叙事语言也颇具本土的色泽与含蕴，其绵密、秾丽、细致、优雅，却又繁冗、矫情、琐碎、起腻，直接关联着对上海"气质"的营构，或者说，王安忆此种语言风格本身即是上海气质的形象表达，氤氲着"市民上海"、"日常上海"、"弄堂上海"的情调与趣味。在此，王安忆以平庸而繁琐的世俗日常空间为坚实的基座，建构起具有鲜明本土色调的"诗意上海"形象。

再次，空间更是王安忆上海叙事中个体历史与都市历史之间的关联方式。王琦瑶，一个深藏弄堂的小女人，本与历史无涉，如何能成为上海历史、上海精神的形象化表达？女性个体历史与上海都市历史之间的联系是如何成为可能的？也许，公共空间才是理解这些问题的潜在关键词。公共空间才是王琦瑶个体生命史与上海城市史之间的纽带。终其一生，王琦瑶无法脱离上海的公共空间而独存。她的成名是上海"集体"选择的结果，她也因此代表着这座城市的公众趣味。王琦瑶的成名自然离不开时尚杂志封面与照相馆橱窗，而它们不仅是一座城市的依附或装饰，也是城市的肌理；它们不仅具有诱惑性极强的物质感，也是对生活的等级和品位的展示、强化与诱导；它们是包裹着精致的商业秘密，也是一座城市精神内在性的外显。正是它们，为王琦瑶以"沪上淑媛"的身份进入都市的流通与运作提供了机遇与平台。王琦瑶真正成为王琦瑶，缘起于私密的闺阁空间被五方杂处、纵横沟通的公共空间的取代。爱丽丝公寓的王琦瑶，似乎进入了封闭的私人空间，但即便变身为女寓公，她仍以"三小姐"的名头通过弄堂流言而一直回旋、流通于上海的公共空间。邬桥的王琦瑶，则体现着乡村的上海都市想象。素居平安里的王琦瑶，作为旧上海繁华梦的怀旧对象而成为各种舞会与沙龙的焦点。八十年代，王琦瑶以四十年前的"上海小姐"身份，延续着也呼应着旧梦繁华。总之，私人空间中的王琦瑶就不是她自己，都市公共空间是王琦瑶之为王琦瑶的前提，是其命其运所系。公共空间，让王琦瑶兑现了自己的价值，获得了流动不止的生命。正是都市公共空间为王琦瑶成为她自己并进而为本土上海的精神具象提供了内在依据，而代表了民众意志与都市趣味的王琦瑶也成为本土上海的形象代言人。因此，在公共空间中塑造王琦瑶这一形象的过程，也是通过都市空间叙事来建构本土上海的过程。也因此王琦瑶并非传统意义上的典型人物，她是一个缺乏个性及深度的类型化存在。世易时移，一个看似偶然的八十年代人命事件（王琦瑶被杀），却体现着世纪末文化逻辑和时代风尚斗转星移的必然性。

二、本土化的都市民间

从叙事内容到叙事方式，从对城市历史、场景的勾画到对城市文化精神的发掘，王安忆历史叙事中所建构起的"空间上海"有着本土意义上的自足性。"上海"作为王安忆上海历史叙事的内容、城市符号和表达方式，意味着她可以以"上海身份"讲述"上海故事"，传达"上海经验"。因此，王安忆以空间为基础建构起的"本土上海"具有可触可摸的实在感与扎实切近的说服力，凭依着都市空间所呈现出的上海气质具有不可替代的本土个性。如此，拥有本土个性与自足性的上海，方可凭借其"本土性"来进入全球化而不被消泯，从而由本土上海想象进入全球上海想象，并同时具备本土性与世界性。

中国文化与文学中，本土意识的凸显与中国进入"现代"密切相关。在中国/西方、传统/现代、本土/异域、民间/正统等一系列的二元对举项中，"中国"、"传统"、"本土"、"民间"因素一直得到历史学、民俗学、文化学及文学等各领域的持续关注。从本土民间中发掘源远流长、绵延不绝的文化资源，是建立现代民族国家"想象共同体"的必然选择。因此，所谓民间意识的觉醒，往往就是现代性语境中本土意识萌发并建构自身的一种表现。换言之，本土可视为中国/民间呈现自我的一个意义符号。如同"传统"一样，"本土"也是一种现代的发明，它总是处于不断地阐释与建构之中，它所指称的中国经验也拒绝某种本质性的认定，并在各种话语的纠缠与博弈中，成为充满诸种矛盾和悖论的中国现代性话语的重要构成元素。从这个意义上讲，王安忆关于现当代上海历史的叙事也是一种独特的中国生存经验、生命体验和文化经验的传达。尤其是，身处九十年代以来的全球化背景之下，面对"好像三级跳那么过来的"[①]上海的城市历史，基于生长于斯而又与这座城市处于某种程度的隔膜、游离状态的心理事实，王安忆更需以本土意识的自觉，选择民间上海或者说市民上海来想象、建构本土上海，从中寻找、凝化并阐释当代语境中的上海民间精神，以此建立自己的情思脉络和立身根基。

王安忆上海历史叙事的本土性建构与其对本土思想、艺术资源的借鉴

---

① 王安忆：《寻找苏青》，《男人和女人，女人和城市》，云南人民出版社 2000 年版，第 113 页。

有直接关系。她上取《红楼梦》，下取张爱玲、苏青，借复杂的人事关系、各式衣着服饰、各样饮食烹饪书写世情，感慨世事。关于《红楼梦》，王安忆首先肯定的是它"有着极高的写实成就，在写实的层面上，它几乎使我们看不见作家的存在"①。接下来，她又特别强调了《红楼梦》的"创作者有着极深的涉世经验"，这使得小说"看起来是那么日常，甚至有些琐碎，可能会使有些读者感到不耐烦。那些起居的细节，小儿女的心思，伦常的礼数，客来客去。而在这些日常小事中，若仔细琢磨，会发现包含了很深的涉世经验，而涉世经验里包含的则是文化内容。我用两个字形容它，就是'世故'"②。无论是"严丝合缝、特别密实，针扎不入、水泼不进"③的写实风格，还是日常起居细描中包含的涉世经验、人情世故和文化内涵，王安忆之于《红楼梦》艺术经验的汲取，其用心清晰可见。至于张爱玲和苏青，则让王安忆获得了城市书写经验的直接启示。王安忆取张爱玲的"去掉了一切的浮文"，多写"饮食男女这两项"④，去张爱玲的封闭式家族叙事格局，以家族为壳，谋思个体、人性与历史之关系。张爱玲认为"凡人比英雄更能代表这时代的总量"⑤，在她的眼里，"好的作品，还是在于它是以人生的安稳做底子来描写人生的飞扬的。没有这底子，飞扬只能是浮沫，许多强有力的作品只予人以兴奋，不能予人以启示，就是失败在不知道把握这底子"⑥，王安忆亦有类似观点。张爱玲小说"不喜欢采取善与恶、灵与肉的斩钉截铁的冲突"那种古典的写法，所以"有时候主题欠分明"⑦，王安忆小说亦如此……对于苏青，王安忆则去其"'五四'式激情"、"不罗嗦"、"单刀直入"和"描人画物，生动活泼"，取其"以生计为重"、"识相与知趣"、"机

---

① 王安忆：《心灵世界——王安忆小说讲稿》，复旦大学出版社 1997 年版，第 264 页。
② 王安忆：《心灵世界——王安忆小说讲稿》，复旦大学出版社 1997 年版，第 265 页。
③ 王安忆：《心灵世界——王安忆小说讲稿》，复旦大学出版社 1997 年版，第 264—265 页。
④ 张爱玲：《烬余录》，《流言》，北京十月文艺出版社 2009 年版，第 58 页。
⑤ 张爱玲：《自己的文章》，北京十月文艺出版社 2009 年版，第 187 页。
⑥ 张爱玲：《自己的文章》，北京十月文艺出版社 2009 年版，第 185—186 页。
⑦ 张爱玲：《自己的文章》，北京十月文艺出版社 2009 年版，第 188 页。

敏和小心"① 等。

　　王安忆早期创作如"雯雯系列"即以城市为背景，及至《鸠雀一战》《流逝》《海上繁华梦》等在凸显城市生活内容与方式的同时，也开始偏离对城市进行政治经济学层面阐释和艺术呈现的小说传统，以"吃饭、穿衣、睡觉"（《流逝》中欧阳端丽的说法）为人生内容和目的的城市日常生活美学逐渐浮出水面。《海上繁华梦》进一步将这种新城市叙事美学推到前台。这既和王安忆在革命年代中与主流政治话语"在而不属于"的疏离有关，也是她对上海城市精神追根溯源的结果。在她看来，呈现在张爱玲小说前台的景致尽管写着"上海"两个字，"但她满足不了我们的上海心"，而"苏青是有一颗上海心的，这颗心是很经得起沉浮，很应付得来世事"。这颗"上海心"简言之就是"过日子"，"不是钻木取火的那种追根溯源的日子，而是文明进步以后的，科学之外，再加点人性的好日子"。这才是王安忆认同苏青的根本，在她看来，这才是"上海心"，即上海的底子、芯子。它具有不可轻视的力量，它以其切肤可感的具体在世性，抵抗着外部世界的风云变幻，并悄无声色然而有力地将后者的"抽象"转换并容纳入自己的"具体"之中："它却是生命力完全，有着股韧劲，宁死不屈。这不是培育英雄的生计，是培育芸芸众生的，是英雄矗立的那个底座。"城市里那些不载于史书的人事变故，在街谈巷议、流言蜚语中成了难解的传奇，可"上海的传奇均是这样的。传奇中的人度的也是平常日月，还须格外地将这日月夯得结实，才有心力体力演绎变故。别的地方的历史都是循序渐进的，上海城市的历史却好像三级跳那么过来的，所以必须牢牢地抓住做人的最实处，才不至于恍惚若梦"②。此处包含了王安忆的上海（城市）观，也包含了其历史观及边缘看史、民间读史的基本立场。

　　其次，在叙事价值选择上，王安忆上海历史叙事试图突破马克思主义

---

① 王安忆：《寻找苏青》，《男人和女人，女人和城市》，云南人民出版社 2000 年版，第 109—121 页。
② 王安忆：《寻找苏青》，《男人和女人，女人和城市》，云南人民出版社 2000 年版，第 111—113 页。

政治经济学与弗洛伊德精神分析学视野中的都市镜像，以结实的写实笔法建立起民间、市民、日常、世俗的上海形象，其中深隐着对启蒙主义、革命文化、进步主义、发展主义、历史目的论、理性等源自西方的现代性话语谱系的深思。

《纪实与虚构》利用两种对立文化 / 话语之间的张力展开叙事：新上海—"同志"—普通话—主流 / 旧上海—小市民—上海话—民间。从表面上来看，王安忆所选择的是说着普通话的有着"同志"身份的"我"作为叙事者，但是在这两种话语的对立中，可以发现，"同志"与普通话虽是新上海政治权力空间的占领者却并非真正的主人，真正有着主人自信的是小市民，是王琦瑶们。他们不仅是上海空间的主人，更是上海精神与上海历史的正宗传人。这种主流与民间的话语对立在《长恨歌》中得到了大幅度消减甚至消解，因为《长恨歌》的主人公是王琦瑶，王安忆的叙事立场选择已经确定为民间。《纪实与虚构》中"我"的自卑与孤独、隔膜与寂寞恰恰可以作为对照彰显着王琦瑶的优越性，因此王安忆《长恨歌》民间身份的选择是一种必然选择。

《纪实与虚构》和《长恨歌》借助从上海离去又归来的空间叙事模式反观上海，反观主流与民间对上海心理归属与心理认同的不同。《纪实与虚构》中"我"从上海离开，远赴安徽"上山下乡"，八年后又重归上海。"我"返沪时的心情与《本次列车终点》中的寂寞感、陌生感、距离感十分相似。城市的历史变迁加深了"我"与上海的格格不入，也加深了历史沉浮中的个体孤独。《长恨歌》中王琦瑶也在历史的大动荡中离开上海，在上海经历了翻天覆地的新旧更迭后，她从邬桥走出经苏州坐火车返沪。夜行车中，面对沧桑世事，"热泪盈眶"的王琦瑶深感，邬桥只是"外婆桥"，邬桥的她是外乡人，而上海才是故梦旧乡。在这里，王琦瑶个人的历史因为与上海的历史血脉相关，血中沉淀着被历史变迁所割裂不了的"连续性"，这是骨子里的认同与归属。同是返沪，《纪实与虚构》中的"我"却有着与王琦瑶截然不同的心境，前者"寻根"至"外婆桥"，却依然无法建立起自己的归属，离去又归来的反观更加深了"人—城"之间的距离感与陌生感。由此对照，更能看出王琦瑶的上海主人身份，而这恰恰反映出王安忆的都市民间立场。

再次，在叙事方式、风格与美学上，选择了建筑、饮食、服饰、伦理道德、礼仪风俗、举止言谈等尚未彻底消失的经验性物相与事相，作为呈现"中国经验"、讲述"中国故事"的物质性和非物质性的文化（文学）载体，凸显尚未被全球化浪潮吞没的本土地理学、伦理学、文化学景观。

王安忆的本土化民间历史叙事往往出之以"流言史"。在王安忆笔下，历史是一部"连野史都难称得上"的流言，她有意将这流言与"历史"并置，以日常的鸡零狗碎不知不觉间流淌成上海传奇。在《纪实与虚构》中，大炼钢铁、破四旧、"文化大革命"、上山下乡、"文革"结束等历史大事件，被王安忆以"儿童"以及儿童长大后的"女性"叙事视角来重新讲述，重大事件被解构、消泯、退却至远处，碎化成小儿女的琐细与平凡、苦闷与彷徨、孤独与忧伤。这种与宏大叙事相并置的日常历史，在《长恨歌》中成为更具典型意义的流言历史。《长恨歌》对每一个时间节点（如 1948 年、1957 年、1966 年、1985 年等）都细心挑选，每一个时间节点都是历史大事件的代名词。但在有意识地突出它们的同时，王安忆又告诉我们，在民间记忆中，这些时间节点不过仍旧是些细琐而平凡的吃与穿、日常与流言、风情与艳情。这就将时间从对大历史叙事的依附中剥离出来，还原为琐细与平常的民间传奇，而这民间传奇中的"波澜不惊"、"琐细平常"正是作为上海的"连续性"所彰显出的本土上海特质。

在王安忆的小说中，家族史叙事并不多（仅有《进江南记》《纪实与虚构》《伤心太平洋》等数篇），虽然小说中"家族"并不隔绝于历史之外，但作家并无意让"家族"成为"历史"的注脚，其家族小说更多地还是以家族为"壳"，梳理并构建人与历史、人与都市的根脉，进而勾连起个体文化心理身份的连续性、都市的连续性及都市与本土中国的连续性，以摆脱"文化无根焦虑"。

"流言"、"传奇"的写法，赋予这座素称西化、洋派的城市以肌肤可亲的本土神韵与本土气质；家族脉络的梳理，则赋予分裂、飘零的心理／文化碎片以连续性。王安忆在历史的时间维度中，借助空间建构起具有本土文化和审美意义的上海形象。

三、本土性建构与文化认同焦虑

在王安忆上海历史叙事中，空间化、民间化的叙事方式、叙事立场和美学风格皆以本土性建构为核心而确立。那么如何理解此三者与文化认同建构之关系？这是把握王安忆小说历史意识及其美学表征的关键。

要回答这个问题，需要我们重新梳理一下现代性话语情境中空间、本土与民间之间的关系。作为一种时间观，现代性是以线性历史决定论为内核的。因此，进入现代历史以来，历史时间维度得到了较为充分的探索，而现代性的空间维度则相应地被忽视了。从更深层看，中国文化与文学现代性的发生，首先起源于中国世界（全球）空间意识的发生。自晚清开始，世界各国"异域"空间成为中国文学叙事、抒情的背景，而中国文学也从传统的封闭空间中走出来，进入全球（世界）空间的循环之中。所以，全球（世界）空间意识的萌发，开启了中国文学的现代性想象，而中国文学也承担了借由文学想象性地建构全球（世界）空间的职责。中国现代民族国家危机意识则直接以中国的疆域、领土、地域等空间危机意识为核心。空间意识危机的抽象化表达便是现代性时间焦虑，用通俗的说法即"落后就要挨打"，由此造就了落后／先进、传统／现代、野蛮／文明、保守／改革、改良／革命等二元他向性现代认同。这一现代认同方式一直延续到二十世纪八十年代中期左右，"寻根文学"的出现将"民族"推至叙事前台，"国家"退居幕后。本土民族文化认同与作为中国现代文化母本的西方"普世"文化之间，开始建立起充满暧昧张力的结构性关系。本土文化既是中国作家摆脱西方文化桎梏的依据，又是中国作家进入国际文化流通市场的地方性标识和地域特产。"寻根文学"对民族传统的纵向溯源往往呈现为对民间化地域空间的展示与挖掘，其中隐含着一个现代性文化逻辑的转换——从近现代以来现代性文学叙事中空间的时间化转向时间的空间化。在小说叙事美学上的具体表现就是，时间淡化甚至隐身，空间突出；情节淡化，场景突出；叙事淡化，描写突出。

据之史实，无论殖民地上海、魔都上海，还是革命上海、社会主义上海，抑或市民上海、民间上海，显然无法代表上海及其历史的全部，甚至无法代表上海的主体。每一种名称背后都隐藏着一段不可或缺的上海历史，一层不容淡忘的上海身份。而上海的每一种身份背后都镌刻、凝结着某种独特的、无可取代的中国现代性记忆，荣耀的或屈辱的，繁华的或颓败的，飞扬的或安稳的，浮华的或扎实的，激情洋溢的或感伤低回的。上海城市文化精神似乎也在不断强调"革命""断裂"的现代性进程中无法积聚成型，而是呈现为不同质地、色泽的文化碎片的拼贴。同样的情况也存在于王安忆心理深处，上海市民、"外来户"、"知青"、"共和国之女"、"革命之子"、"女作家"、"中国作家"、"第三世界女性作家"等各种异质性身份集于一身，如何梳理并建构起自我的连续性和完整性，也是王安忆亟需解决的文化心理难题。在《长恨歌》之后，王安忆更多地将目光聚焦在上海这座城市，这也许是她走出文化心理困境的一种途径，即将个体历史与城市历史联系在一起，重构城市历史、文化上的连续性，在殖民上海（中国）、革命上海（中国）、后革命上海（中国）之间寻找一种一以贯之的恒定性，探察现代性急剧变革背后的心理潜意识结构，在各种话语的犬牙交错中建立起可以较有效地克服现代性心理焦虑和精神分裂、虚无的文化（心理）浮桥。

王安忆上海历史叙事与本土上海建构中，隐含着作家置身其中但又超出作家个体本身的无可回避的文化认同危机。不管是《纪实与虚构》还是《长恨歌》，王安忆的民间历史叙事中隐藏着挥之不去的"隐形文本"——主流话语与精英话语。王安忆小说中主流话语的存在主要来自其家庭出身和身世经历。作为"同志"的后代、"共和国的女儿"、"人民作家"，她在

"革命中国"/"社会主义中国"建立的象征性文化秩序中长大成人,"我恐怕就是共和国的产物,在个人历史里面,无论是迁徙的状态、受教育的状态、写作的状态,都和共和国的历史有关系","'共和国'气质在我这里是非常鲜明的,要不我是谁呢?"①相对于"前现代上海"、"殖民地上海","共和国上海"从根本上塑造了王安忆的文化心理认同,但显然也并未成为自我文化认同的核心。在王安忆看来,"农民革命还有点诗意",她"真的很期待别人写文化大革命"②,"革命确实是一个非常使人醉心的题材",但她接着说,"这也不是我的任务了,因为我不是这块料,我是不适合写革命的这种人"③。可以看出,在剥离了"革命"、"社会主义"等坚硬外壳之后,王安忆又在精神与文化维度上保留和重构了二者,并使之成为其历史叙事中不可或缺的文化与精神构成要素。与此同时,作为一位在八十年代启蒙主义文化氛围中开始写作并确立自己文坛地位的作家,王安忆始终在守护着"人性"、"文学"的价值高地,精心营造着"精神之塔"。此种启蒙话语、众生情怀在实质上成为了王安忆反思和重构主流话语的重要资源。颇有意味的是,主流话语与精英话语在寻求"精神超越性"这一点上达到了契合。出版于2007年的《启蒙时代》可谓体现此症候之作。

对于经历了思想启蒙时代的王安忆来说,充分(高度)历史化、政治化的历史叙事,缺乏个体意识和人性关怀;同时,按照启蒙精英思想书写的历史,也高高在上,缺乏一视同仁的悲悯与世俗性关怀。基于此,王安忆小说对经验性世俗生活的表现,就有着检验、审视主流话语与政治话语的双重意义,如张旭东指出的:"启蒙的理想性,本身要受到具体的历史条件的限制,也要受具体的日常生活世界的检验。那些大概念、大教条、自以

---

① 王安忆、张旭东:《理论与实践:文学如何呈现历史》,张新颖、金理编:《王安忆研究资料》,天津人民出版社2009年版,第341页。

② 王安忆、张旭东:《理论与实践:文学如何呈现历史》,张新颖、金理编:《王安忆研究资料》,天津人民出版社2009年版,第342页。

③ 王安忆、张新颖:《谈话录》,人民文学出版社2011年版,第163页。

为是的主人翁心态、特权心态，都要在实实在在的经验领域里……落到实处，否则的话就应该被修正、被超越。"① 几番思量之后，王安忆选择边缘看史、民间写史，不过，民间的现世性、世俗性又不能满足其"重建象牙塔"和重构乌托邦的超越性诉求。具体的表现便是，在作品中，一方面，她用极富生活质感的种种细节"堆砌"出叙事的"合理性"和"写实的结实性"；另一方面，却又警惕"和现实贴得太近，离不开了"。对上海市民，她也有类似看法，"一方面觉得他们不够崇高，不合乎我的理想，另一方面是我也蛮欣赏他们的性格，而且我也很欣赏他们的聪明"②。这是王安忆与常见的上海叙事中"日常生活美学"和"中产阶级趣味"的联系与区别。总体上看，不管是借助家族、流言叙事来解构宏大历史与主流话语，还是以大历史叙事为参照与并置进行本土化民间的建构，都可以看出作家在启蒙话语、革命话语与民间话语之间的摇摆与游移。如此徘徊、犹疑的结果便是，王安忆可以在诸种资源和立场"自由"选择，闪展腾挪之地更为开阔，但不可忽视的另一个问题是其上海历史叙事及其本土性建构，只能权且选择性地借用"他者"叙述，而在"借用"与"建构"的同时又进行着反思与解构。从根本上说，这是一种"根据文化来重新界定自己的认同"③ 的焦虑。

更进一步看，这种焦虑还关联着一个更根本也更坚硬的话题，即全球化时代，本土作家如何进行合理而有效的本土性书写。从《长恨歌》来看，小说在建构与模塑起上海精神的同时，也预言着上海精神的消解与流失。王琦瑶是旧时代的"遗物"，在薇薇的时代，她是个过时的老妇人。在新时代的上海，作为上海心声的有轨电车也消失了，一切都"走了样"，弄堂虽还是"沉得住气"的，可也经不起推敲，岁月的侵蚀，憔悴了弄堂的内

---

① 张旭东：《"启蒙"的精神现象学——谈谈〈启蒙时代〉里的虚无与实在》，张旭东等编：《对话启蒙时代》，三联书店 2008 年版，第 64 页。

② 王安忆、张新颖：《谈话录》，人民文学出版社 2011 年版，第 142—143 页。

③ [美] 塞缪尔·亨廷顿：《〈文明的冲突与世界秩序的重建〉中文版序言》，周琪、刘绯、张立平、王圆译，新华出版社 1998 年版，第 2 页。

心。1985 年的王琦瑶，在怀旧的精神症候里，似乎重新唤回了旧时代的光影，但老克腊式的怀旧，是一种不合时宜的精神症候，在新时代流行时尚的鄙俗中似乎固守了"一点精细"，但这怀旧之"怀"，更突出了怀旧之"旧"的已经失去以及逝去的久远，上海精神亦是如此。王琦瑶之死带有宿命式的悲剧意味，因为一个四十年代的西班牙雕花桃花心木盒以及内中四十年前的黄金，王琦瑶被四十年后的上海新人长脚扼死，影厂里横陈床上的死女人，成为王琦瑶最终的结局。王琦瑶之死，以无法言说的悲凉肃杀，在黑暗涌流的无名弄堂中为四十年苟延残喘的历史和苟且偷生的人生画上了休止符。这可视为王安忆《长恨歌》所建构的本土上海的宿命，仿佛一个寓言：置身无可回避的现代性情境，本土上海如何得以保全、得以存活？更进一步说，在一个全球化（世界）空间中，当信息、技术、商品、市场及其携带的文化，突破了历史上既有的民族、国家、地域与意识形态划定的疆域，密集地置入本土之后，弄堂、闺阁、旗袍、片场、爱丽丝公寓、时尚杂志封面女郎……能否摆脱作为"东方"历史奇景的符号性命运，能否突破"全球化"这一来自西方的叙事逻辑和语法编码？从《长恨歌》对王琦瑶晚年做派的叙述，从小说对她临死时"令人作呕得很"、"看上去真滑稽"形象的描述，作家对这些问题显然无法做出明确的、肯定性的回答。王安忆讲述了一场悲剧，笔调是感伤的，但带着些许反讽，态度是悲悯的，但也是暧昧的。

从这个意义上说，王安忆的本土上海建构所面临的困境，是一个后革命时代的有着复杂缠绕身份和驳杂思想资源的作家如何书写经历了前革命、革命、后革命各个时期的都市 / 中国的困境，也是一个身处全球化时代的"第三世界"中国作家如何突破"全球化"西方叙事语法规则，突破民族文化认同的本质主义陷阱所面临的难题。

第五节　"京味"与"津味"的历史小说：
以叶广芩与林希为例

历史发端于过去，指向未来，与文学互为观照、相互融通。中国历史以其厚重博大的底蕴，给予文学不断的滋养，历史小说在不同时期都占据重要地位。马克思主义认为，文学即人学，历史由人民创造，在探究"人的历史"与"历史的人"中，文学关注的不仅是历史本身，而是在历史语境下人的发展。当下历史题材文学中，历史从最初的被展示到被解构，再到重构，文学大胆质疑传统宏大历史叙事，将家族、个人推到了历史舞台中，以家族往事、个人传奇经历为书写对象，展现历史发展"必然"中的"偶然"，彰显个体生命在历史车轮下的体悟与呐喊。在继承传统历史性、共时性研究的同时，文学的空间性、地域性研究也日益受到关注。而这其中，"京味"与"津味"小说极具代表性。

一、京味与津味：文学地理学的空间审美

文学在其发生之初，就与历史相互缠绕。我国早在殷周时期就设史官，作为崇高的职业，史官以"不虚美，不隐恶"为己任。文学依附于史学发展，将真实性作为标准。史学在内容题材、写作技法，例如章回体的运用，以人物为线索书写，全知性视角等，都成为文学起初发展的滥觞。随着文体自觉意识的发展，文学以自身的虚构性与审美特质，决裂于史学而独立发展，但文学与史学始终有着千丝万缕的亲缘关联。客观来说，历史与文学都是对历史本体的虚拟，都具有"叙事"的文学性特征，因而历史与文学有着暧昧不清的缠绕关系，"史家之绝唱，无韵之离骚"的《史记》则深

刻体现了这一点。历史与文学相互渗透，王春云在其《小说历史意识研究》中认为，一方面历史囊括了人类生活的全部，文学无疑也是历史中的一部分；而另一方面，文学书写以人为中心的社会生活整体，历史理所当然的作为书写对象，融入文学中。① 童庆炳在分析法国历史学家布罗代尔的三种历史时间，即"地理时间"、"社会时间"、"个人时间"时，将其归纳为历史的三个层次：首先是地理环境的历史，它的形成与改变是极为缓慢的；其次是社会史，这是一种有关群体集团的历史，它包含着国家的形成、经济的发展、文明的兴衰等；再者是个人时间，指有事件发生的历史。这三者在文学书写中密不可分。② 但文学与历史毕竟分属不同的领域，又有其各自的特质。文学作为艺术的一种，以其丰富的想象力与审美性区别于历史。历史的真实是历史题材小说不可避免的问题，这种真实是文学意义上的真实，而区别于历史发生本身，对于情节、人物等，作者带有自我的思考和设置，符合人情人性即可。而历史讲求对现实真实的绝对忠诚，一种考古式的"复活"，《三国演义》与《三国志》的对比即凸显了这一点。其次是历史观，中国历史悠远，对帝王的功过是非、政治的风云变幻，作者应尊重文学生成的语境，重点落实在对人性的延展中，陶东风与童庆炳提出了"历史理性与人文关怀之间的张力"③ 的观点，主张在历史真实的基础上，重拾人文关怀。写作技法也是文学区别于史学的重要条件，文学书写有审美的向度，题材的选择、结构的建构、叙事手法、视角的转换等，都显示出不同于史学的文学性，史学注重真实的呈现，而不苛求技法。再者，文学审美向度还表现在时代精神的注入。历史题材的文学作品注入的是历史意识与时代精神，历史意识基于对历史的尊重，内化为一种史的精神贯穿文学作品，时代精神是指历史书写灌注了作者对当下的思考，以当下现实为参照，关

---

① 参见王春云：《小说历史意识研究》，中国社会科学出版社 2013 年版，第 15 页。

② 参见童庆炳：《〈历史题材文学系列研究〉总序》，北京师范大学出版社 2014 年版，第 25 页。

③ 童庆炳等：《人文关怀与历史理性的缺失——"新现实主义小说"再评价》，《文学评论》1998 年第 4 期。

怀历史，传达现代精神。史学与文学相互渗透，而又互为参照，历史题材
小说基于此而活跃在中国文学史的各个时期。

　　时间和空间是人类存在的重要形式，在研究领域却有所侧重。历来，
我们以时间的角度透析文学场域，以"史"的维度梳理文学发展，对文化、
文本做历时性、共时性研究，而对空间的关注往往过于褊狭，即将空间简
单理解为地理学概念。直至二十世纪中后期的文化转型中，以法国哲学家
亨利·列斐伏尔（Henri Lefebvre）出版的《空间的生产》、米歇尔·福柯
（Michel Foucault）的《不同空间的正文与上下文》，以及美国理论家詹姆
逊、凯尔纳（Douglas Kell）等观点为代表，掀起了由时间研究向空间研究
的转型思潮。空间研究突破了以时间为研究维度的思维定式，以全新的视
角审视文化文学表征，给思想界、批评界等都带来了极大的震动。在这种
范式的影响下，空间与文学、社会学、理论学、心理学等不同领域相互交叉，
延展了文学的空间性思考，使空间性研究与时间性研究双线并驰。随着中
国文学现代性发展的不断推进，文学表征与空间性理论的互动关系也日渐
丰富，以空间性维度审视中国问题的意识，越来越多地为大多研究者所关
注。我国有复杂的地理空间，不同的空间对民族、国家、种族、性格等形
成有重要影响，如何解读文学中的国家民族叙事、政治权利意识、道德价
值观念等，空间文学理论提供了重要的借鉴。全球化不断扩展，商业化、
资本化、城市化发展，文学中塑造的欲望都市、娱乐都市，以及被遗弃的
乡村等意象，都在空间学理论的观照下赋予了新的解读的可能。空间是"被
生产"的，是人本质力量对象化的产物，带有人类实践的烙印，文学空间
分析便于加深对人性的阐释，"文学空间不再仅仅具有单纯的物理空间场所
再现和心理空间意识的表现的功能，它成为抵达人性生存深度的空间"①。

　　在中国，这种空间研究转化为地域研究，包含地域整体的风土人情、

---

① 谢纳：《空间生产与文化表征——空间转向视阈中的文学研究》，中国人民大学出版社 2010 年版，
　第 29 页。

性格特征、文化心理、历史传承等。地域历史小说以现代性思维，观照中国传统文化，以"京味"、"津味"为代表的地域性历史小说具有典型性，这里"地域"不单纯指地理意义的划分，同时带有历史意义和空间意识，"他在表现每个时间段的文学时，都包容和涵盖着这一人文空间中更有历史性特征的文化积淀内容"①。地域文化是历史小说无尽的宝藏，历史的血脉铸就了地域人物性格，一定程度上又左右了历史的进程。地域性的历史小说展现了民族文化的多元性，丰富了文学版图。

二、历史兴衰的沧桑：叶广岑的京味小说

北京作为五朝古都，京味文化的形成已有三千多年的历史。作为北方重镇城市，北京在其发展演变过程中，汲取多民族文化传统，形成了独特的"京味文化"，这其中包含多种元素。宫廷文化是其重要部分，严格的帝都等级制度，奢华庄重的宫廷生活、礼节，贵族与庶民的对立关系等，形成了北京文化性格中高傲与自持的一面。其次，少数民族长期占领北京，少数民族文化与汉族文化在独立中融合，是北京特有的文化景观。明清时期的缙绅阶级，为京味文化增添了儒雅气质。辛亥革命后结束了中国几千年帝制，社会开始转型，西方列强入侵，封闭城门被迫开放，同时西方先进文明流入，渗透进古老北京传统血液，社会环境、等级制度、日常生活等发生翻天覆地的变化。晚清和民国时期，京味文化演变的动因来自两方面："一方面来自外界强力的破坏，使其部分优秀的内容遭到摧残或损伤；另一方面来自社会内因的推动，京味文化打破中世纪封闭状态，吸收西方的近代文明，是社会发展的必然。"②但在外界强力压迫下，京味文化依旧有其强大的生命力。京味文学据此兴起。

---

① 丁帆：《〈新时期地域文化小说丛书〉总序》，北京出版社1998年版，第1页。
② 李淑兰：《京味文化的形成与演变》，《首都师范大学学报》（社会科学版）2000年第1期。

　　所谓"京味文学"，是"能让人回瞥到故都北京城在现代衰颓时散溢出的流行的文学"①，"京味"之中的"味"不单单指城市的文化意味，更多指北京这座故都之城，在历经沧桑之后的感伤之味，使人忍不住回瞥。而京味文学的特质在于，它是"固定于故都北京、定时于它的现代衰颓时段、借助具体的北京人情风俗、通过回瞥方式去体验到的一种地缘文化景观"②。京味文学从老舍开创至今，经历了数十年的演变发展。王一川在其著作中，将京味文学分为三代：第一代以老舍为代表，出现在二十世纪二十至四十年代，主要人物是生活在底层的平民，在语言、审美风格等方面都呈现了现代京味文学的初创形态。第二代则以林斤澜、邓友梅、汪曾祺等为代表，出现在八十年代，着力表现处于现代性进程中的故都生活。第三代是出现在八十年代后期至九十年代，以王朔、刘恒、王小波等为代表的文学，书写政治夹缝中、社会转型中的北京大院文化景观。京味小说发展至今，经历了新媒体的洗礼，在创作中发生了转变，但"京味"精神始终传承。满族作家叶广芩的小说也以"京味"著称，特殊的贵族身份及家族经历，使她的小说别具一格，《采桑子》《状元媒》等小说接续了京味传统，复活了民间记忆，中篇小说《梦也何曾到谢桥》更是获得鲁迅文学奖。她的小说以家族叙事为切入点，以人性观照历史，加之独特的女性视角，使得小说不论在主题意蕴，抑或是艺术手法运用中，都散发着晚清的贵胄遗韵，在"京味小说"中独树一帜。

　　叶广芩写京味小说有得天独厚的优势，她流淌着满清贵族的血脉，传承着叶赫那拉氏家族的品行，不凡的家室与丰富的人生经历，使她以女性视角回溯家族兴衰，充溢遗韵之风。在她的笔下，多以家族人物为叙述线索，追寻儿时时光，体味人生百态。北京成为她行文的来源，随着岁月流逝，

---

① 王一川：《京味文学第三代：泛媒介场中的二十世纪九十年代北京文学》，北京大学出版社2006年版，第8页。

② 王一川：《京味文学第三代：泛媒介场中的二十世纪九十年代北京文学》，北京大学出版社2006年版，第8页。

对心灵故土、往昔时光的追溯，变得更恬静悠然。如同她自己所言："置身于都市的喧哗与躁动中，对京城往事更加怀念，那些个细节，那些个欢乐，那些个拾不起来的零碎，如同一瓶陈放多年的佳酿，夜静时慢慢品来悠远绵长，回味无穷。……借文字将老辈的信念传达给今人，大家从片段中追溯历史、品味人情、琢磨生活、感念今天。如能产生共鸣，那将使我欣慰。"①大家族中的亲友，是叶广芩"京味小说"中常表现的人物，这些人物如同从历史的剪影中浮现，有不同的悲情人生，却又有相同的末世哀婉之情。她的小说时间设定在民国初期，这是中国历史上一个特殊的时期，辛亥革命后，统治中国几千年的帝制被推翻，社会转型开始。作为末世贵族，原本高高在上的社会地位被打破，满洲八旗军队解散，贵族特权取消，田地被分发，长期衣食无忧的寄生生活，使这些身无长技的公子哥连生计都成为问题。在住区方面，内外城的界限被打破，旗人和庶民杂居，特殊的民族身份也使他们受到歧视。这种突变与落差，使旗人的思想带有一种感时伤怀、物是人非之感，对往昔生活的追忆，对新生活的不适应，都使他们在自持中又无奈妥协，形成了勤奋善良、但又自尊隐忍的性格。老舍是京味小说的开创者，在他的作品中，也多塑造旗人形象，旗人的无奈与辛酸，善良隐忍的性格被刻画的淋漓尽致，不论是《老张的哲学》中的赵四、《赵子曰》中的春二、《月牙儿》中的女主人公、《骆驼祥子》中的祥子，还是《四世同堂》中的祁瑞宣、《龙须沟》里的程疯子、《茶馆》中的常四爷，都展现了北京人特有的坚韧性格，以及生存困境，如同《茶馆》里松二爷所说："我想大哭一场！""谁愿意瞪着眼挨饿呢！可是，谁要咱们旗人呢！想起来呀，大清国不一定好啊，可是到了民国，我挨了饿！"②这样一个满清遗老，游手好闲，喝茶玩鸟，最终落得凄惨下场，这也由当时的社会环境造成。"北洋军阀混战时期，由农村流浪到北京城的人很多，拉洋车谋生只是其中

---

① 叶广芩：《〈状元媒〉后记》，北京十月文艺出版社 2012 年版，第 482 页。
② 胡絜青等：《老舍剧作全集》第二卷，中国戏剧出版社 1982 年版，第 545 页。

一部分，更多的则是沦为城市贫民，这里面清代的旧旗人占大多数。因为清代八旗子弟，既不能种田、经商，又不能随便离京四十里定居，只能做官、当兵。如果家境贫寒无官可做，无兵可当的，为了谋生便入了一个行业，就是当车把式赶轿车，这在清末的小说中都描写过。辛亥后，又没了钱粮，骡拉轿车也少了，这些人便只好去拉洋车。"①祥子的形象据此而出，老舍的"京味小说"塑造旗人的悲惨命运，反思北京人的性格特质，带有民族属性与爱国情怀，以旗人经历为基点，切入透析国家民族的发展。在人物塑造方面，多以小人物为主线，通过小人物，展现大情怀。不同于老舍，叶广芩小说的主人公多是上层贵族，镇国将军、阿哥格格、福晋太太，这些经历了社会变迁的末世贵族，更能体现变故中的心理落差。相比于老舍，叶广芩小说中的家国情怀淡薄，而更多地注入了个人怀旧的意味。一个家族的兴衰成为当时社会的剪影，家族中有走在时代前列的激进者，有保守传统的晚清遗老，也有在新旧观念中踟蹰的茫然者。在叙述中，作者追溯了自己家族、童年的经历，移情其中，传达感伤怀恋之情，消解了家国的宏大叙事，凸显人性，叶广芩在其长篇小说《采桑子》中展现得尤为典型。《采桑子》取题自纳兰性德的词《采桑子·谁翻乐府凄凉曲》，叶广芩别出心裁，将词的每一句化为题目，分述了家族中的几位亲人，同时，小说也契合了整首词哀怨凄婉的韵味。《谁翻乐府凄凉曲》中以戏为生的大姐金舜锦，整日活在戏曲之中，或许只有在戏曲中才能找寻昔日的自己，还有陪她吊嗓、替她操琴的董戈。《风也萧萧》中，老二、老三、老四同时爱上歌女黄四咪而结怨，后"文革"时期又因黄四咪是国民党特务而被调查，兄弟三人相互诬陷，老二终究抵挡不住而上吊自杀，老三老四愤然离家，互不往来。多年后因母亲的召唤而聚首，却得知黄四咪的特务身份是顺福为自保而编造的。真相大白，却已过半生，世事沧桑！《雨也潇潇》中二格格金舜锱为爱情私奔，与老三及整个家族决裂。晚年二格格顾念亲情，乞

---

① 邓云乡：《燕京乡土记》，上海文化出版社1985年版，第340页。

求三哥原谅，却被拒之门外。不被娘家人接受的女儿，一生如同飘摇的柳絮。哀莫大于心死，亲情的缺失成为她一生的伤痛。《瘦尽灯花又一宵》中失去儿子的可怜母亲，《不知何事萦怀抱》中挂念四格格的廖世基，一直生活在对往昔岁月的追忆中，不知事，不自知。《醒也无聊》中五哥的儿子金瑞，《醉也无聊》中的老姐夫完颜占泰，一个一生不羁，一个无为世外，却终究逃不过命运。《梦也何曾到谢桥》中父亲因六哥早殇而宠爱桥儿胡同的六儿，把他当自己的孩子。父亲死后多年，六儿给"我"做了一件水绿精致的绸缎旗袍，千金难买，那是善良的小妇人谢娘的好意，是六儿对父亲说不清的敬爱，更是一段尘封的旧时光。《曲罢一声长叹》老七一生儒雅，却因坚守家族名望而输给了金钱。曲罢人散，但旧家难舍，手足情深！叶广芩的小说在主题意蕴方面，正视家族命运的变迁，以人性关注历史，注入了现代意识。商业经济发展，人心浮动，回溯历史、家族史成为当下人回归传统，追寻心灵故土的途径，叶广芩的"京味"历史小说复活了历史记忆，契合了大众的怀旧心理。作者将当下自我放置于现代的、平民的位置，回瞥贵族的、荣耀的家族兴衰，充满感时伤事、世事沧桑之感，同时，满含着作者对人生无常的哲理性思考。

叶广芩笔下的"京味"传承还在于"京味"元素的展现，饮食、中药、古玩、建筑、京剧、服饰，这些极具老北京风情的元素才是"京味"中的"味"之所在，其背后饱含着中国传统文化的质素，以及老北京上层社会的风情图画。北海、石景山、老城墙、王府井、天桥、胡同、四合院、戏院、东来顺等，都是老北京典型的标志性建筑。空间理论而言，地理空间事物具有社会性、历史性和文化性。这些地理事物是经过人类实践的"人化自然"，具有社会意义与历史价值，人类在完成的同时注入了情感，赋予其文化意义，完成了主观与客观、社会与自然的结合，将地域的传统具象化展现。"从地理的角度研究文化，就是把文化的研究放在现实生活的具体场景之中，放在特定的空间场所之中，赋予文化以特定的空间形态，使文化从抽象的精神领域回落到现实世界。从文化的角度研究地理，就是探究文化如何赋予空间以意义，探究文化在形塑空间的过程中所具有的重要功能和决定性意义。"[1]例如北京的典型民居——四合院。家族观念是北京文化重要的组成，四合院的民居便印证了这一特点。"四合院是明清以来北京的标准民居，是'家'的载体。四合院民居的特点之一是内外有别。院落是自我封闭的，一般是单门独户。……家长住在正房（北房），子女住在东西两侧厢房，家的内部由家长审视一切、主宰一切。妇女则是被禁锢在内院，'大门不出，二门不迈'。"[2]居住即体现了家族中的等级及分工，这种家族观念也深深烙印在北京人心中。再比如北京的戏园子和胡同，都代表着北京特有的民间思想和文化。《状元媒》是叶广芩京韵小说的又一代表作，以京戏勾连起人生图景，人生如戏，戏如人生。《逍遥津》中的七舅爷与儿子钮青雨是典型的晚清遗少，在落魄的生存境遇下，依然穷讲究，保持着贵族的习性。七舅爷爱鸟，面对日本人的恐吓也无所畏惧，却因自己的鸟被打死郁郁寡欢，落寞死去。青雨爱戏，什么事都做不好，却始终对唱戏情有独钟，最终因戏与日本人同归于尽。爱鸟与爱戏在七舅爷和青雨看来，甚至比命还重要，这不仅是一种爱好，其背后代表着对往昔贵族生活、贵族历史的怀恋，是他们自我身份认定的标志，同时也是维系自我尊严最后的一根稻草，当时代变迁，这些传统被遗弃，而他们也如同这些风俗一样，走向历史的深处。《小放牛》中，张文顺与五姐年轻时一起唱《小放牛》，谁料命运无常，世事沧桑，各自经历了人生百味，张文顺入宫做了太监，经历了帝制变迁，而五姐也经历了由结婚到离婚、到再嫁的情感纷扰。如今年老，岁月不复，他们依然爱唱《小放牛》，这是生命的开始，唱的不再是戏曲，而是人生，是那些往昔年岁，这些记忆连同《小放牛》也成为张文顺与五姐一生的最爱。《豆汁记》中莫姜初到"我"家，母亲给她一碗豆汁，

---

[1] 谢纳：《空间生产与文化表征——空间转向视阈中的文学研究》，中国人民大学出版社 2010 年版，第 61 页。

[2] 李淑兰：《京味文化论》，首都师范大学出版社 2009 年版，第 184 页。

认可她进了家门。在艰苦的年月里，莫姜带给我们最大的味觉满足，生活刚要有起色，她却再一次回到抛弃她的男人身边。"文革"中，人性崩坏，莫姜的儿子来"我"家抄家，批斗年迈的父亲，被莫姜制止了，随后莫姜也离开了这个疯狂的世界。多年后，"我"走遍大江南北，却始终找不回记忆中豆汁的味道，也再没见过莫姜那样的女人。在叶广芩的小说中，"京味"元素还有很多，"我"的六哥缅怀老岁月的水绿绸缎旗袍（《梦也何曾到谢桥》），莫姜做的琳琅满目的满族小吃（《豆汁记》），大格格一生钟爱的京戏（《谁翻乐府凄凉曲》）等，托物言志是历史小说常用的手法，在"京味"小说中显得更具有典型性，在这些物的背后，展现的是"味"之所在。首先是怀乡之"味"。如今的北京已是国际化的大都市，老北京渐渐走向了历史，这些典型的京味事物、礼仪、手艺，都难以为继，当老北京不再是记忆中赖以生存的文化空间，怀旧与怀乡的情绪便融入了字里行间，这是对文化血脉的挽留，同时带有对传统文化遗失的焦虑。再者是人性之"味"。作者以现代人的眼光，书写老北京的人情人性，这些人物有着最淳朴的美德，他们重情重义、隐忍坚守，是老北京人性格的典范，也是医治现代人的一剂良药。

这种"京味"还表现在语言上，首先满族有不同于其他民族的称谓，如"满族人管祖母叫'太太'，管母亲叫'ne ne'，绝非如今电视里面'额娘、额娘'地从字面上的傻叫，让人听着别扭，只想咧嘴。'姨太太'非指小老婆的姨太太，是'姨祖母'的意思，女子叫得一点儿没错"（《大登殿》）。在严格的称谓背后是满族人对等级观念、老幼尊卑的恪守，这是满族人性格的一个组成。再者，北京的方言俚语在小说中也运用广泛，普通话以北京语音为标准音，因而北京人对语言有着独特的优越感，一口地道的"京片子"在"京味"小说中不可或缺。从老舍到邓友梅、林斤澜，再到王朔、王小波的作品，短句、儿化、反语、幽默、方言、俚语都为文章增色不少，在叶广芩的小说中也如此，例如"五哥您别自个儿作践自个儿""您怎么说这种败兴的话？""瞧瞧，您来送窝头，怎么扯起披麻戴孝来了？

明天下晚要是还有闲钱，我在东来顺请你那仨小子吃涮羊肉！"（《拾玉镯》）……这些语言与文化息息相关，代表一种土性的、地道的精神气质。叶广芩在叙事中，借鉴了历史传记的手法，以人物为线索呈现，并伴随着多条线索"和鸣"。叙事视角多采用儿童的全知视角，以儿童的眼光看待往昔岁月，更增添了家族的温馨。《醉也无聊》中的五姐夫不思进取，从"我"（家中的小格格）的角度来说，五姐夫则可亲可爱，"我"还偷偷与五姐夫一起饮酒后花园，天真、贪玩跃然纸上。《梦也何曾到谢桥》中，父亲与寡妇谢娘交往，为掩人耳目，每次都将"我"带在身边，"我"并没有出卖父亲，反倒兴致盎然地和父亲一起说谎欺骗母亲，并喜欢上了谢家的温馨环境。《瘦尽灯花又一宵》中，"我"年年被送到舅太太家过年，无奈屈从之后，在其家中，对舅太太谨守的礼仪规矩阴奉阳违，对离家出走的宝力格表示出好感和支持。儿童的视角，稚气的举动，为阴冷荒凉的家族添上了一笔暖色。叶广芩的"京味"从历史性和空间性的角度透视故都风土人情，复活了京味文学传统，塑造了鲜活的人物形象。她从家族切入，以人性观照历史，行文充满了文化寻根的情结，满含着对传统文化的追忆和认可。同时，作者"以古讽今"，反观当下社会，也流露出对正在消逝的京韵文化的哀悼。

三、市井的智慧与幽默：林希的津味小说

与北京不同，天津依水而生，被称为"退海之地"，是我国较早靠漕运崛起的通商口岸，自鸦片战争战败开埠通商以来，形成了九河下梢、八方汇杂的码头文化，孕育了独特的"津味"文明。与北京的传统保守、讲究等级严格的文化性格相比，津味文化有其多元且独特的风格。得天独厚的地理位置孕育了天津人独特的地域文化性格。首先，天津是一个平民城市，安于做平民，但天津人有生活的智慧，平凡中体味人生个中滋味。再者，天津人表达能力强，有言说冲动，曲艺艺术的传承，港口见多识广，

天津人妙语连珠，语言雅俗共赏。地域特征与人文情怀，为"津味"文学提供了丰富的资源，"津味"文学应运而生，不断发展。提到"津味"文学，则首推冯骥才，他的《神鞭》《三寸金莲》《阴阳八卦》等作品，将"津味"小说推到大众视野。林希则与冯骥才一起，并称为"津味"小说"双帜"，他的《天津闲人》《相士无非子》《蛐蛐四爷》等作品更是旨在重塑"津味"文学的美学特质。冯育楠的《津门大侠霍元甲》、肖克凡的《黑砂》、张仲的《皮夹克党人》等天津题材的作家作品，也都洋溢着浓郁的津沽风情。其中，林希对"津味"小说的重建与推广功不可没，他对天津文学的"味儿"有独到的见解，他认为文学与本土文化互为表征："自然，文学作品中的'味儿'，主要的还是指作品中的地域特色，而这个'味儿'，又主要指的是作品中所描绘的地方风习和地域生活气息，离开了地方物色，自然就谈不上什么'味儿'了。由此可见，这个'味儿'，从某种程度上说，可能就是乡土气息。"①他将叙述定格于天津特殊的历史时期，为市井小人物作画，涂抹出老天津的人情风貌、世间百态，也展示了天津人独特的生活智慧。

　　林希本名侯红鹅，1935年出身于中国买办之家。祖父南开大学毕业，在美孚洋行当职员，父亲在海关工作。林希自幼受到中西文化的混合式教育，传统且叛逆。十几岁开始享誉文坛，却在1955年受"胡风反革命集团"冤案株连，定为"胡风分子"，1957年又被错划为右派分子，直到1980年得以平反。这些苦难给予林希的，是自我确认了对文学的热爱，在平反后，他没有选择哀怨与落寞，而是大声歌唱，以更深刻的领悟透析人生。同时，家族文化对林希的创作也滋养颇多，他自己也曾反思过家族文化的烙印，他的挚友冯景元这样回忆，"他（林希）说：我们这个大家族有过创业的一代，有过守业的一代，也有过享乐的一代，更有过败家的一代，到了我这一代，那就是破落的一代了。创业的一代，不知文化，属于资本原始积累；守

---

① 林希：《"味儿"是一种现实》，《文学自由谈》1994年第4期。

业的一代，才知文化修正自己家族的形象；享乐的一代，把物质财富都败光了，只留下精神文化传后；到了破落的一代，他就想以仅存的精神文化，来反思这个大家族的历史了。"①这种影响首先体现在人物形象塑造。这种人物性格的养成，与空间地理位置的关系密不可分。天津有其独特的地理空间，孕育了独具特色的天津文化性格，展现在生活的方方面面中，继而影响了"津味文学"的书写。现在位于天津闹市区的三岔河口，在明清时期是大运河上的一个漕运枢纽和水旱码头，是天津城最早发祥的地方。运河文化、码头文化嵌入了天津人的血液中。天津文化兼容并包，吸纳了京都文化、齐鲁文化，融合了江浙文化，借鉴了闽粤文化，这都得益于天津独特的码头位置。码头文化决定了"津味"文化的多元性，各路商船在此流转，经济交流，文化也互通有无，因此天津文化海纳百川。码头文化还具有流动性、自由性的特点，地点的不固定，工作的不固定，使得"天津闲人"多，但闲人不闲，他们以各自的绝技生存，不乏奇人怪人、能工巧匠。同时，码头文化还具有竞争性，讨价还价，偷奸耍滑，奇思妙想，谋篇布局的谋士多，能掐会算的相士多。同时，天津较早接受西方先进文明，本土传统文化与西方文明在对立中融合，四合院、三道院、大杂院整齐布列，小洋楼、西餐厅、洋行洋货店对街而立，形成了奇特的文化景观。而天津卫最繁华热闹的时期当属晚清到民国之时，租界林立，商贾云集，三教九流汇聚，奇人巧匠无数，上流社会奢靡繁华，钩心斗角，市井街区卧虎藏龙，而又藏污纳垢。

林希小说将视野放置于民国时期，小说中的人物一种是上流社会中的遗少、大爷，"蛐蛐四爷"余之诚（《蛐蛐四爷》），"天津闲人"侯伯泰（《天津闲人》），不遛鸟专遛笼的侯九爷（《遛笼》），介乎于"阔少"和"狗少"之间的"小哥儿"侯宝成（《小哥儿》），还包括挤入上流社会却不被认可的小的儿（《"小的儿"》）、春红（《婢女春红》）。这些遗少们多以"闲"来

---

① 冯景元：《关于林希小说无可说的说》，《林希小说精选》，四川人民出版社 1999 年版，第 7 页。

标榜自己的身份，"闲"成为一种特质，同时也是生存技能。林希结合自身经历，以杂色闲人揭示老城人生，入木三分。《遛笼》是林希"府佑大街"纪事系列中的一篇，老九爷喜爱玩鸟儿，玩鸟笼，"九爷玩鸟儿，平平之辈；玩鸟笼，举世无双"。九爷的鸟笼是极品，选用上等细竹八十一根，还不能用刀子刮，而是自然生长，"八十一根细竹，同样的粗细，每一根细竹上都要在同一个地方长出一个节儿来，而且每一根细竹全都是长着四个节儿，找去吧，就怕找遍你全美国，也找不出来。而我们就找出来了，你不致敬行吗？"而这价值连城的鸟笼却终究没有等来金贵的鸟儿，九爷一生求鸟终不得，最终也因鸟笼惹祸，躲居乡下，精神恍惚，但九爷还是每天遛笼，等着世上配住这鸟笼的珍禽，可谓爱鸟如命。《蛐蛐四爷》也是林希极具代表性的作品，他塑造的蛐蛐四爷余之诚也是文学长廊中不可多得的经典形象。玩蛐蛐也被看作一种精神，"男子汉而玩蛐蛐，实在是绝对的圣贤；争强好胜之心，人皆有之，而身为一个堂堂七尺须眉，他居然把争强好胜之心交付在了蛐蛐身上，你想他心中除了忠孝廉耻仁义道德之外，还会再有什么？……只是华夏汉族的黄脸汉子玩蛐蛐，谁强谁弱，谁胜谁败，咱两人别交手，拉开场子捉两只虫儿来较量，我的虫儿胜了我便胜了，你的虫儿败了你便败了，而且不许耍赖，你瞅瞅，这是何等地道的儒雅襟怀！"①玩蛐蛐上升到如此高度，这便是天津遗少的气派！余四爷靠玩蛐蛐挣得万贯家财，赢得声名在外，玩蛐蛐就是他生命的一部分。《蛐蛐四爷》写余之诚一生爱蛐蛐："先是不听蛐蛐叫不吃奶，后来是不听蛐蛐叫不吃饭，再后来越演越烈，余之诚已是不听蛐蛐叫不读书，不听蛐蛐叫不起床，不听蛐蛐叫不入睡，不听蛐蛐叫不叫娘，不听蛐蛐叫不给老爹的遗像磕头，不听蛐蛐叫不相亲，直到洞房花烛，他还是不听蛐蛐叫不娶媳妇，不听蛐蛐叫不拜天地了。"②最终却也因蛐蛐落得一生凄惨，小小的蛐

---

① 林希：《相士无非子》，百花文艺出版社 2013 年版，第 180 页。
② 林希：《相士无非子》，百花文艺出版社 2013 年版，第 181 页。

蛐竟主宰了余四爷的一生境遇，这就是天津有钱人的公子哥儿。北京有八旗子弟，家道败落后依然玩鸟听戏，悠闲自在；天津则有公子哥儿，他们有钱有社会名望，斗蛐蛐玩鸟笼更是他们标榜自我身份的重要标志，这是一种地域文化气质的展现。

　　天津人的工作不固定，灵活多变，在饮食方面即体现了这种特征，天津的小吃大多方便快捷，被称为"天津三绝"的狗不理包子、十八街麻花、耳朵眼炸糕，其他的如天津大麻花、煎饼馃子、锅巴菜等，也都方便携带，带有运河文化特征。工作的灵活多变更多地还展现在下层市民身上："北京人住在城里，无论是吃俸禄，还是做生意，每天、每月，都有固定的收入；而天津人可能一月没有收入，也可能碰巧在大河里捞上一只金元宝来。天津人不本分，许多天津人天天盼着天上掉馅饼，就因为天津人总去河边的缘故。"[1]北京人传统保守，天津人则灵活多变，这"变"中则包含了生存智慧，这便是津门传奇的"津味"缘由。对于老天津奇人奇事的书写，冯骥才在其作品中早有展现：《三寸金莲》中专注于裹脚学问的香莲；《阴阳八卦》中通过寻找祖传金匣子，勾勒出市井传说、奇人怪事，其中掺杂着对中医、国画、算卦、宗教等中国传统文化的展示，描绘了一幅天津市井图；其短篇小说集《俗世奇人》更是将天津市井的草根能人描摹得惟妙惟肖，不论是刷子李、泥人张，还是绝盗、酒婆，抑或是青云楼主、好嘴杨巴，都是隐藏在天津市井的高人，这种草根文化来源于最底层的百姓，他们为生存而练就了带有特属这个地域的、最真实的面貌。冯骥才对天津奇人的书写，带有"猎奇"的文化探寻，同时也是作为天津人对天津文化的自我审视，文化反思。相比于冯骥才，林希笔下也有这样一类奇人形象，他们在鱼龙混杂的天津卫求生存，依靠自己的绝技，但始终徘徊在底层社会，在审视中，林希不自觉地赋予一种政客的家国情怀，以及人性的观照。为侯家拉车的善良的贾二（《车夫贾二》）、靠察言观色吃饭的相士无非子（《相

---

[1] 林希：《其实你不懂天津人》，天津人民出版社2007年版，第218页。

士无非子》)、凭借手快而与袁世凯斗法的陈三(《高买》)、一件大褂尝尽世间冷暖的朱七(《丑末寅初》)等即是此类人。他们生活在天津"三不管"的闹市区,尝尽人间冷暖,却苦于生计,不得不"出奇制胜",这其中也饱含着生存的心酸苦楚。林希在《相士无非子》中描写的南市区便诸如此类:"天津卫的人有了钱都要跑到南市来花,天津卫的人没有钱都要跑到南市来挣;天津卫的人不走运时都要来南市碰碰运气,天津卫的人交上好运都要来南市欺负人。南市是天津人坑人、人玩人、人吃人、人骗人、人'涮'人、人捧人、人骑人、人压人、人踩人、人'捏'人的地方。"① 如此,在这样"三不管"的地界求生存,便要练就绝技。因而有一类人以"奇"著称,靠"奇"生存。例如《高买》就极富"津味":"这'高买'二字简直就是中华古老文化的结晶,洋人无论如何也组合不出这个词来。……高买就是高买,既不是高兴地买,也不是高雅地买,是买东西不付钱,不掏钱。买东西不给钱,高不高?高!真是高,这就叫高买。"高买陈三一手绝技,在众人眼前偷东西,也如探囊取物。偷窃若单是为己,便也无可说,但当国宝绿天鸡壶被拍卖,陈三又将其偷回,使得国宝幸免于难,这与袁世凯窃国形成了对比,陈三功过是非,只待世人评说了,这才称奇人!《相士无非子》也诸如此类,相士原本是相面的师傅,靠嘴皮子混事由,但无非子不得了,他周旋于军阀各势力之间,甚至决定着国家的命途,四方消息,八面玲珑,机智灵活,运筹帷幄,无非子总能在命悬一线间又绝地反击,起死回生,这样的奇人值得我们立传著书,其中蕴含着无限的地域文化性格。林希专注于天津市井的刻画,藏污纳垢却又能人辈出,这才是极具"津味"的文化空间,充满活力与生命的真实,是暗藏在城市文明之下的真实的天津,是林希极力重塑与推崇的"津味"文化。

林希的语言有天津"卫嘴子"风格。天津被称为"北方曲艺之乡",出了不少曲艺名家,相声大师马三立、评书名家张诚润、京韵大鼓艺术家骆

---

① 林希:《相士无非子》,百花文艺出版社 2013 年版,第 35 页。

玉笙等，天津人对语言艺术的运用与传承为人称道。所谓"卫嘴子"指天津人能说会道，巧言能辩。这种善辩不同于"京味"小说中的"贫"，中国北方语言有"京油子、卫嘴子"一说，冯骥才在《神鞭》中这样说："'京油子'讲说，'卫嘴子'讲斗，斗嘴就是斗气。"因而"卫嘴子"风格是将天津人叙事的油滑、夸张糅合，以天津方言土语、语气姿态润色，加之说书的油腔而形成的津韵语言。地域方言是地域文化重要的组成部分，"是一种地域文化最外在的标记，同时又是这种文化最底层的蕴涵，它深刻地体现了一个地域群体成员体察世界、表达情绪感受以及群体间进行交流的方式，沉淀着这一群体的人文因素，也敏感地折射着群体成员现时的社会形态、文化观点和生活方式的变化"①。林希作品中"卫嘴子"的"津味"语言为其增色不少。天津人说话快且流畅，有一种说法，这得益于漕运遗风。货运船只擦肩而过，打招呼既得让人听得清楚明白，又不能磕磕绊绊、时间太长，久而久之便养成了一气呵成的说话习惯。这种酣畅淋漓的语言风格也体现在林希的行文中。如对天津市井环境的描写：

> 南市商业区的最大特点是货全。天上飞的，地上跑的，天南的，地北的，东洋的，西洋的，活的，死的，半死不活的，吃的穿的用的玩的，据专家调查，天津南市大街只有四种极有限的物件买不到：一是飞机大炮机关枪；二是棺材（有卖寿衣的）；三是亲爹亲娘（有卖儿卖女的）；第四种买不到的东西，你猜是嘛？这第四种买不到的东西是一种药品，绝对的祖传秘方——后悔药。反正这样讲吧，在南市大街上了当吃了亏倒了楣，还真找不着卖后悔药的地方。（《丑末寅初》）

还有介绍天津独有风俗人情的：

---

① 王玮烨：《冯骥才小说中"津味"风俗研究》，《北方文学》（下半月）2011年第8期。

　　哭丧，在天津卫算得上是一门艺术，哭丧的人既要有鼻涕有泪有真情实感，还要有泣有诉有清醒头脑有来龙去脉有故事情节；会哭的能一句连一句地哭上四个小时，即兴表演的哇哇两声也要使举座震惊；声调要抑扬顿挫，有板有眼，有腔有调有韵味，神态要有悲有痛有水袖身段，有捶胸顿足手拍地，到了关键处还要撞墙碰碑有招有势。哭丧，那是一宗学问。（**《天津闲人》**）

　　林希小说语言具有说书人的特质，这种叙述多寓教于乐，在幽默夸张中体味人生哲理。说书也是我国传统的技艺，鲁迅曾说诗歌起源于劳动和宗教，小说起源于休息。说书将讲故事放置于公共空间中，影响了小说的叙事结构、叙事语言等。林希小说具备说书体的特征，"诸位看官，听了""书归正传，列为看官请了——""您瞧瞧""不敢当，您哪"等诸如此类语言，趣味性、娱乐性强，同时极具"津味"特色，引人入胜。小说以传奇性的人物为叙事中心，线索草蛇灰线伏笔千里；《天津闲人》中，一具无名的尸体，将台前幕后的能人卷进其中，大显身手。《丑末寅初》中，一件大褂，将人情冷暖、世间百态刻画得入木三分。林希还擅于制造紧张的气氛、曲折的情节，避免了叙事的平庸化。林希小说语言极具魅力，雅俗结合，俗则夸张粗鄙、高声大气，雅则对仗工整、合辙押韵，在大俗大雅的语言中将人物性格、故事走向展现得淋漓尽致，同时也迎合天津卫民国时期鱼龙混杂的社会状态。林希小说在"杂"中求"变"，以民国世相反观当下人生，以苦涩探求生活真谛，在幽默风趣中揭露世态炎凉，这种幽默是历经苦难后的升华，是阅尽沧桑后的大智慧。他对家族叙事的展现，追怀逝去的传统伦理，对市井人物的构图，则是对老天津传奇、老津门旧事的雕刻，在文化趋同的当下，带有地域特色的人文风俗更应该得到保护。他体味下层社会的生存苦楚，给予人性观照，具有普适性情怀，并以此透析在历史岁月中，整个中华民族的生存现状，带有家国情怀。林希不仅展现"津味"文化中的风俗民情，拓展了地域小说书写范围，丰富了天津"卫嘴子"语言风格，同时传承了中国儒道文化的精髓。

地域历史小说于世俗中展现地区最具特色的文化底蕴，从历史和地理的不同纬度，延展了地域文化，丰富了中国当代文学的长廊，而有着古老文明传承的"京味"与"津味"文学功不可没。历史小说的发展，同时也是创作主体自我确认的过程，人在探求、超越、审视、反思后，具有对自我主体性价值的哲理性思考，从而更深刻地阐释人生的意义，获得完善自我、不断追求的勇气。克罗齐认为"一切历史都是当代史"，历史广阔无边，我们亦活在历史中，历史题材文学作品是我们解读历史的切入点，随着现代性的深入，戏说历史、解构历史兴起，但我们终究会回归历史，尊重历史，重建并传承历史给予我们的文学财富。

第六节　阎连科的河南奇书历史小说模式

在二十世纪九十年代以来的历史小说中，阎连科是一个独特的存在，他以极端化叙事的小说不断震撼文坛，不少批评家将他的创作称为"奇书"文本。[1] 他的小说语言绚丽奇诡，题材范围广，现实针对性强，不断为"中国故事"的宏大想象提供批判性文学参照。然而，阎连科的创作也存在诸多争议和问题。他的历史小说，存在着很明显的河南传统文化的影响，他善于将中原大地无法言传的历史苦难和悲痛，化为那些神鬼莫测的意象，从苦难出发思考历史，几乎成了阎连科"奇书化"的历史小说的关键点。二十世纪九十年代是他的这类具有地域特色的奇书化历史的形成期，代表作主要有长篇小说《日光流年》与《坚硬如水》，中篇小说《年月日》《耙

---

[1] 王蒙等：《一部世纪末的奇书力作：阎连科新著〈日光流年〉研讨会纪要》，《东方艺术》1999年第2期。

楼天歌》等。他的历史小说，主要针对的是新中国成立后河南农村的悲惨生存境地，并以此对特定的革命历史进行批判性反思。

一、"恶"的奇书：阎连科小说的逻辑发展

1979 年，阎连科发表处女作《天麻的故事》。此后十几年，他创作了瑶沟系列、和平军人系列、东京九流系列等小说，但影响有限。二十世纪九十年代"耙耧系列"小说后，阎连科才逐渐形成奇书特色小说模式，并确立了文坛地位。阎连科出身寒微，早年经历坎坷，《情感狱》是作家早年经历的某种自传，表现了当代城乡格局下农村青年惨烈的生存挣扎。这些"失败农村青年"的故事，已显现出阎连科的一些基本母题。而不论《瑶沟人的梦》《寻找土地》等瑶沟系列小说，还是《中士还乡》《和平雪》等军人系列小说，阎连科有别于一般乡土作家之处在于，他对"苦难屈辱"有异乎寻常的感受力。这又驱使他拒绝赋予乡土以和谐的审美趣味、崇高的理想道德，而是将真实的苦难弥散于人物、情节和语言之中。此时阎连科的小说就是路遥的乡土青年成长主题更惨烈真实的版本。阎连科曾坦言："少年时期形成的世界观会影响你的一生，除非你以后经历重大的、灾难性的变故。我曾经讲过，我少年时期有三个崇拜，即对城市的崇拜、对权力的崇拜、对生命的崇拜，这三个崇拜一直影响我的写作和我对世界的看法。"[①] 他的三个崇拜与他的经历有密切关系，既有激愤的反讽，也有生命的切肤体验，而对城乡对立的批判，对权力秩序的批判，连接着他对人类生存意志的充分张扬，隐藏着阎连科小说日后一以贯之的主题内涵。

然而，阎连科并没有沿着此路前行，而是走向了一条更具风格的"奇书之路"。他突破传统现实主义制约，以复杂奇诡的魔幻语言、令人惊悚胆寒的情节、眼花缭乱的结构创新，将"苦难"提纯到本质论高度，以此形

---

① 阎连科、梁鸿：《巫婆的红筷子》，春风文艺出版社 2002 年版，第 14 页。

成了鲜明生动，又充满生存哲学意味的人物形象谱系，如《年月日》的先爷、《耙耧天歌》的尤四婆、《日光流年》的司马蓝，并使苦难牺牲的底层人物和故事拥有了现代意义："我更关注底层生活的底层人，我希望我的创作能充满一种疼痛的感觉。我非常崇尚，甚至崇拜穷苦人这三个字，这三个字越来越清晰地构成了我的写作核心，甚至可能构成我今后写作的全部内核。"①阎连科暴露血淋淋的肉身屈辱和灵魂惨痛，揭示乡土中国现代转型的底层际遇，而他诡谲绚丽的想象，又赋予了"天地不仁"的沉郁慷慨以光彩夺目的"奇书"式修辞力量。

　　但同时，另一种"奇书"倾向也在不断滋长，那就是对现实的抽象与寓言化，及由此形成的对"恶"的绝对化倾向。"恶"成为极端贫困环境的象征，被解释为苦难的根源，被强化为生存意志，被归结于历史发展动因，也被认定是革命时代与市场经济时代的联系性因素，而苦难主题的乡土伦理则被逐步消解，或成为"恶"的祭品。城市、权力、生命，这些曾深深影响阎连科的东西，似乎都找到了历史本质抽象的寄托。其实，这种对恶的敏感在他的小说中始终存在，《两程故里》中天青和天民围绕村长竞选展开的残酷斗争，形成了对大儒故乡的讽刺。《最后一个女知青》《情感狱》《潘金莲逃离西门镇》等小说，则充满了恶与善的激烈搏战。女知青娅梅与农村青年张天元的无望爱情，乡土少年连科绝望的成长之路，西门镇武老二对金莲的欺骗，都还有传统现实主义的影子，但《黄金洞》《耙耧山脉》等小说，阎连科对恶的关注则超出这个范畴，"恶"逐渐成为本源力量。《黄金洞》中二憨和老大、父亲，为金砂洞和女人桃，成了你死我活的仇敌；《耙耧山脉》村长意外死亡后，李贵借守灵在其尸体头上撒尿。最能表现"世界唯恶"极端概念的，则是二十一世纪以来阎连科的《为人民服务》《风雅颂》《丁庄梦》《受活》《四书》《炸裂志》等一系列长篇小说。很多学者对阎连科的极端化叙事提出质疑，如姚晓雷对其理性精神

---

① 杨鸥、阎连科：《"劳苦人"是我写作的核心》，《人民日报》（海外版）2005 年 2 月 23 日。

匮乏的分析[①]，邵燕君对叙事不真实问题的反思[②]。而此时的阎连科，将把耙耧山的苦难故事扩展到了他对中国现实和历史的描述，创造了一部部令人惊悚的"奇书"，也由此出现了诸多困境与误区。

二、纯文学化的奇书形式

奇书模式是中国古代小说巅峰期的代表形态，沈德符的《万历野获编》认为，"奇书"有"奇快"、"骇怪"、"惊喜"之感；张竹坡称《金瓶梅》为"第一奇书"；李渔将《三国》《水浒》《西游》《金瓶梅》称为四大奇书。也有学者认为，二十世纪九十年代中国长篇小说存在奇书化叙事模式[③]，贾平凹的《废都》、王安忆的《长恨歌》、陈忠实的《白鹿原》都能看到奇书模式的影响。奇书模式是中国小说在民族性和本土化上实现主体建构的积极尝试。奇书模式包含独特的小说结构、叙事方式、审美倾向与价值判断。审美倾向偏向于"做奇"，即通过奇特的人物、故事，形成独特的审美风范，修辞与叙事策略形成反讽寓言化准则。价值判断则呈现为"天人合一"的感应说与宿命虚无感。而结构上奇书模式注重奇特的结构方式，如浦安迪（Andrew H. Plaks）发现四大奇书有别于西方因果关系的，章回体特色的"十进位的百回结构"[④]。

由此出发，我们考察阎连科的奇书化小说，从结构而言，《受活》的"奇"在于，阎连科以"毛须、根、干、枝、叶、花儿、果实、种子"为纲，以"奇数"的章节为目，在每个章节中，除正文外，又夹杂絮言附录，类

---

① 参见姚晓雷：《阎连科论》，阎连科：《天宫图》，江苏文艺出版社 2005 年版，第 314 页。

② 参见邵燕君：《荒诞还是荒唐？渎圣还是亵渎？——由阎连科〈风雅颂〉批评某种不良的写作倾向》，《文艺争鸣》2008 年第 10 期。

③ 参见安静：《宿命与寓言——奇书理念在九十年代长篇小说叙事中的复活》，《红河学院学报》2007 年第 3 期。

④ ［美］浦安迪：《明清小说四大奇书》，沈亨寿译，三联书店 2006 年版，第 393 页。

似词典学和注释，对方言土语和历史沿革、掌故传说加以阐释。又如《日光流年》的结构表现出"倒卷帘"的倒叙方式，又出现了批评家命名为"索源体"①的写作方式。又如《风雅颂》以风、雅、颂命名不同卷数，而具体章节则以"关雎"、"蒹葭"、"汉广"等篇目形成对《诗经》的呼应。而《炸裂志》模仿新中国成立后的地方志，虚构了炸裂村形成现代都市的过程。就人物和故事而言，《受活》的"绝术团"和政治狂人柳鹰雀，《日光流年》中引水抗疾的司马蓝和"肉王"蓝四十，《坚硬如水》中的性爱狂人高爱军，《炸裂志》中的军事狂人孔明耀和政治狂人孔明亮，《风雅颂》中懦弱虚伪、又自大狭隘的知识狂人杨科，这些"奇人奇事"都构成了"做奇"的风格。而价值判断上，阎连科小说的宿命色彩也非常浓厚，如《日光流年》第一章就命名为"天意"，几代村人都无法抵抗"活不过四十"的诅咒，充满了宿命的悲壮感。《风雅颂》结尾，杨科副教授在风雪中消失在寻找诗经古城的路上，颇有《红楼梦》"大地白茫茫一片真干净"的苍茫感。《炸裂志》孔家兄弟四人"摸物应命数"，孔明耀带领百姓消失在去美国的路上，哭坟时路边开满了鲜花和树木。小说结尾，一场百年不遇的大雨，也弥漫着命定的虚无感。

　　然而，阎连科的小说又不是传统意义的奇书，而是经由纯文学话语机制"改造"过的奇书。它的寓言特色明显有现代主义痕迹，比如，《坚硬如水》与《为人民服务》中性爱与革命话语的颠覆关系，《风雅颂》中的现代知识分子使命问题，《四书》"育新区"的反乌托邦政治虚构，《炸裂志》的后革命乡土中国现代转型问题，《受活》则在方言土语、村落自足的乡土传统背后，闪现着本土与外来、传统与现代等一系列现代文学命题。同时，纯文学话语对阎连科式的奇书模式的改造，还表现在阎连科对"奇"的理解和发挥上。阎连科转型后的作品，没有将地域文化传奇改造为反抗现代性的标志，也没有沉溺于民族种性的野性精神与西方想象的契合，更没有

---

① 王一川：《生死游戏仪式的复原——〈日光流年〉的索源体特征》，《当代作家评论》2001 年第 6 期。

以日常生活传奇对抗所谓"大历史"的侵蚀。在他的文学疆土中，以"苦难"为出发点，以"生存意志"为现代自我形象主体，却逐步剥离了传统现实主义的人道主义和写实主义框架，在"世界唯恶"的本质论上构建了他穷山恶水的文学风景与残酷凛冽的寓言世界。而对"恶"的迷恋，对"颠覆性"的沉溺，对"内在主观真实"和"形式创新"的偏执，无不闪烁着二十一世纪"纯文学话语机制"的内在困境。要理解阎连科的奇书模式，就要从阎连科与现实主义的纠葛，以及纯文学话语机制的叙事改造策略这"一内一外"两个方面来阐释。

三、神实主义的误区

"现实主义"是理解阎连科奇书世界的关键词之一，因为"奇"就是针对传统写实而言的逆向技法和思维方式。阎连科说："现实主义是谋杀文学最大的罪魁祸首，也许，现实主义是文学真正的墓地"[1]，"现实主义，与社会无关，与生活无关，与它的灵魂——真实，也无多大关系，它只与作家的内心和灵魂有关"[2]。"主观真实论"在文艺理论史上并不新鲜，但阎连科这位以现实主义风格著称的作家，为何有如此强的反现实主义情绪？

阎连科小说的根本品质在于现实主义，现实主义让他触及了很多人不敢触碰的底层苦难和"题材禁区"。然而，阎连科又对传统现实主义有很多不满：一是传统现实主义无法表现主观真实；二是传统现实主义的意识形态背景让他无法认同；三是现实本身已变得肮脏混乱："面对现实，我是多么想在现实面前吐上一口恶痰，在现实的胸口上踹上几脚。可是现在，现实更为肮脏和混乱，哪怕现实把它的裤裆裸在广众面前，自己却也似乎懒得去多看一眼，多说上一句了。"[3]

---

① 阎连科：《寻求超越主义的现实》，《〈受活〉后记》，春风文艺出版社 2005 年版，第 207—208 页。

② 阎连科：《寻求超越主义的现实》，《〈受活〉后记》，春风文艺出版社 2005 年版，第 207—208 页。

③ 阎连科：《〈阎连科作品集〉总序》，《当代作家评论》2008 年第 1 期。

阎连科还创造了"神实主义"概念:"它不在乎情节、逻辑,它只在乎是不是达到了那种真实层面。它与现实的联系不是生活的直接因果,而更多仰仗于灵神、精神和创作者在现实基础上的思考。在现实土壤上的想象、寓言、神话、传说、梦境、幻想、魔变、移植等等,都是神实主义通向真实的渠道。神实主义决不排斥现实主义,但它努力创造现实和超越现实主义。'神'的桥梁,'实'的彼岸。"[①]

该概念重心在"神",即一系列非理性的艺术思维与手法,对现实形成反省和想象超越。阎连科又将现实主义分类:"社会控构真实——控构现实主义;世相经验真实——世相现实主义;生命经验真实——生命现实主义;灵魂深度真实——灵魂现实主义。"他将因果关系分为零因果、半因果和全因果,最后引入"内因果"概念。他的小说理论体系,"内因果—灵魂深度真实—灵魂现实主义"显然处于文学最高等级的创作形态。如果说,他对零因果、半因果等问题的分析有独特创见,那他对精神、灵魂、内在性等概念的痴迷,则显现了阎连科小说的本质论倾向。而对内在性的强调,其实也是"向内转"纯文学话语思维惯性的结果。他相信内在胜过外在,却忽略内因果和灵魂真实都是社会环境和作家个性相互作用的产物。

然而,阎连科的创作实践却与他的"神实主义"有不小差异。阎连科笔下,内在化的主观认知,是没有限度和敬畏的。"神和实"的关系其实是"仇恨"关系。阎连科对现实的仇恨,对权力秩序的痛恨,最终走向了极端化奇书叙事。人性的恶性竞争和倾轧,对权力的崇拜,让阎连科在拒绝虚假现实主义的同时,走入了另一个"奇书的误区"。宿命的神秘与悲观,对寓言模式的过度渲染,进而变成了对整个中国现代化进程的否定。阎连科的深刻之处在于,他执着地看到了中国近现代史的某种"潜在联系性",并用一种悲观的眼光,将这种联系性的破坏力以偏执的语言予以提醒与表达。无论革命时代还是市场经济时代,阎连科总能在不同语境中找到"恶"的

---

① 阎连科:《发现小说》,南开大学出版社 2011 年版,第 88 页。

影子，揭示出权力、金钱、欲望是如何冷漠与无情，又是如何对生命个体进行摧残的。阎连科又将对现实满腔的仇恨，化作了一些恶魔性（陈思和语）的意象和情节、人物，如小说《天宫图》，村民路六命被罚款，妻子小竹以陪村长睡觉为代价，六命才被保释出来。小说渲染了人性在权力面前极度的卑微和羞耻感的沦丧。当村长奸淫小竹，路六命诚惶诚恐地为村长守夜，甚至在村长来之前，给妻子洗净身体。又如《四书》以血养田，《耙耧天歌》的尤四婆杀身救子，《年月日》的先爷以肉身饲养蜀黎，《日光流年》中卖腿皮和卖淫抗衡疾病，《受活》的残疾人"绝术团"……阎连科给我们展示了一系列"否定肉身"式的仇恨书写，不仅是个人的伦理道德和尊严，且是更直接的肉、皮、骨、血、脑、生殖器，甚至是自身的残缺。这些所谓的"实"，都是"神"的思维下所创造的"现实"，并成为阎连科早年创伤心理的幻觉代偿。《受活》之后，"神"与"实"的对立，更凸显到了几乎崩裂的地步。对"穷苦人的崇拜"没有造成阎连科小说的民间伦理回归，或现代理性反思，反而出现了对穷苦和疾病的审美化。

与乡土苦难相对，都市、革命、知识、性爱、历史等概念也都被阎连科赋予了"恶望"的符号意义。他的早期作品如《寻找土地》中瑶沟与刘街的对立已出现农村和商业社会对立的雏形。佚祥与秀子冥婚的盛大场景，是对道德沦丧的刘街人的悲壮示威。然而，阎连科并不是乡土乌托邦诗人，他对乡土权力秩序的愤怒，一直潜藏着他对"恶"的体认。《受活》中，他用"黑灾"、"白灾"、"铁灾"等一系列民间话语，消解革命史对农民生活造成的原罪；《丁庄梦》的"热病"成为对"一切唯经济利益"的现代发展模式的反思；《为人民服务》《坚硬如水》以性欲消解革命崇高感，却导致性爱和革命都成了"恶"的本源；《风雅颂》则消解了知识者的光环，将研究诗经的杨科副教授，变成了一个为逃避妻子与副校长偷情而在天堂街和妓女中纵情声色的可怜虫。

与"世界唯恶"的理念相对，则是一系列极限化写作实践。世界被简化为政治、性与金钱绝对控制的领地。阎连科的小说存在超越具体情境的

"恶人"（狂人）形象，他（她）不受道德与情感制约，只受政治、金钱和性欲支配，冷酷无情或欲火焚身，雄心勃勃或利益熏心，如《受活》的柳鹰雀，《丁庄梦》的丁辉，《为人民服务》的吴大旺，《坚硬如水》的高爱军，《炸裂志》的孔明亮等。马尔库塞（Herbert Marcuse）指出："只有当形象活生生地驳斥既定秩序时，艺术才能说出自己的语言。"① 而阎连科的"单向度虚构"，破坏了人物形象复杂性，导致人与世界的关系被简化为主观概念，也导致了历史情境为个人存在提供的"复杂可能"难以进入作家视野。如果说，悲剧"将有价值的东西撕裂给人看"，喜剧"将貌似有价值的东西撕裂给人看"，而阎连科将有价值和无价值的东西，都"炸裂"开来，无价值的东西遭到嘲讽，有价值的东西亦遭到无情冷遇，从而在修辞上达到强烈的美学效果，牺牲的却是文字细部的审美功能及小说整体的思想深度。如《坚硬如水》，高爱军与夏红梅的情欲和政治话语纠缠结合，这是一种"虐恋"心理机制，即政治压抑人性，却反而为人性原欲提供不自觉的反抗理由。但阎连科却一方面将"虐恋"变成"奇观"，缺乏朴实可信、又直截了当的诚实态度；另一方面又将"政治虐恋"变成对意识形态"再认同"的仪式。阎连科反对意识形态的叙事方式，恰是意识形态化的。或者说，阎连科对意识形态缺乏深度反思。高爱军和夏红梅被权力玩弄、诱惑和毁灭，然而，小说自始至终没出现任何人性希望。在关书记以革命的名义，把无意窥破隐秘的高和夏推上刑场，作者依然让他们在刑场上展开情欲表演，高爱军鬼魂的视角依然缺乏自我反省，操持一套"文革"式话语。正如某位论者所批评的："这种人为制造人道主义与革命叙事不可通约的结果，不但无法找到除了革命外还有什么更加稳妥地改善社会黑暗和人性凶残的办法，而且，既然他们承认人性是如此不可救药，那么，告别革命认同现存秩序，就成了人们唯一的归宿？"②

---

① ［美］马尔库塞：《单向度的人》，刘继译，上海译文出版社1989年版，第57页。
② 赵牧：《后革命：作为一种类型叙事》，上海大学出版社2012年版，第133页。

　　这种极限化叙事实践，还存在模式化的"叙事反转"，即任何救赎与希望都会在悲壮的顶点戛然而止，并在瞬间跌落低谷，变成惨烈的失败或无聊的悲哀。例如，《丁庄梦》结尾，丁辉被父亲丁水阳杀死，而丁辉之死，并没有改变丁庄的任何现实；《黑猪毛、白猪毛》的根宝费尽心机得到替镇长的儿子顶罪的机会，却发觉镇长儿子根本用不上顶罪；《情感狱》中的连科，则多次被上学、当秘书、参军、招工、给村长当女婿等机会所戏弄；《风雅颂》的杨科回到学校，却被再次送往精神病院。阎连科将无边的黑暗绽放于狂想的文字泥沼，没有任何叙事距离，也没有强大的心灵支撑，在不断地情节刺激、人物刺激和狂想景观之下，叙事变成了"描写挟持叙事"的疯狂模式，以极长篇幅描写并放大"极小"的狂想事件，以极快节奏再将这些令人眼花缭乱的事件加以压缩和密集排列，造成极大的叙事压迫感，从而带来一系列阅读生理反应，如紧张、刺激、混乱、狂暴、眩晕，而这些文字会使读者放弃思考，或者说缺乏思考必要的延宕和空白，从而在黑暗的展示中丧失抵抗勇气，滋生对现实的恐惧。

　　通过以上分析，"世界唯恶"的理念，极端化的修辞，都使得"内真实"被阎连科放大到了忽视客观存在的地位，进而形成过于主观，却又是本质化的思维方式。阎连科不仅放大了奇书的"奇"，呈现出结构之奇、人物之奇、情节之奇，且以性描写与政治话语结合，满足了奇书对现实和历史反讽的需要。如果说，阎连科的早期小说，乡土伦理还是其道德合法性的来源，那么，转型之后生存意志则被极端化为决定性，甚至唯一的力量。他的作品，如果失去极端化生存环境和政治高压，就没了基本叙事压力，变成无限放大的"恶望"——权力、金钱和性欲①。这种单向度判断，除纯文学化的叙事策略之外，更淤积着阎连科对现实的失望、无奈和浓浓的虚无。

---

① 阎连科谈到《炸裂志》时认为："当代社会，人心被掏空的过程是分三步走的，从美望到欲望，欲望如今又走到'恶望'。"见搜狐读书访谈：《阎连科：炸裂的城，炸裂的村，炸裂的人儿,欲断魂》。

于是，"内真实"变成了对现实简单的主观夸张与变形。阎连科说："内真实和内因果是依据不在现实生活中必然发生或可能的发生，但却在精神与灵魂上必然存在的内真实——心灵中的精神、灵魂上的百分百地存在——来发生、推动、延展故事与人物的变化和完成。"[①]一部优秀作品，它所召唤的读者体验，和他所表达的作者体验都十分复杂，有个人性的，也有集体性的，但绝不可能是纯粹个体化的"内真实"。这是"个人主义"的神话，也是被"建构"出来的神话。阎连科拒绝集体经验介入，但在"个人内在真实"推导下，我们却得出了逻辑混乱、破坏审美感的"宏大的虚假"。奇书式写作，也让他将世界简化为一系列"做奇"的反讽式隐喻意象，如《四书》的育新区、《受活》的受活村、《丁庄梦》的丁庄、《炸裂志》的炸裂村、《风雅颂》的天堂街与诗经古城等，而推动这些隐喻性虚构时空的叙事机制，则被简化为政治、金钱和性欲。这种"恶的抽象"表面是历史化的、否定性的，实际却缺乏历史叙事更深层的理性反思。否定的激情走向激情的否定，恶的批判也会走向"单向度"的恶的肯定。

四、奇书思维的文学史根源

是什么样的文学史逻辑促使阎连科走向了孤绝叛逆的"神实之路"？首先，阎连科看到了自新时期发轫，经由二十世纪九十年代和二十一世纪发展成熟的"纯文学写作"的弊病。经由"向内转"、"主体性"、"个人化"、"语言自觉"等一系列自足性话语建设，中国的纯文学写作似乎已完成了叙事、价值观、语言观等诸多内在规定性。而纯文学写作的一大弊病在于，通过"内在性关照"呈现文学话语区隔，这很大程度上是一种保守的幻觉，丧失掉的是文学干预生活、干预政治和思想的能力。然而，另一方面，吊诡的是，阎连科的奇书模式，又是纯文学机制内部片面发育的结果。阎连

---

① 阎连科：《发现小说》，南开大学出版社 2011 年版，第 53 页。

科需要极端化的故事、人物、事件和叙事姿态，以表现所谓纯文学的"内在性"。而这种内在性，又被想象为文学创新性加以暗示和强化，在纯文学场域被定义为"抵抗的寓言"。为满足纯文学"形式突破"和"对抗性思维"的要求，"奇书化"也成了阎连科等很多作家的策略。这些纯文学的"奇书"，有技术化和精英化的审美趣味，擅长制造"虚假对抗"的幻觉，既不能在现实层面大胆干预，又不能在审美上实现与意识形态真正的距离感。"奇书"成了纯文学表达自身反抗性的迫切手段，而由此形成的去历史化思潮，沉溺于日常琐事的哲学，或拆解宏大叙事的盲目破坏性，似乎就成了必然选择。纯文学话语建构自有其美学与思想价值，如有论者认为，中国文学纯文学转向，是消费社会兴起，五四新文学体系为维护自身话语建构，逃离社会功利性羁绊，"在边缘处回到自身"[①]的结果。但问题是，高度抽象、对抗性的奇书式"纯文学写作"，依然拥有巨大的舆论认可度，而缺乏必要反省。它的潜在危险在于，在简化和抽象过程中，脱离丰富复杂、又飞速变化的现实，变成西方想象的"中国形象"客体。它的对抗性只能以寓言方式存在，不能以更自由、广阔，更具中国主体化特征的方式，进入一个有数千年传统的世界大国的现代化进程，也不能在拆解宏大话语过程中，保持对差异的尊重和对偶然性和历史可能性的体贴，更不能提供新的价值底线和历史建构。中国大规模现代化进程，是全世界最瞩目的文化、政治和经济现象，也是人类历史全新的文化体验，一味追求"做奇"的极端寓言化奇书，显然已失去了纯文学话语在建构初期的理论与实践的合法性，也有待于反思和重新历史化。

五、从"去历史"到"非历史"的奇书困境

过去和现实的意义桥梁已然坍塌，在"青冷幽暗"的奇书坟场，乐观

---

① 张颐武：《"纯文学"讨论与"新文学"的终结》，《南方文坛》2004 年第 3 期。

的进步被颠覆，时间停滞并缠绕于死亡的快感，历史和现在都变成了"极恶的亡灵"。阎连科的奇书策略以"去历史化"为手段，以"重新历史化"为目的，却变成了"非历史化"。为什么会出现这种情况？杨庆祥在对阎连科的《四书》的批评中认为，九十年代以来中国文学对宏大叙事的颠覆性逻辑，是其文学史困境的主要外部因素："完全抽空了历史的写实性的一面，用创造文体的方式把历史转化为纯粹的形式，《四书》的故事梗概不足以让读者了解历史真相，反而是在用隐喻手段有意误导读者偏离历史事实——作家试图暗示，面对一个日常生活逻辑完全崩溃（或说是非颠倒）的年代，作家的任务并非照实摹写那里发生过的所有生活细节，而应该用另一种新的内在的逻辑对其加以颠覆，但问题的关键在于，如果新的内在逻辑本身就有问题的话，如何颠覆？又如何在颠覆之后重建？"① 事情的复杂性在于，二十世纪九十年代以来，中国文学除了纯文学话语机制，依然存在主旋律式书写。而杨庆祥无疑暗示了一个重要问题，即阎连科式的《四书》，如同王安忆的《天香》、贾平凹的《古炉》，其实都是纯文学话语机制，在"虚假对抗"的幻觉上，以片面"个人化写作"立场所树立起来的一个个概念、逻辑、观念演进的产物，也是纯文学话语面对二十一世纪丰富的中国文化现实"失语"的产物。由此，阎连科式的奇书写作，又成了一种"安全性写作"，或者说"伪干预性写作"，从而一方面契合纯文学的人性话语生产；另一方面又将这种纯文学话语加以消解，在符号层面而不是现实层面，形成激进否定性美学风格。这种奇书化模式，是以现实与历史"被简化"和"被消失"为代价的——一旦拥有了内在"灵魂真实"，就可以超越"低等真实"的匮乏。如就《四书》而言，我们看到了阎连科对共和国"大跃进史"的奇书化寓言。然而，这并不是一部真正的"反乌托邦"小说。阎连科依然在去革命化的冲动与重建宏大历史的焦虑之间摇摆。尽管小说不断

---

① 杨庆祥：《历史重建及历史叙事的困境——基于〈天香〉〈古炉〉〈四书〉的观察》，《文艺研究》2013年第 8 期。

出现"血田"、"育新区"这样具中国历史隐喻特色的能指，但"受难的知识分子"、"孩子被钉在十字架"等情节，则再次将"西方化的救赎"，虚构为历史本质化抽象的最后底线，既破坏了奥威尔（George Orwell）等"反乌托邦"小说家最宝贵的理性怀疑精神，又将"中国寓言"沦为了西方熟悉的"他者化版本"，再次以"革命之恶"反证了阎连科一贯的"世界唯恶"的片面抽象化主题。

　　阎连科的奇书写作，其问题还在于，历史不再是"因果目的"的过程，甚至不再有因果和目的，因此也不会有进步，却成为主观概念无限扩张的领域。郜元宝说："他（阎连科）其实一直努力走一条拒绝的路，只肯直接呈现孤立的'思想'尚未射入的土地，而不承认外来的'思想'有资格解释这亘古不变的土地……他的坚守由于缺乏新思想和新话语，而不得不退缩到表达纯粹的身体，成为一种无历史和历史的抽象、绝缘而不断重复的独舞。"[①] 阎连科将历史变成非历史化的"梦魇"。纯文学话语机制的逻辑，使得他无法找到一种更具本土性，也更具现代性的历史价值模式，只能以否定性的"奇书"来复制革命本身的逻辑：革命不断否定激进的美学姿态，能满足作家的"个人化幻觉"，而只有革命叙事的历史逻辑，才能将个人化幻觉壮大为一个更大的幻觉——"历史主体"。于是，历史以幽灵的方式再次返场，去革命历史化的梦魇，成了革命逻辑的"仿真"。真正有效的历史叙事，应正视历史解释与价值判断的纠缠。因为历史总是双重的、相互的功能，它"能提高我们根据现在理解过去的能力，也能提高我们根据过去理解现在的能力"[②]。如果对历史的价值判断是单向度的"恶望"，那么，这种缺乏反思的"恶"，也会变成对恶的承认，而试图将历史的推动归结为某种单一品质的做法，无疑有道德决定论的弊端。

　　于是，阎连科奇书模式对"内在真实"的追求与缺陷，对革命历史的

① 郜元宝：《论阎连科的"世界"》，《文学评论》2001 年第 1 期。
② ［英］E.H. 卡尔：《历史是什么？》，陈恒译，商务印书馆 2007 年版，第 102 页。

消解与缺席在场的指认，对极端化修辞美学的确立与困境，"去历史化"的冲动及其失败，似乎都成为"中国叙事"具有隐喻寓言气质的叙事症候。在人类整体走向后现代消费社会的情况下，多元化和怀疑主义、相对主义，都形成了对现代性本身的挑战。"内在真实"的说法，如同"纯文学"概念，本身也都是被建构出来的"风景"。中国当代文学与现代文学面临的不同情况在于，现代文学是以对古典文学的遮蔽、压制和断裂，在启蒙与救亡的内在紧张中，建构了民族国家文学的"风景"。而对于中国当代文学而言，那些断裂、遗忘和压制，其实二十世纪八十年代就已开始，而它所要面临的对象，不仅是渐行渐远的古典传统，且是现代文学本身的传统，也包括现实主义、革命文学等。而"去历史化"的思维，在九十年代被"有选择地"强化了。然而，阎连科奇书模式的困境又在提醒我们，在二十一世纪的语境中，对这类思维的反思，已到了非常必要且急迫的地步。

中国文学要正确处理历史、现实与艺术使命的关系，就必须有"更超越"的方式来对待这些遗产，既不能非此即彼，盲目拆解破坏，也不能盲目认同。二十世纪初，克罗齐（Bendetto Croce）呼吁"一切历史都是当代史"，就提醒我们尊重历史具体性和复杂性，警惕历史的普遍抽象与虚无主义之间隐秘的联系。历史不是"牧歌"，也不是恐怖"悲剧"，而是所有时代，一切民族登台表演的，集有罪与无罪、善与恶于一身的戏剧。将历史抽象为某种本质化概念（如阎连科的"革命之恶"）的"普遍史观念"，起源于对"不可能的东西"的要求。而悲观主义也就由对这种"事物起源的普遍抽象"的绝望而来。历史由此而消失，成为"经久不变的生命"难以表达的冲动。[①] 阎连科将历史抽象并简化为"恶"的奇书，一方面以对宏大叙事的悲观否定来实现假想对抗性；另一方面又试图以扭曲的"恶"赋予历史"总体性理解"，不可避免地走向了芜杂含混的"奇书"的终结。

---

① 参见［意］克罗齐：《作为思想和行动的历史》，田时纲译，中国社会科学出版社 2005 年版，第205—206 页。

第七节　台湾的历史疏离与再造：
　　　从高阳到李敖

李敖与高阳，一个是以辛辣杂文闻世的不羁"文化顽童"，一个是著作等身的历史小说巨擘，两人专攻的领域殊途，为人处事之风格也大相径庭。但两人的成长经历、创作坐标等有不少相似之处，特别是1991年李敖第一部历史小说《北京法源寺》出版后，两个术业不同的智者，终在同一领域得以相遇。

一、"酒神"型知识分子与"日神"型历史小说家

"五十年来和五百年内，中国人写白话文的前三名是李敖，李敖，李敖，嘴巴上骂我吹牛的人，心里都为我供了牌位。"[1] 不论在杂文还是自传中，李敖总是毫不讳言自夸之辞。这种自信得近乎自大的狂妄和傲视睥睨一切的姿态，正与希腊神话中酒神狄奥尼索斯的精神相近。酒神，代表了一种忘我、癫狂的状态，是一种人类最原始冲动的再现。"酒神精神"既包含艺术创造的原动力，也是艺术家人格气质、创作个性与激情和艺术风格的代名词。

生活中的李敖，总是以一副倨傲不逊的面孔示人，用他自己的话来说即"四面树敌八面威风"，对论敌"一个也不放过"。他毫不客气地将批判的矛头对准当权者——蒋家王朝，浩浩荡荡六本《蒋介石研究》《拆穿蒋介石》《清算蒋介石》《侍卫官谈蒋介石》等，上至"大蒋"、"小蒋"父子，下至党政军各级首脑、官员，无一放过，当蒋经国还是"总统"的时候，

---

[1] 李敖:《独白下的传统》,《李敖作品集》,南海出版公司2005年版,第232页。

他就发出"蒋经国死了"的咒语，为此，他两度入狱达八年之久，"封笔"十余年。第二次入狱之日，也是他创办个人刊物《李敖千秋评论丛书》之时。六个月的牢狱之灾，他的《李敖千秋评论丛书》仍按月出版，期期不误。他宣称"天下没有白坐的黑牢"，出狱当天，他当即召开记者招待会，发表五万多字的长文，揭露监狱腐败，导致好几座监狱发生暴乱；他棒打传统文化，写于二十世纪六十年代的杂文《老年人与棒子》和《给谈中西文化的人看看病》，向"占着茅坑不拉屎"的老学者发起进攻，掀起台湾轰轰烈烈的中西文化之论战，把以胡适为首的文化保守主义者痛斥得体无完肤；他骂"台独"、骂文坛泰斗、骂娱乐圈大腕……如此敢爱敢恨，骂遍古今人物，爱遍世间女子的快意恩仇之人，其风骨无不闪烁着酒神狄奥尼索斯的狂放与不羁精神。

高阳则不然。本名许晏骈的他，出身于钱塘没落望族，以笔名"高阳"专攻历史小说而闻名于世。毕生著作达 89 部，105 册，总计三千多万字，读者遍及全球华人世界，堪称"中国历史小说界的司马迁"。有人以"有井水处有金庸，有村镇处有高阳"，来形容其作品的受欢迎程度，语近夸张，亦非无稽之谈。[①]

1964 年 4 月，高阳的第一部历史小说《李娃》在《联合报》副刊连载，情趣盎然又不悖史事氛围，颇受好评。从此，高阳的历史小说创作一发不可收拾。高阳的历史小说以清代为主，上溯秦汉，下至北洋军阀时期，从帝王将相、豪门商贾、文人墨客到贩夫走卒、市井百姓，无不囊括其中，共同构成高阳史诗般的宏大历史长廊；两千多年的政权更迭与历史巨变，都在他的笔下风云流转；历朝历代社会的思潮交替和精神风貌，被他"化史为诗"，"以历史入小说，以小说写历史"，将"小说"与"历史"完美胶合，活灵活现地复活于当代文坛。

笔者认为，高阳在其历史小说创作中所表现出的理性思想与节制对称，

---

① 参见舒禾:《灯火阑珊——闲话高阳和他的书》,《读书》1993 年第 3 期。

正体现了与李敖之"酒神"精神相对照的"日神"精神。日神即太阳神阿波罗，日神精神象征人的理性、智慧，是一种形式美的节制与对称。在日神的照耀下，世界显得单纯而透明，其精神的本质用一个字形容就是——梦，梦停留于外观之美，建立在我们的视觉基础之上。[1] 适度，是尼采对日神在形式上的要求，适度原则成功促进了日神前行，为酒神精神的到来做好准备。[2] 林青根据创作题材的区别，把高阳历史小说划分为六大系列：宫廷系列、官场系列、商贾系列、"红曹"系列、名士侠士系列、青楼系列等，计百种以上，可谓著作等身。除却惊叹于高阳几十年如一日的笔耕不辍外，我们也可从中管窥其历史创作的精雕细琢，绝不贪多嚼不烂，而是尽力以一部小说展现一种历史风貌、一些历史人像。

与酒神狂欢化的汪洋恣肆不同，暴露于日光下的日神绽放的是人性的智性之光。如果说酒神的存在是为了挣脱人性的枷锁，使人傲立于万物之巅，那么日神则以他的理智与克制，将自己约束在社会的枷锁中。这种约束并不代表着残忍的制约与束缚，而是一种让人之所以为人的高等情感。作为"酒神"型知识分子，李敖尤擅长于嬉笑怒骂，毫不遮掩自己的真情实感，以"社会罗宾汉"、"文化基督山伯爵"的身份横冲直撞、口无遮拦，让不少人闻其名丧胆，见其文心寒。作为"日神"型历史小说家的高阳，其人其文自然与之相左。在《李娃》的创作准备阶段，高阳首先细致深入地研究了唐代的科举制度、社会习俗和官场情形，在对唐代社会有了相当了解后，才慎重地下笔。在创作过程中，高阳也不囿于史实，充分运用和调动自己在现实生活中积累的形象思维能力，创造了栩栩如生的人物形象。所以，《李娃》一出版，立刻受到广大读者的欢迎和文坛的一致好评，高阳从此也确定了自己历史小说的创作方向。高阳的前妻郝天侠说："高阳先生

---

[1] 参见文娟：《阿波罗精神下的美妙人生——尼采日神意象的当下价值》，《湖北师范学院学报》（哲学社会科学版）2010 年第 4 期。

[2] 参见王民安：《尼采与身体》，北京大学出版社 2008 年版。

撰写历史小说的技巧，以及他在写作之前、写作期间，对于史料钻研的努力与创见，确有异于他人之处。他在构思新著时，未必像许多人写文章那般，先拟好工整架构，而往往是身上一张薄纸，记下大纲，然后就像酿酒，假以时日，当这张纸变皱，又写满了旁人难以辨识的草字之际，即表示文思成熟，可以动笔了。高阳对于自己拥有的'考据眼'颇为自豪，不过这也是他用工治学的结果。"

二、《北京法源寺》——酒神之"日神精神"

正如我们不能简单粗暴地判别是与非，酒神与日神间，也远非二元对立式的剑拔弩张，他们间亦有相依相存、相互融合的一面。"日神不能离开酒神而生存"[1]，日神幻象中往往渗透着酒神精神，酒神所代表的原始本能和冲动也不能任意放纵，而需要借日神之手加以遏制、调节，从而达到和谐完美的统一。唯此，艺术的张力才能最大限度地得以彰显。史诗式小说《北京法源寺》，正是台湾"酒神"型知识分子李敖成功地"用血和泪"撰写的，显示了"日神"之精神的"难得正经"之作。

驰骋文坛几十年的李敖，向来以一针见血的思想批判、文学评论见长，以酣畅淋漓、令读者不禁击掌三叹的杂文见长，却从不写小说，而1990年年底出版的小说处女作《北京法源寺》，打破了李敖"噤声"的领地，标志着他向全新领域大步伐进军。这部"坚持公理与正义"的历史小说，在李敖的创作生涯中，从构思到付梓共跨越了二十余年，其间的心路历程可见一斑。

《北京法源寺》作为书名，是1971年李敖第一次做政治犯时在国民党黑狱中决定的。在年复一年的狭仄牢房、窗外高立的灰墙与阴霾里，李敖只能以想象代替写作，构思出几部小说雏形，《北京法源寺》即是其中一部。

---

[1] [德] 尼采：《悲剧的诞生》，周国平译，三联书店1982年版，第15页。

由于黑狱禁止写作,他只好构想书中情节,以备出狱后追写。1976年出狱后,李敖陆续写了前几章,但由于心中的求全故障,应验了伏尔泰(Voltaire)的名言"最好是好的敌人",只断续写了万把字,始终未能完成。"正因为我要写得'最好',结果连'好'都踌躇下笔了。"① 直到1990年,李敖为全力创办《求是报》,决定先完成这部史诗式小说。一个多月内,每天写两个多小时,终于快速产出这部近20万字的作品。

《北京法源寺》以具象的、至今屹立的古庙为纵线,以抽象的、烟消云散的历朝各代的史事人物为横剖,举凡重要的主题:生死、鬼神、僧俗、出入、仕隐、朝野、家国、君臣、忠奸、夷夏、中外、强弱、群己、人我、公私、情理、常变、去留、因果、经济(经世济民)等等,都在论述之列。② 书中共涉及四百多个小主题,其涵盖的史实可谓烟波浩渺,详人所略,略人所详。加之旁征博引信手拈来,皆为一般读书人可观,毫不晦涩生僻;立论甚高,勿忧怪力乱神,令人信服。李敖自言:"《北京法源寺》中的史事,都以历史考证做底子,它的精确度,远在历史教授们之上。在做好历史考证后,尽量删去历史中的伪作,而存真实。"③ 小说以犀利、流畅的笔墨,真切地描画了康有为、梁启超、谭嗣同等维新变法时期中流砥柱式的人物。具体讲述了这批于沉睡百年的古老国度惊醒的知识分子,如何从国耻贫弱中"猛回头",一步步走向改良的救国之路,又如何因天真地寄希望于一朝天子,惨遭西太后的血腥镇压,最终,历时仅103天的戊戌变法破产,主要领导者康、梁东渡日本,而以谭嗣同为首的戊戌六君子却誓死留守故土,落得身首异处的叹惋下场。

李敖在小说中以大段可歌可泣的文字,具体描述了以身殉道的刚烈大丈夫谭嗣同"我自横刀向天笑,去留肝胆两昆仑"的生死观。在小说尾声,

---

① 李敖:《我写〈北京法源寺〉》,《北京法源寺》,中国友谊出版公司2000年版,第291页。
② 参见李敖:《我写〈北京法源寺〉》,《北京法源寺》,中国友谊出版公司2000年版,第291页。
③ 周天柱:《李敖写〈北京法源寺〉》,《世纪》2012年第6期。

又通过塑造李十力的先进革命者形象，暗喻唯革命才是积贫积弱旧中国的图存出路，使小说的题旨得以升华。作者通过独特的结构形式，运用论辩话语、意象叙述等充盈着奇情与思想的语言描述，诗意地再现了中国历史上那段最黑暗的时期，和一批文化思想巨人于黑暗中探求救国之路的心路历程。

在评述历史、追求真相的过程中，小说中翔实的史料考据，体现了李敖深厚的史学功底。自 1949 年十四岁举家赴台后，直至 2005 年，七十岁的李敖才再次重登故土，这期间的近六十年，由于他的特殊身份，台湾当局断然禁止他来大陆采风。北京，对于李敖来说只是一段遥远的故国回忆，法源寺作为北京数不清的历史古迹中不起眼的禅寺，李敖实际上不曾到访，但这毫不妨碍《北京法源寺》的创作。李敖以史学家的严谨态度，一丝不苟地进行史料搜集，为此他跑遍岛内外图书馆、资料室，又通过北京的朋友帮助，收集了法源寺、康有为故居、袁崇焕坟墓等大量第一手的图片资料。①

三、《北京法源寺》与高阳历史小说的"才子书"况味

"才子书"的说法，最早是由金圣叹提出的。金圣叹往往以"才子"衡量人物，并以"才子书"命名其著作。"才子书"是创作主体才气、才情的集中体现，是一个与"圣贤书"相对应的说法。② 在金圣叹看来，小说作为一种独特的艺术形式，其特征远不同于传统的史传文学，小说不仅是一种叙事的艺术，更是一种虚构的艺术。他说："夫修史者，国家之事也；下笔者，文人之事也。国家之事，止于叙事而止，文非其所务也。若文人之事，固当不止叙事而已，必且心以为经，手以为纬，蹰躇变化，务撰而成绝世

---

① 参见周天柱：《李敖写〈北京法源寺〉》，《世纪》2012 年第 6 期。
② 参见钟慧笑：《论金圣叹的"才子说"》，中央民族大学硕士学位论文，2008 年。

奇闻焉。"① 至此，金圣叹一针见血地指出了小说文体有别于信史之处，就在于小说的虚构性。通过虚构来塑造人物形象、叙述故事情节是小说的基本特征，也是小说家才气的重要表现。另一方面，这种虚构特征，为小说家驰骋才情提供了广阔空间，为创作者发挥主观能动性、充分施展才情提供了无限可能。

《李娃传》作为一部古典文学作品，渊源深远。在漫长的民间流传过程中，已经加上了许多市井想象成分，又经过元曲家白行简的加工再造，其文学故事已深入人心。高阳把《李娃》作为自己历史小说的开山之作，起点颇高，风险也自然不小。但从创作《李娃》这第一部历史小说开始，高阳就已是一个有着自己写作哲学的作家。他认为："小说需要编造'事实'，即所谓'故事的构想'。以虚拟的人物纳入历史的背景中，可能是历史研究与小说写作之间的两全之道。""历史小说，应合乎历史与小说的双重要求。小说中的人物要求其生动、突出，历史小说中的人物还得要求他或她能反映时代的特色。"② 这段写于历史小说处女作之前的创作谈，将高阳的历史创作哲学阐释得清晰明了，他的这些论断恰与金圣叹的"才子书"观点不谋而合，显示出高氏的才情才气。

高阳从故纸中挖掘材料的本领过人，尤擅长挖掘掌故逸闻以及历史人物活动之间的种种关联，倾心于文史苑囿，涉猎甚广，同时又能脱离樊笼，沿着主人公情感的脉络虚构故事、塑造人物。例如在《少年游》中，高阳以北宋大诗人周邦彦为主要线索。在酝酿时，高阳反复阅读、考据周邦彦所有留世的诗词，从中揣摩、体验他的思想性格，从情感的捕捉中推演周邦彦的行动。于是，一系列动人的故事便浮现在眼前，同时又将北宋的社会、政治、风俗、文化状况和周邦彦的生平起伏交织在一起描绘。③ 周邦彦

---

① （清）金圣叹：《贯华堂第五才子书水浒传》第 28 回评论，《金圣叹全集》（一），江苏古籍出版社 1985 年版，第 439 页。
② 高阳：《李娃》，华夏出版社 2004 年版，第 2 页。
③ 参见林青：《杰出的历史小说作家高阳》，《华文文学》1992 年第 2 期。

这位在故纸堆里尘封百年的大诗人形象，向读者走了过来，身上还带着前朝无比鲜活的风尘雨露。读高阳的历史小说，就如同欣赏一幅幅历史文化全息图景，立体圆满，跃然纸上。小说中处处展露的清晰"场面感"，总能让人感受到来自书写时代的生活气息，背景场面历历在目。

这与作家几近苛刻的"考据癖"密不可分。高阳在创作历史小说时异常认真敬业，常常用尺来丈量地图，在草稿纸上演算书中人物的行程，以及计算事情发展所需的时间等，力图使小说始终经得起历代读者的多方位检验，尽量使小说符合地理历史等现实因素，从不随意地主观臆造。[1] 所以，尽管高阳的历史小说言说的是一段段早已逝去、无可考证的历史，有许多情节不可避免地虚构成章，但读之亦可使读者感受到真实可触，人物形象更是丰满鲜活，不论情节、人物，还是风俗、文化，都百读不厌，读后更留有思考余地，意味深远。

以"上帝管两头，我管中间"的气概放眼东西文化，心怀古今论丛的李敖，自然是文坛公认的"才子"。李氏杂文以辛辣直露著称，大量的文化批评、历史批评和社会批评文章，支撑起李敖"以玩世来醒世，用骂世而救世"的狂士之风。狂妄之人常是有才之人，如阮籍、唐寅等无不是恃才傲物，李敖凭着过人的眼力、胆识与才气，实属当代难得之英才。恰如他在回忆录里动用十六个响当当的"不"字标榜自己一生："倨傲不逊、卓尔不群、六亲不认、豪放不羁、当仁不让、守正不阿、和而不同、抗志不屈、百折不挠、勇者不惧、玩世不恭、说一不二、无人不骂、无书不读、金刚不坏、精神不死。"[2]

在自己的历史小说里，李敖也忍不住这股"才子气"，处处显出不吐不快的快人快语作风。《北京法源寺》中，作者打破传统的历史言说方式，将之化为以散文化为结构的叙事文本，书写重心放在了对人物行动的思想根

① 参见刘舒曼：《漫说高阳的史家功夫》，《博览群书》2010 年第 7 期。
② 卞毓方：《千山独行——李敖论》，《徐州教育学院学报》2000 年 3 月。

源挖掘上，而没有在人物性格和行动的塑造刻画上耗费笔墨。主要借助主客问答、二元辩论式的激扬文字，最直接地表达理性思考。心系政治的李敖动辄抢过人物话头，不管人物处于多么紧张的处境，也要停下，让李敖借他之口"唠叨"完，造成时常完全脱离人物的实际和语境需要的缺陷。这正是"才子"李敖的过人"才气"刹不住车、"酒神"李敖"酒后驾驶"所酿成的"事故"。胡适曾言李敖喜欢"借题发挥"，李敖怎能不借历史小说《北京法源寺》，好好过把发挥才情的瘾？

《北京法源寺》对思想理性的强调，并不代表李敖对人物塑造不甚关心。相反，李敖同样精心思索过其中的每个人物。"能确有此人、真有其事的，无不求其符合。除此以外，当然也有塑造的人物，但也尽量要求不凭空捏造。例如，小和尚普净，他是三个人的合并化身。就参加两次革命而言，他是董必武；就精通佛法而言，他是熊十力；就为共产党献身做烈士而言，他是李大钊。我把他定名为'李十力'，并在李大钊等二十名被绞名额中加上一名，就是因此而来。又如在美国公使馆中，与康有为对话的史迪威，他确是中文又好又同情中国的人物，我把他提前来中国，跟康有为结了前缘。"① 此类"苦心"与"调剂"，书中亦复不少，"才子"李敖将书中人物之品性打上了属于自己的文化烙印。

四、"借古喻今"的相同史家野心

劳伦斯（David Herbert Lawrence）曾经指出："艺术家通常是——或者说，历来是——意在指明教训，点缀故事。然而，故事总是另有所指。"② 史家的职责，除了找回那些业已逝去的往事、复活曾经光芒万丈的伟人外，

① 李敖：《我写〈北京法源寺〉》，《北京法源寺》，中国友谊出版公司2000年版，第292页。
② ［英］戴维·洛奇：《二十世纪文学评论》（上册），卞之琳译，上海译文出版社1987年版，第225页。

还有一个更重要的目标就是"在自己的心灵中重演过去的思想"①。

《北京法源寺》在真实地再现戊戌变法风云的同时，又是李敖与蒋氏集团斗争的讽喻之文。身为历史学家、思想家的自由主义知识分子李敖，对蒋氏集团有着极其清醒的认识。作为蒋家王朝在台湾极盛时期的"异己分子"，他要借小说"从其讽"，连缀故事的目的正在于指出教训，道古在于讽今。② 李敖自己更曾坦言这一"借古喻今"之心："小说中的主角康有为，正该影射我自己；而另一主角西太后，正该影射蒋介石……其中李十力对康有为的一段话，正是借古讽今的样板。"③

如此一来，我们就不难理解李敖缘何在小说中不厌其烦地长篇大论。李敖是一个在思想上有着明确社会理想的现代知识分子，曾自诩为"淑世的改良主义者"，鼓吹和平而渐进的改革，鼓吹"民情的洞开和民智的普遍"。在创作上，他憎恨那种"不关心小老百姓怎么生活而高谈美丽乌托邦"的作家，为此他撰文《没有窗，哪有窗外？》狠批琼瑶之流的言情作家。他认为，一个作家应该具备高度的社会责任感，有"唤起民众"的启蒙意识，能够深入社会生活、反映群众疾苦、唤起民众觉悟，使民众在潜移默化的智性文字熏陶下走向文明。唯其如此，社会的齿轮才能转动不息，继而不断前行。在这一点上，李敖的创作思想与五四时期那些心怀天下的文人们有异曲同工之妙，更有人说李敖与"横眉冷对千夫指"的鲁迅有精神上的继承关系。

克罗齐曾说："一切历史都是当代史。"④ 虽然言说的都是故纸堆中的遥远故事，看似没有寓言野心的高阳显然也没有放下"借古喻今"的宏愿。高阳生前最后一次接受的港媒访问，是张灼祥的《开卷乐》节目。张灼祥

① [英]柯林伍德：《历史的观念》，尹锐、方红、任晓晋译，中国社会科学出版社1986年版，第244页。
② 参见陈才生：《〈北京法源寺〉的文本意义》，《上饶师范学院学报》2000年10月。
③ 李敖：《李敖新文集》第四册，时代文艺出版社1999年版，第1页。
④ [意]贝耐戴托·克罗齐：《历史学的理论和实际》，傅任敢译，商务印书馆1993年版，第2页。

问道："历史小说家喜欢借古喻今，你也是一样吗？"高阳答曰："历史小说家多少具备这样的倾向，我自然也不例外。我最想强调的是清代的法理，因此每遇到适当的情况，会尽情发挥。我这个人平生最讨厌的就是假道学，因此小说中一旦出现这样的人物，我必就会绝不留情。"

虽同为历史学家，但对于清末公案——"戊戌政变"一事，高阳的看法显然与李敖大不相同。1987 年，他受日本梅园会邀请，演讲《慈禧太后与伊藤博文》。期间，他对"戊戌阴谋"的考证研究，发人所未发，将康有为直指为栽赃陷害的"奸细"，即上文提到的"假道学"。在长篇历史小说《翁同龢》中，高阳对晚清的动荡历史探幽发微，钩沉了那段尔虞我诈、忠奸难辨的历史。由此可见，高阳这个醉心于清史研究的史学家，对晚清史的阐释，大不从众。

高阳擅长描写宫闱、官场的政治斗争，尤以表现清末王朝权力倾轧的作品最为出色。《慈禧全传》以宏阔的气势描绘了慈禧从争夺权力、垂帘听政到独揽大权，直至专横独裁的全过程。被誉为"中国的商战小说"的《胡雪岩全传》，与《慈禧全传》堪称"双绝"，描述了晚清江南"奇人"胡雪岩从起家、发迹、暴发致富到颓落的兴衰荣辱。与李敖不时跳出文本发声不同，高阳的聪明之处，在于并不写尽自己的想法，而是从西太后、荣禄、袁世凯、刚毅、光绪帝、谭嗣同等每个人的角度，勾勒其动机和行为。这里面有明暗曲直、阴差阳错，让人不禁联想历史这只"看不见的手"是如何翻云覆雨。历史总是惊人的相似，以史为鉴，我们能汲取有益于当下的营养。

五、李敖的阳刚之书与高阳的女性群像

李敖在《北京法源寺》的序言中曾说："一般历史小说只是'替杨贵妃洗澡'、'替西太后洗脚'等无聊故事，《北京法源寺》却全不如此。它写的重点是大丈夫型的人物，这是一部阳刚的作品。严格说来，书中只有一个女人，并且还是个坏女人，其他全是男性的思想与活动。它写男性的豪侠、

男性的忠义、男性的决绝、男性的悲壮。"① 从而在一般以小人物为小说的矮丛中，完成了以大人物为主角的"历史记录"、"思想自传"，以振奋自己、振奋人心。

值得称道的是，李敖刻画康有为、梁启超、谭嗣同、李大钊等这些对近现代中国影响深远的人物时，没有片面浓墨重彩他们身上的英雄气质，而是将人物的言谈举止与佛法、玄道紧紧联系。既符合"北京法源寺"这个故事发生的宗教底色，又从侧面表现了国势衰落、英雄末路时无处安放的精神皈依。小说中，李敖借谭嗣同之口道出：真正的佛者，不是圆寂了的出世和尚，而是那些以出世精神来做入世之事的人。他以破山和尚为例，破山和尚为救百姓，在暴徒胁迫下破了斋戒，亦可称佛。可见，先看破红尘，再归于红尘并再也不计得失，这便是真佛。

谭嗣同在李敖的笔下，正是一位行走于"出世"与"入世"之间的真佛。在《史记·刺客列传》中，那些心系百姓的烈士，总是以极端的暴力手段抵抗强权，完成自我价值的实现。而谭嗣同只是甘愿受死，这看似是一种消极的抵抗，实则包含着一颗杀身成仁的佛心。殉道者，是将自己当成火炬点燃，照亮人心，用牺牲证明了自己的拳拳之心。

《北京法源寺》中的英雄，不是以一身孤胆留名青史，恰恰相反，他们中的绝大多数在当时的历史环境中，只能为少数人理解，而被大多数人视为异类。只有跳脱历史的框架，才能在历史中找到属于他们的准确定位。纵观漫长的华夏历史长河，血性阳刚的民族英雄就像夜空中最亮的星辰。他们的存在，让后世的中国人回望历史时，才能感到一丝丝闪耀的光明。

历史小说也是"人学"，其艺术构思的核心在于"人"。判断历史小说艺术价值的重要标尺，就是人物形象性格的塑造。高阳对此有精辟见解："武则天是武则天，慈禧是慈禧，她们的不同，不仅是服饰的不同。"② 这种

---

① 李敖：《我写〈北京法源寺〉》，《北京法源寺》，中国友谊出版公司 2000 年版，第 292 页。
② 高阳：《历史·小说·历史小说——写在〈李娃〉前面》，《台湾文学选刊》1992 年第 8 期。

观点同黑格尔所说的艺术典型应当是"一个完满的有生气的人"，他"本身就是一个世界"、"一个整体"，其内涵相一致。①

文学评论家林青曾指出："高阳的历史题材的虚构生发，源自于他心中有一个隐形的素材或印象积累的富矿，那就是江南农村朴实的女子和淳厚的农民。"高阳把他这种美好的愿望附加在其小说中美好的形象上。在他烟波浩渺的历史小说中，塑造了数以千计的人物，在这些形形色色的人物画廊中，鲜活典型的形象就多达数百。《慈禧全传》是高阳颇为得意的作品，慈禧自然是高阳倾尽心血塑造的核心人物。他用洋洋洒洒的六卷八册之巨，刻画出慈禧作为懿贵妃、西太后、"老佛爷"，作为妻子、女人和母亲的多面性和立体感。高阳善于灵活转换多种艺术手段刻画人物，挖掘人物的灵魂深处。不辞笔力地详描出人物内心，是他的高招之一。例如，在《慈禧前传》中，高阳仅用几句话就还原出慈禧作为一个普通女子，多情善感、渴望性爱的女性情怀："天下可有不是寡妇的太后？想来想去。只有一种情形之下才有，天下不是承自父皇……天下没有不是寡妇的太后，但为什么大家总是羡慕太后的尊贵，没有一个人想到寡妇的苦楚，尤其是一位三十岁的太后。"

高阳还擅以对比手法表现不同女性的性格特征。如何将一个特征相近的群体写得各有不同？高阳在《李娃》中为我们做了最好的典范。《李娃》描写了一群寄于长安城勾栏瓦舍间的妓女。其中着重描写了长安"三曲"娼家中的四位妓女。她们同出青楼，年纪、相貌、身份、地位相仿，但各自性格突出。花魁李娃美丽哀愁，对爱情专一执着，处事果敢豁达；年轻的娇娇语言尖刻，大胆泼辣；年长些的素娘温顺柔弱；而以陪衬身份出现的阿蛮则明理敦厚。

在《红楼梦断》中，高阳描摹了曹雪芹家族史中若隐若现的女性群像。这些女性形象，既暗合《红楼梦》中"金陵十二钗"的多舛命途，又不是

---

① 参见江少川：《高阳的历史小说世界》，《高等函授学报》（哲学社会科学版）1995 年第 6 期。

机械的情节重复，在似与非间尽显高阳刻画女性的绝佳功力。

　　两位在历史方面都建树颇深的小说家，他们在各自历史小说中所言说的历史，代表了他们的人生观、世界观和价值观。"风格即人"，通过对两位台湾作家作品的分析，我们能够从中管窥他们在文学和人生选择上的不同。更重要的是，以史为鉴，从他们闪耀着智性光辉的文字中，为当下社会、人性找出良方，这也许才是历史小说的症结所在。

第八节　白鹿精魂：
陕西地域视野下的民族秘史

　　卢丝·本尼迪克特（Ruth Benedict）说："上帝就给每个民族一只陶杯，从这杯中，人们饮入了他们的生活。"① 民族传统，往往是惯性积累中，风俗礼仪、典章制度、文化心理缓慢形成的"观念核心"，并不断与外界碰撞、融合。七十年代末中国新启蒙运动，重新解释、确认传统，为"面向世界和未来"的现代化中国提供新想象蓝图，成了意识形态对文学的迫切要求。于是，寻根小说便以"民族的，也是世界的"姿态，寻找被遮蔽的民族记忆："在民族的深层精神和文化物质方面，我们有民族的自我。我们的责任是释放现代观念热能，重铸和镀亮这种自我。"② 然而，"寻根"不仅刻意凸显那些被革命叙事遮蔽的文化传统记忆，且那些文化记忆马上又被重新区隔，以内部"边缘－中心"的想象"复制"并"认同""中国－西方"的外部文化权力关系。这种被发明的"记忆与认同"，二十世纪九十年代后，渐渐从"边缘－中心"的"空间选位"，走向"传统记忆发明"找寻主体性的

---

① [美] 卢丝·本尼迪克特：《文化模式》，王炜译，三联书店1988年版，第1页。
② 韩少功：《文学的"根"》，《作家》1985年第1期。

"时间选位"，并逐步形成"文化复兴现代中国"的新民族国家叙事。九十年代，改革开放逐步改变社会原有结构和功能，伴随经济崛起，是中国民族国家主义的觉醒。"中华民族的文化复兴"等文化民族主义呼声水涨船高。一个文化独立并超越西方的"中国现代性"宏大主体，就成了新的塑造目标。这种情况下，对传统的"边缘想象"就变成了"主体想象"。

但是，传统的空间发明并非清晰可见，却更多表现为前现代、后现代与现代各种意识的混杂。启蒙叙事整体破裂后，一方面，受压制的"社会记忆"亡灵，以"个性化"面孔复活，风水占卜、佛教与道教、气功秘籍等文化，仅凭借"民族文化瑰宝"的旗帜，就可风行一时；另一方面，"缺失"意味"不满足"，被"现代意义"想象出来的传统，在小说中反而展现出对"宏大叙事"思维的渴求，如"儒学复兴"。很多学者认为"儒学就其形式而言，根本不能承载现代性的人性启蒙使命"，而另有一些学者，却从文化民族主义的立场，给予积极评价。季羡林就撰文指出，二十一世纪是中国人的世纪，儒学必定重新获得复兴。①

然而，以传统记忆为标志的新民族国家叙事，依然面临合法性危机。一方面，在九十年代全球化图景下，我们对"现代化"的想象越来越趋同，以至"扭曲了"发明的传统记忆，呈现出"怪诞"组合方式；另一方面，民族文化传统，又顽固地以"挽留"姿态，强行"嵌入"现代化想象，暗示民族国家叙事的"不可能性"。一些小说纷纷在"新儒学"、"文化保守主义"、"新文化民族主义"等旗号指引下，既反思西化思潮，又反思文化传统的缺失，形成了以长篇巨制为代表的"传统热"。"叙事就是对时间序列里发生的事件进行描述的一套有组织的话语体系。"② 时间纵轴上，当历史回忆出现不同阐释类型，"被发明"的传统，就在现代性总体范畴内扩展小说经验的表现领域和主题，重新讲述"过去的故事"。这些"复兴传统文化"的小

---

① 参见季羡林：《二十一世纪东方思想的展望：国际学术研讨会论文集》，北京大学出版社 2005 年版。
② 陈晓明：《"历史终结"之后：九十年代文学虚构的危机》，《文学评论》1999 年第 5 期。

说，很快便在文坛"寻找史诗"的冲动和"重塑民族文化自信"的鼓吹之下，变成了新的"宏大寓言"。

下面，以《白鹿原》为例，对九十年代中国长篇小说"传统形象"进行分析。陈忠实以厚重的文化底蕴，磅礴大气的史诗风格，为二十世纪上半叶中国变迁写下了另辟蹊径的"民族秘史"。何西来说："陈忠实的《白鹿原》是九十年代中国长篇小说创作的重要收获之一，能够反映那一时期小说艺术所达到的最高水平。"[①]《白鹿原》对"文化复兴的现代中国"的新民族国家叙事主体构建具有重要作用。它以儒家宗族文化的记忆重现、乡土中国的两性奇观、历史理性与伦理传统的悖论交织，构成了九十年代中国小说民族国家想象的新景观。

一、现代视野下乡土中国儒家化的宗族文化

这部小说的一个重要时间性经验，就是恢复乡土中国"宗族"概念的潜在社会记忆，以儒学与宗族文化的结合，并以宗族文化的地方性，象征中国文化在当代世界格局中的"边缘性地位"，塑造了民族国家叙事的新主体性形象。费孝通指出，中国传统社会是差序格局："我们的格局不是一捆一捆扎清楚的柴，而是好像把石头丢在水面上发生的一圈圈推出去的波纹，每个人都是他社会影响所推出去的圈子的中心。"[②]这种私人化人际关系网络，其最密切的联系方式，就是宗族。《尔雅·释亲》："父之党为宗族。"《墨子·明鬼下》："内者宗族，外者乡里。"宗与族也相依赖存在，同宗者，必同一血缘，共祭同一祖庙；同族者，必有共同所亲之祖。宗族统治，是乡土中国最稳定的自治形态，它以"长老统治"的"教化性权力"维持运作，以儒家化宗法约束族人：对内有教化、经济互助、惩罚和奖励族人、决定族

---

① 何西来：《〈白鹿原〉评论集》，人民文学出版社 2003 年版，第 14 页。

② 费孝通：《乡土中国》，三联书店 1985 年版，第 23 页。

内公共事务的功能；对外则有争夺宗族利益的械斗、复仇、接受官方法令、抗灾等功能。宗族是儒家化统治基石，必须在尊重官方统治合法性基础上存在，是"不完整"的道德威权。同时，它与官方保持距离，具一定独立性，并实施部分政府行政职能。宗族制度，既压抑个人独立精神的发展，又为社区共同体的想象提供了稳定话语资源，甚至在一定情况下，成为民间朴素爱国主义的来源。① 自己赋予自己规约的权利，对宗族来说不容置疑。它的作用不仅凌驾法律之上，甚至在礼仪问题上，也是反法律的。②"宗族"文化作为封建代表，被现代性所批判，宗法制度被看作"束缚中国人民特别是农民的四条极大绳索"③ 之一，无论启蒙文学，还是阶级革命文学，多强调宗族文化负面影响，将之作为前现代中国因素而隐匿于时间经验的表述主体之外。但二十世纪九十年代后，这种情况发生很大改变，以《白鹿原》为代表的一批小说，重新发掘这种文化的现代性意义，恢复作为时间经验的宗族文化的历史性想象，为"文化复兴的现代中国"的民族国家叙事提供了新时间性资源。

小说《白鹿原》对宗族文化给予了很多正面肯定，这种肯定，大多集中于白嘉轩与朱先生。白嘉轩是宗族社会代表："白嘉轩就是白鹿原。一个人撑着一道原。白鹿原就是白嘉轩。一道原具像为一个人。"④"白鹿"是白鹿宗族文化象征，也是更广泛意义上的儒家化宗族文化的象征。如保罗·康纳顿（Paul Connerton）所说："我的宗族，我的宗支，我的名字，我的族徽，所有这些词语，不断地指向拥有者的天生品质，理想化的表达这些品质，同时，它们以某种缥缈的方式暗示明显与肉体有直接关系的某

---

① 张国俊指出："乡土共同体的个体们，便都有了族与家共存亡的宗族集体意识，这种族与家共存亡的宗族集体意识引申开来，小则体现在落叶归根、故土难移的心理定势上，大则体现在国与家共存亡的民族整体意识上。"张国俊：《中国文化之二难》（中）——《〈白鹿原〉与关中文化》，《小说评论》1998 年第 5 期。
② 参见 [德] 马克斯·韦伯：《儒教与道教》，王容芬译，商务印书馆 1995 年版，第 142—143 页。
③ 毛泽东：《湖南农民运动考察报告》，《毛泽东选集》第一卷，人民出版社 1955 年版，第 33 页。
④ 陈忠实：《寻找属于自己的句子——〈白鹿原〉写作手记》（连载六），《小说评论》2008 年第 4 期。

种东西：血统。"①白嘉轩以其人格被想象为儒家宗族文化的"白鹿精魂"，而宗族文化也就被想象为建立在白氏历代族长牺牲精神下的"血缘和地域"的天然认同，继而被扩大到"乡土中国"认同。白嘉轩不仅设乡约，调纠纷，赈灾民，以钢纤穿腮为民求雨，领导村民打白狼，抗瘟疫，且对来自官方的不合理要求，同样敢于挺身反抗。他策划交农事件，领导农民抗税，对田福贤和鹿子霖鱼肉乡里的行径嗤之以鼻。更令人震撼和感动的，他对长工鹿三如待亲人，对打折过他腰的黑娃，更是以德报怨。他遭受兵灾、旱灾、瘟疫和亲人的背叛，却从不言败，而是以耕读传家的祖训，鼓励儿子孝武。于是，在以白嘉轩为首的"卡里斯玛"型主体人物代表下，宗族文化也充分展示了伦理上的道德魅力，百姓安居乐业、轻徭薄赋，民风正直淳朴，恪守儒家孝悌的乡土中国美好想象，展现出了巨大精神示范作用和现代反思性：

> 白鹿村的祠堂里每到晚上就传出庄稼汉们粗浑的背读《乡约》的声音，从此偷鸡摸狗摘桃掐瓜之类的事顿然绝迹，摸牌九搓麻将抹花花掷骰子等等赌博营生全都踢了摊子，打架斗殴扯街骂巷的争斗事件再也不发生。②

他隐忍而强悍的人性姿态，在二十世纪中国现代性进程中，像狂风中的劲草，显现出"白鹿精神"深刻的本土精神资源优势。朱先生、冷先生和徐先生等，则代表一系列宗族内儒家知识分子。白嘉轩和朱先生，象征着传统民间儒学在理念和实践上的体用关系。处于中间状态的则是冷先生和徐先生（一医一教）。他们恪守关学学派创始者张载的明言："为天地立心，为生民立命，为往圣继绝学，为万世开太平"，不但勇于入世，奋起反

---

① ［美］保罗·康纳顿：《社会如何记忆》，纳日碧力戈译，上海人民出版社 2000 年版，第 34 页。
② 陈忠实：《白鹿原》，人民文学出版社 1993 年版，第 23 页。

对侵略，为黎民百姓救灾免祸，且极为注重教化和伦理培养。朱先生调解白嘉轩和鹿子霖关于寡妇水田的争斗，铲除鸦片，建立白鹿书院，并以"学为好人"人生信条，支撑白嘉轩的精神，改造黑娃的人格。更可贵的是，他对现代性的怀疑，常显出超脱的睿智。可以说，朱先生的人物形象，不但填补了现代小说史儒学正面人物的空白，且为"文化复兴现代中国"寻找了可资挖掘的精神源头。

然而，"任何历史都是当代史"。陈忠实对儒家和宗族文化的想象，明显带有现代性意义。文化复兴的目的，不是复活旧时代亡灵，而是在新现代性纬度下，塑造历史悠久、文化深厚，却又在现代性道路上有独特魅力的民族国家形象。因此，现代思维下，儒家文化与宗族文化，并不能完全和它们的原始意义划等号，这也是作家的表述策略。其小说里中国的儒家化的宗族文化，具有地域和民间色彩，即所谓"关学"，具强烈独立性和反抗性。交农事件中，白嘉轩勇敢地站出来反抗捐税："要给那个死（史）人好看！"白嘉轩、朱先生，更倾向于"农本"儒学。他们对"乡愿宗族"与"土地"抱有执着的情感。所谓关中大儒，传统儒家的"忠"并不明显，而"仁义"却在乱世被凸显出来。如朱先生，一方面有强烈"济世"愿望，另一方面又不愿牺牲个人自由入"仕途"；一方面主张在田小娥的破窑上造塔镇妖，另一方面却又思想开明，宽容剪辫风波；一方面反对党派之争的暴力行为，另一方面又在公祭兆海时火烧日寇头发。这都说明，这个大儒并非纯粹封建意义上维护官方统治的大儒，而被赋予了民间"侠"的色彩和复杂的现代意义。毛崇杰曾对朱先生是否是儒者提出疑问："'儒'只是朱先生的一个外壳。朱先生的每一件关涉政治道德的行为，立乡约，清营退兵，赈灾民……直到把县志稿本中的'共匪'改成'共党'，都不是来自朱先生自身之外的驱使，并无一是先圣遗训使然，有些甚至与儒教宗法制度相悖。"[1]

① 毛崇杰：《"关中大儒"非"儒"也》，《文学评论》1999 年第 1 期。

同时，我们也注意到，作为儒家文化和宗族文化的双重代表，白嘉轩与朱先生，是一体两面的存在，白嘉轩为儒家化的族长，掌握宗族势力；而朱先生则掌握教育权，为儒家化的士绅。而这两者的结合，既是作家对儒家乡土中国的回忆，又寄托着作家对现代性冲击的别样思考。与这两类乡土宗法社会代表人物相比，鹿子霖和田福贤则代表着乡土宗法社会在现代性的冲击下的"变异"，他们心狠手辣、虚伪狠毒、淫荡无耻，最后都以衰败告终。尽管作家力求从客观角度，写出这些人物精神的复杂性和立体性，如田福贤对历史的洞察，鹿子霖的慷慨义气，但总体而言，是作为白嘉轩和朱先生的对立面来表现的。他们的"作恶"，恰在于现代性冲击下，"士绅"变成了"权绅"[①]，不是靠道德和知识树立权威，而是在中央集权解体、科举制度废除后，倚靠地方自治对绅权的加强，但这也导致了核心社会秩序的衰落。田福贤拉壮丁、杀农会领导等行为，都带有深深的现代烙印。对这一点，作家又表现出对现代社会的强烈质疑。如韦伯所说，儒教的理性是秩序的理性主义："儒教理性正因为如此才具有本质上和平主义的特征，这种性质在历史上逐步升级，直到乾隆皇帝在明史上写下：唯使生灵免遭涂炭者可治天下。"[②] 陈忠实以和平与理性的诉求，反观现代性历史残酷的杀戮和道德崩坏的混乱，试图寻找超越西方现代性的途径。从民族国家叙事角度看来，朱先生之所以"似儒而非儒"，既因其现代意义，也在于作家努力寻找传统儒学和现代性反思的结合点：通过对"宗族"历史记忆的恢复和重构，建立超脱于近代中国历史中官方专制与启蒙激进力量之外的第三种力量。而这种力量，更具稳定性和道德伦理优势。

---

① 有论者指出，近代中国，士绅与团练结合，以"地方自治"为代表的现代性，不断冲击中央集权的乡土中国宗法制度，从而导致以"士"为特征的文化权威和社会权威的绅权体制化，变为了"士绅权绅化"。而这种地方自治，又在中国残酷的现代战争中被变异与破坏，变为士绅的"保甲"化，形成双重的专制，田福贤和鹿子霖的为恶，就清晰地体现了这一悖论般扭结的现代过程。参见王先明：《变动时代的乡绅——乡绅与乡村社会结构的变迁（1901—1945）》，人民出版社 2009 年版。

② ［德］马克斯·韦伯：《儒教与道教》，王容芬译，商务印书馆 1995 年版，第 221 页。

二、乡土中国两性奇观：民族文化史诗的内在焦虑

然而，我们能将这部小说看作为儒学和宗族文化“招魂”的作品吗？《白鹿原》问世后，在受到广泛好评的同时，也遭到很多诟病。这种指责主要集中在两个方面：一是乡土中国儒教化宗族传统与启蒙现代传统之间的碰撞；二是陈忠实想象传统、构建中国传统形象的方式。有的学者称：“《白鹿原》在20世纪即将结束的年代为人们重构了一个陈旧不堪的没有半点思想深度的文化神话。”[①] 有人认为，白嘉轩作为主体性人物，自身充满概念化和自相矛盾的地方。而这些矛盾，更多集中在作家对两性关系的构建上。有的学者坚称：“由于作家对传统儒家文化有意和无意的认同态度，造成了叙述者性别观念上的落后与保守，流露出比较明显的性别偏见。从叙述者对不同类型人物形象的情感态度与价值判断以及对两性关系的描写都呈现出明显的男权意识的痕迹。”[②] 是什么造成了陈忠实在两性关系构建时，打破儒学宗族传统和现代启蒙间的平衡呢？

发现被遗忘的历史，进行启蒙批判，陈忠实开始的创作动机，有强烈“写真实”的现实主义特征：“我发现我家乡村子的历史渊源毫不知情……难道几千年来，他们只留下那些陶陶罐罐？……我很清醒的关注着，要尽可能准确地把准那个时代的人的脉象，以及他们的心理结构形态；在不同的心理结构形态中，透视政治的经济的道德的多重架构。”具体到两性关系，此时陈忠实还有启蒙的清醒：“这块土地既接受文明也容纳污浊。缓慢的历史演进中，封建思想封建文化封建道德衍化成为乡约族规家法民俗，渗透到每一个乡社每一个村庄每一个家族，渗透进一代又一代平民的血液，形成一方地域上的人的特有文化心理结构。在严过刑法繁似鬃毛的乡约族规家法的

① 袁盛勇：《〈白鹿原〉回归传统的平庸》，《青海师范大学学报》（哲学社会科学版）2001年第1期。

② 曹书文：《〈白鹿原〉：男权文化的经典文本》，《河南师范大学学报》（哲学社会科学版）2004年第3期。

桎梏之下，岂容那个敢于肆无忌惮地呼哥唤妹倾吐爱死爱活的情爱呢？"①

　　然而，除了消费文化的外在影响，小说创作过程中强大的时间惯性力量、传统文化庄严温暖的伦理力量、塑造史诗的野心，结合对事物复杂性的探幽烛微，都使陈忠实不断地调整价值尺度。"文化心理结构说"（其实是文化决定论），也间接地让他以儒家宗法文化"概念"去认同白嘉轩②，进而把概念作为恒定标准，渗透入对两性关系的考量。一方面，他认识到小娥是封建宗法的受害者；另一方面，急于塑造卡里斯玛人物形象，重塑"民族国家秘史"的冲动，又让他顾此失彼，在貌似"现实主义悖论性统一"手法中，刻意突出白嘉轩的"性能力"，以此比附他在文化上的强悍，与《祝福》的鲁四爷、《狂人日记》的大哥等"阴暗羸弱"的封建宗族形象形成对比，并将白嘉轩的伦理视角强加于小娥。这也反映了在小说艺术中，儒家宗法文化与现代性对接时"难以协调"的冲突。

　　具体到文本，小说不可避免地在白嘉轩这个主要人物身上，陷入了内在逻辑的自相矛盾。与白嘉轩的高尚人格相比，作家却煞有其事地突出了"奇观化"的性能力，从而使得人物思维显现出不可缝合的裂缝。开篇写道："白嘉轩后来引以为豪壮的是他一生娶了七房媳妇。"六个女人的惨死，并没有在白嘉轩的心灵上留下过多痕迹，相反却带来了他的"豪壮感"，是"无以伦比"的性能力的"神话光晕"。他的目标，首先还在于"发家"，其次才在于传宗接代。女人不过是延续香火的工具，用"麦子和小牛犊"换来的家庭工具。他先以狡诈手段骗取鹿子霖的风水宝地，又偷偷通过种鸦片，

---

① 陈忠实：《寻找属于自己的句子——〈白鹿原〉写作手记》，《小说评论》2007 年第 4 期。

② "这时候刚刚兴起的一种研究创作的理论给我以决定性的影响，就是'人物文化心理结构'学说。人的心理结构主要由接受并信奉不疑且坚持遵行的理念为柱梁，达到一种相对稳定乃至超稳定的平衡状态，决定着一个人的思想质地道德判断和行为选择，这是性格的内核。当他的心理结构受到社会多种事象的冲击，坚守或被颠复，能否达到新的平衡，人就遭遇深层的痛苦，乃至毁灭。我在接受了这个理论的同时，感到从以往信奉多年的"典型性格"说突破了一层，有一种悟得天机茅塞顿开的窃喜。"陈忠实：《寻找属于自己的句子——〈白鹿原〉写作手记》（连载三），《小说评论》2007 年第 6 期。

给家庭带来财富。当上族长,他尽力维持权威,尽管性能力超群,却从不"奸盗邪淫",始终对妻子之外的女性,保持高度克制。他将孝文赶出家,又冷酷拒绝帮助孤苦无依的小娥,最终使她走上不归路。他的"伪善",还在于他与鹿三"和谐化"的主奴关系。黑格尔曾就"奴隶与主人"的关系进行过一番阐释。奴隶之所以为奴隶,主人之所以为主人,就在于在原始社会后期社会阶层的争斗中,奴隶们放弃了"甘愿为名誉而赴死"的勇气,主人们则充分体现了"获得认可"的欲望。对这种关系进行美化,是建立在人性善论调基础上的对人个体精神的否定。幼小的黑娃,敏感的心灵,暴露了温情脉脉背后的不平等:"白嘉轩大叔总是一副大义凛然正经八百的样子,鼓出的眼泡总让人联想到庙里的神像。"黑娃对白嘉轩"腰杆子太直太硬"的抱怨背后,是深刻的阶级区隔。白嘉轩对鹿三一家的关照,不过是"族长形象"的组成部分,是"高高在上"的施舍和廉价怜悯。

伴随对宗法文化的男性主体夸饰,必然引发对女性形象的贬斥。《白鹿原》有三种女性:一是兆鹏媳妇、仙草类的贤妻良母;二是白灵式的新式妇女;三是"荡妇",是违反乡约规定的妇女。兆鹏媳妇是封建礼教的牺牲品,一生守活寡,最后发疯而死。小娥是荡妇代表。她挣脱不幸命运的努力,在白嘉轩看来,都成了不守妇道的证据。而小说对小娥与白孝文和鹿子霖的性关系的刻意丑化,加剧了她的淫妇形象。然而,小娥变成鬼后的一番话,却暴露了她悲惨的境遇:"我没偷旁人一朵棉花,没偷拉旁人一把麦秸,我没骂过一个长辈人,也没操戳过一个娃娃,白鹿村为啥容不得我住下?"杀人者鹿三,并没有因杀害无辜,成为村民和白家眼中的罪人,反而成了功臣,而白嘉轩对鹿三的责怪,也仅限于"一定要光明正大地处置她"。在对小娥的"同情"与"谴责"之间,作家彷徨不定,这种内在分裂,还体现在对白灵的刻画上,为概念化凸出现代性与乡土中国冲突的悲剧性,白灵被处理成"不食人间烟火"的精灵,革命浪漫的叛逆者形象,却最终无辜死于延安肃反扩大化。

《白鹿原》中,陈忠实归纳"写性三原则":"不回避,撕开写,不作诱饵。"① 然而到具体文本操作上，陈忠实却堕入"奇观化"的怪圈，对两性关系刻画得"奇观化"，还集中体现在作家对"女鬼复仇"与"巫术传统"的联系性认知上。女鬼复仇，是中国传统文化对弱势群体女性，在社会想象层面上的"代偿"。无论唐传奇《霍小玉传》，还是川剧《李慧娘》、目连戏《女吊》，女性总在想象的"死后复仇"中，控诉社会不公："被压迫者的呼叫会招来鬼神的复仇，特别是向那些逼人自杀、逼人忧苦、绝望而死的复仇。这是官僚制与诉苦权在天上的理想化的投影，同样以这种信仰为基础，陪伴受害者那怒吼的民众巨大的力量，能迫使任何官员让步——这种鬼神信仰是中国唯一的，但是，却又是十分有效的正式的民众宪章。"② 《白鹿原》的女鬼复仇，民间正义由此完全被"巫术化"、"奇观化"了。巫文化是正统儒学的"阴性"补充，如阴阳八卦、风水周易。巫术既能从反面体现儒家文化正统性，也在侧面补充儒文化对"天命"的解释。小说大量出现"巫"文化传统，如请法官抓鬼、焚骨埋塔镇邪灵、鬼附身、自残请神降雨等怪异现象不是作为封建迷信被摒弃，而是被视为人类不可知的神秘真实，被郑重其事地加以记录。那些在《小二黑结婚》中搞鬼骗钱的神汉，却被赋予"逆天"的悲壮意味。白嘉轩奇异的性能力，他发家的风水宝地，也显示着巫术力量。然而，小娥死后的复仇情节，小娥的"鬼附身"不但被写成邪恶的恐怖，且她的复仇行为，也被视为蛮横无礼的要挟。作家始终不能在"批判"和"同情"外，找到"恰如其分"的整合方式。两性关系的不平等，实际是封建宗法关系以伦理确定等级的重要方式，它通过对男女两性的等级划分，想象性复制君/臣、主/奴、官/民之间的等级关系。社会记忆的最重要方式，就是通过"身体的方式"，将"仪式"的认知记忆变成"惯性记忆"。对女性而言，认知记忆更多来自宗法对"性"的羞辱和惩罚。在作家的巫鬼渲染中，女鬼复仇的合法性，也被取消了，沦为性的窥视与亵玩，这无疑非常可悲。

---

① 陈忠实：《寻找属于自己的句子——〈白鹿原〉写作手记》（连载五），《小说评论》2008 年第 3 期。

② ［德］马克斯·韦伯：《儒教与道教》，王容芬译，商务印书馆 1995 年版，第 222 页。

另外，从民族国家叙事而言，我们还能看到"西方—中国"有关"民族国家主体关系想象"的表征作用。小说文本性话语"过量"，恰是现实"匮乏"的结果，"白嘉轩—超级性能力—宗族文化—卡里斯玛形象—文化复兴的中国"的表征逻辑，将克己复礼的儒教与超级性能力联系的"怪诞组合"，不但表现作家急于表述新民族国家主体形象的混乱，更暗含作家在"现代性—乡土中国"、"西方—中国"的对立想象关系中，试图超越"西方他者"，确立新民族国家叙事"父权形象"的"阉割焦虑"。如拉康（Lacan Jacaueo）所说："阳具具有指示一切表象、观念及象征的前提。作为能指的阳具，既是象征也是事物本身，作为符号结构，它是独立生命运动系统，他可以借助于转喻的中介，不断进行自我的转换——在这种情况下，父亲不再是道德和社会规范的威权化身，而是作为一切象征性活动和阉割情结最终驱动力。"① 以男性性能力来象征民族文化主体的行为，蕴涵着深刻的文化逻辑的"弱者情结"。

由此，这种男性主体性能力的神话，恰是建立在民族国家内部女性失语基础上，从而使男性神话成了西方现代性话语殖民的另类想象方式。这种将弱势民族文化主体"性夸张化"的做法，怪诞地印证着优势民族的文化想象。法农（Frantz Fanon）指出，黑人在白人的想象中，从来都是作为色情狂和施虐狂的性主体意味出现，而白人女性则成为受虐形象："首先，对黑人有性虐狂的挑衅，其次，受重视的国家的民族文化对这种行为施加的惩罚，使得人们产生犯罪情结，于是，这种挑衅由黑人来承担，由此产生了受虐色情狂。不管怎么说，这是解释白人受虐色情狂行为的唯一方式。"② 《白鹿原》中，男性之所以为"父"，不仅在于他成为民族国家大叙事的责任者，更在于他成为"高级责任者"，以压迫本民族女性为代价，复制"中心－边缘"与"西方－中国"这个最刻骨铭心的中国民族国家现代

---

① ［英］伊丽莎白·赖特：《拉康与后女性主义》，王文华译，北京大学出版社 2005 年版，第 89 页。
② ［法］弗朗兹·法农：《黑皮肤 白面具》，万冰译，译林出版社 2005 年版，第 138 页。

性秩序，性意味突显了尴尬状态，并使中国民族国家叙事带有强烈的文化殖民意味。这是无法"克服他者"的绝望焦虑，是对儒家传统文化边缘地位的焦虑和恐慌。鹿三死后，白嘉轩含着泪说："白鹿原最好的长工走了。"当朱先生死的时候，白嘉轩又说："白鹿原最好的先生去了。"面对现代性的冲击，白鹿精魂不可避免地雨打风吹去，历史只留下了白孝文这种不择手段、没有任何道义和原则可言的时代英雄。这种对白鹿原所代表的传统文化的留恋，恰与作家清醒的历史理性发生剧烈碰撞，处于无法整合的痛苦中，而"边缘"与"中心"在文学想象和实践层面间的"颠倒"，无疑也象征着"文化复兴现代中国"民族国家叙事的难度。

三、历史进步还是翻鏊子：乡土政治学的规避策略

《白鹿原》试图重新发现儒学化宗族文化记忆，却不可避免地在两种文化逻辑冲突下，走向内在悖论。《白鹿原》存在两种不同"文化时间"，并由此形成具特定文化仪式痕迹的空间化时间点。

具体而言，一种是"乡土时间"，呈现出固定仪式感和永恒稳定性，符合乡土中国以土地为核心的封闭伦理文化空间。小说对乡土时间的认同，大多通过有文化意味的儒家宗族仪式完成。仪式是社会记忆的主要方式，它通过习惯性记忆将记忆变成身体反应。这些宗族仪式，不仅成为宗族文化的表征，也成为小说中最具活力的推动性情节反复出现。如康纳顿所说："仪式操演包括在群体全套活动中的动作，不仅让操演回忆起该群体认为重要的分类系统：它也要求产生习惯记忆。在操演当中，明确的分类和行为准则，倾向于被视为自然，以至它们被记忆成习惯。确实，恰恰因为被操演对象是操演者习以为常的对象，所以，群体成员共同记忆的认知内容，才具有如此说服力和持久力。"[1] 这些儒家化宗族仪式，大多具"教化"与"惩

---

[1] [美] 保罗·康纳顿：《社会如何记忆》，纳日碧力戈译，上海人民出版社 2000 年版，第 108 页。

罚"功能,从而将"时间性"变成"可重演"仪式,进而产生价值认同,如求雨、驱白狼、驱鬼、铁刷刑罚、禁烟、禁赌、赈灾等,完整表现出乡土时间的稳定秩序性和伦理救赎。由此,也形成了仪式发生的具"时间象征意义"的空间,即祠堂(白鹿村祠堂)、村庙(三官庙)、娱乐场所(村中心的戏楼)等。

另一方面,现代性历史时间,被认定为一次次"话语更新"的革命时间。现代性历史时间,成为侵入乡土时间的突发性事件,现代性历史时间与乡土时间也有相通的空间场所,即祠堂、村庙和娱乐场所,但意义和功能却变了。现代时间不表现为线性进步秩序,却表现为暴力恐怖,无秩序、无信仰的混乱。现代性历史破坏了儒教宗族文化仪式的基本内涵,并将之变成公开示众的现代暴力威权控制。祠堂的神位被黑娃砸毁,村庙成了乡公所办公室,黑娃在戏楼铡了犯淫戒的和尚,田福贤在戏楼墩死了贺老大。辛亥革命留给白鹿原村民的,只是抢劫的火光和凄厉的枪声。朱先生后来在县志"历史沿革"卷最末一编"民国纪事"记下:"镇崇军残部东逃。过白鹿原,烧毁民房五十六间,枪杀三人,奸淫妇女十一人,抢财物无计。"共产主义革命则表现为国共两党的仇杀。黑娃和兆鹏带领着农会闹革命:"弟兄们!咱们在原上乱起一场风搅雪!"然而,他们的革命行动,不过是夺权、破坏和血腥恐怖,甚至替代政府的司法职能:围祠堂、砸金匾、铡和尚、铡碗客。田福贤的反攻倒算,又掉过头来,对共产党人进行大肆屠杀。一心抗日的鹿兆海,却死在了进攻边区的路上。解放战争的到来,也没有真正给白鹿原带来心灵的安宁,黑娃惨死,兆鹏失踪,作恶的白孝文,却摇身一变成了革命功臣。白灵是现代性时间最具正面意义的人物,作家努力将她和兆鹏媳妇、小娥等乡土女性区别开来,并赋予她浪漫灵动的生命激情。然而,她和兆鹏的爱情有始无终,内心纯洁、向往革命的白灵,也最终死于党内斗争。同时,小说还以"预叙"方式,介绍"文化大革命"红卫兵小将对朱先生坟墓的破坏。朱先生棺材"折腾到何时为止"的谶语,也隐晦地指出了一个令人触目惊心的文化事实:百年来的现代化进程,并没有为民族国家带来稳定秩序和固定精神信仰，相反，走马灯般变换的"政权"和"主义"，却使原本自然和谐的乡族信仰也趋于崩溃，西方现代性的自由、民主的信仰观念体系也没有建立。

然而，作家的态度暧昧而虚无。他试图批判现代性历史，努力实现乡土中国复古记忆的价值实践性。他向往乡土中国的伦理信仰，却无法回避宗法文化对人性的摧残；他承认历史"恶"的推动作用，却不能在现代历史发展中看到任何"进步"可能。总体而言，陈忠实的"历史同情"大于"历史理性"——尽管他批判了儒家精神的虚伪，但却无法找到可替代的主体性精神，只能将历史归为"翻鏊子"的虚无。然而，宗族文化并不能真正实现现代转型。这些新的"神圣化"，也依然以不触动现实逻辑底线为基础。伦理性始终只能作为现存秩序的补充，是和谐伦理的表达，一种意识形态的社会记忆遗忘机制的重演。伦理性的表达，始终被定义为阴性的、感性的，不具备批判理性的主体地位（如质疑"政党之争"合法性，但从不质疑政党合法性），我们不禁要问，这种旁观者，如果成为历史主体，是否还拥有悲剧性审美的道德优势？这种发现的传统，以纯文学的面孔出现，更具诱惑力，很快就成了主流意识形态需要的"文学多元化"的表征。

有趣的是，同样是陕西作家，高建群的《最后一个匈奴》[①]，却努力展现陕北文化的"边缘异质性"，关西大儒的宗法庄园，成了"圣人传道偏遗漏"的野性自由的想象之地。在对匈奴异族血统的野蛮化传奇中，陕西作家展现出很强的"边地想象"气质，并形成对西方现代性，特别是革命文化的反思。而山东作家赵德发的《君子梦》[②]，则可以说是《白鹿原》的续篇。它描绘了清末以来"律条村"的历史变迁，而重点在对解放后传统文化顽强的自守、转型、崩溃和消失。《君子梦》的道德伦理意味更重，甚至更惨烈。赵德发并没有局限于用儒家文化对抗西方现代性，而更注重

---

① 高建群：《最后一个匈奴》，作家出版社 1992 年版。

② 赵德发：《君子梦》，人民文学出版社 1999 年版。

儒家文化核心——"道德性"与现代理性的某些契合处，特别是对"文化大革命"道德性的再解读。"文革"与现代性间的伦理关系，一直是海内外学界的热点。①

同时，这种传统的发明与重塑，又不仅是文化守成意义上的"反现代性"。通常而言，作为后发现代民族国家反现代性的文化守成主义，都表现为将本民族文化精神化、纯粹化的倾向，与此相配合，西方现代文化则被理解为物质的，个人化的，自私冷漠的。②他们或以浪漫精神，将本民族的传统文化美化成抵御现代物质堕落的武器，如德国浪漫派、俄罗斯民粹派、印度的泰戈尔哲学；或以体用精神，将民族文化与现代文化简化为"外在工具"与"内在心灵"的关系，如梁启超与梁漱溟的思想；或以强力的民族国家权威，对抗民族国家的现代意义本身，如日本的泛亚细亚主义思想。而通过对《白鹿原》的解读，我们发现，陈忠实对儒学宗法文化的发现，对乡土政治学的反思，及两性关系的畸形呈现，却恰恰说明了该小说的现代性宏大追求本质及其内在危机。作家虽写了儒家宗法文化的魅力，却更突出了它的必然灭亡归宿；虽然拆解了现代线性历史的乐观进步，却无力打破历史的虚无；虽然塑造了伦理关系对性叙事的合法性，却不惜以奇观化的性能力与淫荡的女性，破坏作家在塑造个性自我与歌颂伦理自我之间的平衡。

可以说，《白鹿原》见证了二十世纪九十年代中国文学民族国家叙事的冲动和困境。无论冲动，还是困境，既有来自中国内部的文化逻辑因素，也有全球一体化境遇下现代性在第三世界国家所引发的悖论。有论者说："假如全球化将成为不可回避的现象，那么它就要通过殖民主义、民族主义

---

① 如斯迈纳指出："毛泽东否认了生产力发展将会自动保证共产主义实现这种苏联的正统观点。毛泽东的设想是，新社会以新人的出现为前提，在建设社会主义社会过程中，培养社会主义新人和建设社会主义技术经济同样重要，不能单纯用经济发展水平衡量社会主义。"见［美］莫里斯·斯迈纳：《毛泽东时代的中国及后毛泽东时代的中国》，杜蒲、李玉玲译，四川人民出版社1992年版，第544—545页。

② 参见［美］艾恺：《世界范围内的反现代化思潮——论文化守成主义》，贵州人民出版社1991年版。

和社会主义来实现，因为这三者都曾经是全球化产物，并以某种方式为其成型做出了努力，或者像民族主义和社会主义那样甚至限制过它。"① 塑造"地域性民族主体"和全球文化一体化，始终是相互支持又相互悖离的过程。本尼迪克特·安德森（Benedict Richard O'Gorman Anderson）在《想象的共同体》中，分析东南亚历史遗迹，尖锐地指出：这些民族国家历史，不是当地土著自己赋予自己的，而是殖民者赋予的，殖民者通过殖民地历史的假想和传播，将不可阻挡的"现代性"强加给当地社会。② 霍布斯鲍姆（Eric Hobsbawm）在《传统的发明》中也认为，很多"看似古老"的传统，如威尔士的民族服装、苏格兰高地传统，恰是"传统"不断被"现代"发明的结果，社会转型之际，则是这类"发明"最频繁的时候："发明传统"本质是形式化和仪式化过程，将那些与过去相联的事物，进行现代化"重新改编"。以下情况下，传统的发明会更频繁：当社会迅速转型削弱或摧毁那些与"旧传统"相适宜的社会模式；当旧传统和它们的机构载体与传播者不再具有充分适应性和灵活性；需求方或供应方发生了相当大且迅速的变化。③ 我们对《白鹿原》的解读，必须清醒看到，正是处于九十年代社会转型的特殊语境内，这些对传统的发明性"重塑"，不可避免带有现代性的焦虑，反映了革命叙事主潮退隐后，民族国家想象、重建宏大叙事的"杂糅"式表述背后所表现出的价值危机与渴求——而从某种角度而言，这种价值的悖论与冲突，至今依然未能解决，且还在加深。

① ［美］阿里夫·德里克：《后革命氛围》，王宁等译，中国社会科学出版社 1999 年版，第 9 页。
② 参见［美］本尼迪克特·安德森：《想象的共同体》，吴睿人译，上海人民出版社 2005 年版。
③ 参见［英］霍布斯鲍姆：《传统的发明》，顾杭等译，译林出版社 2004 年版，第 167 页。

第三章

别样的历史想象：新通俗历史小说思潮

第一节　晚清变局的风云书写：
唐浩明的历史小说创作

历史小说的创作和发展与社会历史转型、文化体制转型密切相关。新时期以降，新历史小说作为一种别样的题材迎来了新一轮的创作热潮。与以往不同，这一时期的历史小说结束了以往宏大叙事的明显政治化倾向，作家带着自觉的主观能动性潜入历史横流，并试图以一种全新的方式逼真而具有艺术性地为读者呈现历史真相。特别是二十世纪九十年代，越来越多富有历史使命感的作家，纷纷把书写焦点对准波谲云诡、风云变幻的明清历史时空。姚雪垠新推《李自成》（四、五卷），二月河、凌力、刘斯奋、唐浩明等创作了《雍正皇帝》《暮鼓晨钟》《白门柳》《曾国藩》《张之洞》《旷世逸才·杨度》等具有历史厚重性与真实性的小说文本。其中唐浩明笔下为我们书写的晚清时代作为中国社会由传统向现代转型的特殊时期，对于我们更好地认清历史真实、探寻中国未来发展出路显得尤为重要。本节试图以唐浩明历史小说的创作情况为蓝本，力图详尽地厘清作家笔下呈现出的那个风云变幻、动荡不安的晚清变革时代。

文学创作进入二十世纪九十年代以来，历史题材的小说创作则"日益明显地彰显出自我写作的独立意义，并以其精致和丰赡征服了读者，成为当下文学的一道亮丽的风景"[1]。新历史小说的发展在继承八十年代先锋小说、新写实小说等优长的基础上，呈现出崭新的特性。除了始终坚持传统历史小说创作的老作家姚雪垠等实力派干将外，五十年代前后出生的中青年作家成为九十年代新历史小说书写的核心群体。从思想导向和艺术追求

---

[1] 吴秀明：《论九十年代的历史题材小说创作》，《社会科学战线》2003 年第 4 期。

的价值观上看，这批中青年作家在继承前辈作家偏重把持传统的基本前提下，选择性地抛却前辈作家们一以贯之的相对封闭性的创作思维，在一定程度上呈现出更强的包容性和开放性趋势。在相对开放性的市场化创作环境下，他们在坚持传统的艺术真实性的前提下，更多地表现出对于历史史实真实性地关注与尊重。在这批具有"前瞻性"视野的历史小说家群体中，唐浩明本身就是一个极具代表性的存在。

唐浩明，原名邓云生，既是一位来自湖南的晚清历史研究专家，也是一位勤勉而与众不同的当代文坛作家。唐浩明与曾国藩得以跨时空相遇，与一段非同寻常的机缘密切相关。这一段因缘既与唐浩明祖先一代息息相关，亦与唐浩明本身的努力休戚相关。八十年代，从华中师范大学古典文学专业毕业的文学硕士研究生唐浩明鉴于自身对文学的热爱，自主选择来到岳麓书社做编辑工作。初来乍到，一腔热血的唐浩明有着一股青春的朝气和满腹的热血急于喷涌，期待一展身手。但他内心却深知，作为纸媒新人，自己的阅历和资质均尚浅，当时必须埋头苦干、厚积薄发，日后才能有出头之日。本着对编辑工作的无限热情和欲成就一番大业的勃勃雄心，他一直勤勤恳恳地专注于本职工作，并特别注重增强工作经验的积累。一次偶然的机会，唐浩明得知岳麓书社要编辑出版湘籍文化名人的全集，初步拟定了《左宗棠全集》《船山全集》《魏源全集》《王闿运全集》《曾国藩全集》等六大全集，而资深编审杨坚已经将《船山全集》的编审任务揽于己手。经过多方面的努力，加之自身长期工作经验的积累，唐浩明主动请缨主编《曾国藩全集》的申请得到了领导的最终许可。自此，一直默默耕耘的唐浩明终于如愿以偿地获得了与历史名臣曾国藩穿越时空进行深层对话的机会。长期地将大量的时间和精力投入史籍编纂工作，在翻阅大量史料的基础上，对曾国藩、张之洞、杨度等中国历史上备受争议的时事能臣有了全新的了解和全面地认知，在经历长时期精心研究并掌握大量真实史料的基础上，唐浩明产生了为他们重新立传、正名的想法。不同于史上流传下来的诽议性传闻，唐浩明眼中的曾国藩、杨度、张之洞是与众不同的，他们是中国传统的"士人"，是知识分子群体中的一部分，他要用文学手段探索他们在晚清政局大变革时代的精神世界和现实实践活动。在唐浩明的视域中，曾国藩是中国近代史上最为复杂的人物，其人生悲剧在于整顿吏治和徐图自强梦的破碎。杨度是中国近代史上最富传奇色彩的一类人，他终其一生欲实践的"帝王之学"和封侯称相梦至死都未得圆，他的一生具有典型的代表性，是动荡不安的晚清社会知识分子群体忧国忧民的逼真缩影。他是湖南人欲力挽狂澜、为国尽忠的典型人物，"若道中华国果亡，除非湖南人尽死"，这是杨度的凌云壮志，同时也是万千湖南志士仁人的心声。在"晚清三部曲"中我们也可以准确地洞悉到，在晚清处变局之际的中国，万千湖南才子如曾国藩、左宗棠、谭嗣同、齐白石、黄兴等人的救国救民之心和惊人爱国举动，可以毫不夸张地说，湖南这个地域在晚清变局中书写出了属于自己的传奇；而非湖南籍的晚清中兴名臣——张之洞的一生则是宦海浮沉、圆滑处世的一生。或者说，"《曾国藩》选择的是文化和王朝衰变期传统儒家文化'托命之人'建功立业的悲苦与崇高，《旷世逸才·杨度》着力显示的，是政治文化和意识形态的风云变幻中时事弄潮儿生命的沉浮……《张之洞》是以认同与反思相结合的态度，探讨和反思中国儒家文化的功名型文化人格在中华民族的大变局中的具体历史形态及其悲剧性命运"[1]。为了完成这一宏大目标，在此后多年的文学创作实践中，唐浩明一直将写作重心放在历史长篇小说的梳理上，最终成功并出彩地为读者呈现了一部具有划时代意义的"晚清三部曲"——《曾国藩》《旷世逸才·杨度》《张之洞》。三部作品题材之宏大，涉及人物之广泛，时间跨度之久，几乎覆盖了晚清整个中国近代史的进程，俨然组成了一幅波澜壮阔、风云诡谲的中国晚清时代变革史。

姚雪垠曾在创作谈中说："我写《李自成》，目的不仅仅是反映历史事件和历史发展的规律，而且还要通过小说的艺术反映，让读者认识历史上的

---

① 刘起林：《正史之笔·廊庙之音》，《文艺报》2002 年第 2 期。

经验和教训，从而对人们认识历史上的时间时起积极作用。"① 这一点在唐浩明的"晚清三部曲"中同样得以彰显。晚清是与中国现代社会关联最大的一个时期，因为有晚清的历史巨变，才有中国文化名人一步步变法、徐图自强的努力和今日中国现代化的逐步实现。因而晚清这个划时代的历史时刻对当下中国社会具有深刻的现实启发意义，晚清社会变局值得历史学者认真研究、深刻思索并引以为鉴。

凌力在谈《梦断关河》的一篇短文中曾坦言相告："认真倾听历史的声音，尊重客观的历史真实，应该是我写历史小说的基础。"② 与凌力所倡导的价值观相似，唐浩明所呈现给我们的三部晚清历史长篇巨著，同样注重对于历史真实的还原性。无论是在历史氛围的渲染上还是在人物形象的刻画方面，唐浩明的历史小说都与同时期诸多同类文本有着本质的差异性，我们在作品中看到的不是一个被神化或者被定格的平面化人物，而是一个有着真性情、富有生活质感的有血有肉的圆形化人物。比如说在《曾国藩》这部大部头的作品中，对于曾国藩的精心刻画，作者并没有以偏概全地对其进行类型化塑造，而是将曾国藩这个人物放在晚清时局之中，面对"三千年未有之变局"，将笔墨重点放在"表现曾国藩的自然人性与其固守的儒家文化抑制人性之间的矛盾冲突，使得中国近代史上这个充满悲剧内涵的人物能立于纸上。作者不仅通过激烈的敌我之争，也通过日常的读书生活，通过曾国藩与亲友、与同僚的合作关系，塑造了一个虽充满矛盾却血肉丰满的历史人物——极具才华气度的愚忠而死的儒臣形象，最关键的是人物的性格并非一成不变，而是随着情节的深入和时代的变迁在逐步发展和圆满起来，人物内心的挣扎和冲突被唐浩明刻画得入木三分"③。曾国藩既有胆小懦弱的一面，也有阴险老辣的一面，他既是作为一个文学形象立于读

---

① 王维玲：《怀姚雪垠说〈李自成〉》，《文艺理论与批评》2000 年第 2 期。

② 吴秀明：《当代历史小说中的明清叙事》，《文学评论》2002 年第 4 期。

③ 吴高园：《从"史的宏大"到"人的回归"——论当代历史小说的创作走向》，《重庆三峡学院学报》2009 年第 6 期。

者视野之中，亦是作为一个具有历史性研究价值的风云人物供史学家参考。唐浩明笔下所塑造的曾国藩、杨度、张之洞、胡林翼等人物，并非纯文学性的存在，而是既具有文学欣赏性，又具备史实性、参照性价值的结合体。此外，《曾国藩》《旷世逸才·杨度》《张之洞》等小说的创作，唐浩明始终坚持在力图还原历史的基础上，追寻艺术的真实感，不仅书中所讲述的故事基本属实，而且小说中主要人物的姓名、个人任职情况、权术之争、满汉之争、人物所承担的事件及彼此间复杂的人物关系等情况，基本都力图还原史实，不弄虚作假、虚张声势。

探究晚清宏大叙事是当下历史小说创作的一个热点和亮点，它在一定意义上表现出时下这个历史转型期的人文精神和终极关怀，并对二十一世纪国家在政治、经济、文化、历史等方面的政策改革具有深刻启发和警示意义，体现出一定的时代性和价值性。在一定程度上可以说，唐浩明成全了曾国藩、杨度、张之洞，相对真实地为其还原了历史真实面貌，常言道："历史就像一条隐秘的河流，其中的一切事物都不那么黑白分明。"① 但是唐浩明却不忘初心，奋力将历史的迷雾层层剥离，将浓雾深处的历史真实画面及其人物的原貌恰到好处地彰显出来，呈献给不明真相的历史后来人留作参照；同样，《曾国藩》《旷世逸才·杨度》《张之洞》也成就了今日的唐浩明，使唐浩明扬名天下、载誉而归：不仅唐浩明本人被誉为"中国研究曾国藩第一人"，而且其所著历史长篇巨作也同样实至名归。《曾国藩》于2003年获得首届姚雪垠长篇历史小说奖，1999年被《亚洲周刊》评为二十世纪华文小说百强之一，并入围"茅盾文学奖"的角逐；《旷世逸才·杨度》一书获得第三届国家图书奖、第十届中国图书奖及中国优秀长篇小说奖；《张之洞》荣获第二届姚雪垠长篇历史小说奖。这是对唐浩明的认可和肯定，也是现代人对《曾国藩》《旷世逸才·杨度》《张之洞》作品的礼赞，同时更是对晚清风云变幻时代三位"不朽"人物之"不朽"业绩的重温和默认。

---

① 杨金玉：《唐浩明历史书写背后的文化精神》，《学术交流》2011年第4期。

"唐浩明主要是从知识分子和官场文化角度揭示封建王朝内部残酷的政治杀戮、权力斗争。"① 通过这两个角度的分析，作者试图以文本为媒介，与读者隔空对话，让我们得以真真切切地还原历史现场，身临其境地感悟和吮吸到晚清那个动荡时代不同寻常而腐朽不堪的恶臭气息。不得不说，唐浩明驾驭历史题材的功底颇深，他传奇般地将《曾国藩》《张之洞》《旷世逸才·杨度》串联在一起，共同构成了一部晚清时局的社会受难史、民族悲剧史和灵魂屈辱史。胡良桂曾在《晚清政坛上的精魂——唐浩明长篇历史小说论》中谈及晚清政坛并对唐浩明的长篇历史小说给予中肯评价："晚清政坛，天崩地裂；晚清社会，民生凋零。因其黑暗，所以神秘；因其迷茫，所以困惑。唐浩明的《曾国藩》、《张之洞》、《杨度》将晚清视作一个有机的整体，在战争的残酷、政治的搏斗、权力的角逐、王朝的崩溃中，再现了苦难民族的一段苦难历史。"② 唐浩明的"晚清三部曲"题材之广泛、时间跨度之大几乎涵盖了中国晚清社会逐步近代化的整个过程，俨然组成了一幅波澜壮阔的中国近代革命历史演义。"晚清三部曲"这部大部头的作品从鸦片战争之后不安于被奴役被压迫的太平军在广西金田村欲起义反抗清廷之时写起，以中国共产党找到挽救中华危亡之路告终，历时数十年，基本囊括了自晚清太平天国运动伊始到洋务运动、义和团运动、维新变法、中华民国临时政府建立、袁世凯复辟帝制、中国共产党夺取新政权之路的不同历史阶段和全部历史进程。而这其中的丝丝缕缕、细枝末节，皆可以通过曾国藩、张之洞、杨度、胡林翼、王闿运、桑治平、彭玉麟、李鸿章、奕　、谭嗣同等人物脉络来厘清。历史小说创作与时代主旋律的展现密切相关，透过《曾国藩》《旷世逸才·杨度》《张之洞》这三部长篇历史文本，我们可以较为清晰而真切地观察、体悟到那个动荡不安的晚清政坛是如何一步步从中兴走向末路的坎坷风雨历程。

---

① 吴秀明：《当代历史小说中的明清叙事》，《文学评论》2002 年第 4 期。

② 胡良桂：《晚清政坛上的精魂——唐浩明长篇历史小说论》，《文学评论》2003 年第 6 期。

《曾国藩》三部曲《血祭》《野焚》《黑雨》先后于1990—1992年发表，与二月河的"清帝系列"共同掀起了新中国二十世纪九十年代的历史小说创作热，并在其后十年间，带动了曾国藩研究热，掀起了新一轮的清史研究热潮。

曾国藩，这位于清末带领湘军平定太平天国之变的晚清时事能臣，是近代中国最显赫也是最受争议的历史人物之一，与胡林翼并称"曾胡"，作为与张之洞、李鸿章、左宗棠齐名的"晚清四大名臣"之一，他还有一个更为显要的称谓"今亮"，这足以体现他地位的重要性。然而，这一曾经主导时事政局的"时代弄潮儿"却也同样被历史污名缠身，因天津教案的盲目媚外和对内乱用重典被定义为镇压人民起义的刽子手、封建地主阶级的代言人、卖国贼，铸成"萃六州之铁，不能铸此一错"的毁誉千秋一错；初办团练之时，因主张乱世须用重典而错杀无辜被民众怒斥为"曾剃头"。曾国藩一生戎马，毁誉参半，《曾国藩》三部曲力图生动而逼真地还原曾国藩复杂而丰富的一生，并试图从中折射出中国封建社会中传统儒学知识分子的优缺点，为曾国藩正名、翻案的同时，让读者从中探寻到那个刚刚逝去的晚清社会百态和历史最深处所隐藏的真相。

《曾国藩》的写作体现出唐浩明凝重厚实的文字推敲功夫，文本历时性跨度之大，基本囊括了道光至同治统治间的数十年时间，可以说清康乾盛世之后逐渐呈现走向低谷的严峻态势。而曾国藩短短六十年的人生，基本上是为王朝中兴而生，可以说清王朝自道光之后基本上就是个烂摊子，因为中国国土疆域之大，却苦无明君可以真正包揽把持。乱世造就英雄，曾国藩正是在这乱世中得以实现了自我存在的价值，倾一生之力毕其功于一役，完成了从湘乡荷叶塘的一个普通农家子弟到朝廷重臣乃至拜相封侯的华丽转变。当下不少读者反映《胡雪岩》体现的是教我们如何经商，"清帝系列"展现的是如何做明君，而《曾国藩》三部曲更多的是教导我们为官之道。然而，笔者认为，《曾国藩》向我们呈现了一个风云飘摇中的王朝是如何从衰败走向中兴到再次走向灭亡的命运轨迹。在对于《曾国藩》的探究中，我们不难发现晚清政局动荡飘摇的历史真相，因为恰恰正是身为"晚清四大名臣"之首的曾国藩这个人物的一举一动均与那个行将没落的王朝的运命息息相关。"唐浩明的《曾国藩》之所以超出大量描述封建时代良相名将的同类作品获得巨大的社会反响，恰恰是因为作者在这里充分发挥了主观能动性，凭借自我的创作主体意识，对题材进行了独具历史文化深广度的开掘。"① 使读者能够以文本为突破口，在阅读的过程中产生兴味与共鸣，从而得以在阅读的期待中不断产生对曾国藩历史原貌的再认知，并对与之相关的封建王朝中的人事纠纷和社会时局有全新的把握和感知，从而使得读者本人在对历史史实基本了解的基础上，对曾国藩本人的是非功过曲直产生最新的论断。《曾国藩》三部曲主要描述了作为汉人的曾国藩从为母守制期到再度出山、组织地方团练、组建湘军、击垮太平军，到功成名就、操办洋务、拜相封侯，再到追剿捻军、整饬湘军、徐图自强、虚与委蛇、谨小慎微的漫漫宦海人生，展现了他从历尽艰辛铸成就、费尽心机保功名、直至为名誉所累的艰难为官历程，以及他从自信果敢到深沉老辣，直至迟暮衰微的精神转换。从《曾国藩》这部极具有史诗性和史实性的历史人物传记中，我们可以透析出的内容不仅仅是曾国藩本人的人生百态，如修身律己、以德谋官、以礼待人、以忠谋职的原则和谋略等，更多的是通过曾国藩这个人物的崛起，我们得以洞悉到自道光至同治年间清王朝在政治、军事、文化、经济、外交等方面的动态。了解到鸦片战争的缘起、太平天国起义军从振兴到末路的风雨历程、湘军从湘勇之身向湘军的华丽转身及其功过是非、追剿捻军的成败得失、洋务运动初期的科技发展雏形、天津教案背后的血雨腥风、清朝八旗子弟兵的腐朽不堪、湘军从兴起到鼎盛再到腐朽的裂变、中国晚清自道光称帝至咸丰及同治称帝间皇权继承背后的内幕、中外时局差异对比、中国仁人志士在挽救民族危亡之时的慷慨英勇

---

① 刘起林：《发掘王朝衰变时代的共鸣文化人格——论唐浩明历史小说创作的主体意识及其接受效应》，《湖南大学学报》（社会科学版）2005 年第 4 期。

之举，以及慈禧垂帘听政背后的种种权力制衡术等。

　　细读《曾国藩》，读者会品味出一种悲凉沧桑感。曾国藩一生历经宦海浮沉，一生的荣辱功过皆与湘军这支所谓的"曾家军"休戚相关，湘军的设立对于前期巩固清王朝的统治起到了力挽狂澜之效，它有力地瓦解了"长毛"的力量，拯救清廷于危难之际，但是在一定程度上，曾国藩的湘军也起到了加速清王朝灭亡、推进中国近代化进程的作用，湘军中滋生出霆军哗变、哥老会组建并逐步壮大、骄奢淫逸等不良习气和局部动乱，加之曾国藩本人在与清帝周旋、较量的过程中，不断将湘军势力悄悄做大，使得最终湘军呈现尾大不掉之势，其中鱼龙混杂、泥沙俱下。加之曾国藩一手创建起来的厘金制度和湘军监管制度使得湘军逐步被暗箱操作成为以曾国藩和曾国荃为首的曾氏大家族的专用军队和专用军费开支，并逐步实现地方势力的扩大，以致后患无穷，张之洞等清流党人对之斥责不尽、谩骂不止。虽然后期慈禧为实现权力制衡强迫裁撤湘军，但是这种"兵员成了家丁，钱粮变为私产"的现象在之后晚清数十年的时局中被李鸿章、左宗棠、袁世凯等纷纷效仿，出现地方军事实力大于中央的危局。这种局面在慈禧死后不久，直接导致了晚清时代的终结。可以说，曾国藩一生倾注的事业，是一番光荣而又备受争议的事业。他效仿岳飞之举，倾其大半生心血组建的"曾家军"和徐图自强梦到最终都成了泡沫，这注定了在黑雨滂沱之夜，背负"巨蟒转世"之神谕的曾国藩只能得到抱憾而逝的凄凉结局，同时也说明了清王朝靠维持封建旧制实现中兴梦是断然不可的，这种结局也为不久之后张之洞等人改良科技、实现救国梦打开了一扇门。

　　较之《曾国藩》这种"内"视角的描述方式，《张之洞》呈现给我们的则是另一种视觉体验：是一条中西文化差异对比之下，晚清仁人志士徐图自强、欲与世界接轨的"现代化"技术革新之路。"从本质上说，我们今天的'与世界接轨'就是鸦片战争以来中国先进人士所探索的那条救国主线的继续"①，

---

① 唐浩明：《张之洞的创作思考》，《当代作家评论》2001 年第 6 期。

"于是，洋务运动及其主要的倡导者开始重新引起人们的关注。也就是说，作者通过'现代化运动'这一主题将张之洞所处的晚清历史与当前的生活现实连贯起来，对晚清三十年现代化的经验教训进行总结，并对这一段历史进行现实的观照与思辨。在对历史的追忆过程中，人们发现百年前的洋务运动与当前经济发展中出现的一些问题何其相似，'政治第一'导致的面子工程，'官本位'思想带来的国有企业的官僚作风，腐败现象等等"①。欲通过洋务运动拯救晚清危局的实业型改良之路的失败，既有晚清国家体制本身的内在原因，同时也与中国官场吏治的腐败和洋务运动本身的不切实际有着重大关联。《张之洞》三部曲同样值得读者细读与深思。"作者生动地描写在内忧外患的弱势生存环境条件下，上至宫廷慈禧、光绪，中至朝廷大员、地方要员，下至民间势力等各种利益群体所做的不同选择，以及在这种选择过程中所折射出来的扑朔迷离的历史走向和丰富复杂的心理内涵。尤其是具有补天倾向的儒家知识分子，面对这场三千年来未有过的文化大碰撞、大裂变的悲剧性结局。"②张之洞这个人本身就是一个传奇，既有乖张、蛮横的一面，更有正直无私、目中无人的一面，这也是唐浩明笔下塑造出的一位宦海能臣形象。他有着成功的数年人生光阴：少年解元、青年探花、中年督抚、晚年拜相封侯；也有着备受争议、为人诟病的一面——起居无时、号令无度、行为怪异、工于心计。他曾立下丰功伟绩：力推冯子材，主张中法战争，打击了法国人的嚣张气焰，策划且督建了卢汉铁路，创办了汉阳制铁厂，致力于发展洋务，学习西方先进科技，也有为人不齿、名誉尽毁的一面：为官后期骄奢淫逸、挥霍无度、崇洋媚外、目中无人、好大喜功。张之洞一生事业的辉煌始自中年，在一定程度上可以说，他前期四十多年的才能储备只为后期近三十年的辉煌人生而精心准备，在堂兄

---

① 余安娜、年颖：《历史与当下的对话——论唐浩明小说的历史意识》，《文学与评论》2014年2月（下半月刊）。

② 吴秀明：《当代历史小说中的明清叙事》，《文学评论》2002年第4期。

张之万提携下，张之洞自山西督抚任上开始事业起步，当然这所谓的"事业"就是晚清王朝这个"烂摊子"，走近张之洞，透析张之洞的宦海起伏，我们可以熟知并重温自光绪即位至末代皇帝溥仪称帝期间的晚清历史现状。

张之洞的一生主要做了三件大事：发展教育、兴办洋务、操练新军，从而让历史铭记住了张之洞这个名字。张之洞的后半生以湖广两地为其腹地，主张广开新学、改革军政、振兴实业，在湖北以包揽把持的方式建立了自己的"国中之国"。其一生为人所称道之处主要是在改良教育和引进西学方面的努力。他办新军开设新式学堂，主张引进人才，唯才是用，思辨日本明治维新的成功案例，调遣中国青年留学生入日本学习，以图实现自救、自强。美国学者威廉·艾尔斯（WilliamAyers）在《张之洞与中国教育改革》一书中对张之洞为中国教育改革做出的贡献给予了高度称赞："张之洞的一生中，中国教育的形态发生了根本性变化，对此，他的努力具有决定性意义。"此外，台湾学者苏云峰也对张之洞在中国教育方面的改革给予高度的赞赏："湖北教育的成功，最主要的因素是由于张之洞的领导，而张之洞对教育改革的贡献，并不限于湖北一地，而是具有全国性意义。正是由于张之洞的贡献，而使中国教育开始走向近代化道路。"从八股取士的废除到新式学校的建立，张之洞对促进晚清愚昧腐化的八股取士的废除和维新变法运动的推进起到了推波助澜的作用。从《张之洞》三部曲中，我们可以清晰地把握唐浩明为我们精心还原后的张之洞起起伏伏的宦海一生，而张之洞又是晚清中兴史上不可跨越、不可忽略的关键人物之一。张之洞在接受慈禧授命重用之后逐步展开大刀阔斧地改革：山西整吏禁烟，湖广兴办洋务、改革近代教育等。在醇王和堂兄张之万的庇护以及慈禧太后的重用之下，张之洞在教育、科技、吏治等方面的改革并没能进一步巩固清王朝的统治，反而为推进晚清社会向现代社会的加速转型加足了马力。张之洞倾毕生之力于一役的洋务运动却毁于己手，因为在清廷庇佑下进行的改革之法只能是渐进式的、温和式的，是在维护封建旧文化和旧体制的前提下，对体制内事物进行边边角角地"维修"、"补洞"而已。他主张中学为体、西学为用，开展洋务运动，所习得的知识和经验仅仅限于一些技术性、实用性的东西，却不能或者更没想过去触动传统文化和封建体制的根本，因而注定他最终必然以失败收场。外加他本人好大喜功、行为乖张、目中无人、高傲蛮横，又最爱搞形式主义那一套，他惨淡经营的钢铁厂和铁矿最终还是因管理混乱、贪污成风，导致严重的亏空而破产，他为官之初最痛恨的鸦片却成了他离不开身的"宝贝"，他本人也在无比凄凉和内心空洞中离开了人世，只留给他者一句肺腑之言："这一生的心血都白费了。"这句话既是张之洞的心声，同时也是动荡之中的封建王朝进一步深陷泥淖的"前奏"和现代化社会到来前的靡靡之音。当然，张之洞意图改革的失败，不仅源于自身的性情，更多的是时代造就的恶果。唐浩明借《张之洞》之手，向我们展现慈禧协同"傀儡"皇帝统治下的社会发展史，这段时期，历史在动荡中略有好转，但清政府本身的统治早已呈日落西山之势。

时势造英雄、乱世铸功名。唐浩明的小说最出彩的地方就在于他以作品为媒介，在历史与现在之间建立起了一座"历史性的对话桥梁"，使读者可以从这个纽带的间隙窥探出某种层面上的历史真相。如果说曾国藩是封建伦理道德的坚决捍卫者，张之洞是处于封建与开明之间变幻不定的圆滑处事者，那么杨度就是那扇敲开历史沉浮之窗的坚定改革者的典型。杨度一生倾心于掌控权力，但却始终未能真正在权力角逐的核心占据必要的稳定位置，他一生奉行"帝王之术"，是前期君主立宪制的重要推手，同时又是鼓动袁世凯复辟帝制的忠实追随者。但在清末宦海浮沉的时代泥流中，杨度却始终未能真正赢得属于自己的恰当位置。待到袁世凯真正称帝之时，杨度既未能入阁，亦无阁揆之望。他一生忠诚于袁世凯，愿唯袁世凯马首是瞻，但袁世凯却并不看好他，将杨度定义为"用用可以，但无当宰相之能，不是能成气候成大才的人"。杨度一生忠于帝王之术，而在明清题材历史小说创作中，这种忠于权力的叙事谋略有其深刻的必然性与合理性。"权力本来就是政治的重要组成部分，是驱动历史发展的一个基本要素。正如英国历史学家阿克顿（John Emerich Edward Dalberg-Acton）所说：'历史并非清白之手编织的网。使人堕落和道德沦丧的一切原因中，权力是最永恒的、最活跃的。'而中国作为一个具有几千年悠久历史的高度集权的国家，在这方面就更是得到极度的膨胀。从一定意义上讲，几千年中国历史就是一部权力争夺的历史。"① 而唐浩明在其晚清三部曲，特别是《旷世逸才·杨度》中，几乎将权力作为小说发展的主脉络，杨度欲终其一生践行的"帝王之术"直到他参悟佛学、加入共产党之后才领悟到生存的真谛，"只有共产党才能救中国"，为实现中华之崛起而值得为之奋斗的只有共产党一脉而已。至此，杨度找到了真正的救国救民之路，并受到周恩来的礼遇与尊重。至杨度找到自己的出路截止，也意味着晚清的时代正式终结，中华民族的历史揭开了全新的一页。因此，在一定程度上可以说，唐浩明的晚清三部曲堪称晚清风云变局的晴雨表和记录仪，晚清历史以浓缩的形式集中见诸于《曾国藩》《张之洞》《旷世逸才·杨度》之中，读罢此三部曲，晚清的历史就像电影花絮般尽在你脑海翻滚了。

"悟透晚清几十年，延伸出对以儒家文化为核心的中国传统文化的理解，解读'帝王之学'、'仕宦之学'等封建官场的潜规则，再转化到曾国藩、杨度、张之洞等晚清至近代的枢纽性、线索性历史人物身上，书写出中华民族'三千年之一大变局'中宏阔深厚的历史文化画卷"② 是唐浩明深入浅出、十几载如一日的辛勤耕耘为读者奉送的跨世纪精美礼品。明清叙事较之其他时期的历史小说而言更具有冲击性、价值参照性和开放性，与当下现实社会更易产生一种精神上的形而上的对话关系。唐浩明几乎以全知全能视角，力图全面为我们呈现出一幅晚清时代变革史图景。作品极具张力地传达出晚清动荡时代政治、经济、文化、外交等领域的种种变动信号，给读者带来了强大的视觉冲击力，虽然文本有些笔触略显拘板和客套，但是并不影响这部具有史传色彩的"历史大戏"的可参性和阅读性。

① 吴秀明：《当代历史小说中的明清叙事》，《文学评论》2002 年第 4 期。
② 刘起林：《走进唐浩明》，《今日湘军》，《理论创作与评论》2003 年第 6 期。

第二节　辉煌的帝国与九十年代的大国想象：
二月河的系列历史小说

　　文学不仅是文本与当下语境的意义关系，还注重对过往历史空间的展现。中国历史文化悠久，盛世大国的历史印记在文字的不断重复书写中，成为自我认证的资本。历史小说兴起离不开文学生成语境，它"在表现每个时间段的文学时，都包容和涵盖着这一人文空间中更有历史性特征的文化积淀内容"[①]。九十年代中国处于改革发展时期，同时社会矛盾也相伴而生，改革的热情与大国的想象，在辉煌的帝国历史中找到了投影，而帝王大刀阔斧的改革与清正廉明的政治，都对解决当下社会问题提供了精神资源。历史小说无疑成为作家寄寓时代思考和个人情感的最佳载体，历史题材长篇小说更是掀起了创作热潮，姚雪垠的《李自成》（五部）、徐兴业的《金瓯缺》（四部）、凌力的《少年天子》《星星草》、蒋和森的《风萧萧》、杨书案的《孔子》等，一大批长篇历史小说以新的文化意识观照历史，在宏大的政治风云中剖析历史的复杂与多面，展现了新的美学特质。二月河是历史小说创作的典型代表作家，他的帝王系列小说引起了极大的关注。二月河原名凌解放，四十岁开始创作，致力于构建"帝王大国"，尤其是他的"落霞三部曲"，即《康熙大帝》（四卷）、《雍正皇帝》（三卷）、《乾隆皇帝》（六卷），加之影视剧的改编与热播，一度使他名扬天下。《康熙大帝》《雍正皇帝》《乾隆皇帝》出版后分别获得河南省政府优秀文学艺术成果奖、湖北省出版佳作奖，并获得美国"最受欢迎的海外华人作家作品奖"。其中的《雍正皇帝》曾获"八五"期间全国优秀长篇小说奖、全国优秀畅销书奖等，

[①] 丁帆：《〈新时期地域文化小说丛书〉总序》，北京出版社 1998 年版，第 1 页。

还出版了外文版，收获颇丰。不可否认，二月河的系列历史小说契合了时代发展的律动，在市场消费效应之下，在通俗文学与纯文学之中，找到了立足点，成为一种典型的有意味的文学方式。本节深入二月河的帝王世界，以他的"落霞三部曲"为例，探讨其历史系列小说的文学生成语境及其美学特质。

一、被压抑的民族国家想象

九十年代历史叙事呈现普泛化趋势，是社会环境与思想文化合谋的产物。二十世纪从八十年代转入九十年代，市场经济成为一个不可回避的标签。国际上冷战的结束，国内经济体制的改革，以此为标识，将个人推入了市场中。中国适时地步入了世界经济新秩序中，形成了"我们就在世界上"的自我认同感。[①]中国现代化的发展，使个人在市场化的自我转化中，由统一的计划经济转向了自由的市场经济中，思想解放，个体性得到肯定。但站在无边的非中心的世界广场上时，自我的失落感也相伴而生。肖鹰在其《欲望中的历史——九十年代中国小说的历史化叙事》一文中提出"就在世界上"的观点，并认为这同时存在一个悖论式情节：一方面，"就在世界上"的本然状态使中国找到了一个与西方对峙的平衡位置；另一方面，"就在世界上"对中国自我实然状态的确认，"否定了以西方为目标的线性发展的绝对价值，发展并没有实现存在的本体价值的增值"。这是九十年代现代化发展的负面影响，导致了在进入全球一体化的世界市场之后，个体所产生的失落感。市场经济的兴盛，为个体提供了无限发展的可能，但在自我进行市场化转型后，以市场为导向，以物化和量化为手段的操作，又使个体存在和历史存在受到了极大压抑。因而在九十年代，面对市场经济大潮的吞噬，个体存在的瞬间感与无历史感，寻求历史的支撑成为文学的

---

① 参见肖鹰：《欲望中的历史——九十年代中国小说的历史化叙事》，《浙江学刊》1990年第1期。

一种倾向。八十年代，先锋文学以其华丽的技巧，企图解构个人的历史性，在走向世界新秩序的道路上，认为个人须自由且非历史化，而九十年代的历史重构则是对八十年代的反思，为个人在广阔的世界舞台中寻求支点。因而对历史的书写成为大趋势，尤其是长篇历史小说。有意思的是，其中对清朝的描写不胜枚举，作家对清朝的推崇一直延续至今，当下网络小说也表现出对清朝历史的偏爱。

清朝是中国历史中最后一个王朝，是中国几千年传统社会发展的最后一个高峰，对清朝的书写引发了人们的热情。这首先源于中国传统思想中的"盛世情结"。盛世情结在中国传统思想文化中由来已久，朝代的更替、历史的兴衰、盛衰、治乱成为评价历史阶段的审视标准，对盛世冠之以名，例如"文景之治"、"光武中兴"、"贞观之治"、"开元盛世"、"永乐盛世"、"康乾盛世"等，表现了中国人对太平盛世的推崇。清朝在社会发展繁荣方面确实超过了历朝历代，农业、商业、航海、手工业、政治、外交、思想文化等方面，都取得了巨大成就，尤其是清朝长达百年的康乾盛世，更是受后人称颂。康乾盛世作为距离当下最近，也是中国帝王时代最后的盛世，成为寄托我们盛世情结的历史时段，符合我们对国富民强、社会安定的盛世想象，也无疑成为文学创作竞相描绘的图景。清朝历经了极盛而衰的命运，二月河称其历史小说为"落霞系列"，称康乾盛世像晚霞一样灿烂辉煌："文化里的完整性，封建社会制度的完整性，都达到了极致，包括到乾隆年间，经济也达到了极致，有非常迷人的色彩，这是落霞的特点。第二是文化的腐朽性，太阳就要落山了，黑暗就要来了，这是不可逆转的发展趋势。"清朝成为几千年来封建社会盛世而衰的缩影，印证了历史发展的必然规律。其次，清朝满足了当下改革的大国想象。九十年代大刀阔斧的改革如火如荼，但矛盾也相继凸显。面对社会现状，中国需要寻求历史支撑，而清朝，尤其是康熙、雍正、乾隆时代，帝王励精图治，国家昌盛，正是当下改革所追求的盛世投影，更能给予人民以改革的期待。而清代盛世图景也在后人地不断书写与怀念中，更加被突出和强化。

在二月河的"落霞三部曲"中，描绘了开明专制的盛世大国图景。康熙皇帝八岁登基，智擒鳌拜，平定三藩，成就千古一帝；雍正皇帝九龙争斗，一举夺嫡，力排众议，坚持改革；乾隆皇帝则重用贤臣，整饬官吏，立志开创清王朝的极盛之世。康乾盛世国富民强，军事强盛，开拓疆土，无权臣之乱，无武将之患；社会矛盾相对缓和，人民生活安宁，安心生产；国家财政丰裕，康熙年间清朝的财政盈余，雍正年间库存白银增至 6000 万两，乾隆时代常年库存白银 6000—7000 万两，"为国朝府藏之极盛"①。其次，还集中体现在帝王的行政作风中。杜家骥在其《论清朝在中国历史上的地位》一文中，充分剖析了清朝皇帝的贤明行政。清朝作为少数民族，入关之后极其重视对汉文化的学习，皇室更是从小培养，因而形成了文韬武略、勤政爱民的帝王家风，连续出现康熙、雍正、乾隆三代精明强干的帝王，在整个中国封建王朝的发展历史中都不多见。清朝皇帝对后妃、外戚、太监、宗藩实行严格管束，实行秘密建储的制度，避免了后宫政乱、地方叛乱、结党内讧等现象。再者，清朝皇帝注重节俭，且严惩贪污腐化，尽量压制皇族开支，为百姓减负。清皇族实行一次性圈拨赐田，范围仅限京畿，大大减少了明代贵族权势在全国广占庄田、兼并土地的现象，极大降低了社会矛盾，利于稳定生产。② 如同"落霞"，康乾时代也具有众多的社会矛盾，例如康熙时官吏贪污腐化，为减轻百姓负担，主张降低官员俸禄，压缩行政经费，导致贪官盛行，"三年清知府，十万雪花银"，贪污受贿蔚然成风。但皇帝多勤政，严惩贪污。雍正皇帝事必躬亲，在位十三年至少批发奏折2.2 万件。③ 皇帝多为官吏做表率，力图倡导"为政者向廉恶贪、从善去恶"的朝政风气。雍正皇帝刚刚即位一月之时，就清查国库，限令国库亏空者在三年内补足，否则严惩。因贪污腐败逮捕惩杀大批官员，国库得以充实，

---

① 刘文鹏：《在政治与学术之间——二十世纪以来的康乾盛世研究》，《学术界》2010 年第 7 期。

② 参见杜家骥：《论清朝在中国历史上的地位》，《学习与探索》2001 年第 3 期。

③ 参见把增强：《清朝的腐败与反腐败》，《领导之友》2006 年第 1 期。

吏治也为之一新。乾隆治理国家较雍正温和，但对贪官污吏也不手软，因贪赃被杀的二品以上大员达 30 人之多，府、州、县的下级官僚被杀者不计其数。[①]

　　相比九十年代的中国社会，正处于改革的关键时期，社会矛盾日益突出，人民渴望出现像康乾盛世一样的辉煌，充满对自我的大国想象，同时对领导者也寄予期望，历史小说则是这种思想在文学中的投射。九十年代，中国以改革为向导，在与西方对峙中，需要自我确认的精神来源，这种支撑要依靠中国传统的、特有的思想文化，历史的辉煌无疑成为溯源的根本。同时，八十年代启蒙的民族国家想象式微，甚至淡出，主流话语企图在新的语境下重构话语体系。王晓明认为，中国人在二十世纪九十年代第一次丧失了方向感："一九八〇年代，中国人是有方向的，这个方向就是改革，虽然各个社会阶层的人对改革的理解并不一致，但大体还能指向差不多的方向。但到了一九九〇年代初，巨大的挫折，人一下子被打懵了。"[②] 二月河的"落霞三部曲"则在历史与现实之间找到了连接点。对于写作目的，作者认为是揭露封建社会制度的腐朽、残酷、虚伪和落后："我们虽然已进入二十一世纪了，但我认为清除封建残余意识的任务并没有终结。比如小农意识、'官本位'意识、宗法观念、专制意识、等级观念，等等，都是我们当今改革和建设的障碍。不彻底清除这些封建的残渣余孽，就会影响改革和建设的进程。"[③] 进一步而言，作品暗合了读者对时下改革的心理期待。这种民族国家想象区别于启蒙的民族国家想象。自近代以来，启蒙的知识分子对封建制度的评价趋于负面，多推崇西方开明的政治制度，封建意味着落后，五四时期更是不惜矫枉过正，以断裂的方式寻求进步。这种负面承担的角色一直融入在知识分子的启蒙话语之中。而九十年代的文化场域中，

---

① 参见把增强：《清朝的腐败与反腐败》，《领导之友》2006 年第 1 期。

② 王侃、王晓明：《三足怪物、叛徒、谜底及其他》，《当代作家评论》2012 年第 1 期。

③ 泛舟：《二月河与他的笔下王朝——与著名历史小说作家二月河的对话》，《今日湖北》2004 年第 6 期。

多元的背景下，在经历了先锋文学对历史的消解之后，对自我的失落感、存在的瞬间感、渴望改革成功的心理期待及被启蒙压制的思想，一起冒了出来。二月河的系列小说在历史的讲述中渗透了作家对当代社会的严肃思考，在描写中注重对重大事件及宏大场面的展现，以细节的真实，掩盖了整体性价值的缺失。同时，主流话语欢迎这种挪用，暗合了体制内新秩序的建立，它以转喻的方式，取得了往昔丧失的权威，"贤君明主"的模式得以强化，而这种强化又是建立在新的社会文化境遇下，契合了多元背景下人性展现的时代主题。

二、通俗文学与主流话语的谋和

　　二月河的"落霞三部曲"所营造的盛世图景，与主流话语达成统一的态度，引起了大众心理的共鸣，无意间参与了主流话语的重建，成为九十年代中国改革的注脚。九十年代随着市场经济的发展，自由的氛围导致文化阶层的下移，大众文化应运而生，成为当代文化的一个重要关键词。它以城市工业化与消费社会为契机，以多媒体传播方式为支撑。大众文化不仅是与精英文化相对的文化形态，更甚者是指以通俗文化为主导的市民文化，以消费性、娱乐性为特征。通俗文化与主流话语合谋，以市场为导向，大众文学出现了模式化、批量化、娱乐化的生产模式，企图以此谋求大众的接受与喜爱。正是这种以市民文化为主导的大众文化，成为历史题材小说流行的重要推动力，这是通俗小说在历史领域兴起的经济合法性的表现，更成为新世纪以来网络历史小说的先声。主流话语在九十年代也呈现出一种对大众文化、民间资源、通俗文学的友好倾向，"'盛世叙事'属于中国大众文化在全球化时代语境中关于现代民族国家的一种话语建构"[1]。二月河也认为作品的真正的标准只有两条：它拥有不拥有读者；它拥有不拥有将

---

[1] 范阳阳：《从二月河"落霞三部曲"看九十年代文学场》，《小说评论》2014 年第 1 期。

来的读者。与大众文化的发展趋势相契合。

二月河帝王系列作品的热销与《康熙微服私访记》等作品的走红，都与其通俗小说的倾向有关。首先，作品以帝王生活为线索，结合了民间传说、宫闱秘史等资源。中国人历来有对帝王英雄的崇拜情结，为帝王著书、为英雄立传，从神话故事中便初见端倪，女娲后羿，刑天夸父，祭天求雨，对天神的崇拜一直延续，到了封建帝制时代，则转为对帝王英雄的崇拜。意大利哲学家维柯（Giovanni Battista Vico）在其著作《新科学》中将历史划分为神的时代、英雄的时代和人的时代。在中国古代，英雄的时代则更多体现在贤君名臣上，他们建功立业、除暴安良、励精图治、勤政爱民，帝王在百姓心中如神一般，是"天之骄子"，如若皇帝贤明，则天降祥瑞、风调雨顺、国泰民安，这些希冀都体现了对帝王的崇拜，甚至神化。因而对神秘的帝王生活也充满了好奇。"天高皇帝远"，皇帝对于平民而言，更多的是符号化的意象，在口口相传中，传承和演化出许多关于帝王的民间故事。中国封建帝王制度延续几千年，留下的历史资料浩瀚如烟，但秘史、野史的民间传说也不少，对此史学家无从考究，但却成为文学家创作的资源，为其发挥自我的想象产生了巨大的言说空间。因而历史小说杂糅了关于帝王的神话故事、秘史野史、民间传闻、微服私访等，吸引了大众眼球，契合了我们对时代改革的期许，同时产生了娱乐性的阅读快感。在当代社会中，对个人经历与时事热点的娱乐性叙事表达受限，将这种契合大众阅读期待而在当下又无从表达的情感，寄寓到历史叙事中，在情节真实的掩盖之下，带有娱乐化消费化的色彩，具有普遍受众，获得了巨大成功。

再者，在自由主义盛行的市场经济时代，集体解散，个人被凸显。在改革的浪潮下，处处是机遇，营造了一个呼唤能者与英雄的时代氛围。二月河的帝王小说在投射时代境遇之下，也给读者以鼓励，满足了读者对自我成功的想象。这种给予也使人物形象塑造带有作者的倾向性。例如在系列剧《康熙微服私访记》中，康熙游历各地，体验商人、犯人等不同社会阶层的生活，在个同的故事中伸张正义、为民除害，塑造了一个生动鲜活、智勇双全的平民皇帝。白姓心中居深宫、掌大权、享富贵的符号化扁平化的天子，变为有道德正义感、平民心，而又逃不开儿女情长的鲜活的英雄形象。二月河的帝王小说也如此。例如康熙在《夺宫》中智斗鳌拜，《惊风密雨》中平定三藩，《玉宇呈祥》中西平葛尔丹、收复台湾，《乱起萧墙》中的皇位之争，塑造了一位所向披靡的神化皇帝。在《雍正皇帝·九王夺嫡》中也对其称赞："（康熙）他精算术、会书画、能天文、通外语，八岁登基，十五岁庙谟独运智擒鳌拜，十九岁乾纲独断，决意撤藩，六下江南，三征西域，征台湾，靖东北，修明政治，疏浚河运，开博学鸿词科，一网打尽天下英雄——是个文略武功直追唐宗宋祖，全挂子本事的一位皇帝！"[1] 雍正在历史上是一个争议很大的帝王，历来背负着弑父逼母、谋害兄弟的骂名，而在《雍正皇帝》中，他励精图治、勤政爱民、整饬吏治、巩固边防、发展生产，是一代贤君。在时代背景营造中，对清末"重本抑末"、"海禁"、"文字狱"等涉猎极少，将历史简单化，人物神化，以此满足大众文学盛行之下的英雄想象。

再者，二月河的帝王系列小说作品融入了武侠、宫斗、情感、公安等通俗元素。二月河系研究红学出身，古典小说的创作传统在其作品中打下了烙印。章回体叙事结构，古朴精炼的语言，尤其体现在情节设置中，故事一波三折，吊足了胃口。例如《康熙大帝·夺宫》中，鳌拜企图弑君谋反，康熙与其斗智斗勇。鳌拜探听康熙行踪，企图行刺转而嫁祸于人，绑架明珠，翠姑挡驾，穆里玛围店，吴六一办饼会，老太师落入法网，小毛子杀贼立功，最终智擒鳌拜。情节环环相扣，跌宕起伏。在紧张之余，作者又穿插伍次友与苏麻喇姑的恋情，使故事张弛有度，充满张力。宫斗、武侠、情感，多种元素杂糅，二月河可谓写故事的高手。作品中的情爱描写也受到了争议，伍次友与苏麻喇姑、李云娘等复杂的感情，雍正与引娣母女的乱伦恋情，乾隆与棠儿、王汀芷的风流韵事，刘墨林与苏舜钦、周培公与

---

[1] 二月河：《雍正皇帝·九王夺嫡》，长江文艺出版社 2009 年版，第 61 页。

阿锁的爱情悲剧，这些情爱描写在严肃历史正剧的基础上，增添了卖点噱头，更契合当下大众阅读的娱乐化倾向，虽有"讨好"之嫌，但惊人的销售量和阅读量，使其获得了自我确认。二月河的帝王系列小说在择取重大历史事件的基础上，融入了通俗小说的质素，展现了宫廷生活与市井景观、宫斗险恶与儿女情长，融武侠、宫斗、情感、公安于一炉，绘制了康乾百景的画卷。

三、雅俗共赏的暧昧呈现

结合影视剧的改编，二月河名声大噪，电视剧收视率飙升，书也不断再版，甚至盗版盛行。相比于作品热销，二月河却遭遇了受众与评论的二重分野。二月河的帝王系列历史小说在获得读者的同时，也饱受诟病。对于其作品的评价褒贬不一，中国社会科学院文学研究所研究员蔡葵认为："在涉笔清朝这段历史上，二月河是要什么有什么，在这一点上，他可能是小说家里头最具历史家品格的。"评论家丁临一则认为："《雍正皇帝》可说是自《红楼梦》以来，最具思想与艺术光彩，最具可读性同时也最为耐读的中国长篇历史小说，称之为五十年不遇甚至百年不遇的佳作并不为夸张。"[1] 同时，也有评论家提出了异议，学者齐裕焜认为其作品故事选择杂乱，部分情节荒诞，情爱描写较粗俗[2]；王增范也认为作品整体较为粗俗，太江湖化，部分情色描写过分："个别段落完全上不了台面，是属于典型的色情文学的东西，用在这么正规的题材上面不伦不类。"[3] 历史从某种角度而言，都是虚构性的，在创作中作者会依据创作需要，对历史人物性格塑造有自我倾向性，在娱乐时代盛行之下，封建帝王很可能成为享乐主义的代表，为大众所羡慕。这是被特定意识形态所构造出的历史，是商业主义裹

① 冯兴阁等编：《聚焦"皇帝作家"二月河》，广东人民出版社2003年版，第221页。
② 参见齐裕焜：《二月河"清帝系列"小说谈得失》，《福建师范大学学报》2000年第2期。
③ 王增范：《二月河清帝系列小说的缺陷》，《中州学刊》2006年第6期。

挟下的娱乐化的历史，游离于以往传统意义上的精英文化范围之外，与精英文化知识分子所恪守的严谨的客观历史主义相背离，因而受到诟病。童庆炳认为历史题材文学的创作有五个向度：首先是历史观问题，要从长远的历史大潮中洞察是非功过；再者是历史真实的问题，"是活的现实把死的历史唤醒"；在价值判断的问题上，不能将复杂的历史过于简单化与偶像化；要注重历史题材文学与现实的对话，"尝试着了解过去是为了更清楚地观察现在和未来"；在历史题材文学的文体审美化问题上，作家既要把陈旧的、死的历史写活，同时又要有自己的创作个性。① 我们以此反观二月河的"落霞三部曲"，固然有其不足之处，但总体而言，它又是纯文学发展的产物，从某种角度而言，它摆脱了以往阶级革命叙事对历史叙事的控制，使之走向了后台；而在实证性和真实性上，二月河的写作更贴近现实和真实，人物复杂深刻，无论是人性的幽暗，还是人性的光明，都比以往的小说更复杂，也更刺激。

二月河一直以史学家的标准要求自己，查阅了大量史料，对清朝社会全景了然于心："上至帝王之尊，下到引浆卖车之流……还有对这一时期政治、经济、文化全方位的掌握、理解。那时，一斤豆腐多少钱，我都知道，还有纯度 10% 的银子到 99% 的银子怎么识别，皇帝一年 360 天，什么时辰穿什么衣服，这都需要从查资料开始。"② 充分的资料为其创作打下了基础，从环境、人物角色设定、历史常识等方面，营造了真实浓郁的清代历史氛围。语言上既有古典小说的韵味，又适合现代人的审美习惯，拟古的语言运用，并引入大量的诗词歌赋、民谚民谣，代入感极强。在历史真实的创作原则之下，又不为正史与权威所拘束，融入了自我理解与倾向，勇于进行大胆的艺术创造，极具个人特色，同时，雅俗的融合，平民视角，这样

---

① 参见童庆炳：《历史题材文学创作五向度》，《清华大学学报》2012 年第 2 期。

② 泛舟：《二月河与他的笔下王朝——与著名历史小说作家二月河的对话》，《今日湖北》2004 年第 2 期。

看待问题的方式，也是纯文学创作的典型。其次，二月河因其研究红学出身，深谙中国传统文化之精髓。在写实的基础上，融入了大量中国传统文化的质素，使其与一些虚构浅薄的通俗文学拉开了距离。为了国家，始终是该小说最大的合法性，一切必须在这个大的范畴内进行。对于歌颂专制皇权的指责，二月河这样说："我不是在歌颂皇权，而是在揭露专制，不是在美化皇帝，而是形神兼备地写出了即便如康、雍、乾这样有作为的圣明天子也医治不了制度酿就的痼疾，挽救不了封建专制的最终灭亡。三部书都是悲剧，历史的悲剧，民族的悲剧。三部书都是挽歌，唱给两千年封建社会的最后的凄美的挽歌。"① 他认为爱国是我们应从中汲取的，在此前提下，他的小说塑造了从帝王群臣到知识分子的人物群像。在帝王形象的塑造中，重视其政治才能与道德力量，倡导帝王宅心仁厚、体恤民情，受中国传统儒释道文化的影响，帝王有"修身，齐家，治国，平天下"的气魄和胸襟，这种质素深融于个体人物血脉之中。以纪晓岚、高士奇、周培公、刘墨林为首的朝臣，学富五车、无书不通、才思敏捷、机智幽默，却又放浪不羁、恃才傲物，有魏晋名士之风骨。除了帝王朝臣形象，二月河的历史小说还塑造了一批文人形象，这批文人受传统文化滋养，成为帝王之师，言谈举止间，显露儒雅之风，凭借过人才能，协助帝王成就霸业，更通过他们探究封建帝王之术，他们代表着古代文人的典范。儒家倡导积极入世的思想，他们出将入相、伍次友、邬思道、方苞等，辅助帝王，成就个人的理想。但在满族当权的世道里，又深谙"伴君如伴虎"的道理，时刻居安思危。在功成名就之际，适时隐退，不贪恋名利，契合道家无为而治、消极出世的思想。伍次友浪迹江湖，而后遁入空门；邬思道归隐山林，远离世俗；方苞辞官归隐，不问朝事。他们虽满腹经纶，但终究选择归于平静，暗喻了中国传统知识分子的悲剧命运。

---

① 泛舟：《二月河与他的笔下王朝——与著名历史小说作家二月河的对话》，《今日湖北》2004年第2期。

二月河的帝王系列历史小说是九十年代历史小说创作的典型，通过对清朝盛世的描绘，解放了被启蒙压抑的现代国家民族想象，在大众文化、市场消费的推动作用下，在纯文学创作的基础之上，添加了通俗文学的质素，同时暗合了主流话语的重构体系，由此展现了九十年代中国改革浪潮下的大国想象，以及由此对文学生成语境的影响。

第三节　还原"万历新政"的开创与落幕：熊召政的长篇小说《张居正》

学者金观涛、刘青峰曾用现代科学控制论的原理来研究、论证中国历史上的封建社会是一个"超稳定结构"，其既具有巨大的保守性和恒久性，但同时又相当脆弱。当经济、政治、意识形态三个子系统中的任何一个出现偏离，贫民将为了生存纷纷起义造反，就会造成整个社会的崩溃瓦解。在贫民起义来临之前，封建王朝之中有远见卓识之人就会发现王朝的千疮百孔，他们试图以一己之力大胆改革、力挽狂澜、革故鼎新，但这些改革家的所作所为，正加剧了他们为之殚精竭虑奉献身家性命的王朝的崩溃。[1]在历史学家看来，这些改革家们的努力或许是徒劳的，但是他们那种明知不可为而为之的改革气概，那种"苟利国家生死以，岂因祸福避趋之"的道德追求，不断地被文学家演绎成作品传播散布，滋润惠泽着后世人的心灵，让我们高山仰止，景行行止。第六届茅盾文学奖获得者熊召政的长篇小说《张居正》就达到了上述目的，接下来笔者将从三方面来探讨该部长篇小说的特点。

---

① 参见金观涛、刘青峰：《兴盛与危机：论中国社会超稳定结构》，法律出版社 2011 年版。

一、三条线索交错前行

　　长篇小说《张居正》主要讲述的是张居正从次辅的官职升为首辅，并在首辅职上全力推行改革事业，最终鞠躬尽瘁死在任上这十几年的人生事迹。小说的主要线索就是围绕张居正新政改革的发生发展来进行的，但同时小说又穿插了另外两条线索：一是美女玉娘与张居正的爱情经历；一是万历帝逐渐由孩童成长至青年的过程。这三条线索一主两副使得该小说有条不紊、纲举目张。

　　张居正改革事业的发生、发展、高潮、结局是该部小说的主线，这一线索大致回答了三个问题：张居正为什么要实行新政？他实行了什么样的新政？这些新政结果如何？第一卷《木兰歌》主要叙述隆庆皇帝与万历皇帝交接之时的政治态势。隆庆皇帝政治昏庸，自家身体由于风流过度染上梅毒疮，时时癔症发作，而且信奉道术，将朝政弄得乌烟瘴气。此时首辅高拱任人唯亲，将朝廷大权紧紧攥在自己手中，他人无从染指，即使是次辅张居正也不得过问。宫廷内皇太子的母亲李贵妃与她信任的太监冯保已经开始预防不测，冯保更是期待次辅张居正与其联手打倒高拱，共同为新皇帝掌管内外权力。隆庆皇帝驾崩之后，高拱为避免张居正取而代之，首先向冯保进行攻击，最终遭到其绝地反击，高拱自身难保遭到削权被遣送返乡，张居正终于取而代之。这就是第一卷的主要内容，达到了一石三鸟的目的：一是为读者描画了张居正从次辅升上首辅的过程，其与冯保、李贵妃结成了三角联盟，为后来的革新奠定了坚实基础；二是将张居正和高拱的政治信条、用人原则和个性性格进行了对比，为后来张居正的变革进行了铺垫；三是展现了隆庆皇帝留下的是一个烂摊子，无论是政治局势还是经济形势都面临着一团糟的状态，大明王朝已经到了风雨飘摇大厦将倾之时，时势需要一位改革家出来拯救王朝的命运。可见第一卷主要是阐述张居正为什么要实行新政，这是为他的改革进行合法性论证，国家危难、百姓艰辛，大明王朝已经到了不得不改革的紧要关头。

　　第二卷《水龙吟》主要叙述张居正荣登首辅之位后，一方面逐渐取得李太后的信任和重托，并和大内主管冯保结成了稳固的政治联盟；另一方面则在重重阻力下开启了万历新政的序幕，推行"京察"，实施考成法，进行人事制度改革，但国库空虚，只好以胡椒苏木折官员薪俸。岂料此举在京城引起轩然大波，朝野上下非议汹汹，各种反对势力表面上是抗议胡椒苏木折官员薪俸，实际上则是反对"京察"。导火索是李太后所信任太监邱得用的外甥章大郎打死户部官员王崧，从而引发一系列明争暗斗。接着又出现礼部官员童立本因为胡椒苏木不能出卖，家中已是穷困潦倒揭不开锅，于是愤而上吊。高拱的门下又借此兴风作浪，最终冯保让手下故意纵火让张居正躲过艰难时节，并取得第一回合的胜利。本卷为张居正后面更进一步的财税改革进行了铺垫，因为国库没有钱才有以胡椒苏木折官员薪俸这一举动，为了增强国库，只能在财税上下工夫。而官吏人事制度的改革又为后面财税制度的改革奠定了基础，提供了可能。

　　第三卷《金缕曲》叙述张居正发现了"子粒田"的漏洞，并要求豪门巨室交纳子粒田税赋，李太后亲自带头使得这一措施得到执行。然后张居正以此为突破口将收税官吏和收税制度进行了变动，使得收税效率大为提高。最后彻查全国土地田亩的实际情形，并要求按照新的土地数据进行税赋交纳，一变之前实物交纳的惯例，改为一律用银两交纳，推行实施"一条鞭"法。同时，还加强了刑事案件的处罚力度，许多原来应该处斩的罪犯一般都拖延许久然后不了了之，而张居正则明令各个省都必须完成处斩人数，这样就严肃了法纪。这一卷主要是叙述张居正的财税制度和刑律制度的改革，这是其改革事业的主体，收效也最大，成果也非常显明，他终于使得国库充溢起来，大明王朝迎来了一个较为辉煌的时期。

　　第四卷《火凤凰》书写张居正改革学制，严格限制私人书院的发展，不允许学者四处讲学，并适度控制佛教的泛滥发展。他的手下更是抓走了著名学者何心隐，将其杀害于黑狱之中。另外还叙述了张居正身犯疾病，而乏回天之术，其在临终之际还念念不忘朝廷大事。但是万历皇帝亲政之后，原来被张居正罢免的官员统统官复原职，而他信赖提拔的亲信几乎全部撤换。他精心实施的"万历新政"终于被万历皇帝全部推翻，并为其带来了全家族的灾难，而自己生前所得到的种种荣誉都被虢夺。"万历新政"在他死后人走茶凉、人息政亡，旧的制度及势力变本加厉，进行了疯狂反扑。就这样，全书四卷围绕张居正经天纬地的改革大业进行顺时序书写，为读者绘声绘色地讲述了"万历新政"的发生、发展、高潮和结局。

除此之外，熊召政还安排了一条张居正和玉娘之间缠绵缱绻、感天动地的爱情线索。在第一卷《木兰歌》中，玉娘本是邵大侠送给高拱的歌妓，但是高拱不解风情，将她从自己家中赶走。在高拱要解职回家之时，玉娘又匆忙赶到驿站要随其返乡，遭到高拱拒绝之后她一头撞向柱子以求解脱。这时还是次辅的张居正就为玉娘的花颜月色而倾倒不已，见其性格刚烈更是不胜惊异，这是二人刚刚相识，张居正对玉娘一见倾情。在第二卷《水龙吟》之中张居正已成为大明首辅，玉娘则穷困潦倒双目失明，几乎要在妓院卖身求活，幸亏王篆及时发现，将其营救，送往张居正的积香庐。张居正为其延请名医，最终让玉娘双目复明。玉娘也逐渐了解张居正并不是侵害高拱的罪魁祸首，并在与其交往中发现他很能怜香惜玉，于是一腔深情逐渐转移到张居正身上，这使二人逐渐相知相恋。在第三卷《金缕曲》中，二人爱意正浓，邵大侠又与玉娘建立起联系，要求玉娘帮助其获利，玉娘知恩图报向张居正提出要求，张居正名义上施加帮助，但暗地里在"棉衣事件"中找到机会，一举将邵大侠剿灭。玉娘伤心自己的救命恩人被所爱之人所杀，于是不辞而别。从此二人永隔天涯，而彼此心灵仍时常牵挂。在第四卷《火凤凰》中，张居正身死名毁，成为万历帝亲政后的最大"奸臣"，玉娘来到张居正的墓前拜谒，并自尽于其坟前，还希望金学曾能将其埋葬于张居正的坟旁，二人可以生死相随。玉娘与张居正的爱情由相识、相知、相恋、相离到相随，实际上与后者的政治事业紧密相关，二者之间有着交通互补，并且有深刻的寓意：当张居正只是次辅之时，对于貌美如花的玉娘他只能远观而不能亵玩焉；当张居正升为首辅之后大展拳脚之时，玉娘与他相知相恋；当张居正事业如日中天之时，玉娘不告而去；当张居正事业由盛转衰，最终身死异乡受到朝野内外非议之时，玉娘又来与之死而同穴。玉娘看似只是一位弱女子，未尝不是一种美好人性的化身，因为玉在中国传统文化中本就是纯洁无瑕的象征。只有当张居正能够诚心正意，符合人性向善的规则之时，她就会与其相伴相随；而当张居正权势熏天迷失自我之时，她又会远走他乡洁身自好；而当世人皆曰可杀，毁谤不止之时，她又能理解张居正的博大胸襟和政治抱负，不惜以身相殉。

作家还安排了一条成长线索，那就是万历帝朱翊钧从年幼无知到逐渐懂事，并成长为知道男女之间风花雪月的青年。这不仅是他作为自然之人的成长道路，而且还是一个小皇帝政治意识逐渐觉醒、发展成熟的成长经历。万历帝十岁之时父亲隆庆皇帝去世，他幼小的躯干和心灵还不能承担处理国家大事的重任，诸事依赖母亲李太后、首辅张居正和大伴冯保。这三人之中处理政事最为娴熟也最富有政治谋略的当然是张居正。所以在张居正死之前，万历皇帝只是傀儡皇帝，真正在朝廷中主事的是张居正。在前三卷之中，作家从读书识字、垂询问政、贪玩好奇等方面塑造万历帝的小孩心性，但也为我们展示了这个小孩不平常之处，他能随时提出自己对政事的理解。尽管这些见解有时显得幼稚可笑，但这种可笑相对于他的同龄人来看，已经不是可笑，而是可敬。这一方面说明万历帝不是傻子，他在张居正的熏陶培养下非同一般儿童，而是在茁壮成长，这一性格特征吻合了万历帝既是儿童又是皇帝的双重身份。这为第四卷《火凤凰》中叙述万历帝在张居正死后能够掌控内宫，操纵新任首辅张四维，清算张居正，奠定自己执政的威权埋下了伏笔。这也预示着万历帝亲政之后，将会有一套自己处理政事的态度和原则，张居正的一套做法将会被改弦易张。所以说，万历帝由小到大的成长过程，正是张居正政治理想渐次实施取得成就但又逐渐出现弊端最终被废除的历程，二者之间此起彼伏、你消我涨，逼真展示了这一时段的历史情态。

二、重用循吏、慎用清流

改革家为了推行他的改革事业，必须选定一批认同他的政治理念、积极实施他的改革举措的政府官员。这样他才能振臂高呼、应者云集，从而在大江南北形成浩浩荡荡的改革浪潮，改革大业的成功就会指日可待。作家笔下的张居正就是这样一位改革家，但是他还有不同一般之处，那就是他的为官之道和用人原则是重用循吏、慎用清流。何谓循吏与清流？张居正多次对此进行了阐说："当官有多种当法，有的人冲虚淡泊，谦谦有礼，遇事三省其身，虽不肯与邪恶沆瀣一气，却也不敢革故鼎新、勇创新局，此种人是清流，眼中的第一要务是个人名气，其次才是朝廷社稷；有的人大醇小疵，这样那样的毛病，让人一揪一个准，但他心存朝廷，做事不畏权贵，不避祸咎，不阿谀奉上，不饰伪欺君，这样的官员，是循吏。"[1] 可见在品德和才能二者不能同时兼备的情况下，张居正欣赏的是那些能力很强勇于办事的官员，即使道德上有所瑕疵也可以既往不咎；而那些道德名声远扬四海实际上无补于政事的名士，他基本上是敬而远之的。这一原则不仅体现在张居正自己做官办事中，也表现在他选用属下官员上。

阅读小说后，我们会发现张居正自己就是为国谋划千秋、忠于职守的循吏，而不是空谈误国、好高骛远的清流。首先，为了改革事业的顺利推行，他竭尽所能与李太后、冯保结成政治联盟。从执政能力来说，李太后和冯保都远在张居正之下，一个始终带有妇人之见，一个是身残之人贪婪财宝。但是张居正能够委曲求全，从不直接与二位发生正面冲突，而是在不违背大原则的情况下尽量满足二位的要求，以换来他们对自己施政纲领的认同。例如李太后的父亲武清侯本是一个泥水匠，既贪财又喜欢胡搅蛮缠，张居正尽量照顾他的颜面，实在推脱不过，也是虚与委蛇。后来武清侯闯下大祸，他筹办的二十万件棉衣因为太薄冻死了边关士兵，朝野上下议论纷纷。

---

① 熊召政：《张居正·火凤凰》，北京十月文艺出版社 2013 年版，第 26 页。

张居正避实就虚放过对武清侯的惩办，只是将与此有关的邵大侠等人当作替罪羊予以捕拿法办。对于冯保，张居正也是尽量满足其要求，视而不见听而不闻其卖官鬻爵，对其推荐的贪墨人员还委以重任。即使是只有十多岁的万历帝，张居正也屈身逢迎，利用小孩好玩的心理，为其买玩具风葫芦，并亲自展演玩耍技巧。当小皇帝在政事和见识上一有进步，他也是及时予以阿谀夸奖。张居正如此行事尽管牺牲了某些为官甚至为人的原则，侵害了制度乃至法律的严肃性，但是这样换来了李太后、冯保、小皇帝的无比信任和大力支持，使得宫廷内部和内阁政府形成了彼此依仗的良好关系，于是首辅成为了真正的一人之下万人之上，更多的制度改革和法治建设就能够顺利实施。这就是张居正作为循吏的权谋，也是他政治谋划中的悖论，以牺牲部分制度法治去实现更广泛的制度法治的贯彻实施。

其次，张居正不愿做清流还表现在他撤毁大学士牌坊和处理不回乡守孝事件上。荆州知府赵谦为了巴结首辅张居正，带头倡议荆州官员为其集资修建了大学士牌坊。张居正闻知此事之后，要求赵知府将其撤去。但是赵知府不仅不照办，还托各种关系找到张居正的老师徐阶为其书写牌坊对联，并继续大张旗鼓地予以操办。于是张居正命令风宪官周显谟和荆州税务官金学曾撤毁了这座气派堂皇的大牌坊。在张居正时代，乡邻为本土杰出人才树立牌坊已是风行一时，他的这个牌坊处于可撤与不撤之间，但是他仍然明令禁止，这无形中为那些树立功德牌坊获取名声的官吏树立了榜样。封建社会以孝治理天下，父母去世，官吏必须守孝三年方可再为朝廷效力，复出做官，这是封建社会士大夫必须坚守的道德准则，名曰守制。张居正的父亲去世之时，正是其改革事业初见成效，并亟需更进一步推进之际，如果他这时返乡守孝三年的话，那么之前的一切努力就会付诸东流，之后有否机会再试身手还未可知。为了朝廷，为了新政的实施，张居正并不想遵守这守制的规矩，他要夺情不返乡守孝，这引来了一帮讲求伦理道德的清流们的轮番攻击，很多人士因为此事而被廷杖、罢官、流迁，但张居正仍不为所动始终待在首辅之位上。最终他实现了自己的政治理想，而

国家也在他的努力下逐渐富强，显露出王朝复兴的气象。设若张居正只想到个人名声，而不顾及自己身肩重任的话，历史上就没有了"万历新政"，也就没有改革家张居正了。

最后，作为一个循吏，张居正在道德上也并不是完美无缺。他在个人生活上非常注重享受，他虽没有大肆收受钱财，但却将贪官严嵩的积香庐据为己有。因为他自己家里太过逼仄，人多吵闹不适合他在家里办公处理政务。他十分注重泡茶的技巧，喝朝廷内宫的人奶，返乡途中坐上了真定府为其准备的威风八面的 32 人抬的轿子；还接受冯保呈报的各种东厂的内部情报（尽管这应该只能让皇帝阅看），以掌管文武百官的风吹草动；他还比较好色，他不仅偏爱色艺双全的玉娘，戚继光为其献上的具有异族风情的胡姬他也笑纳不拒；他还常吃壮阳药以实现欲望的满足，最终使得自己身患重病；越到后来他也越来越专权，喜欢提拔那些阿谀奉承的官员；他的种种改革也因为他不能亲自监察而导致很多弊端，地方官员的欺上瞒下使得他的改革无法尽善尽美。正是这些瑕疵的存在，使得张居正死后评价褒贬不一，众说纷纭。

熊召政让张居正多次阐述循吏和清流的区别，并用其所作所为印证了他的用人原则，实际上也表达了作家对张居正的盖棺定论：他就是一个循吏，而不是一个清流，对其不应贬低，也不应拔高。这是将张居正还原为普通人进行塑造，不是将这个改革家美化为人间圣贤以供我们顶礼膜拜，但是又肯定其居功至伟的改革业绩。同时，张居正这一人物的塑造也为他选用官员、实行改革进行了充分说明：正是这样的循吏首辅，所以他挑选了更多的循吏而不是清流来任职各级官职，正是这种任职原则最终实现了十年"万历新政"的辉煌。

从小说中可见，张居正重用循吏首先就体现在朝廷重臣的选任上。他选用的次辅吕调阳，是前礼部尚书，资历老，是个老实人，政治上中立、肯于任事，基本上都是在张居正的意志下行事。尽管他会有不同的意见，但只是在临死之时发表了一下对朝政的看法，已基本上无济于事。后来张居正又推荐张四维出任礼部尚书兼东阁大学士，但其并不是和他平起平坐的内阁成员，而是入阁随元辅办事的下属。这样一来，张居正就翦除了诸多掣肘，使得内阁重权全部落在自己的掌控之中，让内阁形成为以自己为中心的、能体现自己改革目标的高效率办事机构。他选用的六部尚书也是以实干为主，而不是以清流为先。吏部尚书杨博资格最老、年纪最大，任过前朝兵部、吏部尚书；兵部尚书谭纶在抗倭、戍边中屡建奇功，戚继光、俞大猷等都是受到他的青睐才被提拔重用的；工部尚书朱衡是老水利专家，开通运河离不开他；刑部尚书王之诰是张居正的老乡加姻亲，也是素有名望的大臣，多年担任统率三军的边关总督；户部尚书王国光是张居正的政友，二人都立志革新；礼部尚书马自强也是当时有名望的大臣。这几人当中谭纶、王国光以及刑部尚书王之诰还是同年。这样的六部尚书的安排正表现了张居正重视大臣们的执行力，而不是以清谈玄想道德文章作为自己的选用标准。

张居正选用地方官员也重在选用循吏，而慎用清流，这方面有很多例子。金学曾本是户部观政，相当于实习官员，还没有正式委派职位，但是他深知当时财税制度的弊端，在向张居正陈述汇报的时候被其慧眼识才。张居正不仅让其查抄礼部账目，还让其到自己家乡任职税官，又让其清查子粒田，后又委任其为一省之学政。在这些岗位上金学曾都取得不错业绩，为张居正的改革大计立下了汗马功劳。这个人尽管没有贪欲但也不是没有小辫子可抓，例如他曾经以假钞参与蝈蝈大赛，赢得巨款，一时震动京城。而且他抓捕何心隐还引发过当地“学潮”，但是他仍受到张居正的提拔重用，其在短短九年之内迅速从九品衔升职到三品户部右侍郎的高位。殷正茂在当时是众所周知的贪腐之人，但是其有雄才大略，所以张居正一再推荐其担任两广总督赴广西平叛，结果多年未能解决的地方动乱得以平定。

金学曾、殷正茂等人属于循吏得到了重用，海瑞则是典型的清流却被闲置，作家专门在第二卷第十三回里面叙说了张居正“弃海瑞论政远清流”。这是因为海瑞虽然自己不贪污，但是实际上没有任何施政能力。他担任四品苏州知府时，穷人和富人打官司，总是有钱人败诉；收缴赋税之时，穷人交不起税费总是免除，其欠额都分摊在富户头上，弄得大户人家也都跑了，州府没有了税源。作家还让张居正对海瑞进行了一番评价："论人品，海大人清正廉明无懈可击。论做官，他却不懂变通之道，更不懂'水至清则无鱼'这一浅白之理。做官与做人不同，做人讲操守气节，做官首先是如何报效朝廷，造福于民。野有饿殍，你纵然餐餐喝菜汤，也算不得一个好官。如果你顿顿珍馐满席，民间丰衣足食，笙歌不绝于耳，你依然是一个万民拥戴的青天大老爷。"① 于是，海瑞在张居正任首辅期间并没有得到重用，而是优游林下，只有到张居正死后其才再次起复。像海瑞这样的清流人士很多，不少还是张居正的学生、同乡，但是张居正不仅没有重用他们，甚至在一些事件中借机罢黜了他们，使得他成为明朝仅有的座主和门生们闹僵的大臣。这些正反两方面的例子正说明了张居正重用循吏、慎用清流，众多的循吏在张居正这一大循吏的指挥下，改革大业得以顺利推进，王朝走向兴旺。

熊召政对张居正用人原则的凸显体现了其对当下现实的关怀，因为我们常常所提倡的德才兼备往往是一种理想化的苛求，人之为人或许正因为他们自身就不是完美无瑕的存在。但是，作家对张居正这种用人原则的局限性还欠缺反思。因为张居正的这种用人原则是封建社会中人治思想的体现，而在当下来看，如果还不反思这种用人主张的弊端，那么会对贪污受贿行为进行鼓励。现代社会是一个法治社会，法律面前人人平等，如果因为某人有能力就偏袒甚至纵容其所作所为，这样对官场生态乃至社会风气危害就会更大。更多的蛀虫会借循吏的名义侵蚀改革的成果，最终导致改革事业的功败垂成。另外，清流和循吏之间很难截然分开，二者之间应该如何保持一个合适的度让我们很难拿捏。所以说，这种用人方针对于张居正来说是他的不得已而为之，但是对现代社会来说则需要我们警惕。循吏

---

① 熊召政：《张居正·水龙吟》，北京十月文艺出版社 2013 年版，第 149 页。

固然可以重用，但不能超越法律制约之外，而清流也要让其有用武之地，其对循吏有着制衡与监督作用，对整个社会风气的改良有着循吏不可替代的功能，这才是科学的用人制度。

三、文化与文学融为一体

长篇小说《张居正》让我们有所感悟的不仅是其三条故事情节交错前行和张居正重用循吏、远离清流的用人原则，其丰富的传统文化底蕴也让我们爱不释手。该小说不仅具有文学的审美意蕴，还有文化知识学的宏阔博大。二者之间并不是水火相隔，而是盐融于水，有味而无形，使得该小说在传统文化的底蕴中熠熠生辉。

首先，传统文化体现在丰富多样的古典诗、词、曲的运用上。一般小说中书写古典诗词曲都是为了展现人物才气、突出人物性格、显现风情习俗，这在该小说中也不乏此例，这里不予摘引。但是该小说还将这种诗词曲的运用与全书结构主题予以结合，这就是在继承传统中有所创新。长篇小说《张居正》分四卷依次为《木兰歌》《水龙吟》《金缕曲》《火凤凰》，每卷卷名都是词牌名，这意味着每卷小说都是一首词的长篇演绎。在第一卷快要结束之时，高拱与张居正的斗争终于以其失败而告终，高拱被贬返乡，张居正在驿站送别，玉娘为二人唱了一首《木兰歌》。现将这首词摘抄下来：

> 世上事一半儿荒唐一半儿险恶，
> 皇城中尔虞我诈，
> 衙门内铁马金戈。
> 羽扇纶巾，说是些大儒大雅，
> 却为何我揪着你，你撕着我，
> 制陷阱、使绊子，

一个比一个更利索。

呜呼！今日里拳头上跑马抖威风，

到明日败走麦城，

只落得形影相吊英雄泪滂沱。

只可叹，荣辱兴衰转瞬间。

天涯孤旅，古道悲风，

都在唱那一个字：

错！错！！错！！！ ①

　　从词中之意可见，这首词既是对张居正和高拱明争暗斗的评价，也是对古往今来所有权势斗争的概括，道尽了官场尔虞我诈、无情碾轧的残酷本质。不仅如此，这还是第一卷主要内容与中心思想的概括。因为在第一部小说中主要讲述的是两次权谋斗争：以隆庆皇帝的死为界，前一部分写的是高拱与张居正之间的争斗。高拱眼见隆庆皇帝将死，他的首辅地位受到威胁，所以他在暗处时时排挤张居正，防止其取而代之；而张居正则隐忍待发，兵来将挡，但又不和高拱撕破脸皮。后一部分主要是高拱与冯保之间的激烈斗争，其目的是铲除冯保，消除张居正在宫廷内部小皇帝和李太后那里的影响力。但是冯保棋高一着，最终反败为胜，使得高拱铩羽而归。除了第二卷《水龙吟》没有在结尾之时书写一首《水龙吟》的词之外，第三卷《金缕曲》和第四卷《火凤凰》在临近结尾之时都有一首词，分别就是《金缕曲》和《火凤凰》。仔细分析这两首词，我们仍然会发现这与第一首词的功能是一样的，既是当时人物的浅唱低吟与击筑高歌，又是第二卷和第三卷主题思想的概括，起到了画龙点睛的作用。作家用词来刻画人物形象，对各卷内容进行了提炼总结，并对全书各部分进行了有机串联，使得形式与内容相互融合，显示了作家的苦心孤诣。

_____

① 熊召政：《张居正·木兰歌》，北京十月文艺出版社 2013 年版，第 410 页。

其次，传统文化还体现在作家对明朝典章制度和权力运作机制的熟稔上。书写传统社会的权力官场，一定会介绍典章制度，不然现代的读者就不会理解古代社会的行政体系。熊召政洞悉到这一点，在他的小说中明朝的典章制度成为重中之重。因为改革是张居正所致力的宏图大业，而他的改革主要是围绕典章制度进行的。作家在叙述这些改革之时，重在对这些旧有典章制度的起源、发展，及在新形势下的不合时宜进行了介绍，并阐说了张居正的改革措施是如何消除旧有典章制度的缺陷，并确立更加科学、更加具有针对性的典章制度的。

除了典章制度外，熊召政还洞悉明朝权力系统的运行机制，但是他并不是枯燥无味地进行说明，而是将权力机制的运行与人物刻画、人事斗争紧密相连。在第一卷之中，作家介绍了明朝最高权力运行机制发展到隆庆、万历皇帝之时已经规范化，任何方针政策的颁布和具体事宜的实施都是通过处理奏折来进行的。官员们针对相关事务上奏请示，奏折集中到宫内由掌印太监翻阅，然后提请皇帝知道，皇帝知闻之后发给内阁拟票，即对所奏事宜提出处理意见，皇帝再对拟票进行朱批，皇帝同意拟票内容之后才能发给相关部门布置落实。在这一权力机制中，存在着相互制约的关系，但最关键的是皇帝的朱批。然后是内阁首辅和掌印太监，这二人前者相当于皇帝的私人秘书，后者类似于皇帝的机要秘书。张居正担任首辅后，要想自己的执政理念得以贯彻实施，首要在于皇帝相信他，按照他的拟票进行朱批，而不是留中不发。其次在于与掌印太监搞好关系，不然他所奏之事皇帝都不能知晓。最后在于有一帮大臣能按照他的意志写折子上奏。知晓了这一权力运作模式之后，我们就不难理解张居正为什么要竭力讨好皇帝、李太后和冯保，且还大力扶植一帮和自己志同道合的大臣官员了。作家介绍权力机制其实就是揭示人物行动根源和动力，也为人物性格的刻画提供了依据。

这种权力机制还会成为人事斗争的工具，高拱就是在这一机制中惨败的，他掉入了冯保和张居正有意利用这一机制为他设立的陷阱。因为在他的拟票中批评了冯保进献淫器给隆庆皇帝，无疑是昭告天下隆庆皇帝荒淫无耻，这犯了李太后的忌讳，所以李太后没有同意他的拟票而是留中不发，而且看出了高拱的"险恶用心"，最终他被李太后罢免回乡了。小说通过权力机制的运行来刻画人物、凸显人事斗争，不仅在塑造位高权重的大臣之中用到，在刻画地方官员时也是屡试不爽的独门武器。例如小说在书写抓捕北镇抚司官员章大郎和妖道王真人之时，既介绍了北镇抚司、刑部、五城兵马司这三个部门不同的职责及分工配合的情形，又展现了三个部门官员钩心斗角、互不买账的性格，同时故事发展也更加辗转曲折，峰回路转。

最后，小说《张居正》中还穿插了许多奇谈怪论、抽签算命、魔术幻化等文化元素，使得小说在陈说改革大业之时能有轻松愉快的闲暇时刻，整个小说得以一张一弛，松紧适度。例如猢狲爷俩种瓜收瓜的魔术就让读者目瞪口呆，甚至想追查个究竟，那个香瓜到底是怎么结出来的。客用指挥他爷爷训练的蛤蟆与蚂蚁大战，不仅让万历帝感觉神奇无比，读者也会感叹万千。金学曾和毕愣子之间的促织大赛让我们看得惊心动魄，而金翅大将军和黑寡妇这两个促织的来历也让人遥想翩翩。还有二位太后所听口技表演神乎其神，邵大侠的请神指示的扶乩行动也神秘莫测，以及各种各样的算命抽签等，都在该小说中层出不穷。用这些文化元素来调节小说节奏，活跃小说气氛，在许多传统历史小说中都颇为常见，但是在《张居正》这部长篇中有青出于蓝而胜于蓝之处。例如在张居正秘密利用李铁嘴测字的那个环节中，既让我们见识了李铁嘴的神奇灵活，又让我们看见了张居正的左右支绌及巧妙化解难题的本事。因为国库银两已经是空空如也，但是小皇帝的经筵又要马上开讲，急需大量银两花费，张居正不得不让李铁嘴在紧要关头帮他一把。那就是在李太后和小皇帝来测字的时候，煞有其事地劝告他们经筵开讲必须延迟推后，并且以后要多亲近属鸡人士而远离属狗之人。这一招对李太后的影响很大，她终于推迟了经筵开讲，同时从心理上更加愿意亲近属鸡的张居正，而属狗的邱得用则被贬斥。作家如此安排达到了多方面目的，既推动了情节的发展，还使得张居正终于有喘息之机，等到国库充裕后能体面地操办这次意义重大的经筵，同时还消除了宫内邱得用以后可能对张居正的不利行为，因为力主将邱得用的外甥章大郎予以抓捕的就是他张居正。

小说描画万历帝在宫内与李太后品尝魁龙茶和神仙宴的情形也非常有特色，作家一方面用带有夸饰性的语言介绍了魁龙茶和神仙宴的制作过程及色香味的绝妙，同时也让万历帝对大伴冯保产生怀疑。因为如此名贵的茶叶和宴席连皇上和太后之前都没有听闻过，但是冯保却如数家珍，茶叶甚至是从他家里带来的，那肯定是他经常享用之物了。这种怀疑说明万历帝已经开始渐渐长大，他和冯保之间的关系已经出现裂缝，这就预示着冯保终将会被其拉下马来。后来的故事情节正是如此发展，此处就是作家提前埋下的伏笔。正是将这些文化因素浇筑在主要情节的发展过程之中，使得文化元素不是孤立的可有可无的点缀消遣，而是与人物的命运和故事的发展密切相关，这就足见作家的匠心独运。

总的来说，熊召政在长篇小说《张居正》中还原了"万历新政"的开创与落幕，其不仅以千变万化的笔墨塑造了栩栩如生的张居正这个典型形象，为读者再现了那段波澜起伏的改革岁月；而且在字里行间还隐藏着作家对当下改革事业的现实关怀，其对循吏和清流的辨识至今发人深省；另外，作家以传统文化的深厚底蕴来书写长篇小说，使得该部小说在文学和文化的交叉融合中得以水乳交融，让我们既感受到中华文化的博大精深，又能流连于文学的审美娱乐之中。正因如此，我们可以说该部小说将传统历史小说的写作推向了一个新的高度。

第四章

共和国传统型历史小说的延续与改写

第一节　宏大的构造与历史的遗忘：
姚雪垠的《李自成》后三卷

倘若要列举二十世纪中国文学史上名气、影响最大的一部长篇历史小说，姚雪垠的《李自成》当之无愧。作者自抗战时期便开始酝酿这部鸿篇巨制，直至逝世后，作品第四、五卷才在作者家人、助手的整理下得以出版。其创作时间之漫长（至少有四十二年）、规模之宏伟（一至五卷共计 330 余万字）、出版后很长一段时间内影响之大、读者之众，再加上其创作过程中所带有的浓厚政治色彩以及"十七年"中国文坛长篇历史小说这一文类匮乏的历史背景，都赋予其特殊的地位，以至于有读者"以'中国的《战争与和平》'相期许"①。然而，《李自成》后三卷出版后所引发的反响寥寥，与前两卷相比有着天壤之别。究其原因，由时代变迁导致的历史观、文学观转变在后三卷创作中造成的断裂、悖论、矛盾现象不容忽视。

作为一位从"普罗文学"时期便颇有名气的老作家，姚雪垠坦诚直率、争强好胜、富有斗争精神的性格特点，曾经对他一生的经历产生过重大影响。到了八十年代，他又卷入了"《评〈甲申三百年祭〉》事件"和与刘再复的两场论战之中。这两场纷争贯穿八十年代始终，后一场论战甚至到九十年代初仍有余绪，极大牵扯了姚雪垠的创作精力。前者涉及对明末清初历史事件的认识问题，后者则直接指向文学创作与评价的规律问题。梳理这两场论战的始末，有助于我们深入理解姚雪垠的历史观与文学观，因此也更有助于我们理解《李自成》后三卷的变化。此外，在塑造十七世纪少数民族领袖形象时，姚雪垠受到当时流行的"改革者"形象影响，导致

---

① 冯天瑜：《序言》，见姚雪垠原著、俞汝捷精补：《李自成》（精补本），长江文艺出版社 2008 年版。

笔下的皇太极、多尔衮形象模糊，性格、行为上多矛盾之处。

一、"《评〈甲申三百年祭〉》事件"与李岩、刘宗敏的形象断裂

姚雪垠在八十年代卷入的第一场论争，实质上是他与以郭沫若为代表的主流史学观点之间的分歧；他所批驳的"主流"观点，基本上是由郭沫若写于 1944 年的著名文章《甲申三百年祭》生发出来的。直到九十年代初姚雪垠发表的某些文章中仍能嗅出这场论战遗留的"火药味"。尽管姚雪垠自述："对于历史研究，原来就有兴趣。从五四运动以后，我国史学界各种流派的变化兴衰，它们的成就和毛病、流弊，我大体清楚，也总结了一些治学经验。""文革"后沈从文甚至曾劝之"专搞历史研究，而将写小说作为副业"[1]。但终其一生，姚雪垠也只能算是一个"非专业"（或曰"半专业"）的"史学爱好者"。他以这样的身份而向新中国史学界的最高权威发难，其勇气固然可嘉，但招致非议也是自然而然的。

在《甲申三百年祭》的开头，郭沫若用寥寥几十字就勾勒出明末三股势力混战的局势，并分别对它们作出了简要评价：

> 然而甲申年总不失为一个值得纪念的历史年。规模宏大而经历长久的农民革命，在这一年使明朝最专制的王权统治崩溃了，而由于种种的错误却不幸换来了清朝的入主，人民的血泪更潸流了二百六十余年。[2]

由这段话奠定的基调出发，郭沫若对活跃在这一时期历史舞台上的若干人物一一予以臧否。他特别指出，李自成的势力和作风在崇祯十三年

---

[1] 姚雪垠：《写历史小说必须认真研究历史——致端木蕻良同志的信并附跋语》，《社会科学战线》1981 年第 1 期。

[2] 郭沫若：《甲申三百年祭》，见郭沫若：《历史人物》，中国人民大学出版社 2005 年版，第 161 页。

（1640）有过一个"划时期的改变"，其原因则是由于起义军中有了"杞县举人李岩"的加入，并进而征引大量史料，意图说明"有了他的入伙，明末的农民革命运动才走上了正轨"，至于李自成的悲剧结局，则主要是因为没有采纳李岩的建议（主要是古籍《明季北略》中所记载的李岩在大顺军进驻北京后的"上疏谏贼四事"）。而对于大顺军中重要将领刘宗敏的评价，一方面由所谓"上疏谏贼四事"而生发，指责刘宗敏对明朝官员"拷掠酷甚"，且不能严肃军纪；另一方面又采纳了自明清之际便流传很广的"刘宗敏夺吴三桂爱妾陈圆圆"的传说，指责他"不通政略"，"后来失败的大漏洞也就发生在这儿"，甚至说刘宗敏（以及牛金星）要对李自成的失败负近半的责任。

平心而论，《甲申三百年祭》中的一些观点可以视为郭沫若的"一家之言"，完全可以有更深刻的思考和更广泛的争鸣，但是政治因素的强势介入使之在新中国成立后成了"权威"的"定论"，学界鲜有争鸣之声；姚雪垠却以一个作家的身份大胆地质疑郭沫若的观点，这不能不引起广泛的关注乃至侧目。

其实在明史研究领域，姚雪垠并不是纯粹的外行。他在年轻时就曾撰写过几篇明史研究的论文；而他在新中国成立后为创作《李自成》精心搜集资料，也使他初步具备了进行历史研究的条件，更何况他在《李自成》第一卷中已经体现出了一些颇有见地的史学思考，显示出一名历史学家的潜质。然而，在他看来，自己的志向并非成为纯粹的"历史学家"，也不求做纯粹的"文学家"、"小说家"，他所追求的是成为一名"历史小说家"，将历史研究与小说创作结合起来。这种结合的关键是"深入历史，跳出历史"。他的观点，集中体现在《李自成》第一卷前言中的一段话里：

> 历史小说应该是历史科学和小说艺术的有机结合，而历史小说家在处理两者的关系时必须做到深入历史，跳出历史。不深入历史就不能达到历史科学，不跳出历史就完不成艺术使命。在深

入和跳出的关系上，深入是前提，是基础。不能做到深入历史，就谈不上跳出历史。不能透过历史事件的现象认识它的本质，不能相当准确地认识历史运动的规律，历史事变和当时生活的各个方面，就不可能进行艺术构思，再现历史生活，反映历史运动的基本规律和重大问题的真正意义，也不能对不同的历史人物表现出他们的典型环境中的典型性格。①

为了"深入历史"，首先就要研究历史。在这一方面，他深受二十世纪二三十年代风行中国的新史学运动和"古史辨"派的影响，同时又继承了清代朴学的传统。②多年以后，他回忆自己的史学入门阶段，曾对郭沫若及"新史学派"给予了较高评价。③值得注意的一点是，无论是"新史学派"还是"古史辨派"，都是在五四时期"科学"与"民主"两大思想主潮的影响下兴起的史学流派。"科学"对二者的影响自不待言，"民主"的影响则主要体现为不盲从古人，不轻信、迷信权威，兼容各种史学理论和观点，开展平等的学术讨论。尤其是以顾颉刚为代表的"古史辨派"更是如此。尽管它不以历史唯物主义为指导，"但是，它能够从几千年古史里提出许多怀疑，推翻许多迷信，这一点就是很重要的贡献。所以，我一直认为这一学派是五四新文化运动里边的一个组成部分，在史学方面是很重要的"④。由于当年在厦门大学时期鲁迅与顾颉刚之间的恩怨，也由于"古史辨派"的"不懂得历史唯物主义"，因此在新中国成立后的史学界中，顾颉刚的地位相对较低，其"唯心主义"的研究成果也常常被人有意忽视。然而，在"文革"刚结束不久、思想解放的闸门刚刚开启的时候，姚雪垠就一再提及顾

① 姚雪垠：《〈李自成〉第一卷前言》，上海文艺出版社编：《关于长篇历史小说〈李自成〉》，上海文艺出版社 1979 年版，第 268 页。

② 参见许建辉：《姚雪垠传》，湖北人民出版社 2007 年版，第 31 页。

③ 参见姚雪垠：《姚雪垠回忆录》，中国工人出版社 2010 年版，第 16 页。

④ 姚雪垠：《我的粗浅经验——给青年同志们的一封信》，《浙江日报》1981 年 2 月 17 日。

颉刚及其"古史辨派"对自己的影响，并对其做出高度评价，这不能不说是"新时期"民主、科学精神复归在姚雪垠身上的一次集中体现。不过我们也可以看出，伴随着对"古史辨派"评价的提高，从这一时期开始，姚雪垠也渐渐开始流露出对以郭沫若为代表的"新史学派"以至新中国成立后主流的"历史唯物主义"学派的不满。就在同一篇文章中，在充分肯定顾颉刚等的成就后，姚雪垠笔锋一转，指出：

> 这一派（指"古史辨派"——引者注）的有些学者比我们许多挂着历史唯物主义的招牌，而实际不读书甚至于瞎说的人贡献大得多。今天我们有没有任务提倡真正科学的独立思考，排除迷信这样的需要呢？最近我写了一篇论文，题目是《评〈甲申三百年祭〉》。有些人怕我惹了大祸，也许吧，但我不在乎。我凭着我的责任感，对历史负责，对青年负责，对后人负责。我写了这篇论文，也就有一点破除迷信的作用。①

作为学者，坚持自己的观点，不为外界因素所动，值得肯定和赞扬。从姚雪垠在"文革"中的创作经历看，这也是他的一贯作风。当"文革"后有人担心《评〈甲申三百年祭〉》会惹出大祸时，姚雪垠仍然坚守责任感，坦然做好了面对意料中的论争的准备。或许问题就出在"我不在乎"四个字上，正是这种"不在乎"的态度，激怒了一批人。他们抓住了《评〈甲申三百年祭〉》中的某些语句，例如"说出了早就憋在心里的话"：《甲申三百年祭》"既宣传了错误的历史知识"，又"代表""长期形成的""一种不严肃的，对历史和读者不负责的学风"，"属于空谈"，是"黯然无光的""糟粕"，应予剔除等，从心态上指责姚雪垠；又分别从"《甲申三百年祭》'代表一种不严肃的学风'吗？""《甲申三百年祭》'抛弃了历史唯物

---

① 姚雪垠：《我的粗浅经验——给青年同志们的一封信》，《浙江日报》1981年2月17日。

主义起码原则'吗？""《甲申三百年祭》是由于某一领导人物的一句话才变成了'权威著作'的吗？"三个方面入手，同姚雪垠进行"商榷"，拉开"论战"的序幕。

姚雪垠和郭沫若对明末农民战争史实看法上的最大分歧，就在于他认为历史上根本不存在"李岩"这个人。1962 年 6 月《李自成》第一卷出版之前，姚雪垠曾前去拜访明史专家吴晗，征求他对《李自成》的意见。交谈中，姚雪垠说他虽然要在小说中写李岩和红娘子，但又不想采纳《甲申三百年祭》的观点。为此，他举出 6 条理由，证明历史根本没有李信（即李岩）这个人。[①] 多年后，姚雪垠在为《李自成》第一卷重印本所写的"序言"中，将自己的观点归纳为：李信（即李岩）"到底是什么地方人，到底是什么出身，目前还留着没有解决的疑问"；"野史中的红娘子，未必实有其人"。但最重要的是，他指出："假若李信实有其人，他投入李自成军中，可以在某方面起一定推动作用，但是绝不成为决定性作用。只有参加农民革命的人民群众创造农民革命战争的历史，决定历史运动的进程。"[②] 而在《评〈甲申三百年祭〉》中，姚雪垠将李岩是否存在这个"没有解决的疑问"最终定为"绝无其人"[③]。

一方面不辞辛劳地用几十年时间在史料中求证某个人物的"不存在"，另一方面又苦心孤诣地重塑这个"不存在"的形象，试图扭转因为权威人物和著作的影响而在大众心目中造成的根深蒂固的印象，姚雪垠的这一行为本身就包含着巨大的"悖论"意味。而这样做招致的也不仅仅是"质疑"：根据姚雪垠在《评〈甲申三百年祭〉》中的记载，有很多读者看过小说后质

① 参见高连英：《史学家与小说家的心灵碰撞——吴晗与姚雪垠一席谈》，见陈浩增主编：《雪垠世界》，中国青年出版社 2001 年版，第 313—314 页。

② 姚雪垠：《〈李自成〉第一卷前言》，上海文艺出版社编：《关于长篇历史小说〈李自成〉》，上海文艺出版社 1979 年版，第 283—284 页。

③ 姚雪垠：《评〈甲申三百年祭〉》，见郭沫若纪念馆、中国郭沫若研究会、四川郭沫若研究学会编：《〈甲申三百年祭〉风雨六十年》，人民出版社 2005 年版，第 222 页。

问他"为什么跟郭老的说法不一样";在领导方面,也曾经有人指责说"反对郭老就是反党";"权威"不需出面,自然会有人站出来维护其"权威"。对于这些,姚雪垠似乎仍旧采用那种"不在乎"的态度,继续"我行我素"的创作。

笔者认为,姚雪垠之所以如此坚持,是与其"历史小说"观密不可分的。在他看来,"历史"是历史,"历史小说"是小说,不能将二者混淆。但在实际生活中,还是有不少人犯这样的错误。例如,他曾指出:"有的读者说他们喜欢读《李自成》是因为他们将《李自成》作为历史读,得到许多历史知识。这样看《李自成》是会上当的。在'四人帮'大搞'评法批儒'的时候,有些歌颂李自成的文章和小册子引用李自成在商洛山中的半首诗,其实那半首诗是我写的……书中的故事细节几乎全是艺术虚构……总之,我是创作历史小说,而不是写历史专著。"[1]正因为如此,姚雪垠才会在《李自成》中倾力塑造李岩与红娘子的形象,因为有了这两个形象,将使小说的情节更为丰富动人,也能更好地衬托作品中的其他形象。这一用意也体现在小说第一卷对"潼关南原大战"的描写上。在创作之前,作者同样对这场战斗进行了详细的史料考证,得出的结论却是"根本没有发生过这次战争",但他"从完成小说的艺术使命着眼,采用了这个传说,以便使李自成和他周围的英雄人物在小说中一出场就处于武装斗争的狂风暴雨、惊涛骇浪之中,通过一次全军覆没的严酷考验刻画他们的英雄形象"[2]。这个例子曾被他多次引用,用来说明自己"深入历史,跳出历史"的核心"历史小说观"。当然,那种将历史小说当历史来看的现象是客观存在的,甚至还是一种非常普遍的现象:越是成功的历史小说就越容易被读者认为是真实的历史。但在姚雪垠看来,即使这一悖论不可能被消除,也要将其影响

---

[1] 姚雪垠:《关于〈李自成〉的探索和追求——致胡德培同志》,见姚北桦编:《中国当代文学研究资料·姚雪垠研究专集》,黄河文艺出版社 1985 年版,第 343—344 页。

[2] 姚雪垠:《〈李自成〉第一卷前言》,上海文艺出版社编:《关于长篇历史小说〈李自成〉》,上海文艺出版社 1979 年版,第 269 页。

尽可能地降低、减小。他坚持"虚构"必须"以历史知识作为基础"①，以此来弥补"虚构"的副作用。

姚雪垠自始至终都怀疑李岩这一人物的存在，因此，他只能采用一种折衷的办法，即通过写李岩来"塑造历史上另一种读书人典型"②，即那种被纳入农民起义军中的"读书人"形象。在他看来，通过对李岩形象的塑造及对其在起义军中作用的安排来塑造这"另一种读书人典型"，必须坚持两个原则：

首先，他应该有一个"合理"的出身。他将李岩设置为出身于世家大族、官宦门第。1964年，姚雪垠在给《羊城晚报》编辑的一封信中，针对郭沫若对李岩的评价，对李岩的出身做出了最明确的、带有鲜明时代印记的界定——大地主大官僚家庭出身的知识分子，因此，"把一代波澜壮阔的阶级斗争和农民战争的发展归功于一个大地主大官僚家庭出身的知识分子的个人作用"③显然欠妥当。

其次，从"十七年"和"文革"时期占绝对核心地位的"阶级论"出发，因为毛泽东有过"在中国封建社会里，只有这种农民的阶级斗争、农民的起义和农民的战争，才是历史发展的真正动力"④的核心论断，所以，在农民起义军中尽管可以有其他阶级的成员加入，但他们永远只能是"助手"，同时要在起义（"革命"）过程中自觉地、持续地接受农民阶级的改造，而绝不能将二者颠倒过来。在这一点上，《李自成》这部"长篇历史小说"从构思之初便与"十七年""革命历史小说"接受着同样的理论指引，共享着

---

① 姚雪垠：《创作体会漫笔——〈李自成〉第五卷创作情况汇报》（上），《文艺理论与批评》1990年第1期。

② 姚雪垠：《1974年10月16日致茅盾》，上海文艺出版社编：《关于长篇历史小说〈李自成〉》，上海文艺出版社1979年版，第55页。

③ 姚雪垠：《给〈羊城晚报〉编辑同志》，上海文艺出版社编：《关于长篇历史小说〈李自成〉》，上海文艺出版社1979年版，第137页。

④ 毛泽东：《中国革命和中国共产党》，见《毛泽东选集》第二卷，人民出版社1991年版，第625页。

同样的思想资源。只需联想到杨沫在修改《青春之歌》时特意安排林道静去农村"与工农相结合"的第七章，就很容易明白李岩在起义军中究竟应该处于一个什么地位，起怎样的作用。姚雪垠明确指出："李自成本人及其部队的成熟，取决于本身的内在条件：李自成和他的主要骨干的阶级出身、斗争经历和政治觉悟程度；在长期阶级斗争中广大群众的痛苦、希望、政治动向等对他们的推动力量；他们自己在走向成熟的过程中所发挥的主观能动性。"[①]而在《甲申三百年祭》中，郭沫若把李岩在农民战争中所起的作用抬得过高，显然已经对起义队伍"本身的内在条件"所具有的天然优势构成了威胁。到"文革"中，为了配合时代语境，姚雪垠干脆对起义军将领群体进行了如下区分："牛金星和李岩在闯王军中都属于右翼，而代表左翼力量的是刘宗敏、高一功和李过等重要将领。"而之所以将牛金星和李岩归入"右翼"，则是因为他们都是"士大夫知识分子"[②]。

正是在这两个原则的指导下，姚雪垠决定将李岩塑造为在起义军中"可以在某个方面起一定的推动作用，但是绝不成为决定性作用"的"另一种读书人典型"。在他看来，封建时代出身于"大地主大官僚"家庭的读书人（或曰"士大夫知识分子"），有可能会出于种种原因参加农民起义，并在起义过程中起到一定的作用（例如，"团结了更多的知识分子和士大夫，把赈济饥民和宣传号召的工作做得更好，另外随时提出些有益的意见"[③]），但是，由于阶级出身不同这一根本性原因，他们永远都不会与农民阶级出身的起义军将士同心同德，"只是被迫背叛了大明政权而丝毫没有背叛他们自

---

① 姚雪垠：《〈李自成〉第一卷前言》，上海文艺出版社编：《关于长篇历史小说〈李自成〉》，上海文艺出版社 1979 年版，第 284 页。

② 姚雪垠：《给江晓天同志》，上海文艺出版社编：《关于长篇历史小说〈李自成〉》，上海文艺出版社 1979 年版，第 103 页。

③ 姚雪垠：《给〈羊城晚报〉编辑同志》，上海文艺出版社编：《关于长篇历史小说〈李自成〉》，上海文艺出版社 1979 年版，第 137 页。

己的阶级"①。当起义／革命形势发生变化时，他们甚至会起到负面的作用，例如投降、变节或主动脱离革命；而当这些行为发生在足以决定起义／革命前途的关键时刻，其作用甚至是毁灭性的。在《李自成》第五卷中，牛金星的逃跑给大顺军造成的致命打击，无疑是这种观点的集中体现。

小说前两卷，由于李岩出场较晚，因此其形象塑造尚不丰满。但作者为了表现其"革命"的不坚定性，同时也为后文做铺垫，特意安排了两大细节。一是写李岩投奔起义／革命过程中困难重重；二是重点写了李岩"改名"的情节。他原名"李信"，加入起义军后改为"李岩"，之所以选择"岩"字，作者将其解释为他想学习古人所谓"岩穴之士"，准备在起义成功后"功成身退"。姚雪垠想借此细节反映出李岩"革命"的不彻底性，这同时也是知识分子参加革命的不彻底性，因此他们才需要在革命进程中不断接受"再教育"。

仅就李岩改名这一细节来看，不能不说姚雪垠在构思上用心良苦，因为这一细节符合李岩的知识分子出身，又写出了人物内心最隐秘的角落。然而，姚雪垠同时还写了起义军中的另一位将领田见秀，此人是地地道道的农民出身，身为武将却生就了一副菩萨心肠。按理说，他身上应该带有农民阶级"革命到底"的天然优点，然而，当起义军士兵称赞他"没有一点儿架子"的时候，作者却让他说出"有朝一日，闯王坐了江山，天下太平，我解甲归田，或自耕自食，或出家为僧，还不是同乡下老百姓一起生活"（第三卷下册）这样的话来。当然，作者的本意是想说明田见秀的"不忘本"，但这番话却不免让人联想到李岩的类似想法。更何况类似的想法田见秀曾有过多次表达。至于田的"菩萨心肠"，也直接导致了他在一定程度上的"革命动摇性"，将原本应烧掉的军粮用于赈灾而险些葬送了起义军的前途。从性质上看，田见秀此举对起义／革命事业的危害不见得就比牛金星父子逃跑一事程度要轻，所以作者安排李自成下令将田见秀押下，"听候从严议罪"

---

① 姚雪垠：《〈李自成〉第一卷前言》，上海文艺出版社编：《关于长篇历史小说〈李自成〉》，上海文艺出版社1979年版，第284页。

（第五卷）。不同的阶级出身，最终的结果却高度相似，"阶级论"的崇高出发点，在文本中呈现出明显的裂痕。

为了反映出李岩与农民军的"貌合神离"，作者除了安排李岩改名的细节，还描写了他在南阳之战后的表现。他借李岩的视角描述起义军屠城的残酷；然而，更令李岩难以接受的是，当他望向身边的人，却"发现大家脸上都充满胜利的喜悦，没有一个人同他一样"[1]。在第五卷中，作者同样写了起义军在山西的屠城行为。对于起义军"屠城"这一史实，姚雪垠并没有讳言，而是将其真实地反映了出来，并以此显示出农民阶级和农民武装的局限性。但吊诡之处在于，他同时想借李岩对这一陋习的不满，反映出"地主阶级"出身的"士大夫知识分子"和"农民阶级"出身的"起义/革命领袖"之间难以弥合的观念分歧。尴尬的是，他无法让任何一方同时占领阶级立场和道义这两个制高点。从人性、道德的角度来看，显然是李岩占了上风，但"占上风"的代价，却是表现出自身在阶级立场上的不足。更进一步说，按照阶级论的观点，李岩这样出身于地主剥削阶级的知识分子有必要在起义/革命队伍中接受农民阶级的"再教育"，然而这一"再教育"的目的与结果，难道是为了让李岩坦然接受农民军的"屠城"行为甚至更恶劣的"阶级局限性"？

在创作《李自成》第三卷的时候，盛行于"十七年"和"文革"时期的阶级论指导思想的巨大惯性尚未完全消失。因此，姚雪垠在塑造李岩形象的时候尚不能完全摆脱阶级论的掣肘，仍然在为塑造他心目中的"另一种读书人典型"而做最后的努力。然而，"文革"结束后，笼罩在全社会思想上的巨大禁锢已然开始松动，这一"松动"的后果在《李自成》第三卷也有所表现：仅就这一卷上、中、下三册而言，上册在风格上更接近小说的前两卷，大顺军将士的形象仍然近乎高大完美的"典范"；而从中册开始，诸多不良的苗头开始出现，扰乱前两卷主旋律的不谐和音越来越多、越来

---

[1] 姚雪垠：《李自成》第三卷（上），中国青年出版社 1981 年版，第 549—550 页。

越嘈杂，李自成的骄傲自满情绪已经显露，与之相应的，是李岩在小说中露面的次数越来越多，逐渐完成了从一个次要人物向主要人物的转变，屡次直接出面劝告李自成应该改变政策，还提出了起义军下一步的进军方向。直至第四、五卷中，李岩每一次出场，几乎都伴随着对李自成错误决策的担忧和劝阻。可以说，在后两卷中，李岩俨然是以一个"持不同政见者"的形象出现在起义军领导层中的。但他的劝阻越是恳切，就越加深李自成对他的怀疑与厌恶，并最终做出了杀害李岩的决定。

从后两卷不甚清晰的表述中，我们并不能确定姚雪垠是否仍然坚持将李岩塑造成一个始终与农民军主流"貌合神离"、始终不能真正与农民阶级出身的战友们"打成一片"的形象。但有一点是明确无疑的，那就是李岩始终没有背叛起义／革命的动机与行为。相反，在生命即将结束的前夜，他斥责兄弟李俊的举动更显示出对起义／革命和领袖李自成的忠诚。以李岩与红娘子的谋略和影响力，在大顺军已经山穷水尽的关头，拉出一支队伍回到河南，未必不是一条摆脱悲剧命运的阳关之路。然而，对起义／革命事业与领袖的忠诚，却使他们从来没有向这方面考虑过，而是将生死置之度外。在这一点面前，此前所有对李岩"离心倾向"的营构似乎都是无力的。同时，从作者发表于九十年代之初的《创作体会漫笔——〈李自成〉第五卷创作情况汇报》这篇阐述小说创作规划的重要文献中，我们再也看不出姚雪垠在七十年代诸多创作谈中一再强调的要在塑造李岩形象时摆脱《甲申三百年祭》影响的观点，反倒可以发现，在这篇长文中，姚雪垠重提小说第二卷李岩"投闯"途中的那封长信，并且强调"我虚构李岩的这封长信，作为正确的战略和策略，对照李自成以后的失误"，"倘若按照上述建议，李自成分三步占领北京、覆灭明朝，不但稳操胜券，而且立于不败之地"①。由此可见，在此时的姚雪垠心目中，未能采纳李岩的战略建议，已

---

① 姚雪垠：《创作体会漫笔——〈李自成〉第五卷创作情况汇报》（下），《文艺理论与批评》1990 年第 2 期。

经成为李自成起义军最终失败的最主要原因之一。在小说的第四、五卷中，作者着力塑造李岩这一人物形象的目的，就是要以其战略、观点上的正确，反衬李自成等人决策的失误与性格上的固执。而在同时期的另一篇创作谈中，姚雪垠虽然仍坚持说自己"一开始就排斥了《甲申三百年祭》及其影响下的流行观点"，"通过自己的努力，对历史进行研究"，但这种"排斥"所针对的范围，已经缩小到"山海关大战的性质"这一问题上了。① 由此推断，在八十年代末到九十年代初，姚雪垠已经基本上放弃了在李岩形象塑造上的初衷。他原本想要将李岩作为一个地主剥削阶级出身的封建知识分子的典型加以批判，最终呈现在读者面前的却是一个值得同情的形象，他满腹韬略、胸怀苍生、深明大义、耿介忠诚，虽然怀才不遇，行为举动却处处闪耀着人性的光芒，在他的身上凝结着传统知识分子的种种优点，却又没有过分拔高之嫌。

　　李岩形象塑造的转变耐人寻味。姚雪垠原本是怀着论辩的心态去设计这一形象的，并且在主流理论的许可下建构起了系统的"李岩形象观"；然而随着创作的推进，李岩的形象逐渐偏离了既定的轨道。究其原因，固然可以用创作计划需要时时修正这一普遍创作规律来解释，但这一创作规律显然并不是李岩形象变化的根本原因。我们还应该回溯《李自成》后三卷（尤其是第四、五两卷）创作的时代背景。在笔者看来，小说后三卷创作的时间基本上同"八十年代"或"新时期"这一"启蒙"的年代相吻合，在这一时期，随着"阶级论"禁锢的打破，革命意识形态控制的松动，寻找"十七年"和"文革"期间失落的"主体性"，成为文学创作领域最热门的话题。"主体性"、"人道主义"这两个热门词语频繁出现，成为八十年代启蒙主义文学观念的核心。在论述"启蒙"这一概念时，康德的一段话可以作为我们的参考：

---

① 参见姚雪垠：《从历史研究到历史小说创作——从〈李自成〉第五卷的序曲谈起》，《文学评论》1992 年第 4 期。

> 启蒙是人类脱离自己所加之于自己的不成熟状态，不成熟状态就是不经别人的引导，就对运用自己的理智无能为力。当其原因不在于缺乏理智，而在于不经别人的引导就缺乏勇气与决心加以运用时，那么这种不成熟状况就是自己所加之于自己的。Sapere aude！要有勇气运用你的理智，这是启蒙运动的口号。①

在康德的这段话中，我们可以看出，所谓"启蒙精神"，其中包含着强烈的批判态度和理性精神。在五四时期，启蒙的对象是被几千年封建制度所欺骗蒙蔽的普通大众，其主要内容是民主、科学、个性解放等理念的普及；而在"新时期"和"八十年代"，启蒙的对象则是长期被主流意识形态和政治文化观念所压抑的心灵，在某种意义上说，就是巴金所谓的"奴于心者"。从历史上看，任何一次启蒙运动，主体都是知识分子精英，而对象则是普通民众。因此，当新的启蒙任务摆在社会面前时，首当其冲的工作就是要恢复知识分子应有的地位。正因为如此，新中国成立后三十年间长期在大众面前唯唯诺诺、低人一等的知识分子，在"新时期"来临的时候却一跃而成为社会上最引人瞩目的明星。惟其如此，才足以使他们重新担负起启蒙人民大众的重任。

在过去的政治语境压抑下，身为"右派"的姚雪垠，长期受到不公正待遇，饱受揭发、批斗、检讨之苦，在逆境中，他除了用司马迁等古人与命运抗争的事例来自我勉励，在创作上也只能采用当时最流行、也是唯一可行的"阶级分析"的方法来设计、安排人物形象，甚至到了八十年代中期，他还表示"对小说中的历史人物，历史事件，我都要进行阶级分析"②，由此可以看出他心中的顾虑。然而，知识分子地位的提高，以及"启蒙"意

---

① [德]康德：《什么是启蒙运动》，何兆武译，见康德：《历史理性批判文集》，商务印书馆 2009 年版，第 23 页。

② 姚雪垠：《谈〈李自成〉的若干创作思想》（上），《文艺理论研究》1984 年第 1 期。

味在新时期文学中越来越浓郁，不能不对姚雪垠产生影响，表现在文本中，便是李岩这一知识分子形象塑造开始偏离原来的设计。"《评〈甲申三百年祭〉》"一场风波，看似仅是一场学术论争，但它在坚定了姚雪垠对某些历史事实的观点的同时，又使他接受了一次"民主"与"科学"精神的双重洗礼，同时为他提供了一个重新深入思考知识分子与政治之间关系问题的契机，由此带来观念上的松动，直至最终的转变。而对李岩这个形象，由有限度的肯定，到对其遭遇的同情，其中又何尝不饱含着对自己几十年来坎坷经历的慨叹。

姚雪垠对《甲申三百年祭》不满的第二个原因，是郭沫若对刘宗敏所持的否定态度，这主要体现在他认为刘宗敏在进京后对明朝官员拷掠过甚，同时又采纳盛行了数百年的传说，认为刘宗敏夺去了吴三桂的爱妾陈圆圆，由此导致吴三桂投降满清，引清军入关，断送了大顺江山，也使广大汉族人民沦入异族统治之下，造成"种族的悲剧"。为此，姚雪垠要在小说中为刘宗敏"翻案"，将其重塑为一个坚定的农民阶级出身的起义／革命将领。在起义军的高层领导的人物谱系中，在李自成、高桂英之下，文官以牛金星、宋献策为首，而武将中位列第一的便是刘宗敏。这位"作战慓悍的武将"被作者誉为"大将之材"，更重要的是，他在起义军中"始终是左翼将领的代表"，是李自成"最可靠的膀臂"，"居于最为重要而崇高的地位"。姚雪垠毫不讳言，自己要"以饱满的热情塑造刘宗敏，使他的形象在第一、二卷中愈来愈丰满和光辉"[①]。这样一个高大完美的人物形象，自然不可能做出抢夺吴三桂爱妾、间接成为历史罪人的举动，最主要的原因是，一个真正坚定的革命者，早已将生死置之度外，"食""色"这两种人生之大欲更不可能对他们形成诱惑。为了体现刘宗敏在女色面前的坚定，姚雪垠安排了若干人物和情节与之对比。在作者笔下，农民起义军中也有经不住女色

[①] 姚雪垠：《〈李自成〉第一卷前言》，上海文艺出版社编：《关于长篇历史小说〈李自成〉》，上海文艺出版社 1979 年版，第 280—281 页。

诱惑而犯下大错的人物，例如，在第一卷中李自成斩李鸿恩的情节就给人留下了深刻印象；在各支起义队伍的领袖中，张献忠被塑造成"好色"的代表。对于这两个经不起"人欲"考验的人物形象，作者是将其作为农民军中的"败类"而加以塑造的。至于在描写处在农民军敌对阵营中的洪承畴时，庄妃"美人计"的实施以及白如玉这一娈童的出现，更成了他变节投清的决定性因素之一。

或许是感到仅从个人品质和阶级立场出发来断定刘宗敏不可能强夺陈圆圆并进而导致吴三桂投敌的理由缺乏足够的说服力，作者又试图从吴三桂的角度对此进行解释。在他看来，古时候"妻"与"妾"的地位有天壤之别，"古人对于妻，非常看重"，但"爱妾可以换马"，也就是说，陈圆圆对于吴三桂来说只不过是一个玩物而已，更何况陈圆圆还是妓女出身。而吴三桂出身戎马世家，封建等级观念势必非常严重，同时又受当时轻视妇女这一思想的影响，因此，"假若刘宗敏要娶陈圆圆确有其事，他（吴三桂）会趁机同刘宗敏结个朋友，把爱妾送给刘宗敏"①。值得注意的是，姚雪垠的这段分析似乎并没有完全断定刘宗敏没有强夺陈圆圆，他所针对的，是郭沫若认为吴三桂投清是"冲冠一怒为红颜"这个观点。这是否可以看作姚雪垠对刘宗敏这一形象观念上的转变？况且，即使"不近女色""不好钱财"如刘宗敏者，在大顺军攻入北京后也做出了几件颇出人意料的事情，如将田皇亲府据为私宅、将田宏遇蓄养的美女纳为己有、强夺前明某国公儿媳等。从刘宗敏入京后的所作所为来看，他强占陈圆圆非但不是"不可能"，反倒是顺理成章、铁板钉钉的事情。

姚雪垠称刘宗敏为"大将之材"，理由却仅仅是一个"慓悍"而已，最多加上刘是地地道道的"左翼"；从小说后三卷对刘宗敏的描写来看，这位"大将"除了作战勇猛，对闯王忠心耿耿，似乎再也找不出多少值得肯定之处了。相反，他的某些作为在开封围城战中却起到了负面作用，而莽撞也

---

① 姚雪垠：《〈李自成〉大悲剧》，《文献》1981 年第 10 期。

使他在追击左良玉的战斗中吃了大亏，为日后埋下大患。他曾将起义军胜利的因素归结为一个"闯"字，突出地显示了其豪放性格，但将"闯劲"视为决定战争成败的主要因素甚至唯一因素，特别是由此排斥智力因素的作用，则是明显的片面之见。可惜这段话却最终说进了李自成的心里，并成为促使李自成亲征山海关的最重要支持。可以说，姚雪垠一方面试图极力扭转民间传说和《甲申三百年祭》在人们心目中留下的对刘宗敏的成见，撇清他在吴三桂投清一事上的责任；另一方面却又在无意中将其塑造成了断送起义／革命前途的罪魁之一，为起义军日后的覆灭敲响了丧钟。从这一点来看，小说后三卷中刘宗敏形象的塑造，同样偏离了作者最初预设的轨道。

当然，作者并不甘心眼睁睁看着刘宗敏这个自己心目中最钟爱的形象之一朝着负面的方向滑动，他也曾极力做出弥补，其表现便是力求写出刘宗敏对农民阶级本色的始终保持。但相较于在战略政策上的失误，这一"小节"上的弥补似乎意义极其有限，更显示出姚雪垠创作心态上的矛盾：在不断提升李岩这一知识分子形象重要性的同时，因为要写出农民起义失败的悲剧和"规律"，他又不得不将大量的笔墨投入到反映农民阶级局限性上去；但作为一个有着独特艺术追求的作家，姚雪垠显然不想重走"十七年"和"文革"文学中"扬此"必然"抑彼"的老路。就这样，他一方面致力于洗清刘宗敏这一人物身上的"旧污"，另一方面又不得不为他泼上了新的污点，同时还要尽量消除这些新污点的副作用。在这种心态的支配下，他的创作难免顾此失彼，人物形象并未因此而更加"丰满""光辉"，反倒是呈现出分裂的状态。

二、"姚刘之争"与走向凡人的李自成形象

姚雪垠在八十年代后期卷入的第二场论战，其论敌是在八十年代文学理论、评论界占有重要地位的刘再复。这场论战的来龙去脉相对清晰，双

方的观点表达得也较为明确，限于篇幅，笔者对这场论战的来龙去脉不作梳理。但需要指出的是，抛开意气用事和人身攻击的成分，刘再复的文章至少在一点上说了大实话，那就是他认为《李自成》中的某些人物形象过于高大完美，缺乏真实性。这其实道出了许多人的想法，或者说，刘再复只不过是把此前许多人说过的话又说了一遍（只是他在指出作品的这一不足之后，又画蛇添足地称这一不足是作者坚持"文革"文学"三突出"创作原则的结果）。而这种说法，不仅存在于否定《李自成》的读者和评论者中，即使是在对小说前两卷的艺术成就做出了极高评价之后，胡德培也不无担心地说："小说中对李自成英雄形象的理想化，在某些地方分寸上是否那么恰如其分？"他进而担心"作品将如何去写李自成最终失败的结局？"① 胡德培的后一个担心，显然是针对姚雪垠在许多场合所表达的、要在小说后三卷中反映起义军失败的教训这一点而发的。而日后的创作实践也表明，姚雪垠虽然按计划开始在第三卷中写出李自成身上的缺陷和起义军失败的根源，但表现得并不明显；而第四、五卷的迟迟不能出版，也使众多读者无法看到李自成缺点的发展。可以说，刘再复以及其他一些人对《李自成》的评价，还停留在前三卷，甚至只是第一、二卷的程度上。作品是作家最好的辩护词，但姚雪垠创作上的力不从心，使他只能以"构思""提纲"等形式疲于应付读者和评论者的非议，并最终使广大读者失去耐心。

在第三卷的第一个单元"高夫人东征小记"中，作者通过诸多细节的安排，表达出"反封建"的主题。郝摇旗对健妇营的态度，代表的是封建社会对妇女的普遍轻视；两位女兵的遭遇，反映的是妇女在封建社会中在父权、夫权压迫下的悲惨命运；而"兵痞"们的猥亵行为，则更是对女性人格的侮辱。由这三点出发，作者从第三卷一开始便将"反封建"的必要性、迫切性明确地摆在了读者的面前。然而，如果按这个逻辑发展下去，李自成的队伍将会发展成一支反封建的大军，他们日后建立的政权也必然不会

---

① 胡德培：《〈李自成〉人物谈》，宁夏人民出版社1981年版，第52页。

是封建政权。这显然不符合历史事实，读者也无法接受。实际上，小说中对农民军"反封建"的表现也基本上到此为止。因为说到底，农民阶级的局限性也是由封建社会、封建制度的局限性所决定的。在此后的文本中，作者反映农民阶级和农民起义的局限性，大多也是通过人物身上的封建思想来实现的。其最突出的表现，便是李自成对于慧梅婚事的态度。

"慧梅之死"历来被视为整部《李自成》中最动人的部分，也在书中占据了很大篇幅，是作者表达"反封建"主题的重要途径。首先，从李自成方面看，由于从一开始就料到慧梅不甘心嫁给袁时中，他采用了一个迂回的办法，即先认慧梅为"义女"。李自成之所以要这样做，是因为一旦二人之间有了父女关系，他便可以借用"父权"来压制慧梅；而当高夫人对慧梅夫妻二人日后的生活持悲观态度，说出自己的担忧后，李自成又用"出嫁从夫"的观念予以驳斥。

其次，从慧梅方面看，在被认为"义女"之前，她便对李自成夫妇忠心耿耿，在被认为"义女"之后，她身上又多了一层服从父母的义务和责任。因此，尽管她始终对婚事的安排不满，甚至在出嫁时想到自杀，但在舅舅高一功的劝说下，最终打消了这个念头。但是，她的出发点却足以让今天的读者感到意外：首先，她意识到自己倘若自尽，会有损李自成的声望（不忠）；其次，会让旁人误以为她和张鼐已经私定终身，污蔑了自身名声的"清白"（不贞）。更重要的一点作者虽未写出，但相信读者都会理解："身体发肤，授之父母"，慧梅虽不是李自成亲生，但倘若自尽，也会落得一个"不孝"的名声。在"忠、孝、贞"这三大封建思想的鼓动下，她最终委身于袁时中。但是当面对袁时中叛变，自己需要在从父、从夫二者之间做出生死抉择时，这道难题再也无法解开。

倘若我们把眼界放宽，再从袁时中方面加以考察，也可以发现他身上有封建因素作祟。在迎娶慧梅之前，他虽然已经有了两个妾（孙氏、金氏），却始终将正室的位置空着。笔者在前文曾提到，姚雪垠认为古人对"妻妾"地位的严格区分，是吴三桂不至于"冲冠一怒为红颜"的重要理由。而这种"妻妾"有别的观念恰好可以解释袁时中为什么要将正妻的位置空出——因为他的两个妾都出身低微，一个是庄户人家，另一个则是大户人家的丫环，哪一个作为正妻都不符合袁时中的"首领"身份；而当他前来投奔李自成时，首先便提出要李自成将女儿嫁给自己，因为他虽然暂时寄人篱下，但毕竟也曾是一方首领，在性质上是与李自成平等的，娶李自成的女儿符合自己的身份；另外，此时李自成的势力已经相当强大，纳他的女儿为正妻足以给自己增光添彩，而李自成也必然不能容许自己的女儿（即使是"干女儿"）去给别人做"小老婆"。因此，无论是闯营还是小袁营，都对立慧梅为正妻一事表现出高度的重视。然而在与慧梅成亲后，袁时中又不能用情专一，时常在金氏那里留宿。因为在他看来，无论是妻还是妾，都是从属于自己的"玩物"，可以供自己随意挑选。慧梅的不满非但不是合理的要求，反而被视为她"嫉妒"的表现，与"妇德"不符。

可以说，慧梅的悲剧，首先是封建家庭、婚姻制度的悲剧，更是整个封建制度的悲剧，因为封建思想已经在每一个人心中烙下了深深的印记，在那个时代无人能摆脱其控制。姚雪垠借慧梅婚姻这出催人泪下的悲剧，为我们展示了封建制度之残酷的冰山一角。

人们通常用"三纲"（君为臣纲、夫为妻纲、父为子纲）来概括封建思想的核心内容。从慧梅的悲剧来看，这"三纲"均有所表现，尤其是"夫为妻纲"和"父为子纲"两方面表现得尤为显著。而在小说的其他方面，作者更着力表现"君为臣纲"这一封建观念核心对起义队伍的戕害。姚雪垠始终强调李自成有"帝王思想"，许多人从这一方面对他大加指责，但他并不为所动，仍然坚持自己的观点。但这种"帝王思想"又不是从一开始就表现出来的，作者先是安排李自成在起义军壮大的过程中慢慢滋生骄傲自大情绪，逐渐脱离群众，刚愎自用，直至发展为进京后的享乐腐化，褊狭猜疑。除了从他对李岩态度的变化便可以清楚看出这一演变历程外，作者还安排了若干细节。例如，在第三卷中册，面对刚刚来降的袁时中所说的一番吹捧恭维话，李自成并没有意识到其中所包含的阴谋意味，反倒是面带微笑，"对袁时中的谦逊颇为满意"，而这种"颇为满意"，不能不说是他决定将慧梅许配给袁的原因之一。对恭维吹捧失去免疫力，导致了日后那场袁时中向李自成进献《将士必读》的闹剧。当刚刚经历了十年"文革"的读者读到"在小袁营中已经出现了背诵《将士必读》的热潮"以及小头目"松话篓子"因批驳"千岁万岁都是空话"而被处罚的情节时，对袁时中的"险恶居心"会有更深刻的理解。再联系到此后袁的叛变，其情形之突然，影响之恶劣，俨然一场三百多年前的"九一三事件"。也正因为此前袁时中在李自成面前表现得过于忠心耿耿，对李的品质、功绩吹捧得天花乱坠，因此，当李自成得知袁时中叛变的消息时，在这一意外的精神打击下竟然第一次出现了"心中踌躇，拿不定主意"的情况。实际上对于闯营来说，此时的局势比起潼关南原大战和商洛山保卫战时要宽松得多，但即使如此，李自成仍然表现出犹疑，说明他在性格上也逐渐开始发生转变，此后的战斗过程中，他果然不再像从前那样雷厉风行，反而时时表现得举棋不定，优柔寡断，进而做出错误决策。姚雪垠这种"借古讽今"或曰"借古喻今"的写法，其指向性不能不说非常明显。然而，那些指责姚雪垠是借《李自成》为毛泽东树碑立传的评论者，或是根本没有看到这一大段篇幅并不算小的情节（约有两章），或是有意将其忽略而做出诛心之论，不能不说是《李自成》评价史上的一大污点。

借老马夫王长顺的视角和经历来写李自成和起义队伍的蜕变，是姚雪垠的又一重要安排。王长顺在小说后三卷中的作用与李岩有相似之处，即都是通过他们对李自成的意见或劝阻来反衬李自成，但不同的是，由于李岩是一个高瞻远瞩的谋士形象，因此他主要是用来反衬李自成的决策失误、优柔寡断和褊狭多疑；而王长顺作为一个没有文化、目光也不够长远、身上还带有浓厚农民习气的普通兵士，其经历反衬出的主要是李自成对群众的脱离，以及帝王思想的暴露；即使是表达他对某些政策的不满，也总是以"不理解"的形式表现出来，或是借他之口传达基层群众的观点，代表了农民阶级最朴素的意识，符合其身份特征。如果说李岩是个"持不同政见者"，那么，王长顺在小说的后三卷中，主要是作为"民意风向标"而出现的。作者通过王长顺几次进谏受阻的经历，充分说明了"脱离群众"在起义/革命进程中的巨大危害。

从小说的后三卷，特别是第四、五两卷对李自成形象的塑造来看，姚雪垠基本上实现了其创作初衷，即在作品的后半部分写出农民起义失败的经验教训，以供今天的读者借鉴的目的。在这一部分中，李自成的形象不再是"高大完美"，除了在性格上表现李自成的变化外，作者还在展现人性方面做了一定努力：在"食"方面，写李自成入住紫禁城后惊讶于御膳耗费之巨，下令"撤膳"，但又显然不可能回归创业初期粗茶淡饭的生活，因此要求从陕西带来的御厨在宫中给自己做"羊肉烩面"。在"色"方面，写他入宫后面对众多如花似玉的宫女，开始对男女之情动心，并在纳费珍娥、窦美仪两位宫女为妃的问题上表现出复杂的心态；而当欲望的闸门一旦打开，"召幸"窦美仪之后，便一发不可收拾，甚至连"多年来黎明即起的习惯"都几乎被打破。这两处并非闲笔，而是表明作者笔下的李自成正在向一个有着七情六欲的凡人回归。评论界曾普遍认为小说第一、二卷对崇祯这一亡国之君形象的塑造是成功的，其性格上的丰富甚至超过了李自成等正面人物。在第四、五卷中，作者显然继承了这一优点，除了继续发展崇祯在城破国亡之前复杂的心理状态外，又试图将创作经验移植到对李自成的描写上，尽可能地写出他以悲观失落为主、但又对失败心有不甘的复杂心态，显示出作者要将失败前的李自成塑造成"第二个崇祯"，以此来回击刘再复等人非难的努力。英国美学家斯马特（Scott B.Smart）在讨论悲剧人物的意义时，曾经指出："如果苦难是在一个生性懦弱的人头上，他逆来顺受地接受了苦难，那就不是真正的悲剧，只有当他表现出坚毅和斗争的时候，才有真正的悲剧，哪怕表现出的仅仅是片刻的活力、激情和灵感，使他能超越平时的自己。悲剧全在于对灾难的反抗。"[①] 在姚雪

[①] ［英］斯马特：《悲剧》，转引自朱光潜：《悲剧心理学》，人民文学出版社 1983 年版，第 206 页。

垠笔下，无论是崇祯，还是李自成（包括高夫人），在最终的失败来临之前都曾做出抗争的努力。这些描写，都将《李自成》的结局推向大悲剧，为胡德培"作品将如何去写李自成最终失败的结局"的疑问给出了一个令人信服的答案。

三、矛盾重重的"改革者"——皇太极、多尔衮形象再解读

在《李自成》第四、五卷中，由于明王朝的迅速覆灭，汉、满两个民族之间的矛盾成为作者表现的中心问题，而在人物形象塑造上，如何表现满清一方的政治、军事首领皇太极和多尔衮便成为作者需要解决的当务之急。其实这两个人物在第三卷便已经粉墨登场。从姚雪垠在各种场合的表述来看，他对皇太极、多尔衮及其代表的满清政权持一种肯定的态度。因为满族（女真族）原本处于一种极度落后的文化状态下，为了能够迅速改变这种落后状况，"雄才大略"的皇太极和多尔衮能够重用汉族知识分子范文程，招降明朝官僚洪承畴、吴三桂，在文化上又采取兼容并包的态度，积极利用先进文化的成果，不仅重视汉族文化，学汉文，读《四书》《三国演义》，对西洋传来的先进科学技术（"红衣大炮"）也加以利用。更重要的是，姚雪垠克服了汉族中心主义的观点，而力求站在民族融合的角度客观反映明末清初那场民族对抗。一位历史学者在读过《李自成》第三卷后，特意从"民族战争"这一角度出发，撰写了万余字的评论，其中如此评价姚雪垠对满清一方的描写：

> ……刻画了多尔衮、豪格这些日后将在中原大显身手的清朝开国元勋的形象，表现了他们威猛豪强而又足智多谋的性格特征……生动地再现了刚刚由氏族社会跨入初期封建社会的满族的生活习惯、社会环境以及政治生活和宗教生活，描写了清廷那种与明廷迥然有别的粗犷而朝气蓬勃的气象……

　　……小说又对满洲民族的勃兴给予积极的评价和充满亮色的描绘。从努尔哈赤到皇太极的短短几十年间，满族出现了巨大的社会跃进，从满族本身的发展看，这是十分辉煌的一页，就整个中华民族的进步史而言，也是不容忽视的篇章。在"燕辽纪事"这一单元，作者绘声绘色地展现了满族生机勃勃的开国气象，以饱含热情的笔墨，描写了满族吸收先进的汉文化、朝鲜文化，以及藏文化、蒙古文化的情形，充分肯定这个强悍有为的少数民族锐意进取的精神。小说还着力刻画了皇太极的形象，显示他比崇祯等明朝统治者高出一筹的卓越之处。[①]

　　在这两段话中，我们可以看到诸多带有鲜明倾向性的词语，例如"威猛豪强"、"足智多谋"、"朝气蓬勃"、"锐意进取"、"高出一筹"等。然而，这位评论者又无法忽视小说中对满清铁骑攻掠下"哀鸿遍野，赤地千里"的描写，只能援引马恩著作中对"处于半游牧状态的落后民族"性质的评价一带而过，而将重点放在分析皇太极形象的"雄才大略"上。而在小说文本中，姚雪垠对满清一方的赞誉也几呈泛滥之势，甚至不惜中断叙事，直接跳出来发表评论。例如，形容大清国"在当时好像是中国的东北大地上一轮初升的太阳，充满朝气，充满活力"（第四卷）；评价努尔哈赤"不愧为当时我国北部众多文化落后的游牧部落中'应运而生'的杰出人物"，而"皇太极发扬了努尔哈赤的杰出特点，而在政治才能和军事才能两方面更为成熟"，"他对明朝来说是一个崛起的强敌和大患；对以满族为主体的东北少数民族来说，是一个推动社会发展的杰出人物；对朝鲜来说是一个侵略者；对伟大中国的整体发展来说，则有不可磨灭的贡献"（第三卷上册）等。正是由于作者为小说中满清一方奠定了这样的基调，此后的评论和研究者在涉及相关问题时，基本上沿着作者的思路展开论述，几乎"一边倒"地对

[①] 冯天瑜：《民族战争的悲壮剧——读〈李自成〉札记》，《长江文艺》1982 年第 2 期。

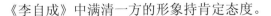

《李自成》中满清一方的形象持肯定态度。

　　民族问题可能是当今世界上最难以解决的问题之一，因此我们不准备、也无力对小说中的"民族观"提出评价或质疑，而只是试图从艺术表现方面考察姚雪垠对满清一方的描写。即使如此，我们也能清楚地发现，作者倾力塑造的皇太极和多尔衮的形象，与其初衷之间存在着很大的裂隙。

　　在第三卷中，作者在满清一方着力塑造的是皇太极的形象。在皇太极登场之初，除去上述那些评论性的文字，他留给读者印象最深的地方有两处，第一是写他在率军奔赴松山之前突然患上了流鼻血的病症，但他为了不延误战机，宁可在马上用盘子接住鼻血，也不下令停军。第二是写他在围困松山时突然接到后方消息说自己的爱妃病危，为此，他安排手下继续围城，自己则日夜兼程赶回盛京，当在路上听闻宸妃已死，"登时从马上滚下来，哭倒在地"，入宫后见到宸妃遗体，"又放声痛哭，几乎哭晕过去"；而由于伤心过度，他的身体也出了问题，很快就英年早逝了。作者重点写这两处情节，却又采用一种近乎自然主义的写法，不作评论，甚至仅仅是大段的叙述，连心理描写和对话都很少。如果说他是想借前者反映出皇太极的"锐意进取"，不肯为个人小节而耽误大事，那么，写后者又是何用意？我们当然可以将其理解为作者是要借后者写皇太极的"有情有义"，然而，在第四卷中，作者又追述了一段往事：当初在大凌河战役中，皇太极曾与自己的亲弟弟莽古尔泰发生争吵，莽古尔泰只因略有偏激举动，便被革掉封号，罚去人口、银两以至"暴病而亡"。将皇太极对待宸妃和亲弟弟的态度加以对比，我们就能明显感觉出说他"有情有义"是很成问题的：夫妻之情重要，难道兄弟之情就不重要了吗？而且，当战斗进行到最紧要的关头，他居然可以为了见爱妃最后一面而放弃领导权，这一不能顾全大局的行为本身就不值得肯定。历史事实是，尽管没有皇太极的亲自指挥，满清一方也取得了胜利；然而，倘若战斗的结果发生逆转，满清军队由于失去最高统帅而溃败，皇太极岂不是成了罪人？在这个问题上，姚雪垠表现出一种模棱两可的态度。而在笔者看来，这三件事分别表现出皇太极性格上的三个特征：第一，姑且称之为"锐意进取"；第二，感情用事，不能顾全大局；第三，为了争夺权力可以不择手段，不顾一切（包括兄弟之情）。这三个特征，除了第一点可以视为优点而加以肯定，后两者则无论如何都无法视为可取之处，因此，皇太极显然不像姚雪垠所评价得那样"政治才能和军事才能两方面更为成熟"。

董之林在《观念与小说——关于姚雪垠的五卷本〈李自成〉》一文中针对满清一方提出的某些观点是笔者无法苟同的。首先，她对《李自成》第三卷中皇太极采纳范文程的建议施用"美人计"、以庄妃劝降洪承畴的情节持充分肯定的态度。当然，董先生的出发点是认为皇太极在此事上体现了观念、思想上的"变通"，而非针对"美人计"本身，但笔者却难以肯定这种所谓的"变通"。第一，无论是宸妃还是庄妃，毕竟都是皇太极的妻子，他可以对宸妃表现得"有情有义"，为何却能容忍用庄妃去行"美人计"？第二，姚雪垠在作品中设置多处情节批判封建社会视女性为玩物、不尊重女性人格的恶劣思想，但使用"美人计"是否也是一种对女性人格的不尊重？当然，庄妃是"深明大义"地自愿前去劝降洪承畴的，但这种"深明大义"，是否又意味着"主体性"的丧失？第三，皇太极和庄妃的这一举动，在现实生活中并不乏实例（如"权色交易"等），对此我们又应该如何评价？

董文还指出，满清贵族为了迅速摆脱蒙昧的状态，在仪式、规则等方面也做出了变通。她举的例子是清宁宫夕祭上大臣们吃白肉的情景。在董之林看来，在吃白肉的时候撒上盐末，就是满清贵族在仪式、规则上所做出的变通。但问题出在一个细节上——"自然他们事后得花费不少赏银"。姚雪垠为什么要加上这一句？这是否说明这种"变通"并不那么名正言顺？所谓"赏银"，不过是"贿赂"的另一种说法罢了，而且还是"自然"的事。值得肯定的"变通"，却要以实施贿赂的方式来实现，这实在是莫大的讽刺。这种做法，与皇太极为了争夺、稳固权力而对亲兄弟下毒手在性质上相比，并不见得高尚多少。

以上是作者在塑造皇太极形象时表现出的矛盾。在小说第四、五卷中，随着皇太极英年早逝，多尔衮开始成为满清一方实际上的最高领导人，对此，姚雪垠以"多尔衮时代的开始"一语加以概括，同样想将其塑造成一个雄才大略的统治者形象，但问题仍然不少。例如，从对权力的欲望来看，多尔衮比起其兄皇太极来只能是有过之而无不及。皇太极只是为了争权而处置了莽古尔泰，而多尔衮上台后的目标却是建立一个专政的体制，并为此大耍权术：拉拢济尔哈朗，提拔同母弟多铎，废除满族传统的"十王议政"制度，翦除肃亲王豪格，改"辅政王"的称号为"摄政王"……几乎每前进一步，都伴随着腥风血雨。特别是在对待豪格的态度上，更体现出他的心狠手辣。多尔衮和豪格都是有很高战略眼光的人物，在第三卷上册中，他们是一起登场的。作者安排他们一起讨论对洪承畴作战的前景，先是多尔衮分析明军将有两种作战方案，但是他并不能断定洪承畴将会如何选择；而豪格却在深入分析洪承畴的处境和心理后，断定他将会采用向清军主动进攻的战略。事实证明，豪格的分析和判断是正确的，这不能不使多尔衮意识到豪格将成为日后影响自己权力的最大障碍，因此才会不顾叔侄之情（豪格是皇太极长子，多尔衮的侄子），寻找借口将其除去。

多尔衮欲望的膨胀，除了在对权力的渴望上表现出来，作者还特别写了他"好色"的特点：先是对豪格的福晋想入非非，进而又盯上了顺治皇帝的生母庄妃，并为此而谋划了一条由"叔父摄政王"到"皇父摄政王"最终到"皇父"的发展道路，企图将权力和美色一网打尽。而为了稳定民心，他又置事实于不顾，授意手下人在审理"太子案"时颠倒黑白，将崇祯的太子朱慈烺污蔑为"假太子"，引发一场轩然大波……从姚雪垠塑造的多尔衮形象中，笔者几乎看不到任何值得肯定之处，反而处处能发现其暴君、色狼、野心家的面目，其恶劣程度要远远超过作者在第三卷多尔衮刚一登场时对他的定性——"枭雄"。

可以这样认为，在《李自成》中，在人物形象设计初衷与其最终呈现出的面貌之间，差距最大的并不是李岩，而是皇太极和多尔衮。为什么会出现这种情况？在设计人物形象时，姚雪垠最初的出发点是"阶级论"的观点，尽管他雄心勃勃地要对作品中的每一个人物都进行一番阶级分析，但是对于满清一方的人物，这条路却行不通了。因为在皇太极、多尔衮所处的时代，满族社会尚未完全封建化，而是处于一个从氏族公社向封建制转化的过程中，无论是萨玛跳神还是赐大臣吃白肉，以及"十王议政"制度，都还保留着氏族公社制度的遗风。所以，在为满清一方人物定性的时候，他转而采取另外的标准。首先是传统的"成王败寇"的标准，他们能战胜李自成的农民军，必然有值得肯定之处。其次是从流行多年的进化史观、线性史观出发，认为满族在短期内从氏族公社的社会形态进化到封建社会形态，甚至越过了奴隶制时代，无疑是一大飞跃，而在此过程中，以皇太极、多尔衮为代表的先进人物必然起了决定性的推动作用，当然值得充分肯定。第三则是考虑民心所向，皇太极、多尔衮在率军南下的过程中，曾经废除了明朝的一系列弊政（例如"三饷"），因此颇受北方各族人民的拥戴，满清统治区相较于明朝、大顺统治区，也的确有一种"生机勃勃"的势头。综合这三点，姚雪垠最终决定将皇太极和多尔衮设计成"雄心勃勃"、"锐意进取"、"朝气蓬勃"的正面形象。然而，在史料和想象力都很匮乏的情况下，他却只能把寄予了自己厚望的人物写成现在这个样子。皇太极和多尔衮形象塑造上存在的问题，体现出一个历史观僵化的倾向。阶级论史观不适用了，就只能转向、服膺于进化论的、线性的史观，却不肯对历史做出属于自己的思考，这本身便是"主体性"缺乏的表现。

董之林所说的"变通"，难免让人联想到在小说后三卷创作时期被全社会屡屡提及的两个词——"解放思想"和"改革"，这或许能为我们理解皇太极和多尔衮的形象提供一些帮助。小说中的满清社会，正在本民族的"先进人物"带领下奋力向一个更高的社会发展阶段和文明阶段转变，这又何尝不是"八十年代"中国社会的一个剪影？只不过满清王朝追赶的是汉族建立的明王朝、大顺国，其手段是"变通"；而"八十年代"的中国奋力追逐的是"四个现代化"，途径则是"改革"。然而，就在"改革"向现代文明敞开大门的同时，同时涌入的还有种种丑恶现象，而民族文化传统中潜伏已久的沉疴也随之复苏。与《李自成》后三卷创作于同一时期的一批小说作品，便尖锐地指出了这种现象。例如王润滋的《鲁班的子孙》《内当家》和张炜的《古船》《秋天的愤怒》，前者反映了传统而美好的情感在改革开放浪潮中的渐渐失落，对社会上逐渐消退的美好人情人性表现出深深的忧虑；后者则展现了改革对人们伦理底线的冲击，以及农村恶势力的沉渣泛起。这一批改革题材的小说，与此前蒋子龙创作的《乔厂长上任记》《赤橙黄绿青蓝紫》《开拓者》、柯云路的《新星》等同样反映改革的小说有着明显的不同，不是热情地呼唤改革、赞美改革者身上的理想化人格，而是冷静地思考改革过程中出现的弊端，以及改革者在实现改革目标的同时所体现出的人性阴暗面。然而，回望八十年代的小说创作，我们可以发现，蒋子龙、柯云路式的理想型"改革小说"是占据主流地位的，而王润滋、张炜的反思型"改革小说"，毋宁说只是一条不甚显著的"支流"。如果说，姚雪垠在五六十年代将李自成农民军一方无限拔高，是出于要为方兴未艾的无产阶级革命和新兴的无产阶级国家创作一部"前史"的需要，那么，在时代语境转变的影响下，他又试图在《李自成》后三卷中树立皇太极和多尔衮这两个十七世纪"改革者"的形象。从这一点考虑，他的创作倾向更接近于蒋子龙、柯云路等居于主流的理想型改革小说作者。然而，"顾此失彼"的创作"痼疾"在此时旧病复发，使他笔下的人物更接近于王润滋、张炜式的反思型改革小说，在创作理念和创作实践之间呈现出巨大的裂缝。在姚雪垠这位从"十七年"和"文革"一路走来的老作家身上，当年"主题先行"创作思想的弊端再次暴露无遗。

第二节　晚明历史的卷轴式展示：
刘斯奋的《白门柳》

当中国封建社会的历史巨轮沉重地碾到明末之时，几乎就在猝然之间，遭遇到了历史长期渐变过程后的质变爆发期——一个可谓"天崩地裂"的动乱之局。在这个乱世之中，历史开始具备极高的密度与质量，期间农民起义的风起云涌，外族入侵的血雨腥风，都使整个社会达到了空前的悲剧程度，正如陈寅恪所说的，此乃"三百年前国家民族大悲剧"。而就在此时，浸淫在儒家传统文化之中已逾千年，且由大明王朝泽被三个世纪的中土士子们，似乎也在一夜之间便被裹挟到了这尖锐的阶级对立和民族矛盾之中，他们将以何种思想和面貌立世，又如何以自己的实际行为治世，在当时便成为整个社会引人注目的焦点，而在此之后，也一直都是后世之人窥探那段历史的最重要途径之一。正是基于这一点，刘斯奋在创作《白门柳》时择取了晚明士子这样一个横断面，以他们在乱世之中的思想状态与实际行动为线索，为我们展现了那段波澜壮阔的历史进程和浩繁宏达的历史场景。

应当说，作者的选择是相当明智的，这不仅因为当时的士子们属于四民之首，上接朝廷权贵，下连黎民百姓，是整个社会的中坚阶层，而且还在于他们眼光敏锐，思想深刻，具有强大的社会影响力，同时还留下了可供后世之人查阅研究的大量言论史料。另外更为重要的一点是，虽然那个动乱之世使百姓遭受了残酷的蹂躏和杀戮，整个社会与文化被严重破坏，但是从历史的角度看，思想界却也因之收获了前所未有的民主思想萌芽，可以说，正是这珍贵的思想精华，使得历史巨轮在这剧烈的颠沛跌宕中也有了难能可贵的进步倾向。作家曾为此在《白门柳》书后的"跋"中这样说："就十七世纪中叶那一场使中国社会付出了惨重代价的巨变而论，如果说，也曾产生过某种质的意义上的历史进步的话，那么恐怕不是爱新觉罗氏的入主中国，也不是功败垂成的农民起义，而是在'士'的这一阶层中，催生了以黄宗羲、顾炎武、王夫之为代表的我国早期的民主思想。这种思想，不仅在当时是一种划时代的飞跃，而且它对封建制度的无情的、系统的批判，在被清朝统治者摧残、禁锢了二百多年之后，仍旧以鸦片战争为契机，最终破关而出，而为康有为、梁启超的变法，乃至孙中山、章太炎等人的革命提供了宝贵的精神支援。一部作品，如果打算去寻找和表现那些代表积极方面的、能够体现人类理想和社会进步的事物的话，那么在我看来，这似乎是一种合适的选择。"

作家"合适的选择"不仅在于他对小说主人公的择取上，还在于他合理运用了现实主义的创作手法，作者曾言："在众多'主义'和品类中，我更倾心于现实主义的创作样式。也许这是因为我更愿意让自己的作品承担传播历史的媒介作用，更希望让读者能够通过我的作品去多少了解人类前行的艰苦而壮丽的历程，去感受其中所蕴含的文化之美。要做到这一点，我的办法就是尽可能忠实地再现历史，哪怕这是永远也不可能真正实现的主观愿望。"

作家以小说"再现历史"的十七年，几乎覆盖了整个二十世纪八九十年代，期间正是现实主义创作方式渐趋式微，而具有"后现代"意味的新历史主义小说横空出世并惊世骇俗的时代，值此之时，如果作者要借自己的知识积累与创作功力，赶这新历史主义的时髦，可谓丝毫不难。然而作者却甘愿坐了十七年的冷板凳，在浩如烟海的历史资料中梳理爬抉，钩沉提炼，以近乎虔诚的执着与顽强"始终遵循严格的考证，大至主要的历史事件，小至人物性格言行，都力求书必有据"。作者坦言："也许有人会认为这种'戴着镣铐的跳舞'未免过于自讨苦吃。但是我却觉得这正是弥补生活体验欠缺的最好办法。而且，只要善于挖掘和拓展，它较之向壁虚构更能收事半功倍之效。"可以说，作者这种严谨而执着的创作态度不仅是这部著作获得巨大成功的最有力保障，也是当时乃至当下我们这个社会的宝贵精神资源。

现实主义创作精神是保证历史小说最大程度逼近和再现历史真实的重要保障，在这种精神的作用下，作家给整部小说确立了两条相互缠绕和依附的发展主线：一是"名士"与"名妓"的缠绵纠葛；二是"君子"与"小人"的义利纷争。正是以这两条主要线索为枝干，作家用他那干练而又优美的笔触，为我们形象地展现了一个极为纷繁复杂而又异常鲜明生动的晚明历史画卷，而我们对这部小说的介绍，也不妨以这两点为基础而进行。

一、"名士"与"名妓"的缠绵纠葛

《白门柳》中"名士"与"名妓"的感情戏绝非传统意义上的"才子佳人"模式，而是作家对当时上流社会名士集团生活状态的生动写照，在那个年代纷繁复杂的红尘情事中，作家精心择取了钱谦益和柳如是、冒襄和董小宛两对名士与名妓的爱情故事为主要描述对象，辅之以顾眉与龚鼎慈、李十娘与方以智、李香君与侯方域等人的感情纠葛，以细腻的笔法、合理的布局，展现了当时的社会在山雨欲来风满楼的背景之下，绚丽而又奇异的上层士子的感情生活图景。

在整部作品中，钱谦益和柳如是的感情戏所占的篇幅最多，这与钱谦益在当时的社会地位，以及柳如是在"名妓"中的代表意义都有着很大关系。而作家对他们二人的刻画塑造，也极为生动饱满，达到了很高的艺术水准。

钱谦益是当时"东林"及"复社"的一位资深领袖人物，具有着较大的社会影响力，但在作品的开端，他却因科举舞弊案被参倒，不得已赋闲在家已经十三年了，此时他正为再次复出而绞尽脑汁，作品如此拉开序幕之后，便以虚实结合、时明时隐的方式，叙述了钱谦益是如何为重新跻身朝廷权贵而谋划奔波的。而与此同时，钱谦益的政治理想又以特别的方式与其宠妾柳如是紧密联系在一起，柳如是在冒天下之大不韪而主动投入钱谦益怀抱之时，也有着她自身的"政治理想"。自然，当时社会背景之下，她的"政治理想"与实现方法和钱谦益大为不同，然而这位外表娇弱的风尘女子，却以她特殊的魅力和手腕，为钱谦益的东山再起促助了重要的一臂之力，因此她对于钱谦益来说就绝不仅仅是完全依附性的小妾，同时也是不可或缺的谋士，这就使他们之间的感情关系真挚而又特别，折射出某种人性的复杂。

身为当时的"大名士"，钱谦益自幼深受儒家思想的浸淫，在理念上承认传统儒家文化对人生价值的规定，他一生中最重要的理想便是出仕入相，协助君王"治国平天下"，他对实现这个人生价值的渴望是如此强烈，以致在十三年赋闲的过程中，他无时无刻都在积极谋划、钻营希冀被再次启用，所谓"领袖山林"、"采菊东篱"的道家出世倾向，不过是无奈之中的自我安慰罢了。而与此同时，钱谦益在自己极为无奈的个人"在野"生活中，又有一个颇为意外的收获：那便是一年前，名妓柳如是竟然"女扮男装，方巾儒服，亲访半野堂，表示有意委身相嫁"，对于钱谦益来说"柳如是的那一份仪容、那一份才智、那一份风情，又绝非寻常风尘女子所能企及"，因此他的"惊异和狂喜是难以形容的"，"为着报答柳如是的情意，钱谦益决定置原配夫人陈氏于不顾，公然同柳如是举行正式的婚娶大礼；他还吩咐家人称呼柳如是为'夫人'，而不是按常礼称为'姨太'；至于他自己，则称柳如是做'河东君'"。钱谦益的"这种越轨行为，引起了盛泽、常熟两地士绅们的大哗"，攻击他"亵渎朝廷之名器，伤败士大夫之体统"。而在柳如是嫁到钱家后，又一度与钱谦益唯一儿子的生母朱姨太发生矛盾，逼着钱谦益驱逐朱氏，这在本来已经围攻嘲骂的沸沸扬扬的卫道士中，再度引起公愤。钱谦益对于越轨迎娶柳如是所招来的围攻嘲骂"毫不在乎"，但对于柳如是要驱逐朱氏所引发的公愤，却不得不考虑再三，因为他知道，如果这在缙绅中再度引起的公愤，"闹将起来，传到皇帝耳朵里去，那么他辛辛苦苦地等待、钻营了十三年的东山再起的机会，就很可能化为泡影"。然而即便如此，对于钱谦益来说，"眼前的这个美丽的女人，在他生活中已经变得如此重要，如此不可缺少，他不忍、也不敢拂逆她的意愿"，"所以，犹

豫再三，钱谦益还是横一横心，决定把朱姨太逐出府去"。

作家开篇处的这段描写，就清楚地交代了钱谦益对待柳如是终其一生始终如一的真实情感。那么，钱谦益何以会不顾影响到自己最为重视的仕途而横下这样一条心？又为何在日后的生活中不顾家人的反对和社会的嘲讽，对柳如是一直百般珍爱呵护？这就涉及人性的复杂组成了。以往大量的心理学和人类学研究都告诉我们，人虽然是社会性动物，但也兼有着自然性，人的社会性决定人的行动依照社会公认的价值准则行事，这时候人便是由特定文化氛围所规定的文化人；而当人在某种状态之下回到动物性时，他会更多依据动物本能行事，这时他便是一个自然人。当然，这二者在平时是有机地结合在一起，并非截然分离。反观钱谦益一味珍爱、袒护柳如是的举动，正是他作为一个自然人时的自然选择。此时的钱谦益当然没有完全失去他作为社会人的属性，他非常清楚自己这种行为对这个社会文化的忤逆，对自己久已恪守的文化规则的违背，但他还是冒险做出这样的选择，就在于他作为自然人对于这种"饮食男女，人之大欲存焉"的自然需求太过强烈，以致完全压倒了他作为社会人的理性遵循。同时我们还应注意到，钱谦益对柳如是的需要绝非只停留在纯粹的动物性自然欲望，而是上升到了"爱情"的层面。对他来说，柳如是绝非寻常仅有几分姿色的风尘女子，而是有才情、有智慧、有情调，可以和自己诗词酬唱，并且在关键时刻还能助自己一臂之力的奇女子，因此他才对柳如是如此珍爱和难以割舍，即使是在后来，柳如是做了对他不贞的事，他都丝毫不加以指责惩罚。由此我们就可以看到，钱谦益并非是一个假道学，或者色欲之徒，他虽然在生活中多有不检点之处，但是对待柳如是却是一片真心。对于这一点，作家的理解和把握是非常恰当的，因此他对钱谦益的描述没有拔高或者贬低，而是做到了客观、深刻，使得这个主要人物在感情方面的面貌丰满、真实而又细腻。

相比之下，柳如是对待钱谦益的感情并不乏真挚，但同时却也有着更多的功利色彩，就在作品开端，当钱谦益告诉柳如是自己决定顺从她的意愿、驱逐朱氏的时候，却得到了柳如是极为体贴识大体的回心转意："相公这一阵子正在筹划启用的事，妾身不想在这节骨眼上，招来外间的物议，耽误了相公的前程。"柳如是的态度让"钱谦益不禁大为感动"，于是引发了如下对话：

　　　"我很高兴！钱谦益得到你这样的闺中知己，不虚此生了！"

　　　"只要相公永远记着今日这句话，我就是明儿死了，也是心甘情愿的！"

　　　"你快别这么说。我知道，我已经是垂暮之年，可你往后的日子还长着呢。不过，你放心，我自会安排得妥妥帖帖，决不会让你这一辈子受委屈的！"

　　这些对话一方面是两人感情的表达，而另一方面也是作家对柳如是的人生选择策略及其产生效果的形象描述。就在二人含情脉脉的闺中蜜语之后，作家便对柳如是的身世和人生选择也做了细致的介绍：柳如是的身世相当悲惨坎坷，操起卖笑生意，实非迫不得已，她在走上这条风尘之路后，曾因聪明美貌而大红大紫，但她也自知"这种状况是不可能维持太久的，于是，便开始在那些慕名而来的客人当中，物色自己可以托付终身的人。几经挫折和痛苦之后，她选中钱谦益。钱谦益有的是名望、金钱，且盛传他很快就会被重新启用，入阁拜相。这对饱尝卑贱的滋味、强烈渴望往上爬的柳如是来说，的确是理想的从良对象"。

　　柳如是的人生选择虽然带有强烈的功利色彩，但在那样一个年代却是无可厚非的，甚至有着被肯定的价值。诗人白居易曾在其《太行路》中感叹："人生莫作妇人神，百年苦乐由他人。"封建时代的女性被强大的文化专制所压抑，失去了主动改变自身的力量与信心，同时又因为女性本身特有的心理特征，不可避免地要产生依附心理。那些因为美貌和才情被风流才子们所青睐追逐的名妓们，虽然看似风光，但在本质上依然是寄生式的生活，而她们择人从良，也不过是这种寄生生活的另外一种延续罢了。柳如是身为那个时代的风尘女子，即使才情绝伦，但是在本质上也无法真正摆脱这种宿命。不过从另外的角度来说，柳如是显然又有着更为强烈的独立意识和进取之心。作家在介绍柳如是身世的时候便有这样的描述："她聪明美貌，很快就走红起来。为了保护自己，也为了报复，她开始变得又刁蛮又放肆，经常把那些色迷迷的狎客捉弄得团团乱转，哭笑不得。"而在选择钱谦益托付终身这件事上，她的主动性就更强，竟然"女扮男装，方巾儒服，亲访半野堂，表示有意委身相嫁"。嫁与钱谦益后，柳如是并不满足于宠妾的身份，而是有着更高的目标："当一个纵无其名也有其实的'宰相夫人'"，为此，她不断竭力为钱谦益的启用而出谋划策，必要之时还会亲自出面逢迎，以致钱谦益也把她当作"女元龙"，事事寻计问策。从这一点上来说，柳如是对于钱谦益已非完全的依附关系，而是趋于平等相待，这在当时不能不说是难能可贵的。

如果说柳如是之于钱谦益是一种可贵的平等的话，那么作品中另一对看似郎才女貌的眷侣则因巨大的不平等关系而显得甚是可悲。冒襄是著名的复社四公子之一，同代人张明弼在其《冒姬董小宛传》中描述他"姿仪天出，神清彻肤"，"所居凡女子见之，有不乐为贵人妇，愿为夫子妾者无数"。而也正是由于他这出众的"姿仪"和超拔的才华，他在女性面前总是表现的高傲而自负，这一点我们在他自己所著述的《影梅庵忆语》中便可以有所感受：冒襄在书中谈他因为失去陈圆圆而心情抑郁之时，与朋友泛舟游玩，不意来到了董小宛的住所，"不禁狂喜，即停舟相访"，然而在欢宴之后，当董小宛登舟送别，表示愿随他而去，并誓言"妾此身如江水东下，断不复返吴门"时，冒襄的反应竟是"余变色拒绝"，在勉强答应"徐图之"后，董小宛才"掩面痛哭失声而别"，而冒襄则"虽怜姬，然得轻身归，如释重负"。当冒襄科考发榜之后，董小宛再次"痛哭相随，不肯返"，冒襄竟"冷面铁心，与姬诀别"。作家在进行写作之前，详细参考过这些史料，因此关于冒襄对待女性的心理把握和描述得非常到位："他很了解自己高贵的家世、超群的才华，以及出众的仪容风度，每一样对于女人们都有着巨大的吸引力。在情场角逐中，他从来都是一位稳操胜券的将军，只有他经常冷淡地拒绝那些为他如痴如狂的女子，而从来没有被任何一个女子拒绝过。"因此可以说，所有这些先天性的差距都使冒襄和董小宛的地位与感情处于极不平等的状态。也正是由于这些先决的条件，当董小宛历尽波折终于嫁给冒襄之后，始终处于绝对从属甚至逆来顺受的地位，尤其当战争局势日益混乱，生存境遇日益严峻之时，董小宛在冒家的生存状态就更加悲惨。冒襄因为心情郁闷，几乎随时都会把感情的狂风暴雨倾泻到可怜的小宛身上，而董小宛只能含泪承受，丝毫不会有所反抗，因为在她的世界里，冒襄就是唯一的主宰，唯一的依靠，失去他也就失去了一切。董小宛对冒襄的真挚感情让人感慨，而她给自己的定位也不禁让人叹息，关于这一点，最为典型的便是作品第三部《鸡鸣风雨》中的一段情节了：在冒家暂时度过劫难之后，董小宛奉冒襄父亲之命为有恩于冒家的余怀唱曲送别，却使冒襄的自尊心极大受挫，事过之后他对董小宛恶语相加："生性下贱，烂泥糊不上壁。"然而董小宛却在相公的恶劣态度中感到"相公再也不把妾身当婊子看了！"仅仅是在相公那里摆脱了"婊子"的身份，获得了一个名正言顺的依附地位，就可以如此感激涕零，把谩骂的恶语看成身份的承认，这真让人不得不感叹董小宛的善良、柔弱以及根深蒂固的依附心理。

事实上在关于冒、董爱情的主要参考资料《影梅庵忆语》中，冒襄对于他和董小宛之间的感情生活是描述得非常幸福和谐的。近代文人赵苕狂为此在其《影梅庵忆语考》中也对两人的幸福生活赞叹不已，认为董小宛带给冒襄的艳福"决不是庸俗之子所能享受到，而也决不是他们所能梦想得到的！"然而赵苕狂是不自觉地站在冒襄这类名士公子的角度来看待这件风流往事的，因此他绝难体会董小宛在其中的痛苦悲楚。而在《白门柳》中，作家却有了一个全新的观察视角，从作家对董小宛细腻温存的描述中，我们分明能够感受到作家对这样一位痴情弱女子的巨大同情。可以说，作家从《影梅庵忆语》表面温情脉脉的叙述中读出了被叙述者深藏于内心的

委屈、忧虑、恐惧等痛苦情感，他对于董小宛的描绘正是基于一种可贵的人道主义关怀，这完全颠覆了以往的才子佳人模式，给读者以全新的体验和深入的思考。

除了钱、柳与冒、董之间的爱情叙事主线外，作家在作品中还合理穿插了众多其他名士与名妓的爱情故事，这些爱情故事以顾眉与龚鼎孳、李十娘与方以智、李香君与侯方域较为典型，同时也是各有特色。像李十娘与方以智的故事正式开始于整部作品的中段，当时，方以智刚刚历尽九死一生逃出被"流寇"攻占的北京，回到江南，在与旧情人李十娘相见之时，由于囊中羞涩不愿设席，而这早被明眼的李十娘看出，十娘不仅不怠慢方以智，还把当年方以智赠予自己的珠花回赠，以解其燃眉之急；当方以智以为对方看不起自己，几乎要勃然大怒之时，李十娘却含着"晶莹的泪水"说道："奴虽是烟花陋质，不谙世事，可也知道老爷这次天幸脱身回来，是何等不易！必定受了多少罪，吃了多少苦！虽然老爷不说，可老爷的脸相模样，奴都瞧在眼里，痛在心上……这朵珠花，原是老爷赐给奴的。奴也知道，老爷绝不肯再收回去，那么，只求老爷权且拿着，待会儿当着妈妈的面，再赐给奴一次。"李十娘的这些肺腑之言不禁让方以智大为感动，"使他愈来愈诧异和惭愧"。再到后来，当方以智因自己不得已投降"流寇"的事在栖身的庙中被众多士子攻击时，李十娘又及时赶到，并且竟不顾性命拼死相救，彼时彼景，在作家精彩的描绘中让人不禁感到惊心动魄，不胜唏嘘！而且可以说，我们从作家对这个风尘弱女子对待自己所爱之人真挚感情的描述中，也明显感受到他自己的同情与欣赏。

与李十娘对待方以智的真挚感情相比，顾眉之于龚鼎孳，就多少带有庸俗的实利主义倾向了。在龚鼎孳刚刚投靠清廷，尚未剃发之时，多少还有点人格尊严，他甚至还为同僚孙之獬的率先剃发而愤怒不已，想要"想个法子治治他"，然而当他把自己的想法告诉其妾顾眉时，顾眉却劝他也同样剃发改装，并振振有词地说："瞧眼下这情形，新朝到底容我们再拖多久，其实也难说得很。况且，这些日子我也想通了，不就是换个打扮么！以往我们在留都，光是这头头发，一年到头，就不知道想着法儿变换多少回！"说完之后，顾眉竟又穿上了早已准备好的满式妇女装束，展示给龚鼎慈看，"倒把龚鼎慈看得张大了嘴巴，一句话也说不出来"。顾眉这种"商女不知亡国恨"的庸俗观念与行为，与刚烈的柳如是比起来，真是不啻霄壤，而作家本人也对其多有厌恶，在后来涉及她的描写中用了很多讽刺式的手法。

二、"君子"与"小人"的义利纷争

在我国悠久的历史长河之中，"君子"与"小人"的概念，以及与之紧密结合的种种观念，可谓源远流长，尤其是居于文化主导地位的孔孟典籍和相关儒家文献，都曾对"君子"与"小人"有着极高的使用率，用以阐释道德准则，对人们的具体行为做出明确的规范。但从历史纵向上来看，"君子"与"小人"最初并非仅仅是一个道德判断，同时也在客观意义上区分"在位者"与"在野者"，即上层士大夫阶层与底层平民百姓。在记述孔子言论的《论语》中，"君子"与"小人"之分已经较为明显地偏重于道德情操方面，同时在一定程度上也兼指不同社会地位的人们。随着中国社会以儒家教义为基础的大一统封建政治制度的确立，以及人治而非法治统治方式的逐步加强，道德评判被赋予了越来越重要的社会意义，统治阶层和学人士子都认识到了这一点，同时也都充分利用这一点，或巩固统治，或以"道"匡"势"，这就使得与之紧密相联的"君子"与"小人"观念得到了进一步的加强。时至明末，中国封建社会的政治形态已经非常成熟，而"君子"与"小人"之辨也变得空前重要，甚至到了僵化的地步。与此同时，各种文艺作品也对这种观念不断加以宣传和强化，使其更加深入人心。

在传统儒家典籍之中，"君子"与"小人"最大的区别就在于他们对"义"与"利"的不同追求，正所谓"君子喻于义，小人喻于利"（《论语·里仁》），"君子义以为上"（《论语·阳货》），"君子义以为质"（《论语·卫灵公》），"君子所性，仁义礼智根于心"（《孟子·尽心上》），而从这些儒家原

典一直到王夫之更为直接的"君子小人之大辨，人禽之异，义利而已矣"，"义"与"利"便成为区分"君子"与"小人"最重要的价值标准，与不同的是非观和荣辱观紧密相联，成为历代大量文学作品的核心表现内容。

《白门柳》中，以"君子"自居的"东林—复社"集团与阉党余孽阮大铖的尖锐对立，是一条贯穿始终的故事发展主线，而这条主线正是以"义"、"利"纷争的方式而不断延伸的。

"东林—复社"集团中的士人性格各异，很难说都是真正意义上的"君子"，而在他们之中，最具"君子"典型意义的要算是黄宗羲了。

黄宗羲是晚明时期重要的启蒙思想家，同时还是一个率众抗清的志士，在以往众多的历史典籍中，他都被赋予很高的评价，因此可以说他在历史上便是一个立德立言立行的"君子"形象。作家对这个人物的塑造同样遵循历史的基本判断，在整部著作中，作家描绘黄宗羲的篇幅相当多，其中绝大部分都在凸显他正人君子的人格魅力。在作家笔下，黄宗羲为人处世重操守、讲是非，有着明确的道德观念和极强的律己信念，并也习惯依此来评判他人。他自己洁身自好，从不耽于物质享受，因此对冒襄沉溺于儿女情长的行为很反感："国事败坏到如此地步，一面立志要拯救社稷苍生，一面却迷恋于醇酒妇人，这是荒唐的！以往我同他们混在一块的时间太多了，今后决不能再这样！"他虽身无半职，但是胸怀天下，心系百姓，不仅以自己的思想积极影响时政，还在清兵南下的危机关头，亲自带着子弟兵上阵抗敌，他由此对方以智"潜心著述，藏之名山"的志向不以为然："不，他是不对的！如今当务之急是'流寇'，是'建虏'！在社稷苍生尚有一线生机之时，作为一个热血男儿，一个圣人之徒，如果不挺身而出，承担救国拯民之责，那是可耻的，是有损于为人品格的！"他虽渴望功名，期待以更大的影响力来实现治平之理想，但是明确的是非观又让他不轻易向权贵妥协。就在当时的权相周延儒延请他入阁"协理文牍之事"，为他铺就一个难得的进身之阶时，他却因看透周延儒的自私与虚伪，置之不理。基于这样的观念，他对钱谦益为早日启用而不择手段的行为甚为愤怒："仅仅为着复官启用，为着自己的功名富贵，便置天下大义于不顾，干出这等寡廉鲜耻的事情来！还亏他是个东林耆宿，怎么配！"

在晚明时期，学人士子重利轻义、忽视道德操守的现象甚为普遍，而在这人心不古、世风日下的整体环境中，黄宗羲的高风亮节就显得特别引人注目，值得赞美。作家对待这样一个人物形象的塑造，显然也不仅倾注了心血，而且糅入了真情，使其肩负起了某种榜样的作用。不过作家并没有因为自己的感情倾向而有意回避黄宗羲的某些弱点，相反，他还在作品多处突出了这些弱点。像第一部第三章，黄宗羲刚一出场，便因为自己心爱的书籍被损坏，而与人在街头大吵大闹，完全没有了平日温文尔雅、文质彬彬的君子形象。这其实正暴露了黄宗羲虽重是非操守，却并不十分成熟的弱点。在以后的故事发展中，黄宗羲也多次表现出他的这一弱点，如他总是坚定地认为自己站在真理一方，难以接受别人的观念，与人辩论起来也是口无遮拦，不近人情。当他在危城之中纵言批评时局，被友人劝告"检点言行，切不可率情任性，自干法网"之时，他反而批评友人："若是人人重足而立，侧目而视，钳口不言，离亡国便不远了！"全然不顾朋友与自身的危险处境。他领导子弟兵在前线抗清，因为粮食短缺，亲自回乡征粮，但是由于他自持站在正义一方，便不恤民情，方法粗暴，弄得老百姓竟然串通起来抗拒纳饷，连自己的亲兄弟也不愿见他。可以说黄宗羲虽有政治抱负，却缺乏政治策略；虽然立场坚定，但却不会圆通。他缺乏政治家那种纵横捭阖、随机应变的能力与魄力，这就导致他成不了真正的政治家，最终在政治上归于失败，也有着必然性。作家对黄宗羲的这些弱点丝毫没有回避，而且对他内心深处的某些负面心理也加以客观而又细腻地表述，就这就使得黄宗羲的整体形象更加丰满、真实和生动。

相对于黄宗羲和其他"东林—复社"的"君子"来说，马士英和阮大铖这些"小人"形象同样被塑造得非常成功，令人印象深刻。据《明史》记载，马士英和阮大铖是会试同年，因为气味相投，来往颇多。当阮大铖因为阉党之案被"东林—复社"集团的士子们打击排斥之时，与外界几乎断了联系，却一直与马士英相交甚深。后来阮大铖因一时复出无望，便全力助推马士英，马士英因为拥戴福王有功，得到福王的宠幸，又极力推荐阮大铖，使之也得以启用。阮大铖复出之后，协同马士英一起，利用手中权力大肆搜刮钱财，同时又不遗余力地报复"东林—复社"，演出了历史上的一幕丑剧。《明史》中，这两人都被列为奸臣，后来孔尚任的《桃花扇》对他们二人也加以了无情的讽刺揭露，使其骂名广为流传。

在《白门柳》中，阮大铖是一个较为典型的"小人"形象，这一点作家一开始便让他自己加以承认，当他为谋划启用之事而见过钱谦益后，对旧交徐青君要求报复复社的要求置之不理，马士英由此指责他不重"义气"，而他却直接说道："由他去，由他去！小人就小人！都到这种地步了，再硬充什么王八伪君子。"这段话可谓一针见血地揭露了阮大铖的为人本质：他最重要的目的是为着早日启用当官，捞取实利，苟有相悖之事，皆可不顾，而有利之事，则要不择手段地争取，他的处世哲学正可谓在自己对联上所书写的："有官万事足。"作家围绕这个人物的处世哲学，对其使用了一种近乎漫画式的描写方式，无论是他的相貌，还是他的住所，以及他平日的言谈举止，作家都加以了适度夸张，使得这个人物的性格极为鲜明。同时值得注意的是，阮大铖还有一个重要侧面，那便是富有文采，工于剧作。作家对他的这一面并不回避，而是同样加以了细致描述。钱谦益之侄钱曾在为钱谦益开脱阮大铖辩护时，评价阮大铖"两榜进士，学兼文武，工书史，知兵略，诗词曲赋，样样皆精"，虽然有些言过其实，但对于阮大铖"诗词曲赋，样样皆精"一项，却毫不为过。阮大铖的剧作《燕子笺》的确达到了很高的艺术水准，连钱谦益都对柳如是说："只是这阮元海名声虽则不佳，实在也算一代才人。夫人想必也读过他写的那几本戏——《牟尼合》、《双金榜》、《燕子笺》，在江南可谓一时纸贵，处处争演。"甚至连复社文人也不得不给予他很高的评价。

然而工于剧作仅仅只是他的一个侧面，充其量是他在赋闲之中聊以自慰的精神寄托。这个人物始终把政治仕途以及贪污纳贿当作自己最重要的人生意义。为着重新启用，他行贿周延儒，巴结钱谦益，助推马士英，又在拥立福王的过程中上蹿下跳、多方筹措。而当他一朝得势，便更加露出小人本质，捞取钱财，报复贤良，无所不用其极。在第二部第十一章，阮大铖应邀去钱谦益家赴宴，被钱之学生顾苓笨拙地吹捧，却不料正戳中其污点，作家借机写明他得势之后的斑斑劣迹：他在巡视沿江防务期间，"一切军事都不过问，专干结党营私、敲诈勒索的勾当。凡有想求他免于弹劾的，或是想求他举荐得用的，一律都得送礼"。甚至"仓场侍郎贺世涛辞职归家途中，竟被他暗中派人在长江里拦截，把财物搜劫一空"。作家虽然没有正面描写他的这些恶劣行径，但也已经把其卑鄙阴险、唯利是图的小人本质充分烘托出来，可以说，阮大铖的行为已经完全背离了所有道德准则，他被钉在历史的耻辱柱上，遭历代人的唾骂，正是理所必然。

马士英是与阮大铖沆瀣一气的另一位"小人"形象，明史称他"贪鄙无远略"，此人没有阮大铖的文采，但是同样私心极重、唯利是图，丝毫不在阮大铖之下。由于他历史较为清白，性格相对"单纯"，作家没有对其进行漫画式的描绘，但是在为一己之私而实施的政治谋略方面，作家对他的刻画可谓入木三分。马士英最初由阮大铖助推启用，但是在入朝之后，他担心举荐名声不好的阮大铖会影响自己好不容易得来的仕途，借口军事紧急，长期置有大恩于他的阮大铖于不顾，甚至临行前都以种种理由拒见阮大铖，致使阮大铖悲从中来，不禁嚎啕大哭。作家仅就这一场描写，就把两人表面狼狈为奸、一致对外，但实质上都各自盘算、私利为上的阴暗心理充分地加以暴露，他们二人的关系，正印证了"没有永远的朋友，只有永远的利益"的小人哲学。后来马士英在南明朝中窃得高位，也来自他背信弃义的小人伎俩。在崇祯帝自杀之后，他本来与史可法约定拥立更为贤明的"桂王"为帝，但是当他看到"福王"当政已势在必行之后，马上背弃成约，改立"福王"，为政治利益，丝毫没有把君子之"义"放在眼里。南明朝廷之中，马士英为巩固地位，不顾国家利益，排挤掉忠义能臣史可法，同时他又竭力举荐阮大铖，把持朝廷。清军大举攻入江南，名将左良

玉打出"清君侧"旗号，意图惩办朝中奸臣，合力抗清。马士英却喊出"我江南宁可忘清，不可忘于左"之言。他在南明朝廷行将就木之际，始终不思悔改，反而更加目空一切，肆无忌惮，为着一己之利，一己之名，毫不顾及国家正义和民族尊严，对于这个民族败类的描写，作家掩饰不住自己的厌恶与愤怒之情，笔法老练辛辣，批判之音可谓震耳发聩。

第三节　主旋律视野下的新军旅历史小说的改写

　　新军旅历史小说，主要是指二十世纪九十年代出现的，有着通俗文学气质，但又受到民族国家意识形态统摄的类型化小说。这些小说和八十年代的军旅历史小说相比，如黎汝清的《皖南事变》、乔良的《灵旗》等，其反思范围更大，反思力度也有所加强，但也表现出了九十年代特殊语境所导致的不同质素。它们的意识形态规定性更为驳杂：一方面，在表现人性方面更加平民化、日常化；另一方面，在民族国家意识的规定性下，官方色彩却更浓，启蒙色彩则被淡化。它们大致在主旋律的视野范围内，受到市场经济的影响，但又表现为革命意识形态、理想主义与启蒙思想的杂糅。但是，主旋律只是一个大致的规定性，很多作品溢出这种规定性，显示了九十年代历史小说形态的复杂性。例如，这些新军旅历史小说总体而言，与新历史主义小说有着内在的、本质的区别，却同样有着颠覆革命叙事的叙事冲动。而这种冲动，却被局限于民族国家叙事的形态中，从而表现出了很强的宏大叙事特征。如果研究其内在特质，我们往往会有如下的认识：

　　"有中国特色社会主义"对主旋律化的新军旅历史小说的内在叙事规定就是将"社会主义现实主义"表现法则与市场经济、民族复兴原则相结合，创造新的意识形态规训。不可否认，九十年代主旋律军旅历史小说的艺术手法大多还是现实主义的。这是因为现实主义艺术，在表征意识形态宏大性、创造历史与现实大叙事方面，有其他手法难以比拟的优越性。而传统"社会主义现实主义"小说宏大叙事，则是在经典现实主义基础上发展而来的，一种与政党利益、政党纲领紧密结合的意识形态。如冯雪峰所说："社会主义现实主义还不是仅把现实主义的基础放在解释世界的唯物论，而是要把它放在正确地而且积极地改造世界的唯物论，即必须和无产阶级的历史实践相结合，必须使自己为无产阶级的实践任务服务。因此，对于过去现实主义的改造，还必须使得它和无产阶级的实践紧密结合，使它有坚固的无产阶级的立场。"①

其核心在于：第一，历史真实观。"社会主义现实主义"要求在现实的革命发展中真实地、历史具体地反映现实。这样，历史和真实，这两个宏大叙事基本法则，就能有机地体现在小说叙事中，从而有效地为实现意识形态企图奠定良好基础。第二，塑造社会主义历史典型的主体形象以及典型环境。这里所说的典型，既是普遍性与特殊性相结合的典型，也是意识形态规范的典型。第三，革命浪漫主义与现实主义结合，既保证现实主义深刻性，又避免"旧现实主义"自然主义弊病，流于对生活单纯的反映，让现实与"正确"生活理想相结合。第四，要求小说描写的真实性和历史具体性，必须与社会主义精神，与思想改造和教育劳动人民的任务结合，即保证小说的意识形态功能放在首位。② 安敏成（Marston Anderson）曾在《现实主义的限制》中讨论了西方经典现实主义和中国现实主义的不同："在西方，古典模仿理论，后笛卡儿时代的认识论趋向，以及 19 世纪的历史观，共同塑造了一种有关艺术发展的进化观念，并让现实主义倡导者深深迷恋，而中国美学，由于缺乏模仿理论，古典主义根深蒂固。"③ 而一旦现实主义文

---

① 冯雪峰：《雪峰文集》第二卷，人民文学出版社 1983 年版，第 436 页。

② 此分类标准参见以群主编：《文学的基本原理》，上海文艺出版社 1978 年版，第 209—210 页。

③ ［美］安敏成：《现实主义的限制——革命时代的中国小说》，姜涛译，江苏人民出版社 2003 年版，第 21 页。

学被看作一种文学政治手段被规范，便会被"强化"意识形态使命、目标等颇具"古典"意味的文学功能。于是，当社会主义政党不断向文艺"追索"话语的意识形态性时，现实主义小说叙事，就会从黑格尔、马克思、别林斯基、卢卡契（Georg Luacs）等大师的描述中不断被抽象，进而从叙事走向抒情，最后走向高度象征……从而宣告现实主义自身逻辑的破灭。典型人物不再是那个"熟悉的陌生人"[①]，"完满有生气的独特世界"[②]，而是"高大全"式的圣人化英雄，而那些以认识现实、把握历史真实为出发点的现实主义法则，也让位于党派的意识形态整合与教育功能，最终背离现实主义的基本原则。

然而，九十年代主旋律军旅历史小说的"有中国特色社会主义"宏大叙事，有关"社会主义现实主义"原则经历了一番巧妙地"改写"，既不同于历史小说，也与新历史主义小说有所不同。它保留了原有党派文艺的意识形态目的论、历史真实性、集体主义色彩。[③]典型人物论，又使得这些法则不断与市场经济、现代化与民族复兴相结合，且通过这些小说与主流意识形态、市场经济的关系，不断通过"区隔"作用和"同心圆"式的系统控制，创造了非常有杂糅特色的"新社会主义现实主义"宏大叙事。

新军旅小说，其国家民族叙事的核心效果最为明显，其意识形态性也最强，而中间层则是阶级革命叙事与启蒙叙事，外层则是通俗大众叙事。

[①] 如别林斯基说："在一位具有真正才能的人写来，每一个人物都是典型，每一个典型对于读者都是熟悉的陌生人。"见 [俄] 别林斯基：《论俄国中篇小说和果戈理的中篇小说》，《别林斯基选集》第一卷，上海文艺出版社 1963 年版，第 191 页。

[②] 如黑格尔说："每一个都是一个整体，本身就是一个世界，每个人都是一个完满的有生气的人，而不是某种孤立的性格特征的寓言式的抽象品。"见 [德] 黑格尔：《美学》第一卷，商务印书馆 1979 年版，第 295 页。

[③] 实际上，这个过程八十年代已经开始了，如汤森等指出："在共产主义伦理中，集体主义替代了忠于特定对象主义，以此作为忠诚和权威的决定因素——八十年代后，中国政府政策扭转了这些论断，然而，集体主义价值也未放弃，人们倾向于把集体主义解释成慷慨大方和良好的态度，而不是尖锐的阶级斗争，但它仍然是中国官方伦理之一。"见 [美] 詹姆斯·R.汤森、布兰特利·沃马克：《中国政治》，顾速、董方译，江苏人民出版社 1994 年版，第 176—177 页。

新军旅小说淡化了原有的"十七年"革命历史小说对人物的过分抽象化，而注重在国家民族叙事的基础上，重塑有血有肉的英雄形象。而红色革命叙事，也被"悬置"为一种美好的青春期回忆，展现出"建国神话"之后，文化复兴的现代民族国家对国族确立的一种另类的想象。这种想象，既包含了意识形态教化的元素，又包含了"消费战争"的通俗文艺理念。邓一光、都梁、石钟山、朱苏进、苗长水等作家，都是这种新军旅小说的代表人物。这里面，邓一光的《我是太阳》与石钟山的《父亲进城》、都梁的《亮剑》、徐贵祥的《历史的天空》都是优秀的作品，也很好地体现了叙事杂糅的特点。有趣的是，《我是太阳》与《父亲进城》这两部作品都是采取了一种仰视的回忆视角来叙述故事，不论是故事，还是人物类型，均有很多相似之处。①

　　《父亲进城》②更是以对父辈的重新描写自居，真实地展现了这类小说通过国家民族叙事，在追忆共和国建立的神话中，试图重新凝聚宏大叙事的努力。③《父亲进城》，可以说是一个九十年代版的"革命胜利的第二天"的故事，对战斗英雄石光荣进行了重塑。石光荣是一个经常犯错误的英雄，作家一方面塑造了他强者的英雄品质，借以隐喻共和国的强者想象，特别是他对"文革"和"左"倾思想的抵触，让我们将之与传统的红色英雄区分开来；另一方面，作家也未回避对他的农民式短视思维、蛮横的家长式作风，以及顽固的军事思维的不动声色的嘲讽。可以说，小说是对"进城"故事的某种重写，透露出了更多丰富的历史真实气息，也在反思理想主义

---

① 《亮剑》《我是太阳》《父亲进城》三部小说被改编为电视剧后，都存在故事与人物高度雷同的情况，如果从主旋律小说宏大叙事的内在规范上考虑，这种雷同显然是一种"叙述的意识形态"。参见赵楠楠：《与〈激情燃烧〉雷同？〈我是太阳〉否认抄袭》，《京华时报》2009 年第 1 期。

② 石钟山：《父亲进城》，《中篇小说选刊》1998 年第 3 期。

③ 如有的论者指出，该作品的宏大意识形态教化和整合作用，其实这里还包含着读者对英雄形象的猎奇性消费心理："江泽民同志强调过传统'纽带'的重要意义。为什么《激情燃烧的岁月》能拨动亿万人的心灵琴弦，道理正在这里。现代化建设需要从传统中汲取力量和激情，而《激情燃烧的岁月》正满足了人们的这种审美要求，并消解着'金钱至上'、'人情淡薄'的市场负面作用。"见赵平：《〈父亲进城〉成功的启示》，《中国图书评论》2002 年第 10 期。

失落的前提下，将军旅历史人物予以日常化和平民化的处理，展示他们更为丰富的内心世界。这部小说，与萧也牧的《我们夫妇之间》、电影《霓虹灯下的哨兵》等进城故事不同之处在于，石钟山以半自传体的父辈经历，解构了"拒腐防变"这样一个革命意识形态与城市文明碰撞之中，革命叙事的"反应神话"，而真实地展现了二者之间的纠葛、碰撞与融合。小说中，石光荣和褚琴是相互改造的关系。褚琴试图用市民伦理和行为规范改造石光荣，如上床洗脚，不说脏话，彬彬有礼，而石光荣则试图反抗革命的世俗化，保持战争时期的荣誉感。然而，小说结尾，二者都达到了和谐的融合，这种融合的效果就是民族国家叙事的合法性。褚琴和石光荣的斗争与妥协，都是在这个大的原则下进行的。褚说服自己嫁给石，靠的是这种逻辑，而二者的分分合合，更是靠着这种逻辑。有趣的是，在根据该小说改编的电视剧《激情燃烧的岁月》中，却回避了当年解放军进城的半强迫式婚姻的不人道（如褚琴和男同事被拆散），夫妻两人的矛盾，淡化为一种通俗叙事的家庭剧模式，而将石光荣的性格缺点，美化为天真的幽默。这不能不说是九十年代的另一种文化语境的改写。

邓一光的长篇小说《我是太阳》，介绍了解放军高级官员关山林与妻子乌云的经历，也是主旋律色彩比较浓重的一部小说。就结构而言，这部小说呈现出浓厚的史诗味道，分为六部，配合时间标记，完整地再现了共和国1946—1996年五十年间的风雨路程。红色的革命战争激情，已不具有表征现实的意义了，而是成为一种当代和平年代人性缺失的道德性，一种美好的理想主义。英雄关山林的形象，也颇值得玩味。他不但有着朴素的革命理想，更是一个有血有肉的英雄。他的倔强、顽固，如同他的英雄气质一样动人。然而，他并不是一个传统意义上的英雄，而更像一个"有缺点"的个人主义英雄。他屡次立功，也屡次犯错误（类似李云龙与石光荣）。他对"文化大革命"的抵触与对政治的厌恶，也隐含着启蒙叙事对于复杂的"人性化英雄"的想象，以及通俗文艺对战争描写的猎奇心理。例如，作家设计了年轻貌美的范琴娜、潇洒的苏联军官茹科夫，同时追求关山林和乌云，并以他们两个接受考验过关的故事情节，再次利用"爱情"逻辑，隐蔽地指涉了国家民族叙事的存在，从而压制了所谓启蒙叙事的个人化倾向。例如，当茹科夫追求乌云，乌云义正言辞地说：

> 您有什么资格说他？他打了二十八年仗，他的身上弹孔累累，他为新中国的建立立下了汗马功劳，为这个他把自己的全部都搭上了！他从来没有怨言！①

然而，在九十年代，当儿子湘阳嘲讽关山林关于政治的看法过于幼稚的时候，作家用一个老人无力的暴怒，既隐喻了当代重建理想主义的重要性，也暗示了这种精神没落的无可奈何。小说最后，生命垂危的关山林，颤巍巍地说：

> 看见了吗？乌云，太阳它也跌落过，可它不是又升起来了吗，我们也是太阳，今天落下去，明天照样升起来。

于是，一个有关"红太阳"领袖神话的阶级革命的寓言，被怪异地"转喻"为"我是太阳"的国家民族叙事的现代性宣言。

最能反映新军旅小说民族国家叙事气质的，还是都梁的作品《亮剑》，但作品却怪异地在一定程度上溢出了主旋律的叙事规范。这部小说问世之初，就掀起了阅读的高潮。小说塑造的李云龙、赵刚、楚云飞的形象深入人心，而同名电视剧更是取得了不俗的收视率。该小说的一大特点，就是在现代民族国家意识下，统摄原有的各种意识形态，塑造铁血的现代军魂。小说主人公李云龙，并不符合传统的革命英雄形象，如《红日》的周大勇。总体而言，就是淡化革命意识形态，而突出民族国家意识。而这种民族国

---

① 邓一光：《我是太阳》，人民文学出版社 1997 年版，第 186 页。

家意识，首先是对个体尊严和幸福的肯定，其次是建立在个体尊严之上，对民族国家利益之上的启蒙宏大叙事的认定。可以说，小说《亮剑》已经溢出了当下的意识形态规范，而表现出了某种对人道主义的追认。而这种人道主义的追认，并不等同于八十年代初期，伤痕文学兴起后的人道主义文学，而表现出了对个体意识的强烈尊重。如李云龙就是一个有血肉、有个性的英雄。他为了老婆，可以冲冠一怒，攻打县城；为了警卫员之死，可以火并被收编的土匪。他甚至强追小田，并在婚后还对其他女孩动过感情。他是个大老粗，满嘴脏话，大大咧咧，对待知识分子总是比较苛刻。但是，另一方面，他嫉恶如仇，痛恨日本侵略者；他豪爽仗义，对待朋友真诚；他坚持原则，爱民如子，站稳立场，在"文革"中避免了城市的毁灭。他的命运是悲剧的，作者通过李云龙对抗"文革"，最终自杀的命运，实际上形成了对革命意识形态的强烈质疑。与李云龙的形象相配合，还有政委赵刚的塑造。赵刚是一二·九学生运动的领袖，是成熟而坚定的红色知识分子。在战争中，他逐渐打磨掉了身上的幼稚之气，增长了军事才干，也和大老粗李云龙成了生死之交。他们之所以能成为好友，就是因为有着生死与共的战争经历，有着患难与共的真性情，也有着共同的，对民族国家的挚爱。而赵刚的命运也是悲剧的，他以死亡向"文革"的反人类、反人性发出了强烈的控诉：

　　革命必须符合普遍的人性标准即人道主义原则，如果对个体生命无动于衷，甚至无端制造流血死亡，无论革命打着怎样的旗帜，其性质都是可疑的！①

这无疑是对革命历史，特别是"文革"文化逻辑的质疑和批判。有意思的是，"文革"过去了多年，该小说却以批判"文革"，成为了意识形态

① 都梁：《亮剑》，人民文学出版社2000年版，第245页。

的禁忌，以至于电视剧《亮剑》中李云龙在"文革"的遭遇被删除了。而它之所以成为禁忌的原因，还在于都梁通过对军旅小说中军人形象的重塑，巧妙地利用军事题材这种理想主义、革命意味最浓的小说种类，实现了民族国家意识的重写。这无疑是非常有震撼力和冲击力的。在八十年代后的军旅小说中，也有一些冲破禁区的尝试，如乔良的《灵旗》对湘江之战的反思，周梅森的《大捷》对抗战的质疑，尤凤伟的《生命通道》《生存》用人道主义思想对战争的解读，李忠效的《我是军人》甚至对越战中人性与国家利益纠葛的揭示。边辉副师长杀死了试图反抗的越南村民，有意思的是，小说并没有说谁对谁错。边辉最后被免职，上了军事法庭，也很让人同情。小说对解放军抓村民中的游击队员的描述，很像鬼子进村找共产党员。例如，女越共被杀后，小说写道："边辉长舒了一口气。他冷冷地瞥了一眼那妇女的尸体，她脸色苍白，没有一丝血色，黑黑的长发散在胸前，掩住了半边脸，强烈的反差对比，使她显得格外端庄俏丽。她可能会被她的同胞称为女中豪杰，但是她是敌人。"[①] 而都梁的《亮剑》，其处理方式显然更加大胆。他甚至让赵刚和李云龙在面对"文革"的时候，直接喊出了退党的口号，而"文革"时期，迫害李云龙的政委马天生，都梁也没有将之脸谱化处理，而是突出了"文革"偏执反人类的理论在李云龙血性的人性抗争面前的失败。马天生一直将他与李云龙的矛盾理解为两条路线的矛盾，却被李云龙的铮铮铁骨所震撼。李云龙最后以楚云飞相送的勃朗宁手枪自杀，子弹穿过头骨，打在墙上，弹头都有些变形。这个细节，极富冲击力。那个斑驳的弹孔，仿佛历史的伤痕，在诉说着无尽的伤痛。我们注意到，尽管都是控诉"文革"，《亮剑》的叙事策略与伤痕文学是完全不同的：伤痕文学的表述，有着非常强的内在规约性，必须以"遗忘痛苦、走向光明"为进步主旋律，以"四人帮"为特定的批判对象，以十七年的革命叙事规

[①] 中国作家协会创研部选编：《新时期文学争鸣丛书：透明的红萝卜卷》，时代文艺出版社 2000 年版，第 15 页。

定性为底线，以情感化的、或模糊的暴露，才能赢得主流意识形态与文学界的双重认可，这其实是有很大问题的。而《亮剑》的批判性在于，在民族国家意识的统摄下，作家实际上在一定程度上摆脱了对党派政治与革命意识的束缚，而展现出更为强大有力的人性化的批判力量。此外，小说中对李云龙得知赵刚夫妻死亡时的细节描述也非常震撼人心，淋漓尽致地表现了李云龙的刚正不阿品质与深挚的战友情。

同时，这里的淡化革命意识形态，作者的处理方式，不同于《父亲进城》与《我是太阳》。都梁以阳刚的气质，将"革命理想主义"转喻为了民族国家叙事意识，虽然也突出理想主义，但主要是针对侵略者，而并没有刻意渲染理想主义的失落。在对待国共战争上，则以"相逢一笑泯恩仇"的兄弟情谊加之化解。这比较典型地表现在作家处理李云龙和国军团长楚云飞之间的关系上。小说巧妙地将这种既是对手、又是朋友的微妙关系展现出来。李和楚二人，惺惺相惜，又互不服气，互相争斗，又互相帮助。他们一起打鬼子，但却对自己的政治理想互不让步，他们都有机会置对方以死地，却都放了对手一马。在解放战争中，楚云飞的精锐师被李云龙打败，楚云飞吃了李云龙的枪子，李云龙也被楚的炮弹打伤。最感人的是，小说结尾，李云龙举枪自戕，而隔海相望的楚云飞，则以贝多芬（Ludwig van Beethoven）的《英雄交响曲》为之送行。小说对国共之争的这种处理方式，显示了民族国家叙事对革命叙事的整合。但是，我们同样也看到，电视剧《亮剑》斩断了这个结尾，仅以"李云龙授勋"的大团圆结局为全局终点，无疑大大地削弱了该剧的思想力度。正如海登·怀特所说："历史故事中对结尾的要求就是一种对道德意义的要求，就是要求在评价一连串事件的重要性时要将它们视为一种道德戏剧的要素。"① 正是小说《亮剑》的结尾，集中表现了民族国家意识的现代意义。

---

① ［美］海登·怀特：《形式的内容：叙事话语与历史再现》，董立河译，文津出版社 2005 年版，第 28 页。

　　另外，我们还要看到，尽管这部小说富于启蒙气质，但绝不简单是一部人性启蒙意义上的纯文学意义的军旅小说，也与二十世纪八九十年代流行的新历史主义小说有着质的差异性。比如，虽然歌颂了楚云飞和李云龙的友谊，但小说毫不怀疑解放战争的合法性，而坚持认为"国民党太腐败、才丢了江山"这样正统的看法。从这一点上讲，《亮剑》又是一部符合主旋律要求的小说。在很多具有新历史主义气质的军旅小说中，如乔良的《灵旗》、周梅森的《大捷》，历史往往是虚无的，黑暗而不可知。而李存葆的小说《高山下的花环》，理想主义气质又太浓，尽管也有着批判和揭露，但总体而言，符合歌颂牺牲、赞美奉献的主流话语叙事。而《亮剑》的特点在于，它既有理想主义的宏大气质，又有启蒙的个体化，人性化的视角。更为重要的是，《亮剑》并没有新历史小说单纯的解构意味，而表现为在民族国家意识基础之上，再造宏大叙事的勇气和魄力。这种对宏大叙事的反向再造，既是九十年代军旅历史小说的一大特点，也符合九十年代文学重塑宏大叙事的内在叙事冲动。而《亮剑》采取通俗文学的方式，进入文学场域，也是让我们深思的一件事情。这一方面说明，纯文学场域已经出现了很多问题，新历史的叙事策略已经不能满足公众对宏大叙事的想象和期待；另一方面，则隐晦地表达了九十年代文化语境的怪异之处，纯文学无力表现宏大叙事，而通俗文学却借助民族国家叙事，取得了宏大叙事的合法性。纯文学的新历史主义，表面以解构为策略，却无法真正实现意识形态的反思；而通俗文学的《亮剑》却在广受观众欢迎的同时，曲折地表达出了对革命和现有文化的反思性。

　　《历史的天空》中对党内斗争的揭示，则更加触目惊心。小说描写了以姜必达、韩春云、陈墨涵等为代表的青年男女在二十世纪三十年代投身于革命的故事。挣脱了日军的追杀，几个逃难的青年在对未来的选择上分道扬镳了。找八路军的遇上了国民党，投国民党的撞上了八路军。阴差阳错的偶然成了命运的必然归宿。他们从此结识了他们未来的战友和敌人，从此走向了战争和政治，也从此有了一段波澜壮阔的战争史诗，有了惊世骇俗的爱情故事和扑朔迷离的人间恩怨——昨天唇齿相依，明日反目成仇；阵前并肩作战，幕后暗设陷阱；情同手足者在利益面前落井下石，势不两立者于患难之中肝胆相照……在共产党的游击队，姜必达杀敌，身先士卒，不断受到领导的重用，但也被卷入了党内的复杂斗争。与此同时，小说也描述了国军内部嫡系部队和杂牌军之间的斗争，团长石云彪因为被出卖，牺牲在抗日前线。而姜大牙也因杨庭辉、张普景、窦玉泉、万古碑、李文彬等人之间的矛盾，被李文彬诬陷，成为"纯洁运动"的叛徒，差点被枪毙。小说丝毫不回避国共双方都存在的残酷的内部斗争，从而将批判点从民族国家的大义转移到了对国民劣根性的反思上。而小说也细致地写了姜大牙和东方闻音、韩春云等女性之间的情感纠葛。姜必达和关山林、李云龙、石光荣都有很多类似的共性，比如性格粗豪，爱憎分明，脾气火爆，但是最大的共同点在于，姜必达和他们都有着对民族国家无比的忠诚。而《历史的天空》与《父亲进城》《亮剑》等小说的区别在于，徐贵祥在表面上稍显喜剧化的叙事中（小说开头，就以韩春云拒绝姜必达求婚，上吊求死，遭日军调戏，却被姜必达搭救的故事发端），却以更为严肃的现实主义精神，毫不掩饰地展现了党内残酷内斗与国军内斗的悲剧，从而引发人们对战争与国民性的进一步思考。小说的理想主义氛围不如前几部作品浓重，但却透露出了浓厚的悲剧意识，这无疑与八十年代的军旅历史小说有着一脉相承的启蒙意味。

综上所述，九十年代的军旅历史小说，在人物形象和思想内涵上都有很多新的突破，但总体而言，还是符合九十年代主旋律文学的叙事规范性。而对这一题材的突破，还需要进一步的探索，如二十一世纪文学中薛忆沩的革命历史题材系列小说《首战告捷》等。

主要参考文献

一、中文著作

孟华主编：《比较文学形象学》，北京大学出版社 2001 年版。

刘硕良主编：《诺贝尔文学奖授奖词和获奖演说》，漓江出版社 2013 年版。

中国社科院外文所主编：《文艺学和新历史主义》，社会科学文献出版社 1993 年版。

马元曦主编：《社会性别与发展译文集》，三联书店 1997 年版。

朱光潜：《悲剧心理学》，人民文学出版社 1983 年版。

张京媛主编：《后殖民理论与文化批评》，北京大学出版社 1999 年版。

曹文轩：《小说门》，人民文学出版社 2009 年版。

陈娟主编：《记忆和幻想：新时期小说主潮》，上海文艺出版社 2000 年版。

陈晓明：《无边的挑战》，时代文艺出版社 1993 年版。

陈晓明：《现代性与中国当代文学转型》，云南人民出版社 2003 年版。

费孝通：《乡土中国》，三联书店 1985 年版。

贺桂梅：《新启蒙知识档案——八十年代中国文化研究》，北京大学出版社 2010 年版。

洪子诚：《中国当代文学史》，北京大学出版社 1999 年版。

黄发有：《准个体时代的写作》，三联书店 2002 年版。

王新生主编：《二十一世纪东方思想的展望：国际学术研讨会论文集》，北京大学出版社 2005 年版。

姜振昌：《经典作家与中国新文学》，中国戏剧出版社 2003 年版。

金观涛、刘青峰：《兴盛与危机：论中国社会超稳定结构》，法律出版社 2011 年版。

李茂增：《现代性与小说形式》，东方出版中心 2008 年版。

李淑兰：《京味文化论》，首都师范大学出版社 2009 年版。

梁漱溟：《中国文化要义》，学林出版社 1987 年版。

彭泽益编：《中国近代手工业资料史》第一卷，三联书店 1957 年版。

李世涛主编：《知识分子立场：民族主义与转型期中国的命运》，时代文艺出版社 2000 年版。

童庆炳：《历史题材文学系列研究》，北京师范大学出版社 2014 年版。

叶舒宪：《神话原型批评》，陕西师范大学出版社 1987 年版。

孟华主编：《比较文学形象学》，北京大学出版社 2001 年版。

张新颖、金理编：《王安忆研究资料》，天津人民出版社 2009 年版。

王安忆：《小说的异质性》，《小说课堂》，商务印书馆 2012 年版。

王安忆：《心灵世界——王安忆小说讲稿》，复旦大学出版社 1997 年版。

王春云：《小说历史意识研究》，中国社会科学出版社 2013 年版。

王德威：《想象中国的方法》，三联书店 1998 年版。

王光东：《现代·浪漫·民间》，上海人民出版社 2001 年版。

王万森、吴义勤、房福贤编：《中国当代文学新编》，高等教育出版社 2012 年版。

王晓明主编：《在新意识形态笼罩下》，江苏人民出版社 2002 年版。

王一川主编：《京味文学第三代：泛媒介场中的二十世纪九十年代北京文学》，北京大学出版社 2006 年版。

王元化：《九十年代反思录》，上海古籍出版社 2000 年版。

吴秀明：《在历史和小说之间》，吉林人民出版社 1987 年版。

吴义勤：《长篇小说与艺术问题》，人民文学出版社 2005 年版。

萧公权：《中国政治思想史》（一），辽宁教育出版社 1998 年版。

谢纳：《空间生产与文化表征——空间转向视阈中的文学研究》，中国人民大学出版社 2010 年版。

阎连科：《发现小说》，南开大学出版社 2011 年版。

杨义：《李杜诗学》，北京出版社 2001 年版。

姚北桦编:《中国当代文学研究资料·姚雪垠研究专集》,黄河文艺出版社 1985 年版。

张海洋:《中国的多元文化与中国人的认同》,民族出版社 2006 年版。

张旭东、王安忆:《对话启蒙时代》,三联书店 2008 年版。

赵牧:《后革命:作为一种类型叙事》,上海大学出版社 2012 年版。

朱学勤:《道德理想国的覆灭》,三联书店 1994 年版。

何西来:《〈白鹿原〉评论集》,人民文学出版社 2003 年版。

胡德培:《〈李自成〉人物谈》,宁夏人民出版社 1981 年版。

毛泽东:《毛泽东选集》,人民出版社 1955 年版。

(清)金圣叹:《金圣叹全集》(一),江苏古籍出版社 1985 年版。

姚雪垠:《李自成》(第三卷),中国青年出版社 1981 年版。

姚雪垠:《姚雪垠回忆录》,中国工人出版社 2010 年版。

林希:《林希小说精选》,四川人民出版社 1999 年版。

姚雪垠原著、俞汝捷精补:《李自成》(精补本),长江文艺出版社 2008 年版。

阿来:《尘埃落定》,人民文学出版社 1998 年版。

赵德发:《君子梦》,人民文学出版社 1999 年版。

陈占敏:《沉钟》,上海文艺出版社 1996 年版。

陈忠实:《白鹿原》,人民文学出版社 1993 年版。

邓一光:《我是太阳》,人民文学出版社 1997 年版。

邓云乡:《燕京乡土记》,上海文化出版社 1985 年版。

丁帆主编:《新时期地域文化小说丛书》,北京出版社 1998 年版。

都梁:《亮剑》,人民文学出版社 2000 年版。

二月河:《雍正皇帝》,长江文艺出版社 2009 年版。

冯兴阁、梁华、刘文平编:《聚焦"皇帝作家"二月河》,广东人民出版社 2003 年版。

高建群:《最后一个匈奴》,作家出版社 1992 年版。

陈浩增主编:《雪垠世界》,中国青年出版社 2001 年版。

高阳:《李娃》,华夏出版社 2004 年版。

郭沫若:《历史人物》,中国人民大学出版社 2005 年版。

胡絜青、王行之编:《老舍剧作全集》第二卷,中国戏剧出版社 1982 年版。

李敖:《李敖作品集》,南海出版公司 2005 年版。

李敖：《北京法源寺》，中国友谊出版公司 2000 年版。

李锐：《传说之死》，长江文艺出版社 1994 年。

李锐：《旧址》，作家出版社 1992 年版。

林希：《相士无非子》，百花文艺出版社 2013 年版。

鲁迅：《鲁迅全集》，人民文学出版社 1973 年版。

穆陶：《落日》，山东文艺出版社 1998 年版。

苏童：《寻找灯绳》，江苏文艺出版社 1995 年版。

苏童：《红粉》，长江文艺出版社 1992 年版。

王安忆、张新颖：《谈话录》，人民文学出版社 2011 年版。

王安忆：《纪实与虚构》，人民文学出版社 2012 年版。

王安忆：《男人和女人，女人和城市》，云南人民出版社 2000 年版。

王小波：《青铜时代》，花城出版社 1997 年版。

王小波：《沉默的大多数》，中国青年出版社 2002 年版。

王旭烽：《茶人三部曲》，人民文学出版社 2004 年版。

熊召政：《张居正》，北京十月文艺出版社 2013 年版。

许建辉：《姚雪垠传》，湖北人民出版社 2007 年版。

阎连科、梁鸿：《巫婆的红筷子》，春风文艺出版社 2002 年版。

阎连科：《受活》，春风文艺出版社 2005 年版。

阎连科：《天宫图》，江苏文艺出版社 2005 年版。

叶广芩：《状元媒》，北京十月文艺出版社 2012 年版。

余华：《活着》，长江文艺出版社 1993 年版。

张爱玲：《张爱玲全集》，海南出版社 1995 年版。

张爱玲：《流言》，北京十月文艺出版社 2009 年版。

二、中文译著

[德] 伽达默尔：《真理与方法》，洪汉鼎译，上海译文出版社 2004 年版。

[德] 黑格尔：《美学》第三卷，朱光潜译，商务印书馆 1981 年版。

[德] 卡西尔：《人论》，甘阳译，上海译文出版社 1985 年版。

[德] 康德：《历史理性批判文集》，何兆武译，商务印书馆 2009 年版。

[德] 马克斯·韦伯：《儒教与道教》，王容芬译，商务印书馆 1995 年版。

[德] 尼采：《悲剧的诞生》，周国平译，三联书店 1982 版。

[法] 保罗·麦线特：《史诗》，王星译，昆仑出版社 1993 年版。

[法] 费尔南·布罗代尔：《15 至 18 世纪的物质文明、经济和资本主义》（卷一），顾良、施康强译，三联书店 1992 年版。

[法] 费尔南·布罗代尔：《15 至 18 世纪的物质文明、经济和资本主义》（卷二），《15 至 18 世纪的物质文明、经济和资本主义》（卷三），顾良、施康强译，三联书店 1993 年版。

[法] 费尔南·布罗代尔：《资本主义论丛》，顾良、张慧君译，中央编译出版社 1997 年版。

[法] 弗朗兹·法农：《黑皮肤 白面具》，万冰译，译林出版社 2005 年版。

[法] 热拉尔·热奈特：《叙事话语·新叙事话语》，王文融译，中国社会科学出版社 1990 年版。

[法] 西蒙·波伏瓦：《第二性》，桑竹影、南姗译，湖南文艺出版社 1986 年版。

[捷克] 米兰·昆德拉：《小说的艺术》，董强译，上海译文出版社 2011 年版。

[美] 阿里夫·德里克：《后革命氛围》，王宁等译，中国社会科学出版社 1999 年版。

[美] 阿里夫·德里克：《跨国资本时代的后殖民批评》，王宁译，北京大学出版社 2004 年版。

[美] 安敏成：《现实主义的限制——革命时代的中国小说》，姜涛译，江苏人民出版社 2001 年版。

[美] 保罗·康纳顿：《社会如何记忆》，纳日碧力戈译，上海人民出版社 2000 年版。

[美] 海登·怀特：《形式的内容：叙事话语与历史再现》，董立河译，文津出版社 2005 年版。

[美] 塞缪尔·亨廷顿：《文明的冲突与世界秩序的重建》，周琪、刘绯、张立平、王圆译，新华出版社 1998 年版。

[美] 卢丝·本尼迪克特：《文化模式》，王炜译，三联书店 1988 年版。

[美] 马尔库塞：《单向度的人》，刘继译，上海译文出版社 1989 年版。

[美] 马泰·卡林内斯库：《现代性的五副面孔》，顾爱彬、李瑞华译，商务印书馆 2002 年版。

[美]浦安迪:《明清小说四大奇书》,沈亨寿译,三联书店2006年版。

[美]詹明信:《晚期资本主义的文化逻辑》,张旭东编,陈清侨、严锋译,三联书店1997年版。

[日]柄谷行人:《日本现代文学的起源》,赵京华译,三联书店2003年版。

[英]乔·爱略特:《小说的艺术》,社会科学文献出版社1999年版。

[苏]巴赫金:《小说理论》,白春仁、晓河译,河北教育出版社1998年版。

[匈]卢卡奇:《审美特性》第一卷,徐恒醇译,中国社会科学出版社1986年版。

[匈]卢卡奇:《卢卡奇早期文选》,张亮译,南京大学出版社2004年版。

[意]卡尔维诺:《未来千年文学备忘录》,杨德友译,辽宁教育出版社1997年版。

[意]贝耐戴托·克罗齐:《历史学的理论和实际》,傅任敢译,商务印书馆1993年版。

[意]贝耐戴托·克罗齐:《作为思想和行动的历史》,田时纲译,中国社会科学出版社2005年版。

[英]E.H.卡尔:《历史是什么?》,陈恒译,商务印书馆2007年版。

[英]安东尼·吉登斯:《现代性与自我认同》,赵旭东、方文、王明明译,三联书店1998年版。

[英]柴尔德:《历史的重建:考古材料的阐释》,方辉、方堃杨译,上海三联书店2012年版。

[英]戴维·洛奇:《二十世纪文学评论》(上册),卞之琳译,上海译文出版社1987年版。

[英]柯林伍德:《历史的观念》,尹锐、方红、任晓晋译,中国社会科学出版社1986年版。

[英]伊丽莎白·赖特:《拉康与后女性主义》,王文华译,北京大学出版社2005年版。

[美]弗雷德里克·杰姆逊、三好将夫编:《全球化的文化》,马丁译,南京大学出版社2002年版。

[美]艾恺:《世界范围内的反现代化思潮——论文化守成主义》,贵州人民出版社1991年版。

后记　并非终结，也不是起点

　　历史观念与历史意识，是我们理解新时期以来中国文学的有效路径。在大量的对当代历史小说的研究论文中，我们可以看到，历史观念与意识，在二十世纪九十年代经历了很大的转变，而这个转变的过程，至今仍然未能完成，种种历史观念在文化场域中的碰撞和融合，其实反映了当下中国在九十年代以来激烈的意识形态冲突与某种未完成的现代性所造成的独特人文景观。对这个问题的研究，虽然有了一些论文和著作，但依然缺乏细致的论述。正是在这种思考之上，我撰写了这部研究九十年代历史小说思潮的书，以新历史主义的转型、通俗历史小说的言说、新主旋律形态的历史小说，以及地域历史的再造四种形态的并存，来分析九十年代历史小说的整体格局与脉络走向。以往的研究，往往夸大新历史小说的文学史功绩与地位，忽略文化场域其他几种形态历史小说的存在。然而，正如我们所展示的，无论是新历史主义，还是延续了原有红色传统的历史小说，抑或通俗历史小说，或地域历史的表现，都已经和十七年文学与新时期文学，有着很大的差异性。它们彼此之间，也互相渗透，共同组成中国看似多元、实则有着统一恒定的意识形态规训性的文学景观。由于时间匆忙，能力有限，该书也有很多不足之处，也有很多尚未展开、未能完结的研究，例如，八十年代历史小说与九十年代历史小说的联系和区别，以及九十年代历史小说的"未完成性"等，还有待于新的研究与发现。中国的历史，并非像弗郎西斯·福山所展现出的历史的终结，但也绝非新的开始，它有待于新的发现与研究出现，而"历史的人"与"个体的人"这样的审美趣味原则，则会被大家所渐渐接受。

几位学者也参与本书的部分写作，王金胜的《现代性纬度下的民间狂欢：关于莫言的新历史世界》；刘永春的《齐鲁大地的文化保守主义反思：张炜、穆陶、赵德发、陈占敏》；张莉的《粗鄙者的墓志铭：刘震云的故乡系列历史小说》；张元珂的《新生代小说家的历史戏仿和形式探索》；段晓琳的《"海上"乌托邦审美建构：〈长恨歌〉与〈纪实与虚构〉的历史观》；张军的《还原"万历新政"的开创与落幕：熊召政的长篇小说〈张居正〉》；宋嵩的《宏大的构造与历史的遗忘：姚雪垠的〈李自成〉后三卷》；孟文博的《晚明历史的卷轴式展示：刘斯奋的〈白门柳〉》，谨对此几位同仁的大力支持表示感谢，也感谢洪晓萌、魏雪慧、陶迁、王伟等几位硕士研究生同学，参与稿件的编写与修订、校对、整理等繁琐的工作。同时，感谢山东师范大学文学院中国现当代文学专业学科带头人魏建教授，对该书的指导和鼓励。

特别感谢，山东师范大学国家重点学科、中国现当代文学专业对该书提供的资金支持！

责任编辑:林　敏
封面设计:肖　辉　孙文君
版式设计:亚细安

图书在版编目(CIP)数据

二十世纪九十年代历史小说叙事思潮/房　伟　著. -北京:人民出版社,2016.4
(二十世纪中国文学主流·学术新探书系/魏建主编)
ISBN 978 - 7 - 01 - 015826 - 6

Ⅰ.①二…　Ⅱ.①房…　Ⅲ.①历史小说-小说研究-中国-当代　Ⅳ.①I207.42

中国版本图书馆 CIP 数据核字(2016)第 060275 号

二十世纪九十年代历史小说叙事思潮
ERSHI SHIJI JIUSHI NIANDAI LISHI XIAOSHUO XUSHI SICHAO

房　伟　著

人民出版社 出版发行
(100706　北京市东城区隆福寺街99号)

北京新华印刷有限公司印刷　新华书店经销

2016 年 4 月第 1 版　2016 年 4 月北京第 1 次印刷
开本:710 毫米×1000 毫米 1/16　印张:23
字数:290 千字

ISBN 978 - 7 - 01 - 015826 - 6　定价:55.00 元

邮购地址 100706　北京市东城区隆福寺街 99 号
人民东方图书销售中心　电话 (010)65250042　65289539